다시읽는 빈손 빈마음

- 바른 인생, 올바른 가치관 -

다시읽는 **빈손 빈마음**

– 바른 인생, 올바른 가치관 –

강 연 희(姜鉛熙) 지음

열린서원

다시읽는 빈손 빈마음

지은이 강연희
발행인 이명권
펴낸곳 열린서원

간행위원장 최자웅
편집위원 강헌희, 이미실, 강희석
후원회장 강희욱

초판발행일 2022년 2월 25일 2판 인쇄

주   소 서울특별시 종로구 창덕궁길 117, 102호
전   화 010-2128-1215
팩   스 02) 2268-1058
전자우편 imkkorea@hanmail.net
등록번호 제300-2015-130호(1999년)

값 15,000원
ISBN 979-11-89186-17-3 03800

'빈손 빈마음'은 가난하지 않다

강 희 석 (시인)

우리 강씨 사람들은
2백년 3백년 벼슬보다는
충효를 받들었었지
재물은 넉넉하지 못했지만
다행히 몸은 건실했었고
밤낮으로 일만 하고 살았지만
글에 대한 갈망은 간절했었지

형님은 해방과 더불어
초등학교에 들어가 자본주의와
민주주의를 배우기 시작했는데
자본주의를 배운 그때부터
사람들은 돈을 잡기 위하여
권력을 잡기 위하여
천지가 뒤끓고 아귀다툼으로
난장판이 돼가는 세상을 보았다

형님은 약관이 될 때까지도
아침마다 방장산에 훤히 해 뜨고
흰 두루마기 입은 어른들이
성현의 말씀을 따라
성현의 가르침을 따라
나라를 경건하게 안온하게
다스릴 것이라고 믿고 살았다

돈은 재물을 사고 파는데 쓰는 지폐인데
땅도 사고팔고, 권력도 사고팔고
사람 몸도 사고팔고, 양심도 사고팔고
나라도 사고팔고

"천명지위성(天命之謂性)"을 따라서
본성(本性)을 지켜야만 세상은
온전하게 운행한다 했는데
사람들은 정신없이 본성을 잊은 채
화려한 춤판에서
돈의 마력(본성)에 홀려 있다.

형님은 이립(而立)에 모든 것을 알았다
돈을 잔뜩 쥔 손과
욕심을 가득 채운 마음이
그렇게 오래 환락을 주지 않는다고
환락은 한 순간에 끝나버린다고

쥔 것 나누어 주고
욕심을 채운 마음을 비워버리고 나면
걱정할 것이 없다.
근심할 것이 없다

'빈손 빈 마음'은 가난하지 않다.
'빈손 빈 마음'은 외롭지 않다.

재물을 잔뜩 쥔 손과
욕심을 가득 채운 마음이

사람을 서로 간에 죽이고
불행하게 하고 슬프게 하고
살맛을 잃게 한다는 것을 알았다.

* 작가는 저자 강연희님의 6촌 동생이다

『빈손 빈마음』 복간에 즈음하여

최 자 웅 신부(시인, 종교사회학박사)

참으로 오랜만에 고 강연희 신부님의 『빈손 빈마음』을 대한다. 내가 1991년 독일유학에서 돌아왔을 때에 당시에 강남성당에 시무하시던 신부님께서 어느 날 나를 부르셨다. 서울교구에서는 일단 해외에서 지내던 사제가 들어오면 바로 발령을 내지 않는 관행이 있었다. 이런 사정을 아시는 신부님께서 내가 일단 주일을 강남성당으로 출석할 것을 말씀하시고, 그로 인하여 더불어 자연스럽게 신부님과 많은 대화의 시간을 가질 수 있었다.

지금 당시를 회고해도 좋은 추억이 많이 떠오른다. 그중에서도 서울의 성공회 성당 중에서 비교적 크고 세련된 강남성당에서의 신부님의 목회스타일과 설교가 지금도 매우 인상적이셨다. 신부님께서는 소위 일반적인 교인들을 방문하고 관리하는 사목스타일과는 너무도 거리가 멀었다. 그냥 기도하고 공부하는 사제로서의 엄격하고 선비스럽고 구도적인 모습을 분명히 보이셨다. 심지어 보좌시제나 부제에게도 쓸데없이 번잡스럽게 움직이거나 신경 쓸 것 없이 오직 공부를 열심히 하고 기도할 것을 요구하셨다.

이런 면모로서 신부님은 번잡스러운 사목활동에는 거리가 있으면서도 내가 보기에는 많은 성당의 신자들에게 신부님다운 신부님으로서의 카리스마와 지성적이며 구도적 모습으로 큰 감화와 영향력을 미치고 있었다고 생각된다. 심지어 주일 미사 때의 설교 강론 말씀도 전혀 교인들 구미에 맞추는 일은 거의 없었다. 오직 광야의 세례자 요한처럼 예수님의 진리와 구도적 말씀에 추상같은 내용으로 늘 임하곤 하셨다.

특별히 수많은 설교와 강론 중에 신부님은 자신은 언젠가 강원도로 흔적 없이, 또한 말없이 사라지고 떠날 것이라는 것을 사실상 고지하시는 것이었다. 그야말로 표표한 구도자의 모습과 면모였다. 심지어 자신은 강원도의 지역신문까지도 구독하고 계시다는 말씀도 교인들에게 솔직하게 늘 말씀하곤 하셨다. 이런 말씀에도 교인들은 신부님을 매우 신비롭게 느끼고 존경하는 현실로 느껴졌다. 주님이나 진리 말고는 자신을 속박할 것은 아무것도 없이 자유로우면서도 표표히 어떤 수행과 피안의 저 언덕으로 떠나가고자 하시는 강렬한 열망이 또한 신부님의 신비로운 아우라였다.

사실 강신부님의 이미지는 지적이면서도 조금 엄격하고 차가운 면모가 있었던 것이 사실이다. 이 때 만나고 뵌 강신부님은 한 번도 나에게 싫은 내색이나 낯빛을 보이시지 않고 늘 미사가 끝난 후에 좋은 음식을 사주시면서 정말 유익한 많은 대화들을 나눌 수 있었다. 그리고 나는 인천의 전형적인 빈민동네인 유명한 송림동에 차려진 나눔의 집 원장으로 부임하였다. 그러다가 1993년에 모처럼 신부님께서 나에게 연락을 주시고 자신이 쓴 글이 있는데, 그것을 출간하고 싶다면서 시인으로 활동하는 나에게 그 출판관계를 상의하셨다. 나는 한국신학 수학시절에 교분이 있는 서울대 치과대학을 다니다가 한신대에서 공부하고 안병무 박사의 '한국신학연구소'의 출판관계를 담당하는 이정희 목사를 신부님께 연결하여 드렸다. 이정희 목사는 일반서적으로는 당시에 다산글방 출판사의 고문 같은 역할을 맡고 있어서 자연스럽게 신부님의 원고는 다산글방에서 출간하게 되었다.

　내가 주선 드려서 신부님과 나와 이정희 목사가 시청 앞에 있는 플라자 호텔 커피숍에서 만나 구체적인 이야기를 나누고 식사를 함께 하면서 출판관계 말씀을 매듭지었다. 신부님의 원고는 당시로서도 사용되기도 하던 컴퓨터로 입력한 것이 아닌 육필원고였다.

　내가 알기에는 다산글방에서 특별히 신부님의 『빈손 빈마음』을 적극적으로 홍보나 마케팅을 하는 것 같지는 않았지만, 그럼에도 불구하고 신부님의 책은 비교적 호평 속에서 사람들의 좋은 반응을 얻었던 것으로 기억한다. 그것의 비밀과 힘은 강신부님의 책 속에 담겨있는 진리에 대한 강렬한 열정과 추구와 더불어, 소크라테스, 스피노자, 소로우, 간디 등 단순한 관념으로 삶을 살고 진리를 추구한 이들이 아닌 온전한 삶 전체로 불꽃같고 투철하게 진리의 실천으로 구도적 삶을 이룩한 이들의 정신과 강신부님 자신이 때로는 조금 과하게 느껴질 정도로 엄격하고 투철한 정신과 존재성이 많은 이들의 관심을 끌었다고 생각된다.

　어쩌면 『빈손 빈마음』은 당시의 우리 사회에 『무소유』로 유명한 법정스님이나 불가에서 유명하게 존경을 받은 성철스님의 '산은 산이요, 물은 물이로다'의 영성과도 통하는 면이 있지만, 나의 생각으로는 그분들 보다 더 맹렬하고 치열한 실천적 구도자이 면모이셨다고 생각된다. 어떤 점에서는 이분들과 같은 궤를 같이하면서도 온 존재와 몸으로 진리를 실천적으로 추구하는 것은 분명히 구분되는 위법망구(爲法忘軀)의 맹렬성과 치열성이 있었다고 생각된다.

조금은 슬픈 신부님의 마지막 생애의 가족들과 친지들을 온전히 떠난 출가와 수행과 구도의 삶 끝에 외롭게 수많은 원고를 남겨놓으시고 홀연히 세상을 하직하신 면모도 정말 신부님다운 장렬하며 고독한 구도자의 모습이 아닐 수 없다.

　신부님이 외롭고 홀연히 선종, 서거하신 이후에 신부님을 사랑하고 존경하는 강헌희 교장선생님과 강희석 시인님과 사랑하는 신부님의 막내 동생 강희욱님과 가족들의 뜨거운 헌신과 성원으로 〈故 한암 강연희 신부 저작전집 간행위원회〉가 조직되고 부족한 사람이 위원장이 되어 신부님과의 소중한 인연의 사랑의 빚을 미력이나마 갚을 수 있음이 작은 보람이기도 하다. 특히 이 책이 복간되는데 성의를 다해 주신 코리안아쉬람 이명권 대표님과 추모의 글을 보내주신 유종일 KDI 연구원장님, 강민정 국회의원님과 편집 작업에 적극적으로 참여해 주신 이미실 선생님께 깊은 감사를 드린다.

　부디 새롭게 세상에 펼쳐내는 강신부님의 『빈손 빈마음』을 통하여 이 땅의 진리를 갈망하고 간구하는 수많은 영혼들에게 단비와 같은 위로와 진리에의 용기와 실천적 삶이 향기롭게 피어나기를, 아울러 신부님의 하늘에서의 알바트로스(Albatross)의 영혼의 안식을 더불어 기원드린다.

2022년 1월 20일

강연희 신부 시작 전집 간행위원장

내 인생의 스승, 강연희 선생님

강민정 (국회의원)

　　얼마 전 실로 예상치 못했던 선물을 친구로부터 받았다. 친구가 좋은 책을 추천해준 것이려니 하고 무 심하게 집어든 책 저자명을 보고 깜짝 놀랐다. 잠시 가슴도 콩닥콩닥 뛰었다. 그리고 나는 너무도 자연스럽게 45년 전 시간으로 빠져들었다.

　　강연희 선생님은 1976년 나의 중학교 3학년 때 담임선생님이자 사회과목을 가르쳐주셨던 분이시다. 아울러 선생님께서는 내 학창 시절을 통틀어 내게 가장 많은 영향을 주신 선생님이시기도 하다. 당시는 소위 '한국적 민주주의'라는 이름으로 엄혹한 군사독재를 연장한 박정희 유신독재 시절이었다. 물리적인 억압과 통제 시스템으로부터 상대적으로 자유로워야 할 학생인 내게도 늘 억압과 통제, 과장된 전쟁위험의 압박 같은 것이 공기처럼 일상의 일부가 되어 있었던 시절이었다. 이런 시대적 상황에서 강연희 선생님은 인간과 세계에 대해 눈뜨기 시작한 사춘기 학생들에게 세상을 바라보는 '다른 눈'이 있다는 것을 알려주신 분이다.

당시 '10월 유신'은 교과서에서 굵은 글씨로 강조되는 내용이었고, 대부분의 사회교사라면 수업 시간에 본인 의지와 무관하게 10월 유신에 대한 찬양 조의 교과서 내용을 비판하거나 건너뛸 수는 없었다. 그러나 내 기억에 강연희 선생님께 사회를 배우면서 그분이 유신을 긍정적으로 설명한다거나 강조하시는 걸 본 적이 없다. 박정희 치하는 소위 '막걸리 반공법'이라는 것이 있던 시절이다. 너무나 엄혹해서 누가 누구를 신고할지 알 수도 없는 불신과 경계가 공기처럼 우리를 휘감고 있던 시절이었다. 그래서 수업 시간에 직접적으로 정권을 비판하거나 교과서 내용을 부정하는 언급을 하지는 않으셨지만, 나는 선생님을 통해 교과서 내용과는 다른 세계, 교과서가 정답이라고 주장하는 것과 다른 방식의 사고가 있다는 걸 느낄 수 있었다.

　당시 내가 선생님으로부터 받은 것이 너무 간접적이고 추상적이며, 명료한 개념으로 전달된 것이 아닌 느낌 차원의 것이라는 한계가 있었지만 그것은 전적으로 선생님 탓이 아니라, 말 한 마디 잘못하면 쥐도 새도 모르게 끌려갈 수밖에 없는 정치적 상황으로 인한 것이었다. 그런 한계에도 불구하고 돌이켜 보면 선생님께 배운 시간이 내게 주물공장에서 찍어낸 듯한 획일적으로 갇힌 사고에서 벗어날 수 있는 '생각의 자유', '삶의 자유'라는 씨앗을 품을 수 있게 해주었던 것 같다.

　선생님의 수업 시간은 늘 기다려지는 시간이었다. 물론 사춘기 소녀들에게 항상 반듯하고 깔끔한 양복을 입고 허리 꼿꼿이 펴고 다니시는 멋쟁이 남자 선생님은 그 자체로 인기 맨 일 수 밖에 없는 것이기도 했다. 그러나 그것만이 전부는 아니었다. 그분의 꼿꼿함은 그저 옷매무새 이상의 뭔가를 풍기는 것이 있었다. 고고함 혹은 고독함,

아니면 그 둘 다. 학교에서 제일 먼저 출근하시는 분이었고 학교 화단 꽃들을 늘 돌보시는 모습을 자주 보기는 했지만, 다른 선생님들과 함께인 모습보다는 혼자이신 모습을 더 많이 보았고, 그게 또 너무 자연스럽게 받아들여지기도 했었다.

세상과 타협하지 않고 자신의 가치관을 지키는 분인 것 같다는 생각이 틀리지 않았음은 내가 졸업한 한참 후에 확인되었다. 80년대 초반쯤 선생님이 'YWCA 위장결혼식' 사건으로 투옥되셨다는 소식을 들었다. 사건이 일어난 1979년 11월은 박정희만 죽었을 뿐 갑자기 맞이한 18년 독재 끝에 무엇을 어떻게 해야 할지 갈피를 잡지 못하던 시기였다. 이때 함석헌 선생님을 필두로 대통령 직선제와 유신헌법 폐지 등을 주장하며 문민정부 수립을 촉구한 용기 있는 분들 속에 나의 자랑스러운 강연희 선생님이 함께 계셨던 것이다. 너무 고맙고 반가웠다. 당시 나는 전두환 독재에 저항하는 '민주화 운동'을 위해 한창 뛰어다니고 있던 소위 운동권 대학생이었다.

나중에 알게 된 사실이지만 우리 학년이 선생님의 짧은 교사생활 마지막 해의 제자였다니 우리는 참으로 운이 좋았던 셈이다. 중학교 졸업 이후 선생님이 종교와 철학 공부에 몰두하시고, 사제로 세상 안에서 여전히 소금 같은 역할을 하며 사셨다는 소식을 최근에 친족들에 의해 펴낸 책과 함께 전해 들었다. 다만 최근까지 세상 사람들과 나누고픈 생각을 집필하시다 1년여 전에 돌아가셨다는 소식을 들으니 너무 아쉽다. 돌아가시기 전에 한 번만 뵈었더라면 45년간 연결되어 있던 인연의 끈 그 사이에 비어있던 부분을 단숨에 채울 수 있었을 것 같은 생각이 들었기 때문이다.

생각해보니 나는 나름 선생님이 우리에게 주신 '말 없음의 가르침'의 길을 따라 살려고 노력한 편인 듯하다. 어디에 있든 세상을 변화시키는 일, 더 많은 사람들이 함께 잘 살 수 있도록 하는 일, 민주주의를 조금이라도 더 앞으로 나가게 하는 일이라 생각되는 것들에 미력하나마 내 시간과 에너지를 부으며 살고자 노력해 온 편이기 때문이다. 운동권 학생으로, 교육 운동을 하는 교사로, 지금은 국회에서 잘하지는 못하지만 열심히는 하는 선생님의 제자로 살아가고 있다.

　한 권의 책이 소환한 45년 전 강연희 선생님과의 인연이 내가 지나온 시간을 되돌아보게 해주어 그것도 참으로 고마운 일이다. 특별히 만나지도, 일부러 떠올리지 않아도 늘 함께였던 것 같은 강연희 선생님의 제자였음을 자랑스럽게 여기며 살아갈 수 있도록 앞으로 내 남은 시간도 잘 채워 나가야겠다.

2021년 8월 13일

강연희 선생님의 제자 강민정 씀

머 리 말

인간 사회에 인간이 드물고, 이제는 오히려 인간이 이 세상에서 가장 무서운 공해가 되어가고 있다. 순수하고 진실하던 마음과 정신이 세속적 가치에 오염되어 공해가 된 것이다.

그래서 이제는 우리 주변에서 순수와 진실을 가진 이를 쉽게 찾아보기 어렵게 되었고, 겉 다르고 속 다른 인간의 이중성은 인간의 실존이 되어가고 있으며, 인간에게 가장 무서운 존재가 바로 인간이 되어가고 있는 것이다.

그런고로 현재와 미래의 인류사회 최대의 문제는 인간 문제이다. 다른 문제는 지엽적인 것에 불과하다. 이 세상의 모든 바람직하지 않은 문제는 사람답지 않은 사람이 만들어낸 것이다. 인간 문제만 해결되면 다른 문제는 다 자연스럽게 해결되고 만다. 세상이 이래서는 안 된다고 말하는 이가 거의 없게 된 것이 오늘의 사회 현실이다. 이 사회문제의 본질은 바로 인간문제이다. 정신을 잃은 인간존재, 사회의 잘못된 가치체계, 진리에서 이탈해버린 인간행태가 사회 문제를 만들어 내고 있는 것이다.

문제를 가진 인간에게 사랑이나 행복이나 평화는 있을 수 없다. 냉소와 경멸 속에서 시달리고 허덕이며, 고통을 주고받으며 살다가 떠나는 극히 난순한 생존이 있을 뿐이다. 그러나 생존 자체만으로는 인생의 모는 것일 수가 없다.

그런데도 왜 이렇게 살아야 되는지, 이렇게 사는 것이 과연 바른 인생인지에 대하여는 거의 생각하려 하지를 않는다. 그래서 근본적인 문제는 해결되지 않은 채 반복되고 있는 것이다. 우리는 그저 일하고 노는 것밖에 모른다. 이처럼 일하고 노는 것밖에 모르는 우리의 생활이 문제를 더욱 어렵게 만들고 있다.

인간에게서 가장 중요한 일은 '사람이 되는 일'이다. 사람이 사람 되는 일을 잊어버리고 살면서 부터 세상이 이렇게 된 것이다. 사람 되는 일이란 바로 '진리공부 하는 일'이다. 진리를 공부해야 한다. 이것만이 우리가 인생을 제대로 살 수 있는 길이다. 인간이 진리와 관계없이 살면 결코 인간다운 인간이 될 수 없고, 인간답게 살 수도 없다. 진리를 소유해야 비로소 인간이 된다. 이런 점에서 볼 때 진리만이 영원한 인간의 절대가치인 것이다. 진리공부에 의한 자기 성장 없이는 결코 잘 사는 인생이 아니다. 높은 수준의 자기성장이 행복한 영혼, 빈손·빈마음의 경지이다. 이런 경지가 인간의 참 모습이다. 역사 속에, 인간의 마음속에 생명을 주는, 밝고 따뜻한 빛으로 영원히 살아있는 인물들은 모두 다 이런 모습이었다. 이 책에서 말한 내용은 결코 어느 누구를 지적하여 비난하고 탓하려는 의도는 추호도 없다. 어찌하여 함께, 바르고 행복하게, 서로 존중하며 살지 못 하는가를 아픈 마음으로 역사와 현실 속에 서서 생각해 본 것이다.

또한 이 책의 내용은 일반적인 현실을 논한 것이지, 예외 없이 모든 사람에게 적용된다는 말은 아니다. 어조로 보아 일방적으로 모두를 몰아붙이는 것처럼 보일 수도 있지만, 실제로는 많은 예외가 존재한다는 것도 아울러 밝혀 두고자 한다. 일례를 든다면 공부를 하지 않아도 참다운 인간이 되어 진실한 행복 속에서 살 수 있는 사람도 많이 있다는 것이다. 이 점에서 읽으시는 분들의 오해 없으시기를 바란다.

1993. 4. 저자 씀

제 1 장

무엇이 마음을 아프게 하고 행복을 파괴하는가?

행복하게 살고 싶어도 마음뿐, 실제로 행복은 잘 이루어지지 않는다. 인간에게서 행복은 살 집이다. 행복이 없으면 머물러 살 곳이 없는 방황하는 인생이다. 마음 붙이고 살 데가 없는 것이다. 그러면 왜 행복이 이루어지지 않을까? 왜 살면서 마음 아픈 일이 많고, 누리던 행복도 어느 날 쉽게 무너져 버릴까?

행복은 둘로 나누어 생각할 수도 있다. 하나는 절대적인 행복이고, 또 하나는 상대적인 행복이다. 절대적인 행복이란 가정이나 사회가 아무리 일그러졌어도 그 일그러짐에 영향을 받지 않고 나 혼자서 누릴 수 있는 행복이다. 구정물 같은 연못 속에 피어있는 연꽃과 같은 사람이 누리는 행복이다. 이런 행복을 누리는 사람은 흔치는 않아도 사회 어느 곳에나 존재한다. 상대적 행복이란 나와 가정과 사회, 삼자(三者) 간의 관계 속에서 이루어지는 행복이다. 가정의 가치관이 바르고, 부모 님으로부터 정신적으로 배울 것이 많고, 사회가 바르고, 그리고 나 자신이 바르면 누리게 되는 행복이다. 내가 바르더라도 가정이나 이웃이나 사회가 바르지 않으면 거꾸로 나를 해치게 되고, 그러면 나의 행복은 부스러지고 만다.

반대로 내가 부모님이나 이웃이나 사회를 해치는 인간이 되면 그들 또한 불행 하게 된다. 그리고 내가 뿌린 불행은 나에게 다시 되돌아와서 나의 불행을 가중시 킨다. 그러므로 내가 가정이나 사회에 해를 끼치지 않아야 되고, 나도 해침을 받 지 않아야 행복하게 살 수 있는 것이다. 그러면 어떤 내가 가정이나 사회에 해를 끼치게 되고, 어떤 가정이나 사회가 나에게 해를 끼치게 되는가를 생각해 보자.

Ⅰ. 일그러진 가정

1. 잘못된 가치관

사람을 가치 있게 하는 것은 돈도 아니고, 지위나 명예나 학벌도 아니다. 돈 많고 학벌이 좋다고 하여 저절로 사람이 되는 것이 아니고, 돈 없고 공부 못했다고 해서 사람이 못되는 것도 아니다. 돈, 지위, 명예, 학벌 등은 인간의 겉옷에 불과 하다. 좋은 옷 입었다고 해서 좋은 사람이 되지 않는 것과 동일한 것이다. 돈, 지위, 명예, 학벌은 저차원의 인간들이 중요한 가치로 여기는 지상적 가치(地上的 價値)에 불과한 것이다. 가정에서도 이와 같은 지상적 가치를 중요시 하게 되면 그 가정은 잘못된 가치관으로 말미암아 종내에는 크게 망치고야 만다.

인간을 인간이게 하는 가치는 어디까지나 내적 가치(內的 價値)에 있다. 그 내적 가치는 바로 인격이고, 인격은 곧 '사람다운 것'이다. 그래서 사람은 외적인 것보다는 내적인 것이 중요하다. 단순히 얼굴 잘생기고, 재주 있고, 좋은 옷 입었다고 가치 있고 행복한 사람이 될 수는 없기 때문이다.

그러함에도 타고난 순수성과 진실성을 지켜주는 좋은 환경에서 성인(聖人)과 현인(賢人)들의 진리를 무엇보다도 귀중하게 여기고, 몸소 솔선수범하는 부모님과 함께 진리를 탐구하고 마음을 닦아 고결한 인격을 형성하는 일이 가정의 우선가치가 되지 않고, 대부분의 가정에서는 돈과 지위와 학벌·학위가 최고의 가치가 되어 있는 것이다. 이것은 지극히 슬픈 일이고, 가정의 불행의 원인이 되고, 나라를 기울게 하는 병원균이 되는 것이다.

2. 돈은 왜 궁극적 가치가 되어서는 안 되는가?

돈은 올바른 사람이 가져야 올바르게 쓰이게 되는데 비해, 잘못된 사람이 가지게 되면 그 돈은 대부분이 잘못 쓰이게 됨으로써 결과적으로 돈이 악의 도구가 되거나 악 자체가 되어 버린다. 따라서 잘못 쓰이는 돈이라면 없는 것이 오히려 낫다. 왜냐하면 돈 때문에 가정의 불행이나 사회악이 늘어날 수 있기 때문이다.

흔히 돈은 생활하는데 필요한 정도 이상을 가지게 되면 잘못 쓰이게 되는 경우가 아주 많다. 불필요한 사치와 주색잡기에, 뇌물로 감투를 팔고 사는 매관매직(賣官賣職)에, 선량한 대다수 사람에게 엄청난 피해를 주는 투기 등에 쓰이게 되는 것이다. 그러므로 사람이 인격을 먼저 갖추고 나서 돈을 벌어야 그 돈이 바르게 쓰이고, 바르게 쓰이는 돈이라야 사회범죄를 유발하지 않게 되는 것이다.

일반적으로 처음에는 돈을 잘못 쓰려고 벌지는 않는다. 그러나 대부분의 경우 많은 돈을 벌게 되면 잘못 쓰게 된다. 그것이 돈의 속성(屬性)이나. 그렇게 쓰이는 돈이 인간을 피괴하고 행복을 파괴하는 것이다. 돈은 어디까지나 우리가 살아가는데 필요한 생활의 도구이지 목적이 될 수는 없다.

그러므로 돈벌이가 목적이 되는 자본주의라는 이데올로그는 잘못된 것이다. 돈벌이가 목적이 되어 있기 때문에 이제는 산다는 것 자체가 돈 버는 전쟁이 되어 버렸다. 그래서 선진국, 후진국 할 것 없이 사회는 무서운 악의 물결이 출렁대고 있고, 인간성은 날로 파괴되어 동물보다도 더 추악하게 살고 있는 인간이 허다한 실정이다. 겉만 우아해 보일 뿐 내면은 참으로 추악해진 것이다.

돈은 인생의 도구로서의 가치일 뿐이지 결코 인생의 목적으로서의 가치는 아니다. 그러므로 돈 버는 일이 그의 인생에서 가장 중대한 일이 되어 있다면 그 사람의 인생은 벌써 엄청나게 빗나간 인생이 되고, 자기도 모르는 사이에 돈이 주인이 되며, 자기 자신은 그 돈을 위해 사는 인생의 종이 되어 버리는 것이다. 이런 사람에게서는 조금치도 배울 것이 없다. 배울 것이 없으면 사랑을 받을 수도 없다. 부모가 이렇게 산다면 그 부모님에게서 자녀들이 배울 것이 무엇이 있겠는가?

병든 사회를 치료하고 발전시키며 나라를 강하게 하는 가장 기본적인 바탕은 정직과 검소함이다. 이 두 가지를 바탕으로 해서 개개인도 발전하는 것이고 국가와 사회, 문화와 문명도 발전하는 것이다. 그런데 이 정직과 검소함을 근본적으로 파괴하는 것이 돈이다. 돈을 탐내면 정직할 수가 없고, 정직해서는 돈을 벌기가 쉽지 않고, 돈을 가지게 되면 검소하게 살기도 어렵기 때문이다.

그러므로 지나치게 부유하게 사는 것 자체가 나라를 쇠퇴하게 하고, 개인의 인격을 파괴하고, 함께 사는 다른 사람들의 정신을 부패하게 하는 원인이 되기도 하는 것이다. 그러한 예는 역사상에 무수히 많다. 이런 돈을 어찌하여 그 자체만으로 가치 있다고 할 수 있겠는가?

내가 만일 능력이 있어서 많은 돈을 벌 수 있다면 위에서 말한 대로 잘못 쓰지 않고, 국가나 사회발전을 위한 기금과 산업자금으로 써야 한다. 누구나 많은 돈을 갖기는 어렵다. 그러므로 많은 돈을 벌려고 무턱대고 덤비고 일생을 바치는 것은 현명하지 못하다.

더구나 세상에는 돈이 무제한으로 많아서 누구나 원하는 대로 많이 가질 수 있는 것이 아니고, 그 양이 극히 제한될 수밖에 없다. 그러므로 어느 한 개인이 돈을 버는 특별한 능력이 있다고 해서 많은 돈을 혼자서 독차지하게 되면, 돈이 필요한 보다 많은 사람들이 공평하게 나누어 가질 수가 없으므로 결과적으로 사회 공동체 내의 질서와 정의가 깨트려지게 된다.

그리고 많이 배운 자가 돈 또한 많이 가지게 되면 그것도 올바른 사회정의가 아니다. 정의(正義)는 공정이고, 독점은 불의이기 때문이다. 그 점에서 많이 배운 사람이 많은 돈을 갖는 것은 별로 바람직하지 않다. 많이 배운 사람은 배운 것 자체를 가치로 삼고, 그 때문에 남들로부터 받게 되는 존경을 보수와 보답이라고 생각하면서 자신보다 배움이 적은 이를 돕는 것을 보람으로 여겨야 하는 것이다.

한 회사를 예로 들면 경영자와 생산직 근로자가 생활수준이 크게 차이가 난다면 이것은 바른 사회정의가 아니다. 이렇게 되면 회사 전체의 화합을 깨트리게 되고, 주인의식의 부족으로 인해 개별적 창조성이 제대로 발휘되지 못함으로써 노동의 질이 향상되지 않고, 노사 간에 갈등이 증가되기 때문이다. 그러므로 공동체 구성원 모두가 함께 잘 살아야 한다. 이것만이 다 같이 번영을 누리며 사는 길이다.

나만 잘 먹고 살려고 하면, 내가 더 많이 먹는 것이 당연하다고 한다면 그는 역사와 인생을 잘 모르는 사람이다. 그런데 함께 살아야 한다는 고차원의 가치를 깨뜨리는 주된 요인이 돈이다. 돈이 어느 한쪽으로 치우치게 되면 모두가 함께 잘 살아야 한다는 마음이 적어진다. 오히려 돈이 없을 때에 더 화합이 잘 이루어지기도 한다. 그런 의미에서 보면 돈은 독(毒)이다. 그러므로 돈에 너무 높은 가치를 부여해서는 안 된다.

3. 감투가 왜 높은 가치가 되어서는 안 되는가?

감투란 그 본질이 명예가 아니고 봉사이며, 권력을 휘두르는 자리가 아니고 인도자의 자리이며, 월계관이 아니고 가시관의 자리이다. 봉사란 가장 낮은 자리에서 섬기면서 일하는 것이고, 인도자란 가장 바르게 일할 수 있는 능력과, 최고 수준의 영혼을 가진 자가 되어야 하는 것이다. 가장 바르게 일할 수 있다는 것은 길을 바르게 아는 것이고, 길을 안다는 것은 득도(得道)에 이른 것이고, 득도는 진리의 통달을 뜻하는 것이다.

사람이 진리를 통달하면 비로소 지상적 가치를 멀리하게 된다. 반면에 지상적 가치를 떠나지 못한 자가 감투를 쓰게 되면, 일을 그르치게 되고 부정과 불의를 행하게 된다.

감투가 가시관이라는 말은 그 공동체 내의 다른 사람들보다 못 먹고, 못 입고, 고생하면서 공동체를 위해 희생하고 책임을 지는 자리라는 뜻이다. 공동체 내에서 책임 있는 지위에 있는 사람이 남보다 더 호화롭게 살고, 위세를 부리고, 지배욕을 부린다면 그것은 곧바로 선행이 아니고 악행이 되는 것이다.

이러한 악행을 일삼게 되면 반드시 그 사회에는 아부와 뇌물이 뒤따르게 되고 잘못된 야심을 갖는 자가 생기게 된다. 그러면 그 공동체는 성장이 정지되고, 분열되고, 종내에는 멸망에 이르게 된다. 그러므로 감투에 높은 가치를 부여하게 되면 그는 곧 악인(惡人)이 되는 것이다.

4. 학벌과 학위는 왜 높은 가치가 되어서는 안 되는가?

학벌과 학위는 일반적으로 학교 다닐 당시에 지능지수가 높은 사람이 갖게 된다. 재능은 인생 초반에 나타나는 사람도 있고, 중년이나 말년에 이르러 비로소 나타나는 사람도 있어서 사람마다 각자 개인차가 있다. 또 지능지수가 높다고 해서 반드시 모든 일에 만능(萬能)인 것은 아니고 생각이 뛰어나거나 창조적인 아이디어가 풍부하고 사상이 고차원인 것도 아니다.

지능은 신체상의 한 기능에 불과하다. 그러므로 학교 다닐 때에 성적이 나쁘다고 해서 반드시 실패하는 인생도 아니고, 학과 성적이 좋다고 해서 꼭 성공하는 인생도 아니다.

따뜻하고 아름다운 마음씨는 좋은 두뇌 못지않게 중요하다. 남다르게 타고난 재주 하나 가지고 사람을 평가하는 것은 엄청난 오해이고 잘못이다. 재주가 있다고 해서 반드시 더 가치 있는 인간이 되는 것은 아니기 때문이다. 일반적으로 재주와 '사람 되는 일'은 거의 관계가 없으며, 재주란 인간을 이루는 한 부분에 불과한 것이다.

재주보다 더 중요한 것이 인격이다. 성공은 그 사람의 인격에서 비롯되는 것이다. 점수 위주, 학벌·학위를 위한 공부는 오히려 이기적인 인간을 만들기 쉽다. 이기적인 인간을 만드는 공부는 차라리 안하는 것이 국가 사회에 유익하다. 왜냐하면 이런 자는 나라도 팔아먹을 수 있기 때문이다. 국가 사회에 엄청난 해를 끼치면서 단지 자기 배만 채우려 드는 것이다. 오늘날 우리 사회에는 이런 사람이 너무나 많지 않은가?

국가사회에 해를 끼쳐가면서까지 내 배만 부르면 되겠는가? 이는 국가시회를 허약하게 만들어 결국은 나라를 멸망하게 한다는 것을 모르고 있는 것이다. 모두가 내 배만 채우려다 보면 그 사회는 필연적으로 부패되기 마련이다. 나로 인해 사회를 부패시키면서까지 잘 먹고 살아야 한다면, 그것은 인간이 아니고 삶 자체가 치욕이라는 것을 알아야 한다.

그리고 공부 잘해서 일류대학 나왔다고 해서 다 실력 있는 것도 아니다. 공부는 일생 동안 하지 않으면 안 된다. 대학에서 배우는 것은 공부의 시작일 뿐이고, 기초에 불과하며, 그 지식의 양은 지극히 제한적이고 적다.

박사학위 또한 마찬가지다. 비록 박사학위를 받는다고 해도 학문 전체의 영역에서 보면 마치 바다의 모래알 하나 만큼에 불과한 것이다. 그런데도 자신이 자기 분야에서는 모르는 것이 없는 '박사'라고 우쭐된다면 그는 아직도 학문의 세계가 얼마나 광대한 것인지 짐작도 못하는 장님에 불과한 것이다. 그런 의미에서 학위는 한 가지 주제의 제한적인 연구에 불과하다. 그 분야를 다 아는 게 아니다. 그런데 어찌하여 학벌·학위에 그토록 높은 가치를 두려 하는가?

완전한 한 사회, 한 국가를 이루려면 반드시 학벌과 학위 있는 사람만 필요한 것이 아니다. 모든 사람이 다 필요하고 중요한 것이다. 그런데 무조건 학벌과 학위만을 중요시 한다면 그만큼 인간과 사회 자체가 불완전해질 수밖에 없다.

만일에 부모가 돈·명예·학벌·학위 등 지상적 가치만을 존중하고 추구한다면, 그 가정에서는 결코 '사람다운 사람'은 나오지 않는다. 그리고 가정에서의 진정한 행복도 없어진다. 자녀들이 부모님을 마음속으로 존경하지 않으면서 동시에 은연중에 부모님을 닮아가기 때문에 정신이 바르게 성장하지 못하기 때문이다.

잘못된 가치관을 가지고 살면 인간성이 파괴된다. 하물며 가족 전체가 잘못된 가치관을 가졌다면 그것은 이미 올바른 가정이 아니다. 일그러진 가정이다. 일그러진 가정에는 행복이 찾아오지 않는다. 먼저 사람이 되어야 행복하다. 따라서 부모에게서 사람다움을 배울 것이 없으면 그 가정에는 결코 행복은 없다.

5. 가정은 유기체(有機體)이다.

한 가정을 이루는 식구는 독립된 인격체이면서 가정이라는 유기체의 한 요소이다. 여기서 독립된 인격체란 독자적인 가치를 지닌 존귀한 존재를 뜻한다. 그러면서도 식구 한 사람 한 사람은 밀접하게 결합된 하나의 몸을 이룬다. 이 몸이 바로 유기체이다.

그러므로 식구 중에서 한 사람만 잘못 되어도 전체가 잘못되고, 전체가 아픔을 겪게 되고, 행복이 깨트려지게 된다. 그 점에서 볼 때 부모님의 역할만 중요한 것이 아니고, 자녀들의 역할도 똑같이 중요하다. 어느 한편의 노력만으로는 가정의 행복을 지킬 수 없기 때문이다. 모든 식구들이 자기의 역할을 바르게 다해야만 행복한 가정이 된다. 그러기 위해서는 각자가 탈이 없고 건전해야 한다. 이것은 아버지는 아버지답고, 어머니는 어머니답고, 자녀들은 자녀답도록 각자의 도리를 배워서 지켜야 된다는 말이다.

각자의 도리가 어떤 것인가는 쉽게 알 수 있는 게 아니다. 상당히 깊고도 수준 높은 공부를 해야 한다. 이와 같이 도리를 알아가는 공부는 인간의 기본적인 공부이고, 이것이 없으면 가정이라는 유기체는 일그러지고 만다.

가족 한 사람, 한 사람의 도리 즉 아버지의 도리, 가장의 도리, 남편의 도리, 어머니의 도리, 아내의 도리, 며느리의 도리, 국민으로서의 도리, 한 인간으로서의 도리, 아들·딸로서의 도리, 형제·자매로서의 도리, 학생·청소년으로서의 도리, 이런 도리에 대하여 우리는 대부분이 무관심하고 되는 대로 살고 있다. 그러면서 행복하지 않은 기성에 대해 불평을 늘어놓는다. 행복은 각자의 도리를 지키는 데 있다. 되는 대로 사는 데서는 행복이란 없다.

가정은 가족 구성원으로 이루어진 유기체이므로 나 한 사람의 잘못된 행동이 가정 전체에 금이 가게하고, 식구들의 마음을 아프게 함으로서 이로 인해 큰 재앙이 온다는 것을 명심하고 살아야 한다. 그러므로 나 한 사람의 잘못이 가정의 행복을 깨뜨리고 동시에 나의 행복도 깨뜨린다는 걸 알고, 언제나 조심하면서 가정의 행복을 지켜 나가는 데 협조해야 한다.

나 좋을 대로 살면서 가정이 행복하기를 바란다면, 이는 행복의 조건을 갖추지 않고 행복하기를 바라는 것과 같다. 가족과 살면서 나 좋을 대로 산다면 가정의 행복은 무너지고 만다. 그리고 가정은 편의상 식구들이 모여 사는 합숙소로 전락하고 만다. 합숙소는 결코 진정한 가정이라고 말할 수 없다. 행복은 거저 굴러오는 것이 아니라 각자의 도리와 역할을 통해 만들어 가는 것이다.

행복은 하나의 예술 작품이다. 가정의 행복을 만들기 위해서 식구들은 각자 바른 사람이 되기 위한 공부를 꾸준히 하면서 인격을 높여 나가야 한다. 공부를 통해 높은 인격을 닦아나가지 않으면 깊은 행복을 맛보기가 어렵다. 높은 인격에서 깊은 행복이 우러나온다.

가정을 이루고 사는 이에게는 가정의 행복이 절대적이다. 가정이 행복하면 다른 곳에서의 불행마저 감소된다. 그러나 가정이 불행하면 그 불행은 다른 곳에 까지 확산된다. 그러므로 가족끼리의 행복이 무엇보다 중요하다.

그러나 단순히 사랑만 나누고 웃으며 산다면 그것은 진실한 행복이 아니다. 행복은 노력에 의존한다. 악을 이기고, 악을 교화시키고, 환경에 적응하고 극복하는 힘을 가족과의 생활 속에서 길러야 행복한 가정이 된다. 그렇지 않으면 행복은 곧 무너지고 만다.

이 힘은 다른 어떤 공동체에서 보다도 가정생활 내에서 쉽게 길러질 수 있다. 그러므로 가정생활에서는 이와 같은 힘의 양성에 큰 비중을 두어야 한다. 이러한 힘을 갖지 못하는 가정의 행복은 결국 물거품처럼 사라지고야 만다.

흔히 많은 사람들은 남보다도 가족들에게 소홀히 한다. 이것은 불행하게 산다는 증거다. 실제로 이 세상에서 누구보다 소중한 존재는 가족이다. 이것은 가족 이기주의를 말하는 것이 아니다. 가족 이기주의는 선이 아니고 악이기 때문이다. 가정이 진정한 유기체가 되기 위해서는 무엇보다도 가족의 소중함을 인식하는 것이 우선되어야 한다는 뜻이다. 가정이 소중하다는 깊은 인식 속에 진정한 행복이 있는 것이다.

부모에게 자녀들은 지상 최고의 가치로 존재한다. 그래서 그 자녀를 잃게 되면 세상의 모든 것을 다 잃는 것과 같게 된다. 그처럼 부모의 자녀에 대한 사랑은 부모가 되어 보지 않으면 알 수 없는 무한(無限)한 가치를 지닌다.

그와 마찬가지로 자녀도 부모님의 소중함을 알아야 한다. 부모님의 소중함을 알지 못한다면 그는 참으로 어리석은 사람이다. 달리 말한다면 내가 올바른 사람으로 성장하고 있느냐 하는 것은 내가 진심으로 부모님의 소중함을 깨달았느냐, 깨닫지 못했느냐로 판단될 수 있다. 그러므로 내 부모님의 소중함을 모른다면 절대로 행복한 삶이 될 수 없다. 대다수의 부모님들은 선하고 힘들게 일을 해서 가족의 생활비용을 벌어들인다. 이는 주로 자녀들 때문에 모든 어려움을 참고 일하신다는 것을 알아야 된다. 그런데도 이렇게 키우려면 왜 낳았느냐고 함부로 말하지 마라. 자식은 낳고 싶어서 낳는 것이 아니다. 나무에 열매가 열리듯 자식은 자연스럽게 부모의 열매로 맺어질 뿐이다.

인생이 아무리 고달파도 세상에서 사람의 생명처럼 귀중한 것은 없다. 풀 한 포기 없는 사막, 천년, 만년 얼음으로 덮여있는 극지방의 끝없는 얼음 빌판을 생각해 보라. 그것은 죽음 자체이다. 그러니 잡초일망정 그 잡초가 무성한 들녘을 보자. 그 잡초의 생명이 얼마나 반갑고, 포근하고, 아름답고, 고귀한가. 잡초의 생명도 그렇듯 가치가 있는데 인간의 생명을 말해서 무엇 하겠는가?

　나의 생명은 부모님이 주신 것이다. 이 생명을 가치 없게 한 것은 나 자신이지 부모님이 아니다. 부모님 품 안에 있을 때 나의 생명은 가장 아름다웠고 가치가 있었다. 그래서 부모로부터 끝없는 사랑을 받았다. 그런데 어느 날부터 부모님 품 안을 떠나고 멀어지게 되면서 나는 아름다움을 잃게 되었고, 세상의 온갖 더러움에 물들기 시작하였고, 삶의 가치를 잃게 되었다. 이렇게 된 것은 내가 부모님의 뜻에 순종하지 못한 대가이며 스스로 자초한 것일 뿐이다.

　그러므로 내가 잘못된 것 모두를 가정환경만을 탓할 일이 아니다. 가정환경은 부모나 내가 선택하는 것이 아니라 운명적으로 결정된 것이다. 그리고 그 환경은 영구불변 하는 것은 아니다. 얼마든지 나의 노력에 의해 개선될 수 있는 것이다.

　물론 환경의 개선은 뜻대로 쉽게 되지는 않는다. 처음부터 가난하고 힘들게 일하는 환경을 선택할 사람은 아무도 없다. 그러므로 배움이 적고 가난한 부모님의 환경을 원망해서는 안 된다. 세상의 모든 사람에게 서로 다른 얼굴이 주어지듯 환경 또한 제각기 다르게 주어진다. 잘생긴 얼굴도 있고, 못생긴 얼굴도 있듯이 가정환경도 부모님의 의지와는 상관없이 차이가 있게 되는 것이다.

　그러면 누가 이러한 환경을 결정하는가? 그것은 자연이다. 어느 누가 그렇게 정하는 것이 아니다. 그것은 신(神)이라고 해도 옳지 않고, 운명이라고 해도 옳지 않다. 우리 한국 사람은 한국이라는 자연 속에 산다. 이 자연을 인위적으로 약간은 바꾸어 나갈 수는 있지만 그 모두를 근본적으로 바꿀 수는 없다. 그러므로 이 자연 속에서 나를 직응시키거나 발전시켜 나갈 수밖에 없다. 한국인으로서 이 자연 속에 태어난 나는 어쩔 수 없이 한국인이다. 아무리 불평하고 원망해도 나는 한국인 그 자체일 뿐이다. 그러므로 가정환경을 불평하는 것은 자신이 한국인이라는 것을 불평하는 것과도 같다. 단지 자연을 받아들이는 지혜를 발휘하는 도리밖에는 없는 것이다.

그런고로 내가 속한 자연이란 내가 일어설 출발점이 된다. 나는 이 출발점을 시작으로 해서 앞으로 나아가면 된다. 깊은 수양으로 미래에는 내 얼굴이 고상하고 우아하게 고쳐질 수도 있지만 당장은 어떻게 할 수가 없는 것처럼 내가 출발해야 할 환경도 당장은 어떻게 할 수가 없다. 그러므로 내가 몸담고 살고 있는 부모님의 환경을 내가 지금 당장 어떻게 개선할 수 없다면 사랑의 마음으로 받아들여야 한다. 미래에 내가 스스로 개선할 수 있을 때까지.

부모님이 현실적으로 만들어 줄 수 있는 가정환경을 탓하며 산다면 그 환경은 오히려 더욱 악화될 뿐이다. 특히 다른 어떤 환경보다 물질적으로 어려운 가정환경을 불평해서는 안 된다. 그것은 부모님의 의지나 능력으로는 뛰어 넘을 수 없는 환경조건이기 때문이다.

그런데 자연은 우리가 살고 있는 외부의 자연 환경만 있는 것이 아니라 우리 사람의 내부에도 '자연'이 존재한다. 사람은 누구나 자신의 의지에 따라 다소는 고칠 수 있어도 그 전부를 고칠 수 없는 것 내면의 자연이 존재하는 것이다. 이 내면의 자연이 그 사람의 운명을 결정한다. 부모님이 자식에게 물려준 환경도 이런 내면적 자연의 소산(所産)이다. 어느 누구를 막론하고 가난하고, 무지하고, 불행하게 살고 싶지 않지만 어쩔 수 없이 감내할 수밖에 없는 내적 요인이 바로 자연인 것이다.

우리가 주변에서 눈으로 보는 자연환경에는 삭막한 사막도 있고, 거친 황무지도 있고, 차가운 얼음으로 뒤덮여 있는 빙하 지대도 있는 반면에 풍요로운 옥토도 있는 것처럼 사람이 내적자연도 그와 같은 것이다. 그래서 사람에 따라서 뛰어난 재주, 훌륭한 도덕성, 아름다운 정서를 애초에 자연적으로 가지고 있기도 하고, 그렇지 못하기도 한 것이다. 그러한 내적자연에 따라서 우리의 인생과 환경도 크게 달라 지는 것이다.

그러나 이런 내적자연도 우리의 후천적 노력에 따라 상당한 수준까 지 고칠 수 있고 향상시킬 수도 있다. 물론 그렇다고 해서 보통 수준 의 재주를 천재적인 수준으로 끌어 올리거나, 보통의 심미안(審美眼)을 갑자기 뛰어난 심미안으로 변화시킬 수 없는 것처럼 나 자신의 노력 만으로 나의 내적자연을 모두 다 변화시킬 수는 없을 것이다.

다만 부모님으로부터 물려받은 기본적인 내적자연의 한계와 발전 가능성을 동시에 기쁜 마음으로 인정하고 받아들여야 한다. 부모님의 가난과 무지의 환경만은 무조건 탓해서는 안 된다.

오히려 비록 부모님이 가난하고 배운 것은 적지만 내면적인 자연의 원리에 충실하고 순수와 진실을 지키며 살아오신 삶의 태도를 존경할 수 있어야 한다.

내 부모님의 모습을 겉으로만 보고 판단해서는 안 된다. 내면에 감 추어진 진실하고 고귀한 성품을 보고 느낄 수 있어야 한다. 그러한 부 모님의 모습은 바로 옛 성인(聖人)들의 모습인 것이다.

흔히 선은 겉보기에 초라하고, 악은 겉보기에 호화롭다. 선은 위장 을 하지 않고 스스로 비천한 자리에 앉고, 악은 위장을 하고 스스로 높은 자리를 탐한다. 겉으로는 초라하고 비천해 보이지만 내면의 진 실을 간직하고 계시는 부모님을 거부하고 무시하면 결코 나에게 행복 은 주어지지 않는다. 부모님과 나는 분리될 수 없는 하나의 유기체이 기 때문이다.

6. 가정은 최고의 교육기관이다.

세 살적 버릇만 여든까지 가는 것이 아니고 가정교육도 평생을 간다. 가정의 행복은 부모의 교육능력에 따라 달라진다. 이때의 교육능력은 자녀로부터 존경받을 수 있는 인격에서 우러나온다. 그러므로 부모가 존경받을 만한 인격을 갖추지 못하면 바른 가정교육은 불가능하다. 그리고 많이 배우고 많이 안다고 해서 부모가 자녀를 잘 가르치는 것은 아니다. 자녀 교육은 지식만으로 되는 것이 아니기 때문이다.

더군다나 부모가 돈이 많다고 해서 자녀 교육이 잘 되는 것은 아니다. 교육은 인격으로 해야 한다. 그러므로 인격의 수준만큼 교육의 효과도 있다. 교육의 효과란 감화를 받는 정도에 따라 달라진다. 따라서 감화시키는 힘이 인격의 수준이고 인격의 수준이 곧 교육의 능력이다.

인격이란 끝없이 진리를 추구하고, 지속적으로 도덕적인 인간이 되려고 노력하여 세속적 가치를 초월함으로써 자연스럽게 형성되는 내적 자아(內的自我) 곧 '속사람'이다. 그러므로 인격을 바로 갖추려면 부모 자신이 진리를 공부하고, 도덕을 지키고, 세속적 오락의 유혹으로부터 벗어나야 한다.

인생이란 마음을 정화(淨化)하고 인격을 성장시키는 긴 과정이다. 이런 과정을 기반으로 해서 가정일, 사회일, 국가의 일을 해 나가야 한다. 이런 올바른 인격을 가지면 세속적인 사람과 구별되고 자녀의 교육은 비로소 바르게 이루어지는 것이다.

그러나 아무리 부모가 훌륭한 인격자일지라도, 교육을 받는 자녀에게 일정한 조건이 갖추어져야 한다. 그 조건은 순수와 진실의 태도이다. 다른 말로 하면 천진하고 세상의 때가 묻지 않은 상태를 말한다. 이 세상의 때로서 가장 무서운 것은 잘못된 확신과 교만과 속물적 가치관이다. 이런 사람에게는 바른 교육이 대단히 어렵다.

그런 점에서 불우한 가정환경으로 인해 불량 청소년, 또는 문제아로 낙인찍힌 사람보다도 선천적으로 머리가 좋아서 대단히 이기적이고, 교활하고, 자기 분수를 모르고 날뛰는 자가 오히려 순수와 진실을 잃어버리는 경우가 많다.

가장 순수하고 진실한 시기가 어린 시절이다. 그러므로 교육은 어릴수록 효과가 크고 성장해 갈수록 상대적으로 어렵다. 어린 시절에 인간으로서의 기본교육과 진리와 도덕을 담을 그릇이 형성되어야 한다. 그와 같은 교육 활동은 주로 가정 내에서 부모님과 조부모님이 해야 한다. 그 점에서 보면 가정이 최고의 교육 기관이고 부모님이 최고의 교육자다.

부모님이 자녀들을 올바르게 가르치는 교육자가 되지 못하면 나중에 자녀로부터 효도 받기도 어렵다. 또한 가정교육을 잘 받고 자라면 자녀의 인생은 그만큼 풍파가 적고 행복하게 된다.

그러나 많은 부모님들이 자신의 자녀교육에 대해 깊은 생각 없이, 세상사의 늪에 빠져 정신없이 살아가는 경우가 많다. 그러면서 자녀들이 자신에게 순종하기를 바란다면 이는 어이없는 희망에 불과하다. 부모님이 가장 가슴 깊이 반성해야 하는 것은 자녀교육에 대한 깊은 자각이다. 부모님은 자녀들이 자신의 뜻에 따르지 않는 것만을 한탄할 것이 아니라, 자녀교육의 중요성과 올바른 교육방법에 대해 보다 깊은 성찰이 없음을 한탄해야 한다.

흔히 자녀들이 행복하게 잘 살 수 있도록 하기 위해서는 무엇보다도 돈을 많이 벌어야 한다고 말한다. 그러나 어린 자식을 무관심하게 내버려두고 돈을 벌어야 할 만큼 절박한 가정환경이 아니라면 자신의 인격성장이나 어린 자식의 장래와 무관하게 돈벌이에만 몰두하는 것은 큰 잘못이다.

그러나 부모의 자녀교육 능력이 부족하다고 해서 무조건 자녀가 부모님 탓만 하는 것 또한 타당한 일이 아니다. 오래 전에 신문에 보도된 일인데, 어느 고등학교 2학년 학생이 다가 오는 대학 입시 공부에 열심인 것 같지가 않아서 직장에서 퇴근하신 아버님이 아들에게 왜 공부를 하지 않느냐고 나무라니까 아들이 하는 말이 "아버지도 집에서 책을 읽으시는 것을 한 번도 본 적이 없는데, 왜 나보고만 공부하라고 하십니까?"하고 퉁명스럽게 대답했다고 한다. 이는 설령 그 말이 옳다고 하더라도 부모 자식 간에 최소한으로 갖추어야 할 예의 범절에 벗어나는 일이다.

그리고 부모가 반드시 자녀가 보는 앞에서 공부하는 모습만 보여야 하는 것도 아니다. 부모는 부모로서 해야 하는 일이 있고, 자식은 자식으로서 해야 하는 본분이 따로 있는 것이다. 만일 아버지께서 공부만 하느라고 정작 가족들의 생계유지를 위해 필요한 돈을 벌어오지 못한다면, 그 자식은 또 그 아버지에게 뭐라고 불평했을까? 자식은 자식대로 가족을 위한 부모의 희생에 대해 깊이 생각해 보아야 한다.

이 세상 대부분의 부모님들은 조상으로부터 가난을 유산으로 물려받아 엄청난 고생과 땀을 흘려가며 가정을 이루었다. 그것은 결코 쉬운 일이 아니다. 더군다나 그 대가로 벌어온 돈이 남들처럼 부정하게 번 돈이 아니고 정직하게 자신의 고생과 절약으로 땀 흘려 번 돈이라면 더욱 가치 있게 생각하고 그 돈에 대해 경의를 표해야 한다. 그리고 더욱 부모님을 존경하고 순종해야 한다.

우리 사회에서 정직한 노동의 대가로 돈을 버는 일은 절대로 말처럼 쉬운 일이 아니다. 공부하기만큼이나 어렵다. 그러므로 부모님이 가족을 위해 돈을 벌어 오시는 것을 겸코 기볍게 여기시는 안 된다. 돈은 이 세상에서 최고이 가치라고는 할 수는 없지만 삶의 필수석인 조건이다. 그 점에서 자녀는 부모님의 헌신적인 노력으로 불편 없이 먹고 살 수 있고, 학교에 다닐 수 있다는 것만으로도 큰 행복으로 알고 감사해야 한다.

미성년의 자녀들은 순전히 부모님으로부터 모든 것을 의존하고 부양을 받는다. 그러므로 일방적으로 받기만 하는 입장에서는 당당하게 요구할 자격 또한 없다. 그러므로 자식은 부모가 자신의 욕망을 충족시켜주지 못한다는 이유로 반항적 태도를 보여서는 안 된다. 부모님은 자식에게 결코 악의 대상이 될 수가 없고 절대적인 진리로 존재하기 때문이다. 그러므로 부모님께 순종하는 자세를 취하면 나의 인간성을 존중받을 수 있지만, 거역하면 나의 인간성 자체를 파괴하게 된다. 자고로 부모님께 불효하고 천벌 받지 않는 이는 없다고 했다. 어떤 일이 있어도 부모님께 대들어서는 안 된다. 부모님께 함부로 대들면 그 인생은 절대로 순탄할 수 없다. 나에게 고귀한 생명을 주신 것만으로도 갚을 은혜가 무한한 분이 부모님이신데 하물며 대들기까지 한다면 어찌 인간이라 할 수 있겠는가?

그러나 또 한편으로는 자식의 불효는 부모가 유발한다는 것도 알아야 된다. 원인이 있어서 결과가 있고, 작용이 있어서 반작용이 있는 것이다. 예전에는 자식의 불효만을 일방적으로 나무랐지만 이제는 그런 시대가 아니다. 부모 역시도 자식에게 올바른 본을 보여야 한다. 부모에게 배울 것이 없으면 자식은 돌아서고 만다. 부모가 제대로 인격을 쌓는 공부를 게을리 하면 자식 또한 부모를 무시하게 된다.

돈으로만 자식을 잘 키울 수 있다는 생각은 아주 잘못된 것이다. 밥을 배부르게 먹일 수 있다는 것으로도 잘 키우는 것도 아니다. 그것은 짐승들도 할 수 있는 일이다. 따라서 그것만으로는 자식들 또한 무조건 부모에게 감사해 하지 않는다.

아프리카 초원에 사는 '들개'는 사냥을 나가서 먹이를 잡은 다음에 자기들이 먹고 난 뒤에 새끼를 주려고 먹이를 물고 온다. 만약에 새끼들이 더 먹고 싶어 하면 어미는 자기가 먹은 것을 다시 토해 내서 새끼의 배를 마저 채워준다. 물론 사람은 자식을 위해 토해서까지 주지는 않지만, 자신은 굶주리면서도 자식에게 먼저 먹이를 준다는 점에서 보면 들개의 자식 사랑과도 견주어 볼 수 있을 것이다.

그러나 요즘의 세태를 보면 먹여주고 공부시켜 주는데 무슨 불평이며 왜 부모에게 순종하지 않느냐고 한다면 그것은 자녀들에게 쉽사리 통하지 않는다. 만약에 그처럼 고루한 사고방식을 계속 강요한다면 자녀들은 차라리 가출을 택하겠다고 위협해 올지도 모른다.

자식과 부모의 관계가 예전에는 명령과 복종의 관계였고, 종속과 비종속의 관계였다면, 이제는 상호간의 인격적 관계와 수평적 관계로 옮아가고 있다. 그래서 이제는 부모가 솔선수범하지 않으면 자녀들을 쉽게 설득할 수 없게 되고 부모 뜻대로 통제할 수도 없게 된 것이다.

동물은 그 어미가 새끼를 어느 정도까지 키워주고 나면 각자의 길로 떠나게 된다. 마찬가지로 사람도 얼마간 키워 놓으면 부모의 품을 벗어나게 된다. 그렇다고 해서 떠난 자식을 원망해서는 안 된다. 오히려 자녀가 자주적인 독립생활의 능력을 갖고 살아가게 된 것을 다행으로 여겨야 한다. 다만 부모의 곁을 떠나서도 부모로부터 배운 진리를 행하고 그 다음 대의 자녀들에게 올바른 가정교육이 계속 이어질 수 있도록 기원해 주어야 한다.

7. 가정은 성(城)이다.

성(城)은 적이 들어오지 못하게 막는 방벽이다. 그러면 가정은 외부로부터 무엇을 막는 성인가? 이는 오염된 세상 물결, 유혹하는 악마들, 타락한 세속의 가치들을 막아 주고 보호해 주는 방벽인 것이다.

만약 가정에 문제가 있으면 성은 금방 무너진다. 이때 가정의 문제는 주로 부모로부터 시작된다. 부모가 가정의 일차적인 수문장이 되어야 하는데 이미 성벽이 약하거나 무너져 있다면 어린 자녀들만의 힘으로는 가정의 행복을 지키기가 어렵기 때문이다.

부모가 도덕과 진리로 단단히 무장하고 있으면 성벽이 튼튼해져서 사납고 부도덕한 외적으로부터 자식들을 보호할 수 있다. 그리고 부모는 자녀들에게 꾸준히 대화를 통해 세상의 온갖 죄악으로부터 자신을 방어할 수 있는 힘을 길러 주어야 한다. 그런 의미에서 가정 내에서의 자녀들과의 대화는 자녀들을 지키는 또 다른 성벽이 될 수 있다.

또 한편 가정은 성소(聖所)가 되어야 한다. 혹시 자녀가 가정 밖에서 잘못을 저질렀다고 하더라도 부모는 모든 것을 감싸고, 이해하고, 사랑으로 용서해 주어야 하는 것이다. 부모는 어떤 경우에도 자녀들의 변호사가 될지언정 재판관이나 검찰관이 되서는 안 된다.

그러나 잘못을 저지른 자녀는 자기의 잘못이 가정의 행복을 파괴한다는 것을 깊이 인식하고, 자신의 실수로 잘못을 저지른 경우에는 재빨리 뉘우치고, 용서를 빌고, 또다시 같은 잘못을 저지르지 않도록 조심해야 된다.

가정의 행복을 무시하고 내 멋대로만 살려고 한다면 그것은 가족 구성원으로서 해야 할 인간의 도리가 아니다. 비록 부모님이 자식을 대하는 태도가 마음에 들지 않고, 가정환경이 자유롭지 못하다고 해도 나를 진심으로 아껴주고 지켜주는 곳은 가정뿐이라는 사실을 잊어서는 안 된다.

동물학자들의 보고에 의하면 동물의 왕인 사자도 새끼의 80%를 하찮은 동물들에게 잃는다고 한다. 어미의 곁을 떠나 혼자서 떠도는 사자 새끼는 거의 다 죽고 만다는 것이다. 동물만 그러는 것이 아니다. 인간도 마찬가지이다. 가정 밖에서 제 마음대로 떠돌아다니는 아이는 자칫 잘못하면 세상의 악으로부터 보호받지 못하고 불행을 겪게 된다. 그러므로 자녀들은 자신의 힘으로 온갖 세상의 악을 물리칠 수 있을 때까지는 가정의 성 안에서 부모님의 든든한 보호를 받아야 한다.

II. 무지(無知)와 육신생활(肉身生活)

1. 무지란 어떤 것인가?

무엇을 모르는 것을 무지라고 한다. 그러나 모를 뿐만 아니라 잘못 아는 것, 확실하게 알지 못하는 것, 막연하게 아는 것, 단순하게 어느 한 쪽만 아는 것, 지나치게 주관적인 것도 다 무지에 해당된다. 그 중에서 우리 사회의 가장 큰 문제가 되는 것은 교육을 받은 자의 독단적 무지이다. 고등교육을 받았음에도 불구하고 명확하게 알지 못하는 무지인 것이다. 우리 사회에서는 흔히 교육 받은 자들의 무지의 행위가 교육을 받지 않은 자의 무지한 행동보다 오히려 더 큰 해독을 끼친다는 사실에 무감한 듯하다.

확실하게 알지 못하고 잘못 알고 있으면서 그것이 진리인 것처럼 남을 가르치는 가성교육, 학교교육, 종교교육, 사회교육이 우리 사회의 잘못된 인간을 양산해 왔다는 사실을 간과해 온 것이다. 어찌 보면 오늘 우리의 모습은 무지 위에 피어난 추악한 형상일지도 모른다. 이러한 무지의 심각함을 일깨우고, 무지를 자각하게 하는 것이 우리 사회의 긴급한 현안 문제이다. '소크라테스'(Socrates)의 철학은 이러한 인간의 무지를 자각시키는 데서 출발한다.

사람이면 누구나 알아야 하는 것은 지식과 진리이다. 일반적으로 지식은 크게 세 가지로 나뉜다. 인간에 관한 지식을 인문과학이라고 하는데 문학·예술·철학·종교 등이 이에 해당하고, 사회에 관한 지식을 사회과학이라 하는데 정치·경제·법률·역사 등이 이에 해당하며, 물질에 관한 지식을 자연과학이라고 하는데 물리·화학·생물·수학·의학 등이 이에 해당한다.

지식은 또다시 그 넓이와 깊이에 따라서 교양으로서의 지식과 전문지식으로 나누어진다. 전문가에게 필요한 것이 전문지식이고, 일반 사람에게 필요한 것이 교양으로서의 지식이다. 사람은 누구나 교양으로서의 지식을 갖추어야 한다. 교양이란 인간답게 살고, 타인에게 피해를 주지 않으면서 살고, 한 나라의 국민으로서 모두가 다 잘 살기 위해서 반드시 알아 두어야 할 기본적인 지식이다.

교양이란 어느 한계가 정해진 것이 아니다. 더 넓게, 더 깊이 알수록 좋다. 더 넓게 더 깊이 알수록 교양 수준이 높아지기 때문이다. 그런데 단순히 지식만 갖고 있어서는 안 된다. 지식만 가지고 있으면 정작 인간이 가야 할 방향을 명확하게 알지 못하고 자칫 이기적이고, 교만하며, 명리(名利)에 급급하여 천박한 인격이 되기 때문이다. 그러므로 무엇보다도 진리를 알고 따라야 한다는 것이 중요하다.

진리란 어느 시대, 어느 곳의 사람에게도 다 옳은 것을 말한다. 즉 어떻게 사는 것이 옳은가? 어떤 일, 어떤 사람이 옳은가를 판단하는 가장 명확한 기준이 진리인데, 이것은 모든 인간이 동의하는 공동된 뜻에 따르는 것이고, 인간의 원초적 죄악으로부터 빗어나 고귀한 양심에 이르는 밝은 빛과 같은 개념인 것이다.

언뜻 보면 지식과 진리는 같은 것 같지만 전혀 그 차원이 다르다.

지식의 중심적인 핵(核), 지식의 근본과 본질이 곧 진리이다. 달리 말하면 지식 중의 진지(眞知)가 진리이다. 진지란 참된 지식인데 소크라테스 때부터 철학자들이 추구해 왔던 것으로서, 그리스어로 '에피스테메'(Episteme)라고 한다. 그러므로 단순한 지식 그 자체는 진리를 증거 하는 보조수단으로서 진리의 하위가치(下位價値)에 속한다.

다시 말하면 진리만 알고 지식이 없으면 진리가 진리라는 것을 증명하기 어렵고, 지식만 있고 진리를 모르면 그 지식은 불완전해서 사람들에게 깊은 감화를 주지 못한다. 그래서 지식 없는 진리는 수학 문제를 답만 외우고 풀지 못하는 것과 같고, 진리 없는 지식은 풀 줄은 아는데 답이 틀리는 것과도 같다.

많은 지식 속에서 작은 진리를 발견할 수 있다. 그러므로 꾸준히 지식을 추구해 나가다 보면 어느 순간 희미한 진리의 존재를 느끼게 된다. 오랜 세월에 걸쳐 이런 일이 반복되면 진리 쪽에 더 가치를 두게 되고, 지식 쪽에는 점차 가치를 멀리 하게 된다. 이렇게 되면 내게서 서서히 원초적 동물성이 소멸되고 비로소 세속적 가치로부터 벗어나게 된다. 그리고 서서히 진리에 더욱 가깝게 접근해 간다. 진리에 접근한다는 것은 진리를 깨달아 가는 것을 말한다. 따라서 진리를 추구한다는 것은 이런 깨달음이 계속 이어지는 것을 의미한다. 그러므로 깨달음에 이르지 못하면 그것은 바른 진리가 아니고 단편적인 지식에 불과하다. 그리고 깨달음이란 나의 변화를 뜻한다. 이런 변화와 함께 그 진리를 더욱 깊게, 바르게, 새롭게 알게 되는 것이다.

또 한편 깨달음이란 나의 원초적 동물성에서 깨어나는 것을 말한다. 동물성이 깨어진다는 말은 비로소 사람이 되어 간다는 것을 뜻한다. 너욱 더 인간적으로 정화(淨化)되고, 심화(深化)되고, 의화(義化)되고, 성화(聖化)되는 것이다. 다시 말하면 진리의 깨달음이란 단순한 지식으로서의 진리가 나의 인격으로, 체질로, 존재로 바뀌는 것이다. 말하자면 진리

의 나의 존재화(存在化), 나의 진리화(眞理化)가 곧 깨달음이다. 이 깨달음
은 내가 완전한 진리에 이를 때까지 계속 이어진다. 이와 같이 존재화
된 진리와 머릿속에 기억된 지식을 동시에 가지고 있어야 비로소 바로
알고 있는 것이다. 이 둘이 없으면 무지한 것이나 다름이 없는 것이다.

그러므로 아무리 많은 지식을 갖고 있어도 깨달음의 진리를 얻지
못하면 그는 지식인은 될지언정 진리의 인간은 되지 못한다. 그런 인
간은 설령 진리를 알고 있다고 해도 행하지를 못한다. 행하지 못하는
진리는 지식에 불과하다. 이는 동물성이 소멸되지 않고 그대로 남아
있는 생물학적인 존재일 뿐이다.

진리가 담겨 있지 않은 단순한 지식에는 그 누구도 경의를 표하지
않는다. 진리가 없는 지식만으로는 물건의 형체를 만들 수 있을지 모
르지만 진정한 사람을 만들 수가 없고, 나아가서는 다른 사람이나 사
회를 다스릴 수도 없다.

그러므로 참된 진리에 이르지 못한 지식만을 가지게 되면 그 지식
은 빛을 잃고 올바르게 쓰이기가 어렵다. 권력의 종이 되기도 하고,
독재의 도구도 되기도 하고, 교만이라는 흉측한 괴물이 되기도 한다.

그런 점에서 보면 무조건 더 많은 지식을 얻기 위한 공부가 반드시
바람직한 것도 아니고, 학교에서 공부 잘한다고 꼭 좋은 것도 아니다.
오히려 공부를 잘못하면 국가 사회에 큰 해독을 끼칠 수도 있다. 그러
므로 지식은 참된 진리를 얻기 위한 수단이 되어야 한다.

오늘의 사회를 보자! 교육을 통한 지식인과 지식의 양은 넘쳐나지
만 사회는 오히려 암담하고 우울해지고 있지 않은가? 사람의 두뇌 속
이나 책 속에 가득히 채워져 있는 것은 단순한 지식에 불과하다. 아무
리 성경이나 불경이나 사서삼경(四書三經)에 있는 지식을 다 외워 둠는
다고 해도 그것이 깨달음의 상태로 승화될 수 없다면 그것은 한낱 무
용지물이 될 수밖에 없다.

그러므로 지식을 축적하기 위한 공부는 '깨달음'에 이르러야 비로소 의미가 있다. 깨달음에 이르지 못한 공부는 헛공부일 뿐이다. 깨달음을 통해서만 바른 인격이 형성된다. 그런 인격 속에서만 진리는 존재한다. 다른 곳에서는 참된 진리를 찾을 수 없다.

2. 무지하면 멸시 받는다

흔히 무지하면 힘을 잃고 무시당하기 쉽다. 힘이 없으면 남에게 짓밟히고 이용당하고 쉽게 속는다. 그래서 억울한 일도 많이 당한다. 내가 무지하면 누구도 나를 존중해 주지 않는다. 겉으로는 존중해 주는 척 하면서도 속으로는 그렇지 않은 경우가 많다.

이때 무지한 사람이라고 할지라도 깊은 마음으로 떠받들고 인간의 존엄성을 존중해 주는 이는 오직 진리를 깨우친 사람뿐이다. 세속적이지 않은 사람, 진심으로 지상적 가치를 벗어나 있는 사람만이 무지한 사람을 받들 줄 안다. 이것은 결코 자신의 이익을 취하기 위해 속이거나 위선을 부리는 것이 아니다. 인간에 대한 깊은 사랑으로 존중하고 위해 주는 것이다. 그러므로 진리를 깨우친 자만이 널리 인간을 존중하고 진심으로 사랑을 베풀 수 있는 것이다. 자기가 남보다 더 많이 갖기 위해서 남을 해치고 욕심을 부리는 자는 결코 힘없고 무지한 사람을 진심으로 위해 주지 않는다. 다만 위선적인 미소와 몸짓으로 남을 위해 주는 척하며 이용할 뿐이다.

일반적으로 무지한 사람은 다른 사람들의 깊은 속을 들여다 볼 수 있는 안목이 없기 때문에 겉만 보고 사람을 쉽게 판단해 버린다. 그러다보면 양가죽을 쓴 늑대를 미처 알아보지 못한다. 그래서 결국에는 그 늑대에게 자신이 큰 피해를 보게 된다. 신문·방송과 같은 언론의 의도적인 여론 조작이나 정치인들의 정치공작 등이 그 대표적인 예이다.

내가 무지해 보이면 아무리 나의 말이 옳다고 해도 나의 말을 귀담아 들어주려 하지 않고 무시해 버린다. 이것은 결과적으로 내 존재 자체를 무시하고 나의 인격을 짓밟는 행위다. 그러므로 내가 무지하면 '나'라는 존재성도 없어지는 것이다. 그러면 나는 더 이상 행복해 질 수가 없는 것이다.

그러므로 무지는 나의 행복을 보장하지 못한다. 아무리 돈을 많이 벌어서 겉으로 치장을 해도, 처음에는 좀 그럴듯해 보이지만 금방 본색이 드러나고 만다. 부모가 무지하면 자녀들의 눈에 그렇게 보이고, 아내가 무지하면 남편의 눈에 그렇게 보이고, 남편이 무지하면 아내의 눈에 그렇게 보인다.

무지하면 나도 모르게 악이 내 마음속에 뿌리를 내린다. 그래서 무지가 악의 영양제기 되이 차츰 익이 활동하는 버선이 커지게 된다. 백성이 무지하면 나라에 부정·부패가 난무하고, 사람을 짐승으로 여기는 독재정치가 싹트는 것이다. 알고 보면 독재정치는 백성의 무지의 산물이다. 그 때문에 독재를 꿈꾸는 정치 권력자는 백성이 무지하기를 원한다. 진리의 알맹이가 빠져버린 허접한 지식만을 갖기를 원한다. 백성들의 허접한 지식은 독재의 도구로 이용될 수 있지만, 깨달음의 진리는 독재의 도구가 될 수 없기 때문이다.

백성이 기본적으로 생존에 필요한 지식만 갖게 하면 저마다 눈앞의 재물과 권력에 눈이 멀게 되지만, 진리의 눈을 갖게 되면 재물과 권력이 쓰레기로 보임으로서 독재 권력의 유지에 이용할 수 없게 되고, 저들의 숨겨진 속셈과 악마적 근성이 폭로되기 때문이다. 그러므로 백성의 무지는 결과적으로 악의 협조자가 되고 그래서 무지의 인간이 많을수록 세상은 더욱 악이 들끓게 되는 것이다.

쓸모없는 지식은 악을 더욱 조장하기도 한다. 잘못된 지식이 오히려 악의 방패가 되고, 칼이 되어 악을 돕기도 하는 것이다. 그래서 지식은 때로는 무지보다 더 무서운 무기가 되기도 한다. 그러나 무지하면 무엇이 진리인지 누구의 말이 진리인지를 모르고 무조건 따르다 보면 위장된 진리에 속아 자신도 모르게 악의 무리에 빠져들기도 한다.

세상에는 남에게 막대한 피해를 끼치면서 자기만 편하고 배부르게 사는 자가 너무나 많다. 이런 자는 한마디로 말해서 악마의 자식들이다. 나를 희생하여 남을 편하게 하고, 배부르게 할 수 있는 사람이야 말로 진정한 진리의 사람인 것이다.

무지하면 이와 같은 악마의 자식들과 진리의 사람을 잘 구별하지 못한다. 이때 가장 속기 쉬운 것이 종교라는 탈을 쓰고 있는 성직자들의 말이다. 신자들은 여러 종교 교역자들의 속셈을 올바로 알지 못하고, 그들의 말을 마치 예수나 석가와 같은 성인 성현의 말씀처럼 그대로 믿고 따르는 것이다. 그들은 자신의 편의에 따라 얼마든지 성경이나 불경 말씀을 귀에 걸면 귀걸이, 코에 걸면 코걸이 식으로 왜곡하고 거짓으로 위장하는 마술을 부리는 것이다.

일제강점기 친일파 기독교 교역자들만 해도 친일의 근거와 친일의 정당성을 성경의 말씀을 인용하여 무지한 식민지 백성들을 속이지 않았던가? 이와 같이 사이비 교역자들은 얼마든지 성경이나 불경의 말씀을 거짓으로 변조하고 변질시키는 죄악을 저지를 수 있는 것이다. 이러한 사실을 어리석은 신자들은 모르고 지나친다. 이는 신자들 스스로 성경이나 불경에 대하여 깊이 공부하는 안목이 부족하기 때문이다.

물론 성경이나 불경을 제대로 알기란 말처럼 쉬운 일은 아니다. 그렇지만 나 자신이 무지하면 제 아무리 종교적 신앙생활을 열심히 하고 성직자의 지시에 충실히 따른다고 해도 내 마음속에 악이 자라고, 진리의 씨앗은 오히려 메말라 간다는 사실을 바르게 인식하여야 한다.

예수나 석가나 공자께서 우리에게 전해 주신 말씀들은 곧 그분들 자신이 행하신 진리에 따라 살라는 것이다. 그분들의 정신, 의식구조, 마음씨, 가치관, 행동과 생활을 본받아야 한다는 것이다. 그와 같은 진리의 말씀이 성경이나 불경이나 사서삼경과 같은 고전에 글로 표현되어 전승되어 온 것이다. 우리는 그것들을 일러 진리라고 한다. 성인(聖人)들의 삶이 곧 진리이기 때문이다.

그러므로 진리에 충실한 삶을 살고자 한다면 그분들의 삶의 행적을 따르고 본받아야 한다. 만약 그렇지 못하다면 그는 예수나 석가나 공자의 말씀을 이용하여 자신의 생계수단 또는 입신출세의 수단으로 이용하려는 잔꾀에 불과한 것이다. 그런 의미에서 보면 옛 성인의 말씀대로 행하지 않으면서 말로만 교언영색의 위선을 부리는 교역자는 신자를 속이고 있는 것이나 다름이 없는 것이다. 달리 말하면 성인의 진리의 말씀을 모독하는 죄악을 저지르고 있는 것이다.

중국 전국시대에 '위(魏)'라는 나라가 있었다. 전국시대에 강국(強國)이 일곱 나라가 있었는데 그 중의 하나다. 위나라는 서기전 403년에 세워져 서기전 225년 진시황에게 멸망된 나라이다. 이 나라에 서문표(西門豹)라는 유명한 장군이 있었다. 위나라의 시조를 문후(文候)라고 하는데 문후를 도와서 위나라를 크게 번성케 한 명장이다. 장군 서문표가 업(鄴)이라는 고을의 태수로 부임하였다. 부임해보니 고을이 피폐하고 백성의 수가 적었다. 관리들에게 물어도 이유를 정확하게 알 수가 없었다. 의로운 사람을 찾아 물어본즉, 이 고을에서는 매년 물귀신(水神)에게 예쁜 처녀를 시집보내는 연례행사가 있었다. 전통적으로 행해오는 종교의식이다. 그래야만이 풍년이 들고, 고을 사람들이 복을 받는다는 것이다.

이 연례행사는 무당과 그 고을의 호족(豪族) 세 사람[三老]이 연합해서 주재(主宰)하는데, 딸을 둔 집에서는 딸이 선택되는 게 두려워 많은 돈을 무당과 호족에게 바치고, 가난한 집에서는 다른 고을로 이사를 한다고 했다. 그래서 백성들이 갈수록 줄어든 것이다. 무당과 삼노(三老)는 이 행사를 빌미로 수많은 재물을 빼앗았다.

　서문표가 부임하던 해에도 이러한 의식이 계속되고 있어서, 서문표도 그 의식에 참석하였다. 무당의 우두머리가 의식을 집전하는데, 처녀를 강물 속에 넣을 때가 되었다. 이때 서문표가 집전하던 무당을 불렀다. 서문표가 말하기를 "수신(水神)에게 보내는 처녀는 얼굴이 예뻐야 한다는데 내가 저 처녀를 보니 얼굴이 그다지 예쁘지 않다. 저와 같은 처녀를 수신이 반갑게 받으려는지 모르겠다. 무당 네가 수신에게 직접 가서 물어보고 오너라." 그 말에 무당이 놀라서 머뭇거리자, 서문표가 군졸들에게 명령을 내려 무당을 강물에 내던졌다. 그리고 서문표는 무당이 돌아오기를 기다렸다. 한참 기다려도 돌아오지 않으니까 서열 두 번째 무당을 불러서 "어찌된 일인지 한번 간 무당이 돌아오지 않는다. 네가 가보아라." 하고는, 또 군졸들을 시켜서 강물에 던져버렸다. 이렇게 해서 무당 우두머리들과 삼노〔三老〕 셋을 다 강물에 던져 버리자 나머지 호족들, 관리들, 무당들이 서문표 장군 앞에 무릎을 꿇고 살려 달라고 빌었다. 이로써 무당 일당들이 백성들을 속여 먹던 무속(巫俗)이 없어져 이 고을은 번영하게 되었다.

　이것은 단순한 옛 이야기가 아니라 당시의 종교가 백성을 속여 자기들의 영욕을 채운 하나의 사례이다. 무속인들이 제멋대로 신의 뜻을 빙자하여 제멋대로 꾸며낸 속임수인 것이다. 이처럼 무지한 백성들은 종교를 이용한 사기에 놀아난 것이다.

　그렇다면 오늘날의 고등 종교의 행태는 어떠할까? 만약에 지금까지도 그러한 종교적 폐단이 계속되고 있다면 '서문표'와 같은 위인을 다시 불러와서 종교를 빙자하여 악행을 일삼는 가짜 교역자들을 혼내 주어야 하는 것이 아닐까?

3. 무지와 육신생활

무지하면 인간의 삶은 필연적으로 육신생활에 머물게 된다. 무지하면 무한히 펼쳐져 있는 진리의 세계를 바라보는 시선도, 영원을 향한 발걸음도, 이 세상의 무엇과도 바꿀 수 없는 내적행복(內的幸福)을 꿈꿀 수도 없다.

그저 밥만 먹고 살다 죽는다. 밥 먹고 남는 시간이 있으면 끼리끼리 모여 앉아 술 마시고, 도박하고, 남의 흉이나 보고, 소문 만들어 내고, 잡담이나 하고, 이유도 없이 남을 미워하고, 욕하고, 헐뜯고, 싸우고, 남이 나보다 호화롭게 살고, 권세 부리는 것을 부러워하고, 옷단장, 몸단장, 집단장이나 하는 것으로 소일하며 산다. 그리고 문화생활이라고는 겨우 텔레비전이나 신문, 잡지의 오락프로를 주로 본다. 이처럼 사는 것을 육신생활이라고 한다. 다른 말로는 동물적 생활이라고 하는 것이다. 이런 생활을 가리켜 독일의 철학자 '하이데거'(Heidegger)는 퇴폐적인 생활 즉 본래의 자기를 잃어버린 생활이라고 하였다. 살인하고, 강도질하고, 부정하고 불의한 자만이 썩은 인생이 아니다. 이런 육신생활 또한 퇴폐적이고 타락한 인생이다.

우리가 하는 신앙생활에서도 이와 같은 현상들을 많이 보게 된다. 그렇다면 이런 신앙생활 역시도 타락한 육신생활에 불과하다. 신앙생활 1년 한 사람이나 10년 한 사람이 별 차이가 없다면 이 또한 바른 신앙인이 아니다.

이런 육신생활만을 위주로 하면서 남에게 사랑받고, 존경받고, 행복하기를 바란다면 그는 참 신앙인으로서의 성신마저 의심받을 만하다. 남들이 보기에 행실이 바람직해 보이고, 가치관이 바르고, 배울 점이 있어야 사랑도, 존경도, 행복도 나와 함께 할 수 있는 것이다.

그렇다고 해서 의식적으로 클래식 음악을 자주 듣고, 비싼 입장료를 지불하면서 오페라를 관람하고, 오케스트라의 연주를 감상하고 유명한 예술인의 작품 전시장에 드나든다고 해서 육신생활이 아닌 정신생활을 잘 한다고 할 수도 없다. 물론 충분한 여유가 있다면 그런 생활도 정신생활에 도움이 될 수는 있겠지만 그보다도 나 자신이 육신생활을 벗어나 세속적 가치를 멀리하고 진리의 심연(深淵)으로 들어가 조용히 사색해 볼 수 있는 고상한 삶을 지향해 나가는 것이 진정한 인간으로서의 정신생활을 영위하게 되는 것이다.

인격은 외형적인 치장으로 결정되는 것이 아니다. 자신의 현재 마음속에 담겨 있는 바에 따라 그것이 세속적 가치에 머물러 있다면 아무리 겉으로는 고상해 보인다고 해도 동물적 본능을 벗어나지 못하는 것이다.

이에 반해 고귀한 정신생활을 영위해 나간다면 남모르는 깊은 즐거움이 있고, 세상적인 그 어떤 것도 부러워하지 않는 부유함이 있고, 자신도 모르게 피어오르는 내면의 잔잔한 미소가 있고, 세상적인 모든 고뇌를 떠나서 누리는 평화도 있는 것이다.

물론 육신생활 중에도 행복은 있다. 그러나 그것은 작은 행복일 뿐 깊지도 않고 길지도 않다. 또한 외부의 작은 조건에 의해서 쉽게 파괴되고, 손상되고, 무너진다. 그리고 육신 위주의 생활을 계속하다 보면 갈수록 영혼이 메마르고, 추해지고, 초라해진다. 그래서 자꾸만 의식적으로 겉치장에 신경을 쓰게 된다.

신약성경의 마태복음 12장을 보면 '되돌아온 악령'에 대한 예수의 말씀이 있다. 악령이 어떤 사람의 몸 안에서 함께 살다가 밖으로 나와 더 안락하게 살 수 있는 곳을 찾아보았으나 마땅치가 않아서, 할 수 없이 전에 살던 사람의 몸 안으로 다시 되돌아왔다. 그곳은 예전보다 더 부유하고 호화스러운 환경을 이루고 있었다. 그래서 다시 밖으로 나와 자기보다 더 흉악한 악령 일곱을 데리고 들어와 살게 되었다. 그리하여 그 사람은 더욱 비참하게 되고 말았다는 내용이다.

대부분 사람들의 마음 안에는 악령이 도사리고 있다. 내부에 진리와 교양이 빈약할수록, 순수와 진실을 잃어 양심이 마비될수록, 그리고 세상적인 것에 대한 욕심과 야심이 많을수록 그 속에는 온갖 악령들이 춤을 추고 있는 것이다.

그런데 어떤 사람의 마음속에서는 악령이 살기에 몹시 불편하다 보니 더 좋은 조건을 찾아 그곳을 빠져 나가는 경우도 있다. 왜냐하면 그 사람은 양심을 지키며 인간의 도리에 따라 진리대로 살려는 사람이어서 악령으로부터의 지배를 강력히 거부하기 때문이다.

우리가 살고 있는 이 사회, 이 세상에 수많은 악마들이 들끓고 있는 것은 속은 텅 비워두고 겉치장에만 치중하는 영혼이 없는 육신생활에 너무 깊이 빠져들어 있기 때문이다. 그럴수록 세상은 더욱 어둡고 불행해지게 될 것이다.

그러나 비록 가난하고 아는 것이 부족하여도 순수와 진실을 잃지 않고 진리에 따라 살아간다면 이 땅은 더욱 풍요롭고, 행복하고, 평화스러운 지상낙원을 이룰 수 있을 것이다.

4. 무지의 극복

무지에서 벗어나는 일은 결코 쉬운 일이 아니다. 더구나 일하면서 공부하기란 더욱 어려운 일이다. 그래도 공부는 계속 해야 한다. 그것이 사람답게 살기 위한 최고의 수단이기 때문이다.

우리가 속물(俗物)로 살지 않고 실속 있는 인간으로 살아가려면, 반드시 진리공부를 열심히 해서 깨달음에 이르러야 한다. 공부는 비록 힘은 들지만 불가능한 일은 아니다. 인간답게 살기 위한 진리공부는 살아 있는 한 억지로라도 해야 된다. 이때 무엇보다도 공부에 필요한 것은 선천적 지능보다도 자신의 의지가 강해야 된다. 의지가 약하면 아무리 뛰어난 천재라고 해도 공부를 끝까지 해낼 수가 없다. 의지가 오래 계속되면 습관이 된다. 습관은 운명을 바꾼다.

공부는 지치지 않고 오랜 기간에 걸쳐 지속적으로 해야 한다. 적어도 손에서 책을 떼지 않고 20년 이상은 계속 할 수 있어야 한다. 그래야 공부가 습관이 되고, 밥 먹는 것처럼 하나의 일상생활이 되고 잡념 없이 집중적으로 공부할 수가 있다. 책을 반복해서 읽고, 기록하고, 다시 복습하고, 기억한 것을 깊이 사색하여 정리하는 일이 습관화 되었을 때 비로소 공부의 요령이 터득된다.

신라(新羅) 후기, 33대 성덕왕 10년, 서기 711년에 태어나 38대 원성왕 7년, 서기 791년에 세상을 떠나신 김생(金生)을 모르는 이는 없을 것이다. 선생님은 일생을 주야로 붓글씨 쓰시는 서도(書道)에 정진하시어 서예에 입신(入神) 하셨기에 해동(海東)의 서성(書聖)으로 불리어지고 있다. 글씨로 신의 경지에 이르신 것이다.

고려 때 홍관이 송나라에 사신으로 가셨을 때, 김생 선생님의 글씨를 송나라 사람에게 보였더니 왕희지(王羲之)가 아니면 이런 글씨는 쓸 수 있는 사람이 없다고 하면서 한사코 김생 선생님의 글씨임을 부인하였다고 전해온다. 왕희지는 서기 4세기 중국 동진 때의 인물로 중국 역사상 최고의 명필이다.

김생 선생님은 일생을 주야로 서예에 전념하시어 글씨로 입신의 경지에 이르렀지만, 제자들은 그분이 글씨를 그토록 잘 쓰게 된 연유를 다 알지 못했다. 어느 해 이른 봄날에 제자와 함께 어딘가를 가고 계시던 중에, 같이 가던 제자가 선생님께 글씨를 잘 쓰게 된 비결에 대해 물었다. 어느 들녘의 논두렁을 걷고 있던 때였다. 말없이 한참을 걷고 계시던 선생님께서 제자를 부르시더니 멀리 물이 가득 담겨져 있는 큰 논을 보라고 하셨다. 제자가 그 논을 바라보자, "내가 글씨를 쓰기 위해서 붓으로 찍어 쓴 물이 저 논에 채워진 물만큼은 될 것이다" 하시었다. 이에 제자는 할 말을 잃고 말았다. 이와 같이 공부는 일생을 두고 계속되는 노력으로 이루어지는 것이다.

필자는 인류 역사상 지극히 존경하는 인물이 여러 분 계신다. 그 분들 중의 한 분이 나의 조부님이시다. 조부님이 세상을 떠나신 해는 1964년이고 춘추(春秋)는 일흔이셨다. 세상을 떠나시던 그 해 봄이었다. 먼 곳에서 친척 분 되시는 할아버지께서 오시어 며칠을 머무르셨는데 그분은 한학(漢學)에 능통하신 분이었다. 연세가 80이신데도 경서(經書)와 사서(史書) 고문(古文)은 물론이고, 선조(宣祖)가 율곡 등 여러 유명한 학자들에게 보낸 편지도 줄줄 외고 계셨다. 조부님이 그 할아버지께 말씀하시기를 "형님! 제가 나이가 예순 살만 되었어도 본격적으로 공부 한번 시작해 보겠습니다만 나이가 70이 되니 어려울 것 같군요!" 하시자, 그 할아버지 말씀하시기를 "동생! 무슨 소리 하는 건가? 내가 나이가 칠십만 되었어도, 이제부터라도 공부 한 번 제대로 시작해 보겠네." 하시면서 더 공부하지 못한 인생을 두 분 모두 깊고 깊게 후회하고 계셨다.

두 분이 이 대화는 나의 뇌리 속에 오래도록 깊이 박히어 오늘까지도 잊히지 않고 있다. 나는 지금 공부하지 않으면 나이 들수록 두고두고 후회할 것이라는 사실을 깊이 명심하고, 촌음을 아껴 쓰면서 공부를 하다 보니 때로는 주변의 다른 사람들에게 함께 시간을 나누어 주는 일마저 인색해 하는 일이 많아지고 있다. 이런 생활로 인해 여러 사람들에게 피해를 주고 많은 오해를 받기도 하지만 어쩔 수가 없는 일이다.

공부 안 하는 사람에게는 시간이 남을지도 모르지만, 해야 할 공부가 많은 사람에게는 항상 시간이 부족하기 마련이다. 나는 아직도 나의 무지로 인한 진리의 터득에 목말라 있다, 그래서 해야 될 공부가 무궁무진하게 쌓여 있다. 그러니 쉴 사이 없이 공부에 매달릴 수밖에 없는 것이다.

공부에는 나이가 따로 없다. 건강만 잃지 않는다면 죽을 때까지도 계속할 수 있는 것이 공부다. 공부는 해서 무엇 하느냐고 필자에게 가끔 물어 오는 이들이 있다. 나는 갑자기 그와 같은 질문을 받으면 정신이 아연해져서 할 말을 잊는다. 그리고는 침묵에 잠기게 한다. 다만 사람으로 태어나 공부를 하지 않으면 원숭이처럼 살다 죽게 된다는 것을 인식하지 못하는 그들의 모습이 무척이나 슬프고 안타까울 뿐이다.

여기에 고려 말 야운(野雲) 스님의 글을 빌어 배우고 공부하지 않으면 우리는 어떤 불행을 겪게 되는지를 되새겨 본다.

愚心不學增憍慢이요.
痴意無修長我人이로다.
空腹高心如餓虎요
無知放逸似顚猿이로다.
那言魔語肯受聽하나
聖教賢章故不聞하니
善道無因誰汝度리요

長倫惡趣苦纏身이니라.

도(道)를 모르면서도 배우지 아니하면,
저 잘났다는 생각만 늘게 되며,
마음이 어리석은 데도 수양을 하지 아니하면,
나와 남의 거리만 멀어져 가네.
텅 빈 뱃속인데도 잘난 체 하면,
이는 굶주린 호랑이와 같고,
무지하면서도 제멋대로 살면,
이는 미친 원숭이와 같도다.

진리가 아닌 나쁜 말은 즐거이 들으면서,
성현의 가르침은 일부러 듣지를 않으니,
이와 같이 선한 길에 인연이 없으면,
누가 있어 그를 구해주겠는가?
길이길이 악한 세상에 빠지어서,
괴로움에 몸이 얽이여 있으리라.
(필자 번역)

III. 직업의 차별

1. 직업을 차별하는 것은 죄악이다

초기 부족사회에서는 직업의 차별이 없었다. 모든 일을 함께 하기도 했지만 남다른 지혜와 능력을 가진 주술사(呪術師)도 있었고, 물건을 잘 만드는 장인(匠人)도 있었으며, 특별히 춤과 노래를 잘하는 사람도 있었다. 이와 같은 특별한 지혜와 능력에 대한 서로 간의 존중과 존경은 있었지만, 각자의 직업이나 능력에 따른 차별은 없었다. 그런데 직업과 능력에 따른 차별은 먼 훗날 타락한 사람들에 의해 만들어진 잘못된 사회현상이다.

초기 부족사회에서 가장 중요하고 기본적인 일은 먹고 사는 일이었다. 연중 기후가 따뜻하고, 비가 많이 오고, 풀과 나무가 무성한 곳에서는 짐승이나 물고기나 파일이 비교적 풍족해서 먹고 사는 일에 큰 걱정이 없었지만, 상대적으로 자연환경이 좋지 않은 대부분의 지역에서는 먹고 살 음식을 구하기가 쉽지 않았다. 그래서 이에 따른 인구증가도 극히 제한적일 수밖에 없었다. 이처럼 불리한 자연환경 조건을 극복하기 위한 수단으로 최초로 우리 인류가 생각해낸 기법이 바로 동물을 기르는 목축업과 농사를 짓는 일이었다.

　이 일은 최초로 나일 강 유역과 유프라테스 강, 티그리스 강 유역에서 시작되었다. 목축과 농업이 시작되면서 인간은 비로소 정착생활을 하게 되었고, 식량문제가 어느 정도 해결이 되면서 인구도 자연히 늘게 되었다. 그리고 인구가 늘면서 인간생활에 보다 편리한 사회 분업 제도가 형성된 것이다. 그러나 당시에는 각자의 소질에 따른 다양한 직업 간에는 전혀 차별의식이 존재하지 않았다.

　다른 한편으로 인구가 늘어남에 따라 사회형태도 바뀌었다. 소수 부족사회가 얼마 되지 않아 다수 도시사회로 바뀐 것이다. 이 도시사회가 도시국가로 발전하게 되었고 이것이 고대국가의 최초의 형태가 되었다. 이 일은 B.C. 3,500년경에 나일 강 유역에서 시작되었다. 그리고 B.C. 3,000년경에는 인노의 인더스 강 유역과 메소포타미아의 유프라테스 강과 티그리스 강 유역으로 확대된 것이다.

　인류사회가 국가의 형태로 바뀌면서 드디어 통치 권력이 탄생되었다. 최초의 통치 권력자는 그 사회에서 가장 지혜롭고, 힘이 센 자였다. 다시 말하면 덕망과 지적능력과 무예가 가장 뛰어난 자였다.

　그런데 문제는 통치 권력이 점차 자손 대대로 세습이 되면서 타락하게 되고 통치 권력자의 탈선이 시작 되었다. 그리고 소인배적인 권력자 주변에 유한계급(有閑階級)이 생겨났다. 그로부터 전혀 노동을 하지 않고 지시만 하는 지배 계층과, 일방적으로 노동을 강요당하는 피지배 계층으로 나누어지게 되었다.

　더 많은 세월이 흐르면서 이 유한계층은 노동을 천시하게 되있고, 고단한 일의 정도에 따라 차별을 두었다. 그리고 권력을 이용하여 노동자의 노동력을 착취하는 귀족계급이 형성되었다. 이로 인해 정치권력의 불평등에 따라 수평관계였던 원시적 인간관계가 수직관계로 변했고, 직업도 귀천(貴賤)으로 차별화되기 시작하였다.

그뿐만 아니라 최고 권력자들은 자신의 지위를 보다 안정적으로 보장 받기 위해 모든 권력을 세습화 하고 이를 사회제도로 정착시키게 되었다. 역사적으로 이의 대표적인 사례가 고대 인도에서 발생된 '카스트'(Caste) 제도이다.

지금은 사회 어느 곳에나 치열한 생존경쟁이 난무하고 있지만, 고대사회에서는 주로 권력자들 간에 벌어지는 현상이었다. 더 많이 갖기 위한 쟁탈전이었던 것이다. 그러나 평범한 평민들 간에는 굳이 살벌한 생존경쟁이 필요하지 않았다. 그저 욕심 부리지 않고 묵묵히 굶주리지 않고 먹고 살만큼 일하고 살 뿐이었다. 그때는 능력에 따른 사유재산 축적의 사회제도가 확립된 시대가 아니었으므로 굳이 더 많이 갖기 위한 경쟁이 필요하지 않았던 것이다.

고대국가에서 국가의 모든 재산은 왕의 것이었다. 백성들의 사유재산으로 인정되는 것은 겨우 초라한 가옥이나, 최소한의 생활도구, 식량 등에 불과하였다. 이와 달리 권력자들 간의 생존경쟁은 주로 감투경쟁이었다. 그 결과 남보다 더 높은 감투를 쓰려는 경쟁이 아부와 뇌물과 부정부패라는 악덕을 낳게 되었다. 이러한 사회현상이 다분히 권력지향적인 인물들을 양상하게 되었고, 이들로 하여금 권력에 대한 과대망상에 사로잡혀 국가 간의 전쟁을 야기하는 사태에 까지 이르렀다.

물론 싸움은 인간의 동물적 본성이기도 하다. 그러나 국가 간의 전쟁은 정치 권력자들의 비정상적 정신병 때문에 발생되는 것이다. 어떤 정신분석학자가 알렉산더 대왕을 '미치광이'라고 혹독하게 비판한 것은 의미하는 바가 크다. 전쟁은 살육과 정복과 착취로 이어진다. 오늘날에도 살인과 착취는 제정신을 가진 사람은 하지 못하는 미치광이의 짓이다.

그런 미치광이들의 전쟁놀이를 통해 노예라는 비천한 신분이 만들어졌다. 그런데도 그 노예에게 사람들은 멸시의 눈총을 보냈다. 자유롭게 살던 사람들이 미치광이 권력자로 인해 하루아침에 비참한 운명의 노예로 전락해 버렸는데, 그 노예들을 멸시한다는 것은 집단적인 광란으로 비난 받아야 하는 것이 아니겠는가?

이때 패전국의 전사나 백성이라는 이유만으로 끌려온 노예들은 승전국의 왕족이나 귀족들을 위해 강제로 비천한 생산 활동을 담당하게 되었다. 그 노예를 천하게 여기다 보니까, 그들이 하는 일마저도 당연히 천하게 여기게 되었고, 그로 인해 직업의 차별이라는 고정관념이 형성된 측면도 있다.

그로부터 훨씬 후대에 와서는 사유재산 제도가 확립되었다. 다시 말하면 왕의 독점물이던 토지나 국가재산을 보다 하부계층인 귀족이나 관리도 소유할 수 있게 되었고, 점차 일반 서민들조차도 재산을 자유롭게 소유할 수 있게 되고, 자식에게 세습도 가능해지고, 상호간에 매매도 허용 될 수가 있었다는 말이다.

이렇게 되자 일반 백성들 간에도 빈부의 격차가 발생되었다. 어쩌다가 빚을 지게 된 가난한 사람들은 부자에게 예속되어 노동력을 제공하는 일로 가족의 생계를 이어가야 했고, 거주 이동의 자유마저 제한되어 그만 노동자라는 현대판 노예의 신분으로 전락해 버린 것이다.

그와 같은 의미에서 보면 결과적으로 '권력전쟁과 빈부의 격차'가 인간사회를 불평등하게 만들었고, 직업의 차별과 노동의 가치 상실이라는 현상을 초래하게 된 것이다. 그러므로 권력전쟁과 빈부격차의 사회현상은 인간사회에서의 최고의 악이다.

2. 직업의 평등

직업은 평등하다. 이 세상의 모든 직업은 동일한 수준의 가치를 지닌다. 직업을 차별하면 그 사람은 인간수준이 낮은 사람이다. 사랑과 존경이 있는 사회에서는 결코 직업의 차별이 있을 수 없다.

사랑과 존경이 있는 사회란 함께 살아야 하는 운명공동체의 사회를 말한다. 대부분 나만 잘 먹고 살면 된다는 이기적인 사회에서 직업에 대한 차별이 존재한다. 이기적인 사람일수록 권력이나 물질에는 비굴하고 아첨을 하면서도 그것을 가지지 못한 사람에게는 야유와 경멸을 보낸다.

직업의 차별은 근본적으로 인간차별이나 다름이 없다. 이런 차별의식은 속물 곧 타락한 인간이나 갖는 것이다. 이런 차별의식이야 말로 인간성을 무시하고 짓밟는 행위이고, 부와 권력을 가지지 못한 선량한 사람을 화나게 만들어서, 결국에는 체제에 대한 저항을 불러 일으켜 엄청난 사회적 갈등을 야기하는 원인을 만드는 것이다. 알고 보면 역사적 혁명은 대부분이 이렇게 해서 일어난 것이다.

직업이나 사람을 부와 권력의 유무로 차별하지 말라. 그것이 사회적 혁명의 원인이 된다. 인간의 몸이 유기체로 이루어지듯이 사회 또한 유기적 관계로 이루어진다. 인간의 몸은 두뇌만 중요한 것이 아니고 손과 발, 오장육부도 똑같이 중요하다. 이중 어느 한쪽이 없으면 다른 한쪽도 존재할 수 없고, 기능을 발휘할 수 없는 무용지물이 된다. 이와 마찬가지로 인간의 몸에서 머리만 있고 손발이 없다면 어떻게 일을 할 수 있겠는가? 그래서 손발과 같은 신체부위도 두뇌와 똑같이 중요한 것이다. 그런데 어찌하여 머리를 써서 일하는 사람은 대접을 받고, 손발을 써서 일하는 자는 천대를 받아야 하는 것인가?

전쟁을 치루는 군대에서도 전투를 지휘하는 장군만 필요한 것이 아니다. 실전에서 목숨을 걸고 싸우는 사병의 역할이 더 중요하다. 그런데 어찌하여 전쟁이 끝나고 나면 무공훈장은 장군 혼자서 받게 되는가? 사병 없이 장군 혼자서 승리의 공을 세웠다는 것인가? 그 점에서 사병 없는 장군은 허수아비와도 같다. 그러므로 전투 승리의 공과 수훈은 마땅히 장군뿐만 아니라 부대 전체가 받아야 옳다.

사회는 완벽한 유기체로 구성된다. 그러므로 여러 분야의 직업이 어울려 비로소 하나의 기관(機關)이 된다. 다만 일의 효과를 높이기 위해 그 기관들이 분업을 하고 있는 것이다. 서로 다른 직업군간의 유기체적 관계를 모르고 무시하니까 직업을 차별하게 되는 것이다.

따라서 직업을 차별하는 사람은 무지한 인간이다. 사회 유기체 내에서 어느 한 기관이 병이 들면 필연적으로 다른 기관도 함께 병들거나 힘이 약화되기 마련이다. 그러므로 직업을 차별하는 것은 궁극적으로 망국(亡國)의 지름길이 되는 것이다.

3. 노동의 존엄성

직업의 차별의식이 강해지면서부터 상대적으로 노동이 천대를 받게 되었다. 땀 흘리고, 흙투성이가 되고 기름 묻은 옷차림의 노동자들이 사회적으로 무시당하게 된 것이다. 높은 벼슬과 학식을 가진 자들의 지능적 횡포에 의해 노동의 가치가 평가절하 되었기 때문이다

그러나보니 실제로 노동이 힘들어서 보다는 인간으로서의 기본적인 인권을 존중받지 받지 못하는 것이 견딜 수 없어서 노동자 자신마저도 노동의 가치를 비천하게 여기었던 것이다. 그러한 잘못된 노동에

대한 관념은 오늘날까지 계속되어 왔다.

그러면 땀 흘리며 일하는 노동이 왜 존엄하고 거룩하다고 할 수 있는가? 첫째로, 인간의 생명은 근본적으로 노동에 의해 유지되기 때문이다. 발전된 소비상품의 생산기술은 주로 인간의 두뇌로 할 수 있는 일이지만 구체적인 제품 생산 활동은 기본적으로 인간의 손발을 이용한 노동력이 필요하기 때문이다. 그러므로 노동이 없으면 인간의 생명도 유지될 수 없는 것이다.

그런 의미에서 하얀 손, 하얀 얼굴을 가지고 그늘에 앉아 편히 일하는 사람들은 들에서, 바다의 갯벌에서, 산업 현장에서 땀 흘려가며 일하는 기초 노동자들의 손발을 향하여 경의를 표해야 된다. 그분들의 희생이 없으면 나의 생명 또한 유지될 수 없기 때문이다.

둘째로, 인간생활에 필요한 모든 물질적 자산도 알고 보면 그 모두가 노동의 산물이기 때문이다. 그렇게 많은 논과 밭을 초기에 개간하고 경작한 것도 모두 인간의 육체노동으로 이루어졌고 아울러 건축물, 도로, 교량 등의 건설 또한 인간이 땀 흘려 노동한 결과로 만들어진 것이다. 그러므로 인간의 노동이 없으면 인간의 편리한 삶 도 없는 것이다.

셋째로, 노동은 국가의 튼튼한 성벽을 이룬다. 궁극적으로는 노동자가 나라를 지킨다는 말이다. 역사적으로 보더라도 나라 살림을 좀먹고, 병들게 하고, 백성을 굶주리게 하는 자는 주로 많이 배웠다고 거들먹거리거나, 자신의 배만 채우려 하는 정치 권력자이거나, 부를 탐내는 돈 많은 자들이었다.

가까운 6·25 전쟁 당시만 해도 나라를 위해 일선에서 적을 방어하고 목숨을 바쳐 끝까지 싸운 이들은 주로 힘없는 노동자 계급이었다. 많이 배우고 머리만 좋은 정치 권력자나 이들의 뒤에 빌붙어서 치부(致富)에만 힘쓰던 자들은 병역은 기피하고 자신의 안일만을 위해 도망

다니기에 바빴던 것이다.

넷째로, 새로운 창조는 두뇌로 하지만, 창조의 실현은 노동으로 완성된다는 점이다. 그러므로 오늘날 과학문명의 발달을 촉진한 공로를 과학자들에게만 돌리면 안 된다. 머리만 있고 손발이 따라주지 않는 사회는 불완전한 환상에 불과하기 때문이다.

바로 이런 점에서 노동의 거룩함과 존엄성을 깊이 인식하고, 그분들에게 경의를 표해야 하는 것이다.

1990년 12월에 프랑스의 유력한 주간지에서 프랑스 직업의 값어치에 대하여 여론조사를 한 것이 우리 언론에 보도된 일이 있었다. 그 보도에 의하면, 국가운영을 주로 하는 국회의원, 고급관리가 사회에 공헌하는 정도는 길거리의 창녀보다 더 나을 게 없다고 하였고, 사회를 위해 가장 유익하지 않은 직업인이 바로 정치인, 고급 공무원, 성직자, 창녀라고 일갈하였다. 사회를 위해서 정말 땀을 흘려 공헌하는 이는 간호사, 육체노동자, 의사, 교사, 농민이라고 하였다. 이것이 어찌 선진국 프랑스에만 해당되는 일이겠는가?

거친 손이 사회에서 대접받지 못하고 일하지 않는 하얀 손이 오히려 대접을 받는다면, 지배하는 자는 제왕처럼 군림하며 살고 일하는 자는 흙먼지 속에서 노예처럼 일만 하며 산다면 그 사회는 한마디로 죽음에 이른 사회다. 그러므로 모두가 함께 잘 사는 사회가 되려면 어느 한쪽의 일방적인 지배와 군림이 없는 공평한 사회가 되어야 한다. 그런 사회가 영원하고, 건강하고, 존경받는 사회다.

4. 직업의 의미

직업을 영어로는 일반적으로는 콜링(Calling)이라고도 하고 버케이션(Vocation)이라고도 한다. Calling은 '부름'이라는 뜻이다. 신의 부르심이라는 말이다. Vocation은 라틴어의 Vocare(보카레)에서 나온 말이다. Vocare는 영어로 Call에 해당하는 말로서 '부른다'는 뜻이다. 그러므로 직업이라는 말인 Calling이나 Vocation이 다 같이 '부름'이라는 뜻이다.

직업이라는 용어에서 보는 것과 같이 서양문화권에서는 일반적으로 직업을 '신의 부르심'으로 알고 있다. 여기서 서양문화는 기독교 문화를 말한다. 모든 직업은 신의 부르심이므로 모든 직업이 다 같이 거룩하고 다 같이 신의 뜻에 따라 하는 것으로 의식화 되어 있다. 그러므로 자기 직업에 대한 열등의식이 없고, 다른 직업을 부러워하지도 않으며, 그렇다고 해서 무시하거나 낮추어 보지도 않는다. 자기 일에 대한 자부심을 가지고 일생 동안 일을 하고, 또 가업(家業)으로 이어가기도 한다. 가업으로 이어가는 일은 순전히 자의적인 것이지 타인의 강요나 전통적인 사회제도 때문이 아니다. 이와 같이 서양문화권에서의 직업은 신의 부르심으로서 신의 뜻에 따르는 것이므로 직업의 귀하고 천한 차별이 없다. 이런 점은 우리도 배워야 한다.

사람이란 누구나 공장에서 물건을 만들어 내듯이 마음대로 만드는 것이 아니다. 사람의 뜻과는 거의 상관없이 만들어져 이 세상에 나온다. 사람의 뜻이 거의 미치지 못하므로 사람은 '자연 그대로'인 것이다. 즉 자연의 소산이다. 그러므로 모든 인간은 자연 그 자체이고, 사연적으로 태어난다.

자연이란 인간이 인위적으로 변화시키기가 어렵다. 그래서 태어날 때에 사람의 속에 들어있는 자연을 천성(天性)이라고 한다. 인간이 만

들어준 성품이 아니고, 하늘이 준 성품이라는 뜻이다. 그러므로 영어
에서는 'Nature'를 자연 또는 천성이라고 한다.

5. 직업이란 천성에 맞아야 되는 것이다

직업이란 천성을 드러내는 일이다. 그리고 재능이나 여타의 능력도
거의 선천적으로 타고 난다. 물론 후천적인 노력으로 어느 정도 향상
될 수도 있지만 그것은 한계가 있다. 그러므로 직업을 선택할 때에는
자기의 천성과 재능을 고려해서 선택해야 한다.

조선조(朝鮮朝) 21대 영조 후반부터 22대 정조 때까지 판소리의 대
가로 활약하신 권삼득(權三得) 선생님이 계셨다. 선생님은 전북 익산이
고향이다. 안동(安東) 권씨 양반으로서 머리가 총명하고 사람됨이 다
른 이와 많이 달라서 문중에서도 장차 과거에 급제하여 대성할 것으
로 기대를 모으고 있었다. 그래서 어릴 적부터 과거시험을 치루기 위
한 공부에 여념이 없었다.

그런데 선생님의 타고난 천성과 재능은 문중 어른들의 기대와는 달리
노래를 잘 부르고, 즐기는 문화예술인에 있었다. 그래서 자신도 모르게
과거공부보다는 문화예술 쪽에 관심과 흥미를 갖게 되었다. 그래서
수많은 세월을 번민 속에서 지내다가 어느 날, 집안 어른들도 모르게
슬그머니 인근 고을인 전주(全州)에서 당시에 이름이 널리 알려져 있
던 광대 '하은담'에게서 '소리'를 배우기 시작하였다.

그러한 세월이 얼마나 지속되다 보니 결국 들통이 나지 않을 수 없
게 되었다. 그 당시의 사회상으로 보아 광대는 하찮은 상놈들이나 하
는 천박한 직업이었다. 양반의 신분으로는 감히 생각할 수도 없는 일

이었던 것이다. 당시에 천대받던 직업 여덟 가지를 팔천(八賤)이라고 하였는데 그것은 곧 스님, 광대, 무당, 기생, 백정, 장인, 노비, 상두꾼을 두고 이르는 말이었다. 이러한 근거는 조선 세조(世祖) 때 만들어진 법전인 경국대전(經國大典)에도 실려 있다.

과거를 보기위해 공부하던 명문가의 양반 자식이 상놈이나 하는 '소리'를 몰래 배우고 있다는 것을 알게 된 문중에서는 청천병력과 같은 충격에 휩싸이게 되었다. 그래서 권삼득선생에게 소리를 가르쳐주던 하은담은 권씨 문중에 불려 와서 죽도록 몰매를 얻어맞았다. 그리고 그의 제자가 되었던 권삼득 선생님도 문중 재판에 회부되어 무진 고초를 당하였다.

그러나 한번 예술을 향한 선생님의 집념은 돌이킬 수가 없었다. 스스로 타고난 천성을 어찌 할 수가 없었던 것이다. 소리배우기를 포기하느니 차라리 죽음을 택하겠다는 선생님의 결연한 태도에 문중 어른들은 결국 그를 족보에서 이름을 빼고, 다시는 안동 권씨로 행세하지 않겠다는 다짐을 받고 문밖으로 추방되었다. 그때 아내도 울면서 따라 나섰다. 그리하여 약관의 나이에 두 젊은 부부는 소리문화의 세상을 향해 정처 없이 고난의 발길을 떠난 것이다.

선생님은 결국 상놈이라는 천한 신분 전락마저 두려워하지 않고 불굴의 의지로 소리예술의 최고 단계인 득음(得音)에까지 이르게 되었다. 소리를 통한 신의 경지에 이르신 것이다. 그래서 소리로 나라 안의 제일인자가 되셨고, 마침내는 임금님 앞에 나가 창(唱)을 하여 감동케 함으로써 당당히 소리계의 장원급제와도 같은 영광을 차지하였던 것이다, 그 후 선생께서는 판소리 '흥부가'를 직접 작곡하시는 등의 공적으로 한국이 낳은 위대한 예술인 중의 한 분이 되셨다. 이와 같이 천성을 바탕으로 하는 직업의 선택은 우리 인생에서 대단히 중요한 것이다.

6. 사람에게는 누구나 자기 일이 있다

사람은 누구나 자기가 서야 될 무대가 있고, 자기에게 운명적으로 주어진 일이 있다. 그러나 자기가 무슨 일을 잘할 수 있는지를 잘 알지 못하고 방황하다가 뒤늦게야 깨닫게 되는 경우도 많다. 하지만 사람은 대부분이 남보다 잘할 수 있는 선천적인 재능을 가지고 태어나기 때문에 가능하면 빨리 자기의 재능이나 소질을 발견하는 노력이 필요하다. 그리고 그것을 바탕으로 자신에게 가장 알맞은 직업을 선택해 나가는 것이 좋다.

직업을 단순한 생계수단으로 생각해서는 안 된다. 자신의 특성을 이용하여 나와 남을 이롭게 하고 사회를 발전시켜 나갈 수 있어야 한다.

만약에 자신의 직업이 먹고 살기 위한 생계수단에 불과하다면 이는 내가 이 세상에 태어난 특별한 의미를 찾을 수가 없다. 왜냐하면 천부적으로 나만이 잘할 수 있는 소질과 적성을 발휘하지 못함으로서 공동체 내에서의 나의 존재감이 사라져 버리기 때문이다. 그런 의미에서 볼 때 남의 직업을 보고 부러워할 것도 없다. 나는 남이 못하는 일을 더 잘할 수 있다는 자부심을 가져야 한다.

내가 가진 직업에 대해 열등의식이 있다면, 그것은 자신의 직업에 대한 열등의식이라기보다는 자기존재에 대한 열등의식일 뿐이다. 자기가 게을러서 다 하지 못한 일을 자기 직업을 탓하고 있는 꼴이다. 내 직업이 부도덕하거나 불의하지 않고, 나도 이롭고 타인과 사회에도 이롭다면 무조건 좋은 일이고, 그것이 자기 천성에 맞는 일이면 더더욱 좋은 일이다. 흔히 자기 인생을 잘못 사는 사람이 남의 인생을 부러워하는 것이다.

훌륭한 인생은 '바르게 사는 것'이고, 훌륭한 직업은 '바르게 일하는 것'이다. 하는 일이 의롭지 않고, 진리에서 멀리 벗어나 있다면, 그래서 사회에 큰 해악을 끼치고 있다면, 그것은 결코 훌륭한 직업이라고 할 수 없는 것이다. 예를 들면 예수나 석가처럼 살지 않고 하느님, 부처님만 주구장창 외쳐대는 교역자는 성직(聖職)을 바르게 행하는 것이 아니고 악을 행하는 것이다. 모든 직업도 다 이와 마찬가지다.

그러므로 정당한 직업이라면 무슨 일을 하느냐가 중요하지 않고, 바르게 일하느냐가 중요한 것이다. 다시 한 번 강조하건데 이 세상의 모든 직업은 평등하다. 다만 바르게 일 하느냐, 하지 않느냐로 구별될 뿐이다. 그러므로 지구상에서 펼쳐지고 있는 모든 직업의 차별은 없어져야 되고, 오직 바르게 일하느냐, 하지 않느냐로 차별되어야 한다.

IV. 출세주의

1. 출세주의의 발생

고대국가가 탄생하면서 권력이 발생하고 국가가 형성되던 초기 단계에서는 그 공동체 내에서 월등하게 지혜가 있고, 힘이 세고, 능력이 있는 자가 권력자가 되었다는 것을 앞에서 말하였다. 그런데 지혜 있고 힘이 센 권력자가 공로를 세워가면서 차츰 그 권력은 교만하고 부패하게 되었다. 이 점은 현대에도 마찬가지이다. 진리를 깨우치지 못한 어리석은 자가 공을 세우면 반드시 교만하게 된다. 그 교만은 공동체에서 그가 세운 공로보다 훨씬 더 큰 해독을 끼친다.

그러므로 어느 개인의 능력이나 공로에 너무 큰 가치를 두면 안 된다. 진리를 얻지 못한 자의 능력은 인간성을 파괴하고 죽이는 병원균이고 독(毒)이 되기 때문이다. 그 결과 자신의 권위의식에 따른 교만과 독선이 따르고 이에 대한 대중들의 지향검을 억제하기 위해 더욱 강한 권력을 휘두르는 악순환이 반복되는 것이다.

그리고 남과 차별되는 스스로의 권위를 높이기 위한 수단으로 어마

어마한 대궐을 짓고, 산해진미와 값비싼 옷으로 호의호식 하면서 거드름을 피우고 자신의 모습을 과장되게 꾸미게 된다. 그렇게 되면 주변을 둘러싸고 있는 하위 권력자들은 그를 한층 우러러 보게 되고 급기야는 그의 권력을 넘보게 되는 것이다.

이러한 권력에 대한 추앙이 출세주의를 낳게 한다. 일반 백성들은 극도로 가난하게 사는데, 그 백성에게 본이 되어야 할 권력자가 호화찬란한 생활을 한다면, 그것은 이미 권력의 탈을 쓴 괴물로 둔갑해 버린 것이다.

오늘날에도 진리가 무엇인지도 모르고 천방지축 날뛰는 자들이 권력을 이용하여 부정한 방법으로 재산을 모으고, 대궐 같은 호화주택에서 살면서 우쭐대는 꼴불견을 연출하고 있다.

진리를 깨우치게 되면 그처럼 부(富)나 권력에 전혀 가치를 두지 않는다. 그러나 괴물로 둔갑해 버린 권력은 자기 권력을 영구화하기 위해서 그 권력을 이용하여 입법을 통해 제도화 한다. 그리고 만천하에 자기 권력의 성역을 선포하고, 이에 그 누구도 대항하지 못하도록 강압적인 독재 권력을 행사하려 한다.

이러한 독재 권력의 주변에서 독버섯처럼 기생하던 아류의 권력층들은 이를 부럽게 바라보면서, 내심으로 강한 출세 욕구를 유발하게 된다. 이로 인해 결국에는 최고 권력자의 권위에까지 도전하게 되고, 저희들끼리 더 많은 권력의 쟁취를 위해 피비린내 나는 내전의 상태에 이르게 되는 것이다. 이처럼 진리에 반하는 무식한 지배 권력층의 무분별한 권력 욕구에 따라 사회 전반적인 출세 지향주의가 파생되는 것이다.

그러나 근대 이전의 출세주의는 주로 귀족·양반·자유 평민에 한정되어 있었다. 동양이나 서양이나 왕정이 무너지고 법률상으로 자유, 평등의 시민사회가 되면서 출세주의는 하나의 전염병처럼 모든 일반 민중들에게까지 전염되었다. 그래서 지금은 너 나 없이 모든 사람들이 입신출세를 위해 날뛰는 것이다. 이 모두가 극도로 편중된 부와 사치를 누려온 권력, 백성을 부당하게 억압해온 권력이 이 꼴로 만들었다. 그들이 누리는 호화스러운 생활과 권력의 위대함이 부럽고, 그들의 횡포에 대한 내부적 반발심이 일반 민중들로 하여금 권력을 향한 강한 출세 욕구를 분출시킨 것이다.

1900년에 세상을 떠난 독일의 철학자 '니체'는 권력에 눈이 먼 자들을 다음과 같이 말하였다. "저 재빠른 원숭이들이 권력을 향해 기어오르는 모양을 보라! 진창 속에서 서로 짓밟고 넘어지며 기어오르고 있구나. 마치 행복이 권력 위에 도사리고 있는 줄 알고 말이다." 이와 같이 권력을 얻기 위해 버둥거리는 모습은 한낱 원숭이의 모습과도 같다고 비난한 것이다. 이러한 원숭이의 모습은 우리가 의도적으로 감추고 있는 내면적인 우리 자신의 모습이 아닌지 반성해 보아야 한다. 진리와 함께 살고자 하는 사람이 권력의 욕망을 버리지 못한다면 이는 원숭이로 보일 수 있다는 것을 잊어서는 안 된다.

권력은 인간을 타락하게 만들었고 인류의 역사를 오염시켜 왔다. 그리고 인류 역사의 최초의 권력은 정치권력으로 시작되었지만 지금은 그 범위가 사회 각 분야의 모든 지배 권력으로 확대되었다. 이와 같은 현상이 세상을 선하게 살려는 사람들의 마음을 아프게 하고 행복을 빼앗아 갔다. 그리고 이러한 불행한 사태는 반민주적 후진국으로 갈수록 더욱 심화되었다. 특히 법에 의한 통제를 악용하여 합법의 탈을 쓰고 권력을 행사해 왔다.

2. 출세주의는 후진국의 이데올로기이다

출세주의는 오늘의 서양문화권에서는 현저하게 약해지고 있다. 그들은 높은 권력을 부러워하지도 않고, 비굴하게 아부하거나 저자세를 취하지도 않고, 그들 앞에서 당당하고 분명하게 자신의 의사를 밝히고, 떳떳하게 자신의 주장과 권리를 요구하는 민주시민의 태도를 갖고 살아가기 때문에, 군이 출세를 위해 자기를 희생할 필요가 없게 된 것이다. 그런데 아직도 비민주적 후진국에서는 권력은 최고의 가치로 존중받고 출세주의 사회현상은 계속되고 있다.

현대사회에서는 경제적으로 부유한 나라가 반드시 선진국은 아니다. 정신적으로 부유한 나라가 선진국이다. 아무리 경제가 발달 되어도 정신적으로 빈곤하면 그 나라는 후진국이다.

이때 정신적으로 부유하다는 말은 전문지식을 많이 가지고 있는 것을 말하지 않는다. 인간과 인생, 역사와 현실, 세계와 우주자연에 대하여 바르고 깊이 있게 통찰할 수 있는 철학적 안목을 갖추고 있음을 뜻한다. 그와 같은 단계에 이르려면 그 나라 국민의 대다수가 자연과학, 역사, 문학, 철학, 종교에 대하여 상당히 깊은 수준까지 도달해 있어야 한다. 그리고 그러한 지식과 사유를 통해 진리를 발견하고 실천할 수 있어야 한다. 이런 사람이야말로 정신적으로 부유한 것이다. 이런 사람은 권력을 부러워하지도 않고 권력에 아부하지도 않는다.

그러나 권력을 얻기 위해 수단 방법을 가리지 않고 출세에만 눈이 어두워져 있다면 이는 정신적으로 빈곤을 면할 수 없고, 이런 자들이 국민의 대다수가 되면 그 나라는 후진국의 수준을 벗어나지 못한다. 아무리 경제 대국이 된다 해도 말이다.

* 참고로 영국에서의 중산층이 되는 조건을 여기에 적어 보겠다.
 - 가족 모두가 외국어를 한 가지 이상해야 된다 ; 이것은 높은 지
   적수준을 말하는 것이다.
 - 유행이나 무분별한 상품 광고에 관심이 없어야 된다 ; 이것은 확
   고한 자기 신념을 가지고 사는 것을 말한다.
 - 가정생활 중에도 옷차림을 바르게 하고, 가족 간에도 예의범절을
   지킨다 ; 이것은 높은 도덕 수준과 타인에 대한 배려를 말한다.
 - 타인의 인격을 존중하고, 남의 자녀도 잘못하면 나의 자녀처럼
   꾸짖는다 ; 이것은 함께 살아야 한다는 공동체 정신을 말한다.
 - 아이들의 응석을 무조건 받아주지 않는다 ; 이것은 엄격한 자녀
   교육을 말한다.
 - 매사에 품위를 지킨다 ; 남들 앞에서 함부로 시끄럽게 수다 떨지
   않고, 상스런 소리를 하거나, 잡담을 늘어놓지 않는다.
 - 자타가 인정하는 자기 집의 독특한 음식이 있어야 한다 ; 가정의
   고귀한 음식이 그 집안의 전통적 음식문화를 대표한다.

영국의 중산층 이상 어디에서도 돈과 권력의 정도에 따라 사람의
인격을 판단하는 것을 보기가 어렵다. 그런데 후진국일수록 이런 권
력과 물질의 소유를 최고의 가치로 여긴다. 그래서 부와 권력을 향한
출세주의가 시대의 중심적인 이데올로그가 된다. 이데올로그라는 말
은 그 사회의 일반화된 사상이자 관념이고, 정신 상태이자 최고의 가
치를 의미한다.
현대사회의 출세주의라는 이데올로그는 실로 '암'보다 무서운 병이
다. 암이라는 무서운 병은 개인의 불행에 그치지만 출세주의는 그 시
대의 인간과 문화, 국가와 민족을 멸망케 하는 무서운 독소가 되기 때
문이다.

　역사적으로 좀 더 깊은 내면을 들여다보면, '출세주의'라는 이데올로그는 공산주의를 불러들인 큰 원인이 되기도 하였다. 그 증거로 대부분의 공산주의 신봉자들은 민중에 대한 진정한 애정이 없었다는 것이다. 입으로는 민중을 외치면서도 실제로는 그들을 외면하고 핍박하는데 앞장 선 것이다. 부유한 자와 권력자에 대한 민중들의 증오심을 이용하여 정작 자신들의 출세 욕구를 채우려고 했던 것이다.

　현재도 마찬가지이다. 민중을 진실로 사랑했다면, 어찌하여 그들 자신이 민중을 동원하여 몰아낸 옛 권력자들의 부조리한 행태를 답습한다는 말인가? 그리고 자신을 출세시켜준 민중을 탄압하고 노예처럼 대할 수 있는가? 알고 보면 그들 역시도 권력에 눈이 먼 자들이다. 말로는 개혁이나 혁명을 외치지만 실제로는 권력 장악을 통한 출세욕에 눈이 먼 소인배들이다. 그들은 자기들의 권력욕을 공산주의라는 이론으로 그럴듯하게 위장해서 민중을 속였다. 만약에 그들이 진심으로 민중들의 삶을 개선하고 인류의 평화와 행복을 위해 권좌에 올랐다면 그들보다 더욱 낮은 곳에서 가난하게 살았어야 하지 않는가? 그런데 민중을 위한다는 명분으로 권력을 장악한 공산주의자들이 과연 민중보다 더 낮은 자리에서 가난하게 살았던 사례를 본 적이 있는가?

　물론 공산주의 운동의 시초에는 그러한 순수성도 있었을 것이고, 권력을 가진 자들이 무소불위의 힘을 행사하여 약자인 민중을 괴롭히고 무자비하게 착취하는데 대한 의분도 있었을 것이다. 부패한 자본과 권력에 대한 불타는 혁명의지도 있었을 것이다. 그러나 그들의 보이지 않는 심층심리에는 지배욕과 소유욕이 도사리고 있었던 것이다. 그런 이유로 공산화가 성공하자마자 그들 또한 권력의 화신으로 변모해 버린 것이다.

3. 출세주의의 해독

출세주의는 소유욕과 지배욕을 충족시키려는 인간의 폐쇄적인 정신 상태이다. 그리고 소유욕과 지배욕은 타락한 인간의 욕망에서 비롯된다. 이런 욕망의 지배를 받는 자는 진리를 향한 정상적인 인생길을 걸을 수가 없다.

한 예로서 우리나라 어떤 대학 총장의 선거과정을 들어보자. 원래 대학 총장의 자리는 평소의 개인적인 인격과, 학식과, 능력을 통해 대학 구성원들의 높은 지지로 자연스럽게 추대되어야지, 본인 스스로 나서서 득표를 위한 사무실을 따로 차려 놓고, 조직적인 선거운동이나 하는 것은 얼마나 부끄러운 일인가? 이러한 현상은 우리 지성사(知性史)의 크나 큰 치욕이 아닐 수 없다. 지성의 최고봉이라고 할 수 있는 대학교수들까지도 감투에 눈이 멀고, 개인적 욕망에 빠져 출세욕에 매몰되어 간다면 그 나라는 희망이 없다. 비록 그런 사람이 소수일지라도 그렇다. 악이란 원래 소수로부터 시작되는 것이다. 한 방울의 독이 인명을 살상하는 것처럼 소수의 악이 국가와 사회 전체를 멸망의 길로 이끈다.

그렇게 감투를 써서 무엇을 얻고자 하는가? 그처럼 비굴하고 비겁한 방법으로 얻은 감투가 치욕이라는 것을 모른다면 그는 정신이 부패한 자이다. 공부해서 지식은 많지만 진리의 인간성을 잃게 된다면 그는 인생의 진실한 의미를 상실해 가고 있는 것이다. 이와 같이 진리에 접근해 가지 못하는 지식이란 무의미하고 무가치한 것이다.

자신의 호의호식을 위한 순수는 호랑이의 발톱과 같고, 일맹이가 없는 지식은 사자의 이빨과도 같다. 자기이익을 채울 수 있는 반면에 남을 해치는 도구로 악용될 수 있기 때문이다.

그리고 일반적으로 지식이 많아질수록 자기 자신은 무척 커 보이나 상대적으로 타인은 아주 작아 보이게 된다. 그래서 자신보다 못해 보이는 남을 무시하게 되고 교만하고 방자해지게 된다. 반대로 진리를 얻기 위해 공부를 하면 자기 자신은 낮아 보이고, 타인은 오히려 나보다 더 높이 보인다. 노자(老子)의 「도덕경(道德經)」에도 이런 말이 있다. "학문을 하면 날로 내 자신이 커 보이지만, 도(道)를 닦으면 날로 내 자신이 작아 보인다." [爲學日益 爲道日損]

권력자와 권력을 추구하는 자들이 사회에 끼치는 해독은 엄청나다. 이들은 자기를 제외한 모든 국민이 우매해지기를 바란다. 그리고 실제로 국민을 우매하게 만드는데 적극적으로 참여한다. 이야말로 국민에게 끼치는 가장 큰 해독이다. 국민이 우매해질수록 지배하기가 쉽기 때문이다. 국민이 바른 진리를 깨우쳐서 무엇이 옳고 그른 것인가를 명확하게 판단하는 식견을 갖게 되면, 자기들의 숨겨진 정체가 만천하에 폭로되고, 그렇게 되면 어렵게 쟁탈한 무소불위의 권력을 허망하게 내놓아야 하는 위험에 빠지기 때문이다.

또 한편, 국민이 진리를 얻게 되면 권력을 가치로 인정하지 않게 되고 급기야는 부당한 권력에 저항하게 된다. 진리가 있는 밝은 사회, 진리를 획득한 깨어난 국민이 있는 사회에서는 단지 권력만을 추구하는 세력들이 발붙일 수가 없게 된다. 저들은 깊은 어둠의 나락으로 굴러 떨어지게 된다. 오직 진리만이 참이고 빛이기 때문이다.

그러므로 진리를 두려워하는 모든 독재 권력자는 국민들의 교육향상을 원치 않는다. 그래서 교육에 대한 과감한 투자에도 소극적이다. 다만 교육을 권력유지의 도구로, 권력연장의 수단으로 악용하고자 할 뿐이다. 그러나 나라가 잘 살려면 교육에 투자해야 된다. 그러므로 우리에게 첫째로 시급하게 요구되는 것이 바로 교육을 획기적으로 개혁하는 일이다.

우리의 학교교육이 주로 입시위주의 교육, 지식위주의 교육, 출세 지향적 교육이라는 것을 아마도 모르는 이는 없을 것이다. 단순히 지능만을 연마시키는 교육일 뿐, 인격을 향상시키고 공동체의 발전을 위한 공익심을 배양하거나 미래를 선도하는 창조적 능력을 계발하는 교육에는 소홀해 왔던 것이다. 이는 바로 권력자들의 편리한 권력유지를 위해 국민을 우민화 하고, 단순한 생산의 도구화를 꾀하려는 의도에서 기인하는 것이다.

이와 같이 사회의 모든 악은 권력에서 나온다. 그리고 권력자는 의도적으로 사회개혁을 게을리 하거나 방해한다. 그렇게 해서 권력유지의 기간을 최대한 연장해 보고자 하는 것이다. 그러므로 사회 전반에 걸친 개혁은 국민이 앞장서서 해야 된다. 더 이상 나라가 불행해지기 전에 우선적으로 교육개혁부터 시행해 나가야 한다. 이야말로 우리 삶을 위협하는 중국의 무서운 경제적 성장, 호시탐탐 이웃나라의 국토 침략을 노리는 일본의 재무장에 효과적으로 대응하는 장기적 전략이다.

교육개혁의 첫발은 교육을 통치 권력으로부터 완전히 분리하는 단계에서 새로 시작되어야 한다. 이것이 곧 교육자치의 원칙이다.

필자가 생각하는 교육개혁의 개요만을 여기에 적어보겠다. 함께 생각해서 국민적 합의를 이끌어 낼 수 있으면 좋겠다.

첫째, 초등학교를 5년으로, 중고등학교를 합쳐서 6년으로 한다. 입학시험은 물론 학교 내에서의 모든 시험을 없앤다. 11년 교육기간 동안에는 단 한 번도 암기를 위주로 하는 시험을 치르지 않게 한다.

둘째, 교육내용은 가치교육과 생활교육을 우선으로 한다. 그리고 정서교육을 겸행한다. 무엇이 올바른 가치이고, 모든 인간에게 이로움을 주고, 행복하게 사는 것인가를 알게 하자는 것이다. 다함께 잘 살아야 하고, 어릴 적부터 노동의 신성함을 깨닫게 하자는 것이다. 그리고 인간성 함양을 위한 정서를 순화하는 교육을 하고, 나아가서는 신체를 단련하고, 무예를 연마하며 폭넓게 독서하고 사색하며, 토론하고 고뇌하며, 노래하면서 자연의 학습장에서 맘껏 뛰고 놀 수 있는 도장을 만들어 주자는 것이다. 그래서 사람이 사람으로 태어난 것을 참으로 기뻐하며 살도록 하는 교육이 되도록 하자는 것이다. 물론 이러한 교육은 모든 국민이 차별 없이 평등하게 받도록 해야 한다.

대학은 현행대로 4년으로 한다. 그러나 대학 진학은 무시험으로 한다. 그리고 일류대학, 삼류대학 등의 서열화 차별을 없앤다. 대학의 특성과 전통과 훌륭한 교수를 보고 임의로 지원하도록 한다. 다만 중·고 과정의 교육을 통해서 학문탐구를 위한 깊은 소양과 재능과 태도가 지도교사에 의해 충분히 검증된 자를 추천하고 선발토록 한다.

그리고 입학은 무시험이었지만, 일단 대학에 들어와서는 엄격한 단계적 시험을 통해서 학문에 대한 열정과 학자로서의 재능을 철저하게 검증함으로서 먹고 노는 대학생, 학위만을 목표로 하는 대학생, 입신출세만을 노리는 대학생, 유리한 취업보장을 위한 대학생 등을 가차없이 걸러내는 제도를 통해 국가적인 학력낭비의 폐단을 막아야 한다.

이러한 획기적인 대학입학 제도가 성공하기 위해서는 무엇보다도 대학을 다니지 않은 이와 대학을 졸업한 이들 간에 불합리한 임금이나 승진 상의 차별 대우가 있어서는 안 된다. 대학 진학은 단지 자신의 순수한 학문에 대한 열정과 인류사회 발전을 위한 공헌을 목적으로 해야 한다는 것이다.

대학원은 3년 과정으로 한다. 물론 이때는 엄격한 입학시험을 통해 소수의 인원을 대학별로 선발토록 하고. 특히 외국어 2개 이상에 능통할 정도의 실력을 갖추는 조건이 제시되어야 한다. 그리고 이때부터는 모든 교육은 외국어로 한다. 또한 모든 논문과 시험도 외국어를 사용토록 한다. 그래야만 국가방위를 위한 국제적인 정보 뱅크(Bank)

로서의 두뇌 역할까지도 가능할 것이기 때문이다. 이상이 필자가 생각하는 교육개혁안의 뼈대다.

정치를 바르게 하려면 국가 예산을 적절하게 배분하여 써야 한다. 그 중 상당한 예산을 교육에 우선적으로 투자해야 된다. 서울에 있는 대학은 과감하게 지방으로 옮겨 분산된 대학도시를 만들어야 한다. 그리고 대학생은 전원 기숙사에서 생활하도록 하면 된다.

고위 공직자들의 모든 공관을 없애고, 일반 시민과 똑같은 조건에서 살도록 하자. 그래야만 서민의 아픔을 직접 체험하고 국민복지 향상을 위한 정책을 개발하고 수행해 나갈 수가 있다. 관청에서도 직급에 따라 엄청난 차별을 두어서, 상위 직급 자는 고급 승용차에 공금을 마음대로 쓰는 풍토는 민주주의 사회에서 반드시 없어져야 할 시대착오요 범죄행위다.

우리 사회는 겉은 민주주의의 옷을 걸치고 있지만, 아직도 속내는 봉건주의와 절대왕조 시대에 상당부분이 머물러 있다. 같은 직장 내에서도 상위 직이라고 하여 하위직과는 달리 특권을 누리고 과소비하면서 안락하게 산다면 이는 대단히 불공평하고 부당한 일이다.

오히려 상위 직이라고 해서 큰 집을 갖고, 고급 승용차를 타고, 사치스럽게 산다면 그것이 부정부패의 표상이 되어 남들에게 부끄럽게 여겨지는 사회를 만들어야 한다. 그것이 바로 진리의 사회다.

이렇게 되면 자연히 세속적인 출세주의도 사회악도 사라진다. 이런 사회가 되는 것은 바른 역사의 필연적인 방향이다. 과연 그때가 언제일는지는 모르지만 미래사회에는 반드시 그러한 사회정의가 실현되고야 말 것이다 굽이굽이진 역사의 흐름에서 돌발적인 독재 권력이 출몰하여 그러한 시대가 좀 더디게 오고 있을 뿐이다.

우리나라는 모든 분야에서 민주주의가 퇴행하고 독재로 몸살을 앓아 왔다. 참으로 불운하고 안타까운 일이었다. 그러나 불의는 정의를 이길 수 없다. 대한민국 사람 모두가 나서서 기득권 권력을 몰아내고 모두가 행복하게 잘 살 수 있는 새로운 세상, 새로운 희망을 향해 사회 전반의 개혁에 박차를 가해 나가야 한다.

4. 사회개혁

진정한 사회개혁이 없이는 출세주의는 영원히 사라지지 않고 마치 암세포처럼 사회 전반으로 번져갈 것이다. 그리고 그러한 현상은 마침내 아부와 뇌물이 판치는 부패공화국으로 발전해 나갈 것이다. 아부와 뇌물은 악의 세계에서 일종의 신비하고도 환상적인 선약(仙藥)이다. 이러한 선약을 받아먹게 되면 무능하고 무지한 인간도 갑자기 위대한 인간으로 변신하게 된다. 그래서 아부와 뇌물은 권력자가 가장 원하고 필요로 하는 최고의 선물이다. 또한 아부와 뇌물은 권력에 접근해 가기 위한 가장 편리한 길이 되기도 한다. 그러나 유독 진리를 지키고 따르려는 정의로운 사람에게만은 이러한 보물이 쉽게 통하지 않는다.

'셰익스피어'(Shakespeare)의 비극 중에, '코리오레이너스'라는 사람이 나온다. 극중의 '코리오레이너스'는 B.C, 5세기경의 로마의 위대한 장군이다. 본명은 '케이어스 마아시어스'이다. 그는 16세 소년 시절에 군인이 되어서 일생을 전쟁 속에서 살다가 마침내 위대한 장군이 된 인물이다. 그는 자기의 조국 로마를 지키기 위해 단 하루도 전장(戰場)을 떠나본 일이 없는 인물이다. 그야말로 백전불굴의 용장이고, 정직하고 청렴결백하며, 대쪽 같은 성격의 장군이었다.

그러나 이와 같은 강직한 그의 성품이 주변의 다른 사람에게는 오만함으로 보이기도 하였다. 하지만 그는 전혀 상관하지 않았다.

일반 시민들에게 조금이라도 겸허한 자세로 친절하게 대했더라면 그들로부터 높은 인기를 얻어, 로마의 최고 통치자인 집정관으로 추대될 수 있었지만 그는 끝내 그러한 일을 하지 않았다. 권력을 얻기 위해 비굴하게 굴고 싶지 않았기 때문이었다. 그와 같은 처신으로 말미암아 장군은 결국 그들의 미움을 사게 되어 반역자라는 억울한 누명을 쓰고 로마에서 추방되고 말았다. 일생을 오직 나라를 지키려는 일념으로 전장에서 피 흘리며 싸운 장군마저 결국 아부하지 못하는 강직한 성품 때문에 이를 시기하는 어리석은 권력자들에 의해 희생된 것이다. 그러나 그의 애국적 충정만은 후세의 역사가들에 의해 길이 남게 되는 영광을 얻게 되었던 것이다.

아부란 자기 스스로의 힘과 실력으로는 성공할 수 없는 무능력한 자들이 주로 사용하는 처세 수단이다. 그리고 타인으로부터 존경 받을만한 올바른 성품을 갖추지 못하고 비굴한 노예근성을 가진 자가 주로 하는 행위이다. 그러므로 아부는 악마의 미소요, 악마가 즐겨 쓰는 유희에 불과하다.

아부는 남을 이용해서 자신의 권익을 챙기려는 비겁한 행위이다. 그리고 뇌물은 이때 이용되는 악마들 간의 미끼다. 그들은 이러한 거래를 통해 출세를 위한 감투를 사고판다. 그러고 나서는 반드시 뇌물로 투자된 것을 다시 회수하기 위해서 또 다른 뇌물의 거래를 시도한다. 그렇게 해서 끝없는 부정부패와 부조리가 근절되지 못하고 악순환을 거듭하게 되는 것이다.

이 모두가 인간의 출세지향주의가 불러온 불행의 화근이다. 그러므로 민중의 자각에 의한 권력의 분산과 사회제도 개혁을 통해 인권 친화적인 평등과 정직하고 정의로운 민주주의 원칙을 완수해 나가야 할 것이다.

V. 무너진 권위

1. 인간의 성장

세월이 흐르면서 인간은 지속적으로 성장한다. 육체뿐만 아니라 정신적으로도 성장하는 것이다. 다만 사람에 따라서 성장의 속도가 서로 다를 뿐이다. 이와 같이 인간의 성장은 때로는 멈추어진 듯 하지만 내부적으로는 눈에 띄지 않게 꾸준히 지속되어 온 것이다.

인간이 이 세상에 와서 최초로 문화를 탄생시킨 시대를 구석기시대라고 한다. 구석기시대의 시작은 지금부터 50만 년 전이라는 것이 일반적인 견해이고, 50만 년 전은 지질학상의 분류에 의하면 홍적세 중기에 해당하는 시기이다. 그래서 홍적세를 인류의 시대라고도 한다.

문화를 탄생시킨 최초의 인간은 자바 섬의 직립원인이라고 한다. 그러므로 오늘의 우리와 같은 인간인 호모 사피엔스(Homo Sapiens)가 지구상에 모습을 나타낸 것이 지금부터 50만 년이 된다는 말이다. 그 호모 사피엔스의 시조가 자바 섬의 직립원인이고, 그 직립원인의 탄생 이후 오늘에 이르기까지 50만 년의 세월이 흐른 것이다.

50만 년의 세월이 흐르면서 인간의 정신적 성장을 방해한 것이 여러 가지가 있었다. 그 첫째가 인간의 진리에 대한 무관심과 무개념이었고, 그 다음이 어른 중심의 풍속과 관습이었으며, 마지막으로 주술적 종교와 지배 정치권력이었다.

특히 옛 원시종교는 주술신앙(呪術信仰)이 주를 이루었다. 주(呪)는 비는 것이고, 술(術)은 요즈음 말로 하면 굿이고 푸닥거리이다. 그러므로 주술신앙은 현재의 무당신앙과 맥을 같이 하는 것이다. 그러므로 현재의 무당은 옛날의 주술사(呪術師)에 해당되는 것이다. 주술사는 무형의 추상적인 신을 향하여 인간의 재앙을 물리치고 복을 받게 해 달라고 비는 사람이다. 그리고 옛날 주술사는 신과 직접 통하는 사람으로 인식되었기 때문에 일반인들이 함부로 범접할 수 없는 신비한 권위를 인정받고 있었다. 과연 이들은 신과 직통하는 의식의 교신이 가능했을까?

B.C. 1,000년경에 중앙아메리카 유카탄 반도 일대에 마야문명이 일어났다. 마야문명의 예술은 서기 700~800년경에 절정에 달하였는데, 그들의 조각과 그림은 현대인으로서는 상상하기 어려운 엉뚱하고 괴상한 형상을 나타내고 있다. 그 변태적 형상은 유럽의 정신병원에 있는 환자들이 그린 그림과도 유사하다고 한다.

고대의 예술은 바로 종교영역에 속해 있었다. 그들의 종교에서 주술사가 신에게 바치는 제사의식에서는 해마다 많은 수의 인간을 제물로 바쳤다. 심지어는 살아있는 사람의 배를 갈라서 아직도 박동을 멈추지 않고 있는 심장을 떼어내서 제물로 바치기까지 히었다.

인간에게 복을 주기 위해 상정된 신의 이름으로 어찌 이런 잔인한 일이 행해질 수 있다는 말인가? 실제로 주술신앙을 전문으로 연구하는 인류학자나 사학자들 중에는 주술사를 정신착란자로 보는 견해들이 많다.

　이런 주술적 신앙은 비단 마야 문명에만 있었던 것이 아니고 세계 도처에 산재되어 있었고, 민중들에게는 마음의 평화를 얻기 위한 위로의 대상이 아니라 공포의 대상이 되었다. 종교가 곧 공포 자체였던 것이다.

　오늘의 종교도 대부분이 공포감을 조장하는 신앙과 교리 위주로 이루어지고 있다. 달리 말해서 진리 위주의 신앙이 아닌 것이다. 이처럼 종교가 공포의 대상이 되거나, 징벌적 신앙을 합리화 하는 교리가 중심이 되면, 이는 자유로운 인간의 정신 성장을 크게 방해하게 된다. 그래서 고유의 인간성을 가두어 버리는 감옥이 되고 어둠의 동굴이 되어 버리는 것이다.

　그리고 인간의 정신적 성장을 눈에 띄게 방해하는 또 다른 요인은 인류역사에서 어느 곳, 어느 시대에서나 등장하는 정치권력이었다. 자신의 개인적 권력 욕망 성취를 위해서 다른 사람들의 인간적 성장을 인위적으로 억눌러 온 것이다.

　이상에서와 같이 무지, 관습, 종교, 정치권력은 인류역사에서 거대한 감옥이었고, 인간의 정신적 성장을 억누르는 거대한 바위가 되어 왔다. 그래서 인류 역사상에서 진리는 언제나 교수대의 난간에 서게 되었던 것이다.

　그러나 죽은 진리가 후세의 다른 인간 정신에 엄청난 밑거름이 될 수도 있다는 것을 우리는 알아야 한다. 인간의 정신적 성장을 억압하던 한 나라, 한 시대의 거대한 바위도 수많은 세월이 흐르다 보면, 어느새 그 밑에서 자라고 있었던 새로운 생명체의 기운에 의해서 갈라지고, 무너지고, 부서지면서 새로운 신천지가 우뚝 솟아오르는 것이다. 이와 같이 진리에 반하는 무지, 관습, 종교, 정치권력은 언젠가는 반드시 무너지고야 만다. 그리고 찬란한 인간의 정신적 성장이 불끈 일어서게 된다. 이는 인류의 역사에서 여러 차례에 걸쳐 확인된 사실이다.

2. 성장의 원동력

50만 년 전 우리 인류의 조상과 현재의 우리를 비교해보면 눈부시게 발전하였다. 숱한 고비를 넘기면서도 오늘의 성장에 이른 것이다. 긴 구석기시대 동안에는 인류의 성장이 아주 더디게 진행되었다. 인구가 적고, 지각 변동이 심하고, 빙하기 등의 기후 변화가 극심하여, 자연환경이 지금처럼 안정되지 못하다 보니 자연히 먹고 살기가 쉽지 않았기 때문이다.

그러나 세월이 흐르면서 서서히 자연환경이 안정되고, 인구도 차츰 증가하여 부족 간의 물물교환이나 혼인 등의 교류가 활발해지는 등 인류문화의 성장도 빠른 속도로 발전하게 되었다. 그리고 이러한 부족 상호간의 문화적 교류가 인류문화의 성장을 촉진시키는 원동력이 되어 긴 구석기시대가 막을 내리고 새로운 신석기시대가 시작되었다.

신석기시대의 시작을 대략 서기 전 5,000년으로 추정하는데 이때부터 인간은 불을 사용하고, 토기를 만들고, 농사를 짓고, 촌락을 이루고 살기 시작하였다. 인류는 이때에 이르러 추위를 이기고 배고픔에서 벗어날 수 있었다. 그리고 비로소 생각할 여유를 갖게 됨으로써 정신적인 성숙이 가능해지게 되었다. 이러한 정신적 성숙에 의해서 인류문화는 신석기시대에서 다시 역사시대로 발전해 나갔다. 이때가 대략 서기 전 3,500년경이었다. 역사시대는 고대국가가 형성된 시기를 두고 말한다.

고대국가 시대에 접어들면서 인류의 문화 활동이 가장 활발하게 전개되었던 지역이 오리엔트(Orient) 지역 즉 오늘의 이집드를 포함한 중동시방과 유럽대륙 그리고 인도와 중국대륙이었다. 이를 두고 흔히 인류의 4대 문명 발상지라고 말한다.

서기 4세기 말에서 5세기 초에 고대 역사시대가 막을 내리고 중세

역사시대가 시작되었다. 이때는 거대한 종교권력과 정치권력이 1,000 여 년 동안에 걸쳐 민중들이 숨을 쉴 수도 없을 정도로 억압정치를 감행하였다. 그런 와중에서도 인간은 불굴의 정신적 의지를 발휘하여 위대한 르네상스 또는 종교개혁을 완성하였다. 이는 실로 인간의 진리를 향한 열정의 산물이 아닐 수 없었다.

르네상스와 종교개혁을 끝으로 중세는 또다시 막을 내리고 이어서 근대역사가 시작되었다. 그런데 근대에 이르러 이제는 절대왕정이라는 거대한 바위가 역사발전의 앞길을 가로막고 나섰다. 그러나 이 또한 인간의 혁신적 저항에 의해 무너지고 말았다. 그러한 역사적 사건이 바로 1789년의 '프랑스 대혁명'이었다. 이상의 고찰은 주로 서양 문화권을 중심으로 말한 것이다.

20세기에 들어와서 잠시 군국주의가 등장하여 인권을 말살하는 횡포를 자행하였지만 그 또한 깨어있는 민중들의 힘에 의해 저지되었을 뿐만 아니라, 세계 2차 대전 이후로는 소리 없는 사회혁명이 안정적으로 진척되어 나갔다. 그리고 마지막까지 버티어 오던 공산주의마저 몰락하고 말았다. 이러한 역사적인 사실 모두가 따지고 보면 위대한 인류의 정신적 성장에 의해 가능케 된 인류사의 대승리인 것이다.

서양문화의 발달은 끝없는 사색과 진리추구와 활발한 문화교류에 기인된 인간의 정신적 성장의 결과이다. 이와 같이 인간의 정신 성장을 방해하는 모든 것은 종내에는 소멸되고, 이를 방해하는 인간 또한 마침내는 비참하게 망하고야 만다. 역사적인 모든 혁명의 결과가 이를 증명하고 있다. 오직 진리만을 추구하는 인간의 정신적 성장은 인류가 종말에 이를 때까지 계속될 것이다. 그리고 이를 방해하면 또 다른 혁명이 필연적으로 일어나고야 말 것이다.

오늘에까지도 진리를 따르지 않는 종교의 폐쇄성은 사회적으로 큰 문제가 되고 있다. 이러한 폐단 중에서도 특히 심각한 현상이 타종교를 인정하지 않고 무조건 비방하며, 자기 종교만이 유일한 참 종교라고 억지를 부리고, 자신의 신앙을 통해서만 영생복락을 얻을 수 있다는 황당하기 짝이 없는 독선에 빠져있는 무속인과 같은 신앙인들의 행태는 참으로 위험한 무지의 소행이다. 이에 대한 종교 간의 화해와 공동의 진리탐구와 교류 협력이 필요하다.

이제는 온 지구가 한마을이고, 온 인류는 한 가족이라는 마음이 필요하다. 역사의 물결은 이런 방향으로 흘러가고 있고, 모든 사람들이 이를 인정하게 되는 날이 반드시 온다. 이제는 국가끼리, 민족끼리, 종교끼리도 서로 물고 뜯을 것이 아니라 서로 도우면서 살아야 된다. 서로가 상대편의 정신적 성장을 격려하고 도우면서 살아야 된다. 그래야 다 같이 잘 사는 인류문화가 공동으로 발전한다. 이것이 역사를 통해서 우리가 배워야 할 진리다.

3. 20세기의 혁명, 권위의 붕괴

이제는 종래의 권위주의시대가 아니다. 현대사회에서는 그 어느 권력, 지위, 나이, 부모-자식, 재산, 학위나 학벌에도 일방적 권위는 인정되지 않는다. 이러한 시대적 변화는 엄청난 사회변화이고 사회혁명인 것이다.

20세기는 권위가 무너진 시대이다. 그리고 새로운 사회질서가 형성되고 있는 시대다. 다시 말하면 구시대의 권위는 사라지고 새로운 사회질서가 요청되는 시대이다. 그런데도 여전히 그러한 사회적 변화를 무시하고 권력, 지위, 나이, 학위나 학벌을 내세우는 시대착오적인 사람들이 있어서 비난의 대상이 되고 있다.

이제는 인격의 정도에 따라 사회적 권위를 존중받을 수 있게 되었다. 감투나 지위는 하나의 직책일 뿐이고 결코 권위의 계급 서열을 나타내는 기준이 될 수 없게 된 것이다. 그래서 국민의 민주적 절차에 의해 선출된 대통령도 일개 공무원의 신분일 뿐 그 이상도 그 이하도 아니다. 국민의 세금으로 월급 받는 봉급생활자이고, 국가와 국민의 복리증진을 위해 헌신하여야 할 최고 책임자로서의 역할을 수행할 뿐인 것이다.

그런데도 아직도 구시대의 악습에서 벗어나지 못하고 제왕처럼 군림하려는 자들이 있어서 보기에 딱하다. 그런 시대착오적인 인물들은 공동체의 안전과 복지를 위해 쓰여 질 수 있는 국가예산을 마치 자기 개인의 사유물인 것처럼 함부로 유용하거나 낭비하여 빈축을 사기도 한다. 그러한 만행은 옛날에 짐〔我〕이 곧 국가이고, 국가의 모든 재산과 인민은 짐의 소유라고 하던 때에나 통하던 악폐다.

서아프리카에 있는 작은 나라 갬비아(Gambia)에 파송되어 그곳에서 10년째 살고 계셨던 우리 한국인 의사 부인께서 쓴 글 한편을 필자는 지금까지도 감명 깊게 기억하고 있다. (* 1983. 1. 12. 동아일보 崔允植씨 글 인용)

갬비아의 장관실은 우리나라 시골 면장실이나 비슷한 규모인데, 장관을 보필하는 이는 주로 하버드 대학 출신들이 많고, 대통령이 국립병원을 공식 방문한다고 해도 평시와 조금도 다름이 없이, 그 안에서 근무하는 의사들은 각자가 자기 할 일만 할 뿐이라고 한다. 그래서 대통령이 자기 방에 들르지 않으면 자기 병원에 다녀간 사실조차도 모른다고 한다. 우리나라 상사 직원이 그 나라에 오랫동안 머물면서 그곳 관리들과 자주 접촉해 보고는, 진정한 민주주의가 이처럼 작은 나라에서도 꽃피워질 수 있다는 사실에 놀라고 감탄했다고 한다.

그런데 우리나라에서는 얼마 전만 해도 공직사회에서 아주 작은 감투만 쓰고 있어도 얼마나 위세가 당당하고, 민원인을 함부로 대하고, 부정부패가 심각했었던가?

권위주의 시대를 청산하고 국민이 주인이 되는 민주주의를 실현하기 위해서는 무엇보다도 통치권자를 잘 뽑아야 한다. 어떤 인격의 통치권자가 국가 지도자로 선출되느냐에 따라 나라의 발전과 국민의 행복이 크게 달라질 수 있기 때문이다.

18세기 영국의 사학자이면서 철학자인 '에드워드 기번'(Edward Gibbon)은 인간 정신의 타락이 역사에 미친 영향에 대하여 깊은 관심을 가지고 연구한 분이다. 그가 쓴 「로마제국의 쇠망사」에 이런 내용이 있다.

로마교회 대주교직을 차지하기 위한 쟁탈전이 '다마수스'(Damasus) 주교와 '우르시우스'(Ursius) 주교 사이에 벌어졌다. 로마 황제 '발렌티니아누스 1세'(Valentinianus, 서기 364~375) 때의 일이다. 두 주교는 당파를 이루어 무기를 들고 피비린내 나는 큰 싸움을 벌였다. 당시의 로마 시장 유벤티우스는 그 싸움을 진압 하여야 하는데, 너무나 큰 싸움이어서 진압을 못하고 스스로가 교외로 피신해 버렸다. 싸움의 결과 다마수스가 이겨 우르시우스파는 추방되었다. 그 이후 시키니누스 대성당에서는 137구의 시체가 발견되었다고 한다. 싸움에 이긴 자는 귀부인들의 헌금으로 부유해지고, 화려하고 우아한 옷을 입고, 로마 시내를 위세당당하게 행차하며, 대주교가 마련하는 식탁은 로마 황제의 식탁도 흉내 내지 못할 정도로 호화스러웠다고 한다. 이처럼 성스러워야 할 교회의 주교지마저도 부와 권력을 얻기 위해 피비린내 나는 싸움을 벌였던 것이다. 이런 가치 없는 권력 싸움에도 과연 경의를 표해야 하는가? 그리고 통치권자로서의 권위를 인정해 줄 수 있겠는가?

인간사회에는 원래 계급이란 없는 것이다. 오직 평등과 책임이 있을 뿐이다. 이것이 민주사회의 대원칙이다. 그런데도 왜 우리 인간은 그다지도 계급의식에 사로잡혀서 아랫사람을 천대하고 노예처럼 부리고 싶어 하는가? 이는 민주주의가 무엇인지도 모르는 무지한 사람들의 어이없는 횡포일 뿐이다.

어느 날, 공자의 제자 자공이 공자에게 물었다. "선생님! 오늘날 정치를 맡고 있는 사람들은 어느 정도의 수준입니까?" 공자께서 대답하시기를 "아아, 슬프다! 한 말(斗)들이 대바구니 정도밖에 되지 않는 이들을 말해서 무엇 하랴?"〔子貢問曰, 今之從政者, 何如. 子曰 噫, 斗筲之人 何足算也〕하시었다. 두소지인(斗筲之人)이란 요즈음 말로 하면 별 볼일 없는 사람을 가리킨다. 한마디로 말해서 그릇이 적은 사람을 두고 하는 말이다.

하찮은 존재가 권력을 가지게 되면 무작정 휘두르고 싶어 하는 것이 인지상정이다. 권력뿐만이 아니다. 작은 완장 하나만 팔에 둘러도 대번에 기세가 올라 남들 앞에서 으스대기도 한다. 그러한 인간을 가리켜 소인배라고 한다. 소인배는 멋모르고 날뛰는 부랑아다. 이런 사람에게 권력을 맡기고 민주주의의 통치자가 되도록 허용해서는 안 된다.

4. 성자 어거스틴

성자(聖者) '어거스틴'(Augustine)은 모르는 이가 없다. 그는 서기 354년에 북아프리카에 있던 '누미디아'(Numidia)에서 출생하였다. 누미디아는 현재 알제리 동부지방의 옛 국가 이름이다. 누미디아 나라는 서기 3세기에 로마 장군 스키피오에 의해서 정복되어 로마 제국의 속주가 되었다. 어거스틴은 32세에 로마 시장의 추천을 받아서 '밀라노'(Milano)에서 수사학(修辭學) 교수를 하고 있었다. 그는 총명하고 박학하고 명성이 높은 웅변가로도 널리 알려져 있었다.

이런 이유로 당시 로마 황제 '발렌티니아누스 2세'(Valentinianus 재위, 375-392)를 찬양하는 연설을 하도록 명령을 받았다. 당시 황제 나이 14세였다. 어거스틴은 자기의 명성을 위해서 마음에 없는 거짓말을 해야 하는가 하고 고민을 한 끝에 할 수 없이 승낙하기로 작정하였다. 그리고 어느 날 골목길을 걷고 있는데, 술에 취한 거지를 만났다. 그런데 그 거지가 시비를 걸며 자기를 놀리는 것이었다. 이때 어거스틴은 깜짝 놀라 자기 자신을 바라보았다. "저 거지보다 내가 나은 것이 무엇인가? 저 거지는 어디로 가고, 나는 또 어디로 가고 있는가? 우리는 같은 길을 걷고 있지 않는가! 저 거지가 원하는 것이나 내가 원하는 것이 결국 같지 않은가?" 하고 깊이 뉘우치며 한탄을 하였다. 그리고는 드디어 그는 교수직을 사임해 버리고 황제를 위한 연설도 취소해 버렸다.

일순간의 깨달음으로 모든 세속적인 욕망과 출세하려는 야심을 버린 것이다. 길거리를 떠도는 거지를 보면서 자기 모습도 거지와 다를 바가 없다는 충격에 빠져 모든 것을 다 버리고 '빈손·빈마음'이 된 것이다. 그 이듬해 33세 때 세례를 받고 기독교인으로 귀의하여 고향으로 돌아가서 농장을 처분하여 가난한 이웃들에게 나누어 주고는, 그의 옛집을 수도원으로 꾸며 수도 생활에 전념하였다. 그리고 성자(聖者)의 길로 들어서게 되었다. 그는 모든 것을 다 버리고 소쩍새 울음소리를 벗으로 삼으면서 오직 진리탐구에 전념하였다. 그의 고향 마을에는 유별나게 소쩍새가 많이 울었다고 한다.

권력이나 재산이나 학벌을 내세우는 사람이 많지만, 그 내면은 어거스틴 성사의 발대로 거지와 다를 것이 없다. 여기서 말한 거지는 인간의 탈을 쓴 악마를 말한다.

득도(得道)하지 못한 권위나 인격 없는 권위는 빈 껍질에 불과하다.

권위나 권력, 지위는 인격이 없는 자들이 주로 탐내는 개밥과도 같은 것이다.

이제 모든 인간관계는 탈권위적 수평관계라는 것을 깨달아야 된다. 이것을 깨닫지 못한 자들은 우리 사회에서 도태되어야 할 쓰레기에 불과하다. 이제 종래의 권위주의 의식은 인간의 정신적 성장을 방해하는 진부한 역사적 유물(遺物)로 취급되어야 마땅하다.

VI. 돈 버는 일

1. 돈은 있어야 하지만, 돈 있다고 다 사람은 아니다

돈이 없으면 누구나 가난하고 초라해 보인다. 그러나 가난하다는 것이 반드시 부끄러운 일은 아니다. 그러나 술과 도박으로 재산을 탕진하거나, 평생 동안 돈을 쫓아다니며 허송세월하거나, 부모로부터 물려받은 유산으로 돈을 물 쓰듯이 낭비하거나, 게으르고 무능해서 남에게 돈을 빌려 쓰고 갚지 못해 신용불량이 되거나, 별다른 재주나 전문지식도 없으면서 자존심을 지킨답시고 돈 버는 일을 싫어하는 사람이라면 이는 진실한 삶을 살아가는 사람은 아니다.

그러나 일반적으로 돈은 특별한 재능이 없이도 부지런하고, 정직하고, 낭비하지 않는 건전한 생활을 해 나가는 사람이라면 누구나 먹고 살만큼의 돈을 벌어들일 수 있다. 하지만 남보다 더 많은 돈을 벌어서 좋은 일에 쓰겠다면 주위 사람들과의 좋은 인간적인 관계형성을 통해 신용을 쌓아야 하고, 아울러 돈을 벌기 위한 보다 치밀하고 합리적인

제 1 장 무엇이 마음을 아프게 하고 행복을 파괴 하는가?

연구계획이 필요하다.

인생을 잘 살아가기 위한 공부도 쉬운 일이 아니지만, 돈을 많이 버는 것도 말처럼 그렇게 쉬운 일은 아니다. 공부도 피나는 노력이 필요하듯이 돈을 버는 것도 각고(刻苦)의 노력이 필요한 것이다. 그런데 세상에는 돈을 너무 쉽게 벌려고 하는 사람들이 너무나 많다. 이런 인간들이 도둑질, 사기, 도박 등 온갖 죄악을 저질러서 세상을 어둡게 하는 것이다.

모든 인간은 성년의 나이가 되면 자기 스스로의 힘으로 벌어서 먹고 살만큼의 경제력을 가져야 한다. 만약 성년이 되었는데도 직업을 가질 수 없는 특별한 사유가 있지 않는 한 생활의 안정을 이루지 못하고 부모에게 의존하고 산다면 이는 떳떳한 일은 아니다. 특히 가족을 부양해야 할 가장으로서의 책임을 다하지 못하고, 오히려 가족에게 부담을 주는 인생이라면 더욱 부끄러운 일이 아닐 수 없다.

가족의 생계를 이어가기 위해 낭비하지 않고 열심히 일하는 부모님의 노력에도 불구하고 가난을 면치 못한다면 그 자녀들은 오히려 부모님을 더 존경하고 원망하지 않는다. 그런 가정에서는 자녀들이 탈선하거나 문제아로 전락하지도 않는다.

물론 불가항력의 가난도 있다. 가정에 뜻하지 않은 변고가 있거나, 가족 중에 치료비를 감당할 수 없을 정도의 중대한 병을 앓고 있는 경우들도 많을 것이다. 이런 피치 못할 경우의 가난은 자녀들도 이를 부끄럽게 여기기보다는 오히려 더 열심히 살아나가겠다는 삶의 의지가 강해질 수도 있을 것이다. 그러므로 지금은 가정형편이 좀 불우하다고 해도 절망하거나 열등의식을 가져서는 안 된다.

물론 우리가 살아가는데 돈은 귀중하고 큰 힘이 된다. 그러나 그보다도 바르게 사는 것이 더 귀중하고 더 큰 힘이 된다. 그러므로 자식들을 위해 불철주야 고생하시는 부모님께는 자식들은 원망의 돌을 던져서는 안 된다. 부모님이 부지런하고 정직하게 일하고 계시는데도 생활이 넉넉지 못하다면 자녀들은 그 가난을 오히려 기쁜 마음으로 받아들일 수 있어야 한다.

자녀양육에 있어서도 잘못 자란 아이일수록 낭비가 심하고, 정신이 바르게 자란 아이일수록 양육비용이 적게 들어간다. 부모님만 절약하며 살아야 하는 것이 아니다. 자식에게도 절약정신을 가르쳐 주어야 한다. 그와 같은 자녀교육은 자식에게 막대한 유산을 물려주는 것보다도 훨씬 효과적인 미래의 투자가 된다.

2. 돈 많은 부자라고 해서 반드시 자랑은 아니다

높은 자리에서 뇌물을 받아 부자가 되거나, 속임수를 써서 큰돈을 벌거나, 공금 착복, 투기 등의 부도덕한 방법으로 돈을 버는 것은 결코 자랑이 될 수 없다. 경제적 빈곤도 자랑일 수는 없지만 부정한 방법으로 부자가 되는 것은 더욱 큰 죄악이기 때문이다.

일반적으로 가난 때문에 저질러지는 사회악보다는, 부정하게 오고 가는 돈 때문에 발생되는 범죄가 훨씬 더 심각한 사회 문제를 야기한다. 가난한 이가 이마에 땀을 흘리며 번 돈에는 천사가 따라 붙지만, 부정하게 벌어들인 돈에는 마귀가 따라 붙기 때문이다.

마귀가 따라 붙는 돈이 집안으로 들어오면 반드시 가족 간에 불화를 일으킨다. 서로 더 많은 돈을 가지려고 하기 때문이다. 그리고 그렇게 얻어진 돈은 주로 사치에 쓰이거나 함부로 낭비되어 오래가지 못한다. 그러면 그보다 더 많은 돈을 벌어들이기 위해 또 다른 탐욕의 범죄를 저지르게 되어 결국에는 가정의 파탄을 초래하는 경우들을 우리 주변에서 어렵지 않게 볼 수 있다. 그런 가정에는 아무리 돈이 많아도 항상 가족 간에 분란이 많고, 어수선하고, 어둠의 그늘이 가시지 않는다. 이 얼마나 불행한 일인가?

행복은 다른 동물은 가질 수 없고 오직 사람만이 누릴 수 있는 특권이다. 그런데 돈은 인간에게 행복을 가져다주는 기초적인 조건은 될 수 있지만 필수적인 조건은 아니다. 행복의 조건은 돈보다는 바른 정신에서 찾아야 한다. 즉 바른 인격이 필요하다는 말이다. 물론 돈과 바른 인격 두 가지 조건을 동시에 갖출 수 있다면 최선일 것이다. 그러나 일반적으로는 돈도 많이 벌고 인격도 훌륭하기는 어렵다. 어느 한쪽이 기울어지기 마련이다. 다시 말하면 돈을 많이 벌려고 하면 자신의 인격이 떨어지게 되고, 훌륭한 인격을 추구해 나가다 보면 돈이 멀어져 가는 것이다. 이때 우리는 어느 길을 좇아 갈 것인가를 두고 고민하는 경우들이 허다하다.

돈벌이에만 몰두하다 보면 어느새 자신의 인격향상과 가정의 평안을 위한 시간과 관심이 소홀해지기가 쉽다. 그러나 최소한 돈을 벌기 위해 자신의 인격을 포기하는 일은 없어야 한다. 왜냐하면 돈은 우리가 좀 더 사람답게 살아가기 위한 도구에 불과하기 때문이다.

따라서 돈의 가치는 그 돈을 소유하는 사람의 인격의 정도에 따라서 결정된다. 그러므로 내가 벌어들이는 돈의 가치를 높이기 위해서라도 자신의 인격을 향상시키기 위한 공부를 소홀히 해서는 안 된다. 그러므로 부지런히 노자, 장자, 니체에 관한 저서나, 헤밍웨이의 작품과 같은 다양한 독서도 하고, 자녀들에게도 위인전이나 동화책을 권하면서 동시에 생활에 필요한 돈을 벌기 위한 직업에도 충실해야 할 것이다.

3. 돈은 바르게 벌고, 바르게 써야 한다

현대 사회에서 돈은 편안한 의·식·주를 보장하는 기본적인 생존수 단이 된다. 특히 육신의 생명을 이어가는데 절대적으로 필요한 먹을 거리를 얻는데 중요한 거래수단으로 이용되기도 한다. 그러므로 돈은 인간의 생존 그 자체를 의미한다고 해도 과언이 아니다.

그러나 돈은 쓰기는 쉬우나 벌기는 어렵다. 그러니까 돈의 가치는 그만큼 소중한 것이다. 그러므로 돈을 가볍게 여기거나 함부로 쓰면 안 된다. 자식이 부모의 돈으로 부족함을 모르고 풍족하게 쓸 수 있다 고 해서 돈을 쉽게 벌 수 있다고 생각한다면 이는 큰 오산이다.

남이 가진 돈을 내가 정직한 방법으로 벌어 오려면 피눈물 나는 고 생과 피땀이 필요하고, 남모르는 수모와 자존심의 상처를 감수해야 한다. 입술을 깨무는 인내가 필요하고 남다른 연구와 치밀한 사전 계 획도 세워야 된다. 또한 주변 사람들의 신뢰를 받을만한 원만한 인품 도 갖춰야 한다.

대부분의 경우 사람에게 가장 중요한 것은 생활의 안정이다. 돈은 반드시 호화롭게 살기 위해서 버는 것이 아니다. 생활의 안정은 신체 의 건강과도 같다. 신체의 건강을 잃으면 생활의 활력이 약화되어 결 국에는 정신활동도 약해지게 된다. 그렇게 되면 나뿐만 아니라 가족 전체의 안정이 흔들리게 된다.

우리가 일반적으로 원만한 가정생활을 유지하는데 어느 정도의 돈 이 필요할까? 물론 가족 구성원의 수나 각자가 처해있는 상황에 따라 다르겠지만 기본적으로는 굶주리지 않을 정도의 식생활비와 안정직 인 주거환경 비용과 가속의 의료비용, 그리고 미성년 자녀들의 정상 적인 교육비용 외에 예측할 수 없는 상황에 대비하기 위한 저축금 정 도가 아닐까 생각된다. 대략 이런 정도가 기본적인 생활안정 비용이라고 할 수 있을 것이다.

이와 같은 기본적인 생활안정 비용을 마련하기 위해서는 맨 먼저 불필요한 낭비를 줄여야 한다. 생활이나 건강유지에 필수적이라고 할 수 없는 술, 담배, 오락 등으로 "인생살이 별거 아니다. 즐기면서 살 자."라고 하면서 돈을 마구 지출한다면 이는 가정의 파탄을 가져오는 결정적인 요인이 될 것이기 때문이다. 이 얼마나 어리석은 일이겠는가?

4. 사람이 먼저고 돈은 나중이다

돈은 중요하고 함부로 낭비해서도 안 되지만, 그렇다고 해서 돈을 최고의 가치로 여겨서도 안 된다. 사람다운 사람이 되는 것, 인격, 진리, 바른 정신이 최고의 가치이고, 돈은 이런 최고의 가치를 이루기 위한 보조적 하위가치(下位價値)가 되어야 한다. 그러므로 돈에만 집착하여 수단 방법 가리지 않고 돈만 벌면 된다는 생각을 해서는 안 되며, 이 세상에서 돈이면 못할 일이 없다는 편견을 가져서도 안 된다. 이것은 주로 악마들의 잘못된 혹세무민의 논리이기 때문이다.

돈에 너무 집착하면 사람이 천박해 보인다. 이런 사람은 어디를 가도 인격적으로 존중받지 못한다. 그리고 돈에 집착하면 정신이 혼미해진다. 그러므로 돈은 정직한 방법으로 남에게 피해를 주지 않고 열심히 일하여 벌어야 한다. 그렇게 해서 벌은 돈은 나와 내 가정뿐만 아니라 국가사회 공동체를 위해 유용하고 보람 있게 쓰여야 한다.

그렇지 않고 수단 방법을 가리지 않고 부당한 방법으로 돈을 벌게 되면 반드시 재앙을 입게 된다. 특히 부모님들은 자녀들에게 이 점에서 본보기가 되어야 한다. 가능하면 자녀들이 보는 앞에서는 부동산, 증권, 채권 투자 등의 돈에 관한 이야기를 하지 않는 것이 좋다. 이런 이야기를 자녀들이 자주 들으면 부모님에 대한 자녀들의 존경심을 잃을 수가 있기 때문이다.

순수하고 진실한 마음을 지니고 있는 자녀들은 돈이 많다고 하여 거드름을 피우고, 권세 부리는 오만한 부모의 모습보다는 인격이 높고 인간애에 넘치는 부모님을 더 존경하고 따른다. 오히려 돈벌이에 혈안이 되어있는 부모들은 자녀들에게 깊은 마음의 상처를 안겨 주기도 한다. 그래서 자녀들로 하여금 마음을 둘 데 없는 정신적 기아(棄兒) 상태로 빠트리게 할 염려도 있는 것이다. 재벌기업의 자녀들 중에 심각한 탈선 사고를 일으키는 경우에서 우리는 종종 그러한 사례들을 목격할 수 있다. 이런 점을 보더라도 돈만으로는 자식을 훌륭한 인간으로 만들지 못한다.

흔히 말하기를 가정에 돈이 부족하면 상대적으로 집안의 싸움이 잦다고 한다. 그렇다면 부잣집은 집안싸움이 없다는 말인가? 좀 더 깊이 알고 보면 부잣집 내의 가정 분란이 더 많다. 이에 비해 비록 가난하지만 화목하고 평화롭게 잘 지내는 가정이 얼마든지 많다. 그러므로 결론적으로 말해서 가정 내에서의 소란한 싸움은 돈과는 관계가 없는 것이다. 다만 시끄럽게 싸우는 원인을 돈의 문제에서 찾고 있을 뿐이다. 그런 가정은 돈이 있어도 싸우고 없어도 싸운다. 오직 인간애의 부족, 인격의 부족에 문제의 원인이 있을 뿐이다.

하기는 영국 격언에도 "가난이 대문으로 들어오면, 사랑은 창문으로 달아나 버린다."[When poverty comes in at door, love flies out at the window]는 말이 있다. 그러나 조금 더 깊이 생각해 보면 돈 때문에 달아나 버리는 사랑이라면 그러한 사랑은 진정한 사랑이 아니다. 돈에 이용당하는 위장된 사랑일 뿐이다. 인간의 참사랑은 오직 서로간의 조건 없는 빈손·빈 마음에서 이루어지는 것이다.

5. 돈은 바르게 벌어야 바르게 쓴다

사치하고 낭비하는데 쓰이는 돈은 바르게 번 돈이 아닐 가능성이 높다. 왜냐하면 자기가 피땀 흘려 벌은 돈이라면 그렇게 함부로 낭비 하지는 못할 것이기 때문이다. 호화사치는 흔히 정신적으로 빈곤한 자들이 자기를 과시하고 열등감을 감추려는 수단으로 이용된다. 실력 있고 교양을 갖춘 사람들은 굳이 자신을 겉으로 드러내 보이려는 위선적 행동이 필요하지 않다. 그들의 소박하고 검소한 외모에서 오히려 타인의 존경심을 끌어 모을 수 있기 때문이다.

호화사치는 사회적으로 범죄를 유발하는 원인이 되기도 한다. 사치에 필요한 돈을 얻기 위해서 남을 속이거나 강탈하는 등의 유혹에 빠지기 쉽기 때문이다. 그리고 그렇게 비정상적인 방법으로 손쉽게 얻어진 돈은 주로 사치스런 겉치장뿐만이 아니라 불안한 심리적 상항에서 벗어나기 위해 유흥업소에서 탕진하게 되고, 이것이 습성화 되면 부족한 유흥비용 마련을 위해 더 큰 범죄를 저지르게 되어 결국 벗어날 수 없는 죄악의 구렁텅이에 빠져들게 되는 것이다. 그리고 그보다 더 큰 죄악은 세상을 순수하고 정직하게 잘 살아가고자 하는 사람들에게 위화감을 주고 절망감을 안겨주는 것이다.

어느 사회나 모두가 다 부유한 삶을 누리기는 어렵다. 그러므로 현실적으로 부의 불공평 원리는 인위적으로 해결할 수 없는 영원한 과제다. 다만 부의 공유를 추구하는 공동체 의식이 요구될 뿐이다. 부는 소수에 의해 독점되기 보다는 모두가 공평하게 나누어 써야 한다는 높은 도덕적 의식에 공감하도록 하는 사회적 합의가 필요하다는 말이다.

인류의 역사를 보면 어느 사회에서나 부의 무한한 독점적 유지는 불가능하다는 것이 부정할 수 없는 사실이다. 그리고 타인과 함께 나누고 베푸는 삶의 태도를 갖지 못하는 사람의 부는 결코 영원히 지속되지 못한다는 것이 진리다.

특히 한국인의 전통적인 정서에서 보더라도 콩 한 조각도 나누어 먹는 부의 정의로운 분배를 강조해 왔음을 알 수 있다. 이러한 민족적 정서를 무시하면 아무리 대궐 같은 큰 집에서 호의호식하며 잘 산다고 해도 진정한 마음의 평안을 얻고 행복하게 살기는 어렵다. 왜냐하면 한국인의 밑바닥 정서에는 또 한편으로는 사촌이 논을 사면 배가 아프다고 할 정도로 부의 독점에 대한 강한 적개심을 갖고 있기 때문이다.

서양적인 의식의 관점에서는 개인적인 능력에 따른 부의 편중을 당연하게 여기는 경향이 있다. 남이 잘 사는 것에 대한 거부감이 별로 없는 것이다. 그러나 우리 민족에게는 그에 대한 거부감이 유별난 듯하다. 우리 민족은 서양의 국가에 비해 단일의 씨족공동체를 이루다 보니 모든 가족은 다 같이 공평하게 잘 살아야 한다는 의식이 유독 강하게 자리 집고 있는 것은 아닌지 모르겠다. 이런 맥락에서 보더라도 어느 한 사람의 부의 편재가 다른 모든 사람의 배를 아프게 하는 위화감을 조성해서는 안 되겠다는 생각이 든다.

현재 우리나라의 일반적인 범죄의 양상을 보면 생존 자체를 위태롭게 하는 가난이 문제가 아니라. 남보다 내가 못 사는데 대한 상대적 박탈감이 더 큰 문제인 듯하다. 극히 일부이기는 하지만 아직도 북한 공산주의에 대한 매력을 느끼는 사람이 있다면 아마도 내가 남보다 못 사는 사회보다는 차라리 국가의 강제력에 의해 모두가 다 똑같이 잘 사는 사회를 꿈꾸는 이상주의에서 비롯되는 것은 아닐까?

그러한 일부의 극단적 오해를 불식시키기 위해서는 재벌기업과 같은 공룡들의 경제적인 부의 편중현상을 안화시기는 정책이 필요하다고 본다. 그리고 일부 거대 종교의 탈선적인 축재행위도 자정노력이 요구된다. 또한 정부 기관의 호화찬란한 관청 건립이나 필요이상의 내부시설과 사무집기의 낭비적 요소를 과감히 줄이고, 서민들과의 위화감을 조장하는 골프장과 같은 시설도 축소되어야 한다. 민족의 화합을 도모하는 차원에서 하는 조언이다. 우리 민족은 모두가 함께 잘 살아가는 사회를 이루지 못하면 또다시 약소국으로 전락하고야 말 것이다. 이와 반대로 인간의 자유와 권리가 충분히 존중되고 모든 정치기관이 국민의 전폭적인 신뢰를 받을 수만 있다면, 우리 민족은 오래전에 인도의 시성(詩聖) 타골이 예언했듯이 찬란한 동방의 등불, 아니 전 세계의 등불이 될 것이다.

VII. 무능(無能)한 왕관

1. 무능과 비양심은 죄악이다

사람들은 대부분이 비도덕적이고, 법 위반의 경우만을 죄악(罪惡)이라고 여기는 듯하다. 그러나 이것은 대단히 잘못된 오해이다. 내 생각으로는 인간의 가장 중대한 범죄는 지도자의 무능과 비양심이다.

나의 모든 죄악은 나의 무능에서 나오고, 나의 무능은 다른 사람들까지 죄를 짓도록 유발시키는 것이다. 부모의 무능이 자식으로 하여금 죄를 짓게 하고, 이들의 범법행위가 사회에 영향을 끼치듯이 국가 사회에서는 감투 쓴 자의 무능과 비양심이 일반 국민들로 하여금 죄를 짓게 만든다. 그런 의미에서 지도자의 무능과 비양심은 모든 죄악을 양산하는 독버섯의 온상이 되는 것이다.

그러므로 무능하고 비양심적인 지도자를 우리 사회에서 제거하지 않으면, 이 세상의 죄악은 줄어들지 않는다. 무능의 텃밭에서는 결코 진리와 정의가 발을 붙이지 못한다. 그런고로 무능하고 비양심적인 자가 자기는 사회도덕이나 법을 존중한다고 하면서, 힘없는 백성들에게 법이라는 칼을 들이대며 단죄를 하려 한다면, 이는 마치 살인강도가 생계형 좀도둑을 난도질하는 것과 다름이 없다.

일반적으로 무능하여 사리분별 능력이 부족한 자는 내면적으로도 도덕적이지 못하다. 참으로 도덕적이고 양심적이라면 어찌 죄악을 아무렇지 않게 저지를 수 있겠는가? 어떻게 자신만의 부와 편익을 위해 뇌물을 수수하거나 부정부패를 일삼고 사회질서를 혼란시킬 수 있겠는가?

지도자가 무능하고 비양심적이면 설령 법과 도덕을 위반하지 않는다고 해도 소속된 공동체를 약화시키고, 조직의 발전을 저해하고, 분열을 야기하고 파괴시킨다. 특히 그 책임자가 상급자일수록 그 피해는 엄청나다. 그러므로 무능하고 비양심적인 지도자는 엄격한 법률상의 기준을 적용하여 다스려야 한다.

2. 무능이란 구체적으로 어떤 것인가?

무능이란 그 지위에 걸맞은 자격이 없다는 것이다. 부모가 부모답지 못하다거나 선생님이 선생님답지 못하면 자격이 없는 것이다. 비록 모든 직업은 평등하고 조직상의 위계질서는 존중되어야 하지만 기본적인 자격은 평등한 것이 아닌 것이다. 선천적으로 타고나서 후천적으로 연마되는 능력은 모두가 평등할 수가 없다. 따라서 어떤 일을 수행할 수 있는 능력은 천차만별이 당연하다. 이러한 차별적 능력에 따라서 각기 좀 더 쉬운 일, 좀 더 어려운 일을 맡겨 주어야 하는 것이다.

기본적으로 감당하기 어려운 일자리에 능력이 없는 자가 앉아 있으면 일의 성공적인 성취가 불가능해지게 된다. 오히려 그가 소속된 공동체에 피해를 끼칠 수도 있다. 이는 사회발전에 바람직한 일이 아니다.

여기에서 주로 논의하고자 하는 무능이란 올바르게 일을 할 수 없는 능력을 말한다. 그렇다면 왜 올바르게 일할 수 없다는 것인가? 물론 신체적인 결함이나 타고난 재능의 부족이 원인이 될 수도 있지만 그 보다는 성인(聖人)이나 현인(賢人)들이 우리보다 앞서 깨우친 진리를 도외시하고 그들의 올바른 삶을 본받지 못한 원인이 더 크다. 진리에 충실하지 못하고 거짓된 허상에 매달려 냉철한 현실적 판단기능을 갖지 못하면 무능의 틀을 벗어나기 어렵기 때문이다. 그래서 보다 유능한 인간이 되기 위해서는 부단히 진리공부에 힘써야 한다.

이때의 진리공부는 어느 한쪽에만 치우쳐서는 안 된다. 자칫 잘못하여 어느 한쪽만 공부하면 편견과 독단과 아집에 빠지기 쉽기 때문이다. 그렇게 되면 거짓 지혜의 늪에 매몰되는 우(愚)를 범할 수 있는 것이다.

필자의 생각으로는 치우치지 않는 진리공부란 불교, 유교, 기독교, 힌두교, 이슬람교와 같은 종교철학에 대해 다양하게 비교해 보고, 동양철학사상, 서양철학사상을 두루 공부하는 것이다. 그렇다고 해서 필요 이상으로 전문가 수준으로 공부해야 한다는 말은 아니다. 그러한 공부를 통해 진리를 깨닫게 되면 보다 명철하게 인간과 사회와 역사를 바로 알게 되고, 바람직한 역사의 방향과 우리가 궁극적으로 추구해야 할 영원한 가치가 무엇인가를 알게 된다는 말이다.

이렇게 되면 비로소 사람을 제대로 바르게 볼 줄 아는 안목을 가지게 되고, 바른말과 바르지 않은 말을 구별할 줄 알게 되며, 모든 상황 판단이 명확해지고, 현실인식과 미래에 대한 예측이 바르게 된다. 바로 이것이 진정한 능력이고 인생을 바르게 잘 사는 비결이 되는 것이다.

이와 같은 노력으로 무능을 벗어나 유능한 인간으로 발전하게 되면 저절로 고상한 인격이 되어 나만이 잘 사는 인간보다는 다 같이 잘 사는 인간으로 변모하게 되고 주변의 많은 사람들에게 감동과 감화를 주는 훌륭한 인격자로 존경받게 되는 것이다.

그런데 이에 미치지 못하게 되면 여전히 출세욕과 권세욕에 눈이 어두워서 자기과시나 자기과장의 정신적 환상에 빠져 뒷골목 깡패 대장과 같은 소인배의 행태를 벗어나지 못하게 되는 것이다.

그리고 대부분의 경우에 있어서 무능할수록 법(法)과 원칙만을 강하게 주장한다. 법이라는 형식을 빌려 다른 사람을 자기에게 굴종시키는 수단으로 이용하려 하는 것이다. 이런 잘못된 습성이 극단적으로 발전하여 소위 법치를 가장한 독재정권이 탄생되는 것이다. 이는 비극적인 우리 역사에서 여러 차례 경험했던 악몽이기도 하다.

무능한 자의 또 다른 행태로 지적되는 것은 공금(公金)을 공익적 목적에 쓰지 않고, 아무런 죄책감도 없이 사적 용도로 마구 쓰기를 좋아한다는 점이다. 그리고는 나중에 문제가 드러나면 그 책임을 엉뚱하게 다른 사람에게 덮어씌우는 비인간적 악행을 서슴지 않는 것이다. 참으로 죽어서라도 천벌을 받아야 할 중대한 범죄행위가 아닐 수 없다.

일반적으로는 무능한 자 일수록 자기 주제파악을 못한다. 평소에 전혀 공부하지 않으면서도 아는 체, 잘난 체 하기를 좋아하고, 없는 실력을 과장하여 뽐내려고 하다가 엉뚱한 실언이나 실수로 자주 타인의 비웃음의 대상이 되기도 한다. 본인의 피나는 노력으로 얻어지는 지식이 아니면 그것은 진정한 자기실력이 될 수가 없다. 저질적인 신문 잡지, 종편방송 프로그램에서 눈요기 꺼리로 얻은 단편적인 지식을 대단한 정보지식인 것처럼 남발한다면 이는 자칫 무식의 소치로 조롱받는 코미디가 될 수도 있는 것이다.

이와 같이 습득한 지식이 자기 자신의 인격을 바람직한 방향으로 변화시킬 수 없다면 이는 차라리 무식한 바보가 되는 것보다 못하다. 그렇게 하면 적어도 공동체 이익을 해치는 잘못이나 양심적 죄악만은 면할 수 있기 때문이다.

아울러 학벌·학위는 자신의 사회적 능력과는 별개이다. 아무리 학벌이 좋아도 진리를 깨우치지 못하고 정신이 바르지 못하면 이는 올

바른 능력이 될 수 없다는 뜻이다. 그것은 단지 세속적인 야심과 욕망을 성취하는 겉치레에 불과한 것이다,

무능하고 정신이 바르지 못한 자는 내적으로 항상 마음이 편안하지 못하다, 늘 불안하고, 주위 사람들을 쉽게 믿을 수 없고 매사에 자신을 잃게 된다. 겉으로는 큰소리치고, 잘난 체 해도 실제로는 허전하고 힘이 빠져있다. 한마디로 불쌍한 존재가 된다. 그러므로 우리는 늘 진리를 가까이 하고 세속적 가치에 대한 욕망을 줄여나가야 한다. 항상 빈손·빈마음 속에서 실제로는 강하고 유능한 사람이 되어야 한다.

3. 무능한 감투

역시적으로 무능한 자가 왕이 되면, 그 나라는 기운을 잃고 나라의 운명이 쇄락해간다는 것을 우리는 너무나 잘 알고 있다. 진리와 정의가 무너지고, 사회질서가 혼란스럽고, 민심이 혼탁해지기 때문이다. 그래서 무능한 지도자는 한 국가의 운명을 좌우하는 절대 악이 될 수도 있는 것이다.

그런데 인간이란 누구든지 공부할 수 있는 좋은 교육환경을 갖추었다고 해서 반드시 훌륭한 인격과 통치능력을 갖추게 되는 것은 아닌 듯하다. 타고난 그릇의 크기에 따라 역량의 한계가 정해지는 것이다.

조선왕조 500여 년의 임금을 예로 들어보자. 당시의 왕가에서 자란 왕자나 임금은 어린 시절부터 최고의 교육환경에서, 최고의 스승으로 히여금 특별힌 개인지도의 득혜를 받으면서 공부를 하였을 텐데도 왜 그렇게 무능한 임금이 많이 배출되었을까?

수천 년 긴 우리 민족의 역사에서 그토록 무능한 임금 때문에 우리

백성들이 겪어야 했던 고초는 얼마나 컸던가? 왜 우리 백성들은 잘못 씌워진 왕관 때문에 고통을 받으면서도 순종하면서 견디어 왔던 것일까? 그것이 어쩔 수 없는 국운(國運) 때문이라고 쉽게 체념해버렸던 것일까? 아니면 무능한 임금의 포악한 횡포에 겁을 먹고 스스로의 인권을 포기해버린 결과였을까?

오늘날의 민주주의 국가체제 하에서도 국가통치자가 무능하면 국민이 고통을 받을 수밖에 없다. 그러나 임금이 자손 대대로 세습되는 왕정국가가 아닌 현대적인 민주국가에서는 국민이 투표를 통해 씌워준 왕관의 주인이기 때문에 언제든지 무능한 국가통치자를 견제하고, 헌법의 절차에 의해 잘못된 국가운영의 책임을 당당하게 물을 수 있어야 한다. 만약 이를 방임하고 남의 일처럼 모른 체 한다면 이는 명백히 국민 스스로 주권자로서의 왕관을 벗어던져야 한다.

하늘에 떠 있는 해가 자연계의 태양이라면, 인간사회의 태양은 진리다. 그래서 자연계의 태양이 없으면 지구상의 생명체가 살 수 없듯이 이와 마찬가지로 인간사회에 진리라는 태양이 없다면, 인간의 존재가치가 상실되어 이 세상은 삭막한 암흑의 세계로 되고 말 것이다.

그러한 인간성 상실은 결국 도덕 불감증의 상태로 전락하여 세계는 일순간에 범죄의 온상이 되어 극도의 사회혼란과 자연 질서의 파괴를 면치 못하게 될 것이다. 그리하여 국가방위능력이 허약해져서 외적이 침입해 온다든지 전쟁 상황이 벌어졌을 때 이에 대한 적절한 국가방위와 국민의 행복과 안녕을 지켜줄 수 있는 탁월한 능력과 강력한 추진력을 갖춘 지도자를 선출하여 통치의 권한을 위임해야 하는데, 만약에 유권자들의 잘못된 선택으로 나라를 위해 아무것도 해낼 수 없는 무능한 자에게 권력의 왕관을 씌워준다면 과연 국가의 운명이 어떻게 될 것인지를 진지하게 고민해 볼 필요가 있다.

우리에게 진리는 곧 태양이다. 그 태양이 온 세상을 향하여 밝고 따뜻함을 주는 것이다. 세상이 밝아져야 우리 인간은 비로소 우주 삼라만상을 바르게 볼 수 있게 된다. 이와 같이 만약 이 세상에 진리가 없으면 희고 검은 것을 구별하지 못하고 선과 악을 구별할 수도 없을 것이다. 그렇게 되면 악이 선을 가리고 있어도, 검은 것을 희다고 해도, 사람들은 그것을 미처 깨닫지 못하는 것이다. 즉 밤과 어둠을 구별하지 못하는 암흑의 세상이 되는 것이다.

그 점에서 보면 지금 우리 사회도 정의와 불의를 구별하지 못하고 장님처럼 어두운 밤을 헤매고 있는 것이 아닐까? 이러한 어둠의 세계를 벗어나기 위해서 우리는 진리공부에 눈을 번쩍 떠야 한다.

진리공부를 열심히 하여 새로운 세상에 눈을 뜨는 것을 개안(開眼)이라고 한다. 개안을 하면 어두움 속에서도 세상을 바르고 분명하게 볼 수 있는 것이다. 그런데 사회가 어둡고 혼란해 있기 때문에 온갖 악의 무리들이 실지고 큰소리를 내지르고 있는 것이다. 이러한 세상이 진리 없는 세상 곧 태양 없는 세상이다. 지구상의 모든 동식물이 태양의 빛이 있어야 자라는 것처럼, 사람의 정신이나 인격도 진리라는 빛이 있어야 바르게 성장해 나갈 수 있는 것이다. 그러므로 진리가 인간에게 생명을 주는 것이다. 진리가 사회를 밝고 따뜻하게 감싸 안아 주는 것이다. 이때의 따뜻함이 바로 사랑이다. 그러므로 사랑이 없는 사회는 곧 진리가 없는 사회이다. 진리가 없으면 타인에 대하여 냉정하고 무관심하게 된다. 진리가 없으면 인정이 메마르게 되기 때문이다. 그래서 차가운 사회가 되면 이 세상의 온갖 생명들이 자라지를 못한다. 그리고 푸른 생명이 자라지 못하면 메마른 사막에서 숱한 부정, 불의가 비온 뒤에 죽순처럼 솟아오르게 된다.

그렇게 되면 악이 악을 부르는 악순환이 반복하게 된다. 그러면 선은 이에 대항할 힘을 잃고 멀거니 보고만 있을 뿐이다. 그럴수록 악은 더욱 기세등등하게 난무하게 된다.

이 모두가 무능한 자에게 왕관을 씌워주는 원인에 의해 발생한다. 그리하여 결과적으로 국가 전체가 엄청난 피해를 보게 되고, 자칫 잘 못하면 수백만 명의 생명을 살상케 할 수도 있고, 끝내는 나라를 멸망 에 이르게 하는 씻을 수 없는 불행을 불러오는 것이다. 그리하여 나라 의 인물이 씨가 마르고, 모든 국민들의 정신은 폐허가 되는 것이다. 그러므로 무능한 자의 왕관은 그 나라 역사에서 두고두고 지울 수 없 는 최대의 악이 되는 것이다.

4. 무능한 왕관이 재앙을 부른다

위에서 보았듯이 한 나라의 왕관이 무능하면 나라가 망하고 백성들 이 중구난방으로 갈라진다. 무능한 왕관 밑에서는 백성은 결코 단합 하지 못한다. 무능한 감투 밑에서도 마찬가지이다. 무능한 왕관이나 감투는 다른 사람의 먹고 사는 일에는 관심이 없고, 오직 자기 잘 사 는 데만 혈안이 되어 있고, 정직하고 유능한 인물들은 모두 소외되어 밀려나고, 그들의 측근에는 단지 간신과 소인배들로 둘러싸여 있어 서, 매사에 걸쳐 자기들 이익 집단에만 유리하도록 결정되고 집행되 기 때문이다. 이렇게 되면 그 나라, 그 사회는 필연적으로 부패되고 적당주의로 빠져들게 되는 것이다.

그리고 이러한 간신배와 소인배들이 주변의 유능한 인물들을 모두 매장시켜 죽인다. 자신들의 무능함을 감추기 위해 현명하고 일 잘하 는 사람들을 시기, 질투하여 죽이는 것이다. 이처럼 시기, 질투는 무 능한 자들의 상투적인 악행이다. 이런 환경에서 어찌 백성들이 한 마음 한 뜻으로 뭉칠 수 있겠는가? 왕관이 나를 버리고 배신하는데 내가 그를 위해 몸과 마음을 바쳐 최선을 다할 수 있겠는가? 그래서 어느 한 집단에 간신이나 소인배라는 악이 득세하고 있으면, 그 공동체 사회에서는 절대로 단결된 힘을 모을 수 없는 것이다.

그 점에서 보면 우리 민족이 역사적으로 가장 단결심이 적었던 때는 무능한 왕관이 집권해 있었을 때였음을 알 수 있다. 이와 같이 백성을 단결시키지 못하는 원인 또한 무능한 왕관의 탓이다. 반대로 말하면 흩어진 백성들의, 흩어져 버린 마음을 결속시킬 수 있는 것은 유능한 왕관의 훌륭한 통치능력인 것이다.

남미 브라질 내륙지방 아마존 강 유역에 지금도 석기시대를 살고 있는 원주민 남비콰라족이 있다. 그들의 언어에서 족장을 '윌리칸데'(Ulikande)라고 하는데 그 뜻이 '결속시키는 사람'이라고 한다. 달리 말하면 결속을 시키지 못하면 족장의 자격이 없다는 말이다. 이들 원주민 부족에서 족상은 특권이 아니고 무거운 책임을 말한다. 용감히 싸워서 외적으로부터 자기 부족의 생명을 지켜야 되고, 부지런히 사냥을 해서 부족의 먹을 양식을 책임져야 한다. 그러므로 족장은 전혀 족장의 허세적인 권위를 과시하지 않는다고 한다. 그리고 족장은 세습이 아니고 부족들의 여론을 물어서 전임 족장이 최종적으로 지명하는데, 간혹 자신이 족장으로 지명되어도 완강하게 거부하는 일이 있다고 한다. 그 무거운 책임을 감당할 자신이 없어서인 것이다.

그런데 우리 문명사회의 왕관이나 감투에는 대부분 특권만 인정이 되고, 거기에 따르는 책임이 없는 경우가 많다. 그 점에서 보면 석기시대의 원주민만도 못한 것이다.

1560년에 프랑스의 몽테뉴는 탐험자를 따라 프랑스에 온 브라질 원주민 세 사람을 만났나. 몽테뉴기 그들에게 족장의 임무가 무엇이냐고 물었다. 그들이 대답하기를 "족장은 전쟁을 할 때에 선두에 나서는 사람이다."라고 너무나도 단호하게 말해서 몽테뉴가 놀랐다고 한다.

거기에 비해 오늘날 우리의 족장은 솔선수범함이 부족하다. 백성에게 보여주는 모범이 되지 못하는 것이다. 오늘날 우리 사회의 과소비 현상 하나만 보아도, 그것은 감투를 쓰고 있는 사회지도층들이 주로 하고 있는 것이다. 그것을 대다수의 부유한 자들이 뒤따라 본받고 있는 것이다. 그러면서도 한편으로는 돈 없는 서민들에게 낭비하시 말고 검소하게 저축하면서 살자고 하면 어느 누가 그들의 말을 따르려고 하겠는가? 지나가던 동네 개가 그 말을 듣고 웃고 갈 일이 아니던가?

우리나라에서 가장 큰 사회문제 중의 하나는 정치인과 공무원에 대한 국민들의 강한 불신이다. 이러한 문제가 하루빨리 해결되지 않으면 우리의 미래는 암울하다. 동서양 인류 역사를 살펴보면 나라가 멸망하는 첫째 원인이 그 나라 정치인과 공무원에 대한 국민의 멸시와 불신에 있다. 그들의 무능, 부정, 부패 때문이다. 그들에게서 국민이 배울 점이 없고, 믿고, 존경하고, 따를 수 없다면 국가의 발전은 결코 기대할 수 없는 것이다. 그러한 사회 분위기에서는 결코 백성의 마음을 모아 단결해 나갈 수 없기 때문이다.

우리나라 역사에서만 보더라도 조선왕조 임금들의 무능한 정치로 말미암아 유별난 사색당파 싸움이 벌어졌던 것이 아닌가? 그로 인해 끝내는 그 참혹한 임진왜란을 겪었던 것이 아니던가? 자랑스러운 우리 민족이 어찌하여 야만의 일본 군대가 까마귀 떼처럼 부산 앞바다에 도착할 때까지도, 그 침략을 모르고 무방비 상태로 있을 수 있었단 말인가? 이것이야말로 무능한 왕권에 의한 파멸이 아니고 무엇이었겠는가?

우리 민족은 삼한시대(三韓時代)부터 야만족 일본에게 무척이나 시달리며 살아왔다. 고려 말에도 내내 나라의 우환거리였다. 해안가에 주민이 살 수가 없을 정도였다. 저들의 살인, 방화, 약탈, 포로로 잡혀가는 일 또한 다반사였다. 임진왜란 가까이만 살펴보아도 11대 중종 5

년(1510년)에 삼포왜란이 있었고, 중종 36년에 일본 군대가 침략을 하였고, 13대 명종 10년에 또다시 쳐들어왔다. 이와 같이 빈번하게 침략을 당하면서도 우리는 국방에 관심이 없었고, 무방비 상태로 있었던 것이다. 어디 그뿐인가? 14대 선조 20년, 임진왜란이 일어나기 5년 전에도 침략이 있었다. 1592년 선조 25년, 4월 14일에는 드디어 20만 명의 일본 군대가 아홉 개의 부대로 나뉘어 부산 앞바다에 몰려왔다. 이것이 우리가 다 잘 아는 임진왜란이다. 이 난리로 우리의 강과 산은 피바다가 되고 말았다. 이야말로 인재(人災) 곧 사람이 불러온 재앙이다. 무능한 왕관이 불러온 민족적인 대재앙이었던 것이다.

그러므로 무능한 왕관이야말로 우리의 가장 무서운 악이다. 이 무서운 악이 우리 민족을 '한(恨)의 민족'으로 만들고 말았다. 우리의 한(恨)은 알고 보면 그 대부분이 무능한 왕관 때문에, 무능한 감투들의 죄악 때문에 겪게 된 불행인 것이다.

이 글을 쓰는 필자로서는 침략의 원흉이었던 일본만을 일방적으로 욕하고 싶지는 않다. 그렇다고 해서 내 일생에 걸쳐 일본이라는 나라를 단 한 번도 용서하거나 좋아해 본 일은 없다. 그들은 단지 인류애를 모르는 살인강도 떼들일 뿐이다.

그러나 우리나라 지배 권력층들이 진실로 백성을 아끼고, 민심을 존중하고, 의롭게 정치를 하고, 부패하지 않았더라면 그토록 쉽사리 외적의 침략에 무참히 패망하는 역사적 비극을 당했겠는가를 생각해 보면 무능한 임금이나 정치 권력자들을 한없이 원망하지 않을 수가 없는 것이다.

그러나 좀 더 깊이 우리 자신을 성찰해 보면 우리가 겪어왔던 모든 역사서 불행의 원인은 우리가 무능하고 부패한 내부의 정치권력을 비판하고, 견제하고, 저항하지 못한 책임 또한 크다는 것을 인식하여야 할 것이다.

5. 왕관은 그 나라에서 최고의 영혼이 써야 한다

왕관은 그 나라에서 최고의 영혼이 써야 하고, 감투도 그 공동체에서 진리에 가장 충실한 자에게 씌워 주어야 된다. 그래야만 나라가 발전하고 국민이 행복해 질 수 있기 때문이다.

이 세상에는 처음부터 죄 짓고 싶은 사람은 아무도 없다. 살아남기 위한 수단이거나 남보다 더 많은 것을 갖기 위한 욕심에서 죄악이 시작되는 것이다. 그중 후자의 경우가 바로 무능한 자에게 왕관을 씌워 준 죄이거나 감투를 잘못 맡겨준 탓으로 발생되는 죄악이다. 그러므로 애초부터 국민의 통치 권력을 위임하는 왕관이나 감투는 반드시 그 시대의 최고의 양심과 지성을 갖춘 사람에게만 부여해야 한다. 다시 말해서 최고의 진리와 영혼을 갖춘 자만이 공익적인 목적으로 제한된 권한을 위임해 주어야 하는 것이다. 그런데 역사적으로 어리석은 민중들에 의해 잘못 씌워진 왕관이나 권력을 이용하여 오히려 백성을 힘들게 하고 착취하는 등의 범죄를 유발시킨 것이다. 이런 자들에게는 즉시 부여된 권한을 다시 회수하여야 한다. 원래 그 시대, 그 나라의 최고의 왕관은 반드시 국민을 위한 헌신과 희생의 가시면류관으로만 쓰여야 하기 때문이다.

그러므로 오늘날 민주주의 사회에서의 왕관이나 감투는 반드시 그 사회에서 가장 낮은 자리에서 특권을 버리고 가난과 고통을 참고 헌신할 수 있는 자에게만 허용되어야 한다.

예수님은 생존해 계실 당시에 가장 비천한 삶을 사셨다. 옛날의 왕(王)들은 자신을 일컬어 과인(寡人)이라고 했고, 불곡(不穀)이라고 했으며, 고(孤)라고도 하였다. 과(寡)의 본래의 뜻은 어렵게 사는 홀어머니를 가리킨다. 그러므로 '과인'이라는 말의 뜻은 임금 자신도 홀어머니처럼 어렵게 사는 사람이라는 뜻이다. 이것이 차츰 변화되어서 후세에는 '덕이 적은 사람'이라는 뜻으로 사용되었다. 불곡(不穀)에서, 곡(穀)의 본래의 뜻은 '종'이라는 뜻이다. 불곡이라는 말은 종도 못 된다는 말이다. 그러므로 옛 임금들이 자기를 불곡이라 한 것은 자기의 처지가 종만도 못하다는 말이다. 이 말이 변화되어서 후세에는 불선(不善) 곧 선하지 않다는 뜻으로 사용되었다. 고(孤)는 '고아'를 말하는 것이다. 임금 자신의 처지가 마치 고아와 같이 어려운 처지에 있다는 말이다.

그러므로 왕은 어렵게 사는 홀어머니나 고아처럼 생활을 해야 하고, 종만도 못한 비천한 자리에 있어야 한다는 말이다. 이처럼 낮고 비천한 자리가 바로 가시면류관이다. 왕관의 자리에 있는 자는 자고로 비천하게 살아야 한다는 것이 노자(老子)가 말한 진리다. [노자]에 이런 말이 있다.

'王侯는 自謂孤寡不穀하니, 此는 非以賤爲本耶니라.' (임금은 스스로를 고, 과인, 불곡이라고 일컫는데, 그 이유는 천함을 근본으로 삼기 때문이 아니겠는가?)

우리 사회의 고질적인 문제 중 하나는 왕관을 쓰고 있는 자의 공평성을 잃은 무능 때문에 힘 있는 사람의 큰 죄에는 눈을 감아 주고, 힘이 약한 서민들의 작은 죄에는 오히려 더 엄한 벌을 내리는 불공평한 사례들이 너무나 흔하다는 것이다. 이로 인한 사회적 갈등으로 인간은 모두가 평등하다는 헌법적 가치를 크게 훼손하고 있는 안타까운 현실이 되고 있는 것이다.

이런 불공평한 세상은 결국 백성들의 허무주의와 냉소주의를 불러일으키게 되고 결국에는 나라 전체의 발전을 저해하는 결정적인 요인이 되기도 한다. 그러므로 왕관의 지위에 있는 자들의 공평하지 못한 부정과 불의와 불평등은 민주주의 원칙에 따라 절대로 용납해서는 안 된디.

VIII. 위장하고 사는 인간들

1. 허약한 정신 때문에 위장을 한다

정신이 바르고 현명한 사람이라면 누구나 자기 자신을 낮추고 검소하게 산다. 그리고 타인이나 사회에 피해를 주지 않고 함께 일하고 나누어가면서 살아갈 뿐, 결코 남보다 자기가 우월하다고 오만해하거나 허세를 부리지도 않는다. 또한 감투를 썼다고 해서 권위를 내세우거나 일방적으로 지배하고 명령하지도 않으며 오히려 궂은일은 자기가 먼저 솔선수범을 한다.

그뿐만 아니라 사회적 신분이나 지식의 정도 또는 학위·학벌로 차별하지도 않는다. 다만 누가 더 올바르게 살고 남을 위해 희생하는가, 진리에 더 가까이 접근해 있는가를 인간의 판단기준으로 삼으려 할 뿐이다. 즉 그 사람의 진실된 내면을 들여다 볼 뿐, 겉만 보고 판단하지 않는 것이다. 이런 사람이 바로 정신이 바르고 현명한 사람이다.

그런데 반대로 정신이 병들고 어리석은 사람은 자기 스스로 교만에 빠져 자기보다 못한 사람을 무시하고 억누르며 일방적으로 복종을 강요하는 것이다. 뿐만 아니라 남보다 높은 감투를 썼다고 하여 거드름을 피우고, 궂은일은 남에게 미루고 자기가 마치 제왕이나 된 것처럼 군림하려 하는 것이다. 그리고 혹시나 남이 자신을 무시하거나 존중해 주지 않으면 이에 대한 분노를 참지 못하고, 즉각적으로 보복하려 하고 해코지를 서슴지 않는 것이다. 그러면서도 한편으로는 남이 나에게 아부하거나 뇌물을 바치는 것을 좋아하고 즐기는 것이다.

이런 인간들은 예외 없이 거의 다 자기보다 지위가 높은 자에게는 아부하고 충성을 다하면서도 자기 아랫사람에게는 독선과 독재를 감행하는 것이다. 그러나 알고 보면 내심으로는 그 사람의 감투 자체를 존경하거나 따르려는 사람은 이 세상에 단 한 사람도 없을 것이다. 다만 자신의 현실적인 생존을 위해 겉으로 웃어주고 비위를 맞추어 주는 것일 뿐인 것이다. 하지만 그에 비해 자기보다 감투가 높다고 해도 항상 겸손하고, 친질하며 남을 위해 헌신석으로 희생하는 훌륭한 인격을 갖춘 자에게는 모두가 진심을 다하여 그를 존경하고 따르는 것이다.

우리가 일상적으로 행하는 많은 인간관계는 사실상 허위로 가득 채워져 있다. 진실로 마음속에서 우러나는 우정과 사랑이 많이 부족하다. 겉으로 희희낙락하고 좋아하다가도 돌아서면 욕하고, 흉보는 일들이 비일비재하다. 이러한 위선적 행동은 특히 많이 배우고 사회 처세술이 능란한 자들에게서 많이 볼 수 있다.

인간의 정신적인 병은 대부분 영혼의 양식을 충분히 취하지 못하는 데서 생긴다. 이런 정신적인 병은 한번 걸리면 여간해서는 치유가 어렵다. 우리 주변을 돌아보자! 아주 많은 사람들이 다 그런 모양으로 살다가 숙지 않는가?

이와 같이 영혼에 병이든 자들의 위선적 행동이 사회에 큰 문제를 일으키는 것이다. 여기서 말하는 영혼의 병은 정신적인 부패를 가리킨다. 위선은 주로 정신이 바르지 못한 자들이 하는 행동이다. 정신이 건강한 자는 결코 위선을 부리지 않는다. 위선이란 선을 가장하여 겉을 꾸미는 것이고, 자기의 더러워진 양심을 학벌, 학위, 감투 등으로 위장하는 것이다. 실력은 없으면서도 학벌과 학위를 돈으로 사서 자기의 참모습을 위장하는 것이다. 돈으로 자기 주변의 공간을 호화롭게 꾸미며서 자기의 초라한 모습을 감추려는 것이다. 수단 방법을 가리지 않고 감투를 얻어서 그 감투로 자신을 위장하는 것이다. 과연 그렇게 얻어 쓴 감투에 부끄러움을 모르고 사는 것이 진실 된 인생일까? 그것은 똥물에 빠져 사는 것이지 결코 바른 인생이 아니다. 그렇게 사느니 차라리 구걸을 해서라도 굶주림을 면하면서 그저 흘러가는 흰 구름과 흐르는 시냇물을 벗 삼아 가면서 사는 것이 더 낫지 않겠는가?

위장된 삶은 먼 곳에 떨어져서 보는 이에게나, 처음 대하는 사람에게 잠시의 착각을 줄 뿐이지 금방 들통이 나고 만다. 그리고 나면 오히려 그를 멸시하는 눈으로 불쌍하게 바라본다. 원래 위장이란 생식의 과정에서 상대를 유혹하기 위한 동식물에서나 필요한 것이지 진리에 따라 참된 인생을 살고자 하는 인간에게는 적절한 생존 방식이 아닌 것이다.

위장은 어찌 보면 인간의 삶에 있어서 가장 부도덕한 행실이다. 이런 부도덕이 바로 잡히지 않으면 인간의 범죄는 영원히 해결되지 못할 수도 있다. 겉으로 드러난 범죄보다도, 드러나지 않고 겉으로 위장된 인간들의 범죄가 더욱 큰 문제이기 때문이다.

2. 뱃속에 든 위장된 벌레들을 없애야 한다

감투와 명예에 집착하면 마음이 정도(正道)를 잃고 의로운 기운이 없어진다. 그런 다음에는 마음이 변질되고 필연적으로 부패한다. 부패하면 이어서 그곳에는 벌레들이 들끓게 된다. 그 벌레들이 바로 우리 인간사회에서는 야심, 이기심, 시기심, 증오심, 경쟁심으로 나타난다. 이러한 벌레들이 독벌레가 되어 마구 타인을 해치고 사회를 좀먹게 된다. 이 독벌레는 모두가 교활하고 음흉하다. 그리고 중상모략하고 음해공작을 일삼는다. 이런 독벌레가 뱃속에 기생하게 되면 거의 예외 없이 물질로 선심을 써서 인심을 얻고, 타인의 비위에 거슬리는 말은 하지 않는다. 자기 속을 함부로 내보이지도 않으며, 마음에 없는 웃음을 잘 짓고, 마음에 없는 듣기 좋은 말을 많이 하고, 위장된 애정표시로 잘하며, 자기를 편들어 줄 패거리를 잘 만든다.

다시 말하면, 자기 마음속의 독벌레를 선심과 빈 웃음, 빈 말, 제스처로 위장을 하고, 파당을 지어 자신의 독벌레를 먹여 살릴 수 있는 감투와 명예를 손아귀에 넣으려고 한다는 뜻이다. 하지만 그런 나쁜 벌레들이 온전히 잘 살아가는 것만은 아니다. 그런 위장된 전술은 소수의 눈먼 자들에게나 통하는 것이지 대부분의 현명한 사람들은 그 시꺼먼 뱃속의 야욕을 훤히 들여다보고 금세 알아차리고야 마는 것이다.

그리고 설령 자기 뜻대로 잠시 남들을 속일 수 있다고 하더라도 그렇게 해서 얻어진 자신의 이득을 어떻게 자녀들 앞에 당당하게 내보일 수가 있겠는가? 그럼에도 불구하고 자식에게 보이기가 부끄럽지 않다면 어찌 인간이라고 할 수 있겠는가?

만약 뱃속에 위장된 독벌레를 키우고 있는 자가 공동체 내에 함께 살고 있다면 그 공동체 또한 머지않아 점차로 분위기가 흐려지고 망가져서 결국에는 쇠망의 길을 걷게 될 것이다. 공동체 내부의 불신과 갈등이 조장되어 협동심이 약해지고, 공동체 전체의 이익을 추구해 나가려는 의식이 약해져서 성장력이 그게 떨어지게 될 것이다. 그렇게 되면 오히려 바르고 능력 있는 사람이 오히려 구성원들의 시기와 증오에 시달리게 되고 결국 그 공동체를 떠나버리려고 하지 않겠는가?

　일반적으로 바르고 능력 있는 사람은 묵묵히 자기 맡은 일에 최선을 다한다. 자기 일에 충실하다 보면 타인을 돌아 볼 여유조차도 없다. 오직 자신의 부족함과 맡은 일이 잘 진척 되지 않는 것에 고민하며 산다. 그러므로 끝없이 진리를 추구하고, 마음을 닦으며, 전문지식을 쌓으려고 노력한다.

　그리고 바르게 살려고 애쓰는 사람은 감투와 명예에는 별 관심이 없다. 바르게살기를 포기한 사람들일수록 위장을 하고, 감투와 명예를 탐하며 남의 눈치를 보면서 산다. 어떻게 하면 타인에게 나를 더 잘 보일 수 있을까에 지나칠 정도로 신경을 쓴다. 그에 비해 바르게 사는 이는 그다지 타인을 의식하지 않는다. 현재의 자기 수준에 따라 정직하게 살면서, 진리 앞에 자신이 부끄럽지 않게 살려고 노력하는 것이다.

　뱃속에 독벌레가 기생하고 있는 자가 감투를 쓰면 유별난 특권의식을 가지게 된다. 특권의식은 당연히 남들에게 반발을 불러일으키게 되고 남들로부터 소외된다. 그러면 그들은 또다시 자기들에게 유리한 법을 제정하고 강화해서, 지배 권력을 확장해 나가려고 획책하게 된다.

　그러나 그처럼 악하고 불의한 자가 악법을 이용하여 바른 사람을 탄압하려고 하면 결국 그 독화살이 자기 자신을 향해 되돌아온다는 사실을 알아야 한다. 그것이 우주만유의 진리이기 때문이다.

　부패한 자는 결코 권력으로 바른 사람을 잡을 수 없다. 인류역사를 보더라도 항상 망하는 것은 부패한 특권의식을 가진 지배 권력이지 바르고 정의로운 사람이 망하는 일은 없다. 반드시 바른 사람만이 끝까지 살아남는 것이다. 바른 사람은 감투를 쓰더라도 자신이 높은 감투를 쓰고 있다는 사실 조차도 모른 체, 오직 자신에게 주어진 책임만을 다하려고 애쓰는 것이다.

　뱃속에 독벌레가 잔뜩 들어있는 자들은 늘 편안한 날이 없다. 독벌레가 뱃속에 기생해서 살고 있는데 어떻게 편안할 수 있겠는가? 그들은 자신의 이익을 위해 타인에게 화를 입히면서도 한편으로는 그 화가 자신을 향해 다시 되돌아 올 것이라는 예감에 항상 불안할 수밖에 없는 것이다. 만약에 현세에 자신이 그 화를 당하지 않으면 자식 대에라도 반드시 받게 되는 것이 불교에서 말하는 인과응보의 법칙이다. 그러므로 부모는 자식 때문에라도 바르게 살려고 노력해야 된다. 죗값은 당대에 내가 치르지 않아도 후대에 후손들에까지 전해진다는 것을 명심하여야 하는 것이다. 이 독벌레가 부모 뱃속에 계속 남아 있게 되면 은연중에 자식에게까지 전달되기도 한다. 그러면 절대로 자식은 진리를 알 수도, 깨달을 수도 없게 되고 따라서 대를 이어 인생을 망치게 된다.

더군다나 이런 독벌레가 종교와 교육계에까지 번지게 되면 이 세상은 암흑으로 덮이고 말 것이다. 그러므로 교육자나 종교인들은 더욱더 이런 독벌레에 감염되지 않도록 주의해야 한다. 특히 종교인들은 구도(求道)와 진리만을 이 세상에 전파하는 사명에 충실해야 한다. 만약 종교가 이러한 사명을 다하지 못한다면 이는 무당의 푸닥거리에 불과하게 된다. 그러함에도 불구하고 오늘날의 종교에는 진정한 구도와 진리를 멀리하고 세속적인 권력과 막대한 재산관리에만 몰두하고 있는 듯하여 참으로 안타까움을 금할 수가 없다.

3. 열등의식 때문에 위장을 한다

많은 사람이 남부나 남이 배우지 못하였거나 좋은 대학교를 나오지 못한 것을 한탄하고 부끄럽게 여긴다. 그러나 알고 보면 대부분이 좋은 대학을 졸업했다고 해서 남다른 학문지식을 갖고 있는 것도 아니고,

그만큼 높은 인격을 소유하고 있는 것도 아니다. 굳이 말한다면 사물을 보고 해석하는 능력이 약간 향상 되었다고나 할까?

　오히려 대학을 다님으로서 얻은 것보다 잃은 것이 많을 수도 있다. 인간 본연의 순수성을 잃었고, 약삭빠르고 교만해졌으며, 진실보다 거짓이 발달하고, 능력에 비해 이상만 높아져서 직업을 차별하고, 동료 간의 따뜻한 인정이 없어지고, 냉혹한 이기적 존재가 되어 사회적 효용가치를 상실해 버린 경우도 많을 것이기 때문이다. 이와 같이 좋은 대학을 졸업하고 남보다 더 많이 배웠다고 하더라도 진리추구에 등한하고 전문적인 학문연구를 게을리 하였다면 오히려 그 점이 더 부끄럽고, 대학 졸업장은 단지 부모님의 아까운 돈을 낭비했다는 증서에 불과한 것이 아니겠는가?

　사실 옛날의 우리 사회에서는 초등학교만 나오고도 사물에 대한 판단이 바르고, 아이디어가 뛰어나고, 사업능력이 탁월한 분이 부지기수였다. 그러므로 최종학교 학력이나 대학교 간판 때문에 열등의식을 가질 이유는 전혀 없다. 공부란 얼마든지 혼자서도 할 수 있는 것이고, 바르게 살아갈 수도 있는 것이다. 우리 주변에는 대학을 나오고도 무식한 짓을 서슴지 않고 제 구실을 못하는 자들이 얼마나 많은가?

　솔직히 말해서 대학 졸업의 가치를 속으로는 인정하지 않으면서도 은연중에 열등의식을 나타내는 것은 그만큼 자기 인생에 자신(自信)이 없다는 것을 나타내는 또 다른 표현이기도 하다. 자신이 없기 때문에 남에게 자신을 과장해 보이기 위한 수단으로 대학 간판을 중요시하고, 꼭 대학을 나와야 한다고 생각하고, 남보다 더 좋은 집, 더 좋은 가구, 더 좋은 자동차, 더 좋은 옷을 입고 치장을 하는 것이다. 이야말로 위장이고 위선이다. 자신이 없으니까 위장을 하고 위선을 행하는 것이다.

　자신이 없다는 말은, 실제로는 자기 스스로 자기존재의 가치를 인정할 수 없다는 말이다. 엄연히 자기 자신은 독립된 인격체임에도 불구하고 독립된 인격이 제대로 갖추어지지 못하였다는 말이다. 물론 독립된 인격이란 말처럼 그렇게 쉽게 이루어지는 것은 아니다. 그러나 이것이 명확하게 확립되어 있지 않으면 결코 참된 인생으로 살아가기가 어렵다.

여기서 말하는 독립된 인격의 핵심은 자기철학을 가지고 사는 것이다. 그리고 자기철학의 핵심은 타인과 사회에 해를 끼치지 않고 올바르게 사는 것이다. 올바르게 산다는 것은 기본적으로 자기 양심을 지키며 양심에 따라 사는 것이다. 내 양심을 배반하지 않고, 내 양심에 따라 떳떳하게 산다면 이 세상에서 두려울 것이 없다. 두려울 것이 없으면 자신이 있다는 것이고, 자신이 있으면 비로소 자기가 확립된 것이다.

자신(自身) 곧 '나'라는 존재의식이 약하니까 자신(自信)이 없는 것이다. 자신(自信)이 없으니까 열등의식을 가지게 되고, 학벌이나 학위와 같은 간판이나 재물을 이용하여 자기를 위장하려고 하는 것이다. 이런 위장은 오히려 자신의 가치를 크게 떨어뜨린다는 사실을 명심해 두어야 한다.

그러므로 우리의 인생을 인위적으로 위장하려 하지 말고, 진리공부에 힘을 기울여서 자신의 인격을 높이는 일에 힘써야 한다. 괜히 남보이기 위해서 대학에 가려고 하기 보다는 차라리 옷을 벗어부치고 흙 속에서 일하면서, 실속 있는 실력을 기르는 것이 보다 더 인간적이고 배움의 가치가 있는 것이다.

위장은 일종의 포장에 해당된다. 그런데 상품에서 중요한 것은 포장이 아니고 내용이듯이 인간에게서도 마찬가지로 겉포장만 그럴듯하게 보이기보다는 내부적으로 알찬 내용이 담겨야 하는 것이다.

벌거벗은 인간을 한번 생각해 보자. 감투, 재산, 학벌, 학위, 문명의 치장을 다 떼어내 버린 인간을 들여다보자. 그 모두를 다 떼어내 버리고, 벌거벗은 채로 자연 속에 서 있는 인간에게 남아 있는 것이 진정한 인간 그 자체인 것이다. 그렇게 벌거벗은 인간에게 남는 것은 본능적인 동물성과 야만성과 인간성이다.

벌거벗은 인간에게서 또다시 동물성, 야만성을 제거하면 비로소 참된 인간성이 드러난다. 그 모습이 바로 그 인간의 진면목(眞面目)이다. 다른 것은 모두 위장된 것이다. 우리는 위장된 가치를 모두 벗어던지고 참된 인간성의 가치만을 추구하여야 한다. 그래야만 진정한 인간으로서의 행복을 누릴 수 있다.

IX. 잃어버린 건강(健康)

1. 건강을 잃으면 다 잃는다

참으로 중요한 것이 건강인데 비해서 우리가 참으로 소홀히 하는 것 또한 건강이다. 무심코 잊어버리고 살다가 막상 병이 들면 문득 깨닫게 되는 것이 건강의 중요성이고, 병원에 가면 잔뜩 긴장하며 생각했다가도 병원 문을 나서면 곧바로 잊어버리는 것이 또한 건강이다. 특히 가족 중에 어느 한 분이 여러 해에 걸쳐 병석에 누워 있게 되면, 건강이 중요하다는 것을 절실하게 느끼면서도, 정작 자신의 건강은 돌보지 않고 망각한 체 살아가는 것이 다반사이다.

이와 같이 자신의 건강을 돌보지 않고 살다보면, 자신도 모르게 건강은 서서히 망가져 가기 시작한다. 어쩌다가 갑자기 몸에 자각적인 이상 신호가 오게 되면, 그것은 어제 오늘에 생긴 이상이 아니라 오래 전부터 많은 세월에 걸쳐 서서히 진행되어 온 것이다. 그런데 문제는 그러한 병적인 증상을 원래의 상태로 되돌리려면 그 병적 원인이 발생된 세월 이상의 시간이 필요하다는 점이다. 이와 같이 거의 대부분이 갑자기 생기는 병도 없고, 갑자기 낫는 병도 없는 것이다. 돌보지 않고 지내는 오랜 세월 동안 서서히 병이 생기는 것이고, 그 병을 낫게 하려면 또한 많은 세월이 흘러야 되는 것이다.

그러므로 불청객처럼 소리 없이 찾아오는 병을 사전에 예방하기 위해서는 미리 미리 각자의 건강관리에 유의해야만 한다. 매일 밥 먹고, 공부하고, 일하는 것처럼 육신의 건강 또한 평소에 꾸준히 관리하고 챙겨야 한다. 그래야만 병도 내 몸에 들어오는 것을 두려워하는 것이다. 의학에 있어서도 치료의학보다는 예방의학이 중요하듯이 건강도 치료보다는 예방에 주력해야 하는 것이다.

이는 흡사 사회범죄 현상과도 같다. 범죄도 그 원인을 미리 예상하고 그에 대한 사전 예방에 주력해야지 범죄가 발생된 이후에야 수사하고 처벌한다면 이에 엄청난 국가적 비용이 낭비되는 것이다. 마찬가지로 국민의 의료비용을 최대로 절약하기 위해서는 질병을 예방하기 위한 범국가적인 노력이 절대적으로 필요한 것이다.

물론 원치 않는 병이 내 몸에 들어왔다고 해서 무작정 겁을 내거나 너무 불안해서는 안 된다. 육신의 병에 마음이 먼저 약해지면 병의 진행 속도는 더욱 빨라지기 때문이다. 그러므로 병에 너무 쉽게 승복하거나, 마음이 급격하게 흔들리지 않도록 강한 의지를 갖고 건강 회복을 위해 노력해야 한다.

건강을 잃으면 인생의 모두를 잃게 된다. 진리추구를 위해 공부하는 시간도, 인격수련을 위해 수양하는 마음도, 아름다운 자연을 두루 감상하고 음미해 보는 여유도 모두 나를 떠나고, 모아 놓은 재산마저 탕진하고 사랑하는 가족들에게도 고통을 준다. 그래서 나의 건강관리와 유지는 아무리 강조해서 지나치지 않는 것이다.

특히 노년에 이르러서 병약하지 않도록 젊은 나이부터 미리 건강에 힘써야 된다. 과거의 연로하신 부모님들은 자신의 건강을 스스로 돌볼 여유가 없었다. 혹독한 일제강점기와 6·25라는 전쟁의 와중에서 가족의 안전과 생계를 지키는 일마저 힘들었기 때문이다. 그러나 요즘 세상에는 다행히 생활의 안정을 얻고 국가의 의료복지 혜택으로 말미암아 국민의 평균수명도 크게 늘게 되었다.

그런데 너무 자유분방한 가운데 음식문화가 발전하여 식생활의 불균형이 초래되고, 절제된 식습관이 무너져서 새로운 현대적 질병이 확산되어지고 있는 실정이다. 특히 과도한 음주나 흡연으로 인한 각종 암 발생의 증가는 더욱 심각한 건강상의 적신호를 예고하고 있기도 하다.

나의 건강은 가족의 행복과 직결되며, 사회적 의료비용 증가로 인해 국가에도 피해를 줄 수 있다는 것을 감안하여, 비록 젊은 나이라 해도 각별히 건강관리에 힘써야 할 것이다.

2. 몸과 마음은 다 같이 건강해야 한다.

몸이 허약하면 정신력도 약해지고 굳건한 자기철학도 방향을 잃게 된다. 몸은 정신과 철학을 담는 그릇이 되기 때문이다. 그러므로 건강한 몸이 없으면 건강한 정신도 없다. 따라서 몸이 건강해야 정신도 강해지고 정상적인 인격의 성장도 가능해진다. 반대로 몸이 건강하지 못하면 정신의 성장이 더디거나 중단되어 자신의 확고한 철학도 중심을 잃고 휘청거리게 된다. 그러면 결과적으로 육신의 가치마저 잃어버리게 된다.

이처럼 몸은 혼자서는 가치가 없고, 마치 동전의 양면처럼 정신과 철학이 함께 담겨 있어야 비로소 가치가 있게 된다. 그런 의미에서 보면 몸을 더욱 가치 있게 하는 것은 곧 철학이다. 다시 말해서 몸은 철학이 완성되기까지 살고 있는 주거지이고 정신적 성장을 도모해 주는 온상이 되는 것이다. 그러므로 몸은 언제나 깨끗하고 건강하게 유지되어야 한다.

여기서 깨끗하다는 말은 도덕적으로 흠이 없는 것을 말한다. 세속적인 범죄에 가담했거나 인륜에 벗어나는 행위를 하지 않은 상태를 말한다. 이와 같이 몸을 깨끗하게 관리하기 위해서는 적어도 나이 40세가 되기까지는 몸을 엄격한 도덕률 속에 가두어 두어야 한다. 그래서 몸이 저절로 도덕에 따르도록 해야 된다. 몸이 마음의 도덕을 따르지 않고 자기 하고 싶은 대로 하게 되면 몸의 건강도 따라서 무너지게 된다. 그만큼 몸과 마음의 건강은 도덕과 밀접한 관계를 맺고 있는 것이다.

〔논어〕에 나이 40세를 가리켜 불혹(不惑)의 나이라고 한다는 것을 아마도 모르는 이가 없을 것이다. 불혹이란 도덕에 어긋난 주변 사람들의 어떤 유혹에도 몸이 따르지 않는 것을 의미한다. 40여년에 걸친 긴 세월 동안 몸을 도덕의 울안에 가두어서 단련하지 않으면 몸은 쉽게 유혹에 빠져들 수 있다는 뜻이다.

마음은 언제나 당당해 있어야 한다. 어떤 경우에도 마음이 당당하면 몸에 다른 병이 침범하기가 어렵다. 그러나 마음이 부도덕하거나 주색잡기에 빠져 있으면 마음은 곧바로 떳떳함을 잃고 위축되고 넘어져 버린다. 그러면 자연히 몸의 건강도 잃어가기 시작한다. 그러므로 몸과 마음이 다 같이 건강하고 당당해 있어야 좋은 인생을 살 수 있는 것이다.

3. 건강을 잃으면 사랑도 잃는다

일반적으로 연애할 때에는 상대가 설령 병약해 보인다고 해도 별로

상관하지 않는다. 오히려 더 동정이 가고 도와주고 싶은 마음을 일으
킨다. 그러나 결혼해서 가정을 이루고 나면 사정이 달라진다. 함께 살
지 않고 서로 떨어져서 연애할 때에는 사랑의 감정은 언제나 애틋하
였지만, 막상 함께 살게 되는 결혼생활에서는 사랑의 빛이 점차 퇴색
해 가기 때문이다. 또 한편으로는 연애할 때에는 사랑의 감정에 치우
쳐 상대방의 모든 것이 장밋빛으로 보이지만 결혼 후에는 세월이 갈
수록 단점으로 보이기 때문이다.

　사랑은 어찌 보면 한 잔의 술과도 같다. 자기도 모르게 취해버리는
것이 사랑인 것이다. 일단 술에 취하면 눈앞이 흐려지는 것처럼 연애
할 때의 사랑의 감정도 그러한 것이다. 그런데 결혼하고 나면 비로소
사랑의 감정이 현실의 감정으로 바뀌게 된다. 다시 말하면, 결혼하고
나면 사랑이라는 낭만의 술에서 깨어나는 것이다. 그렇게 되면 술에
취하였을 때에 했던 달콤한 말은 모두 무효가 되고, 오직 냉혹한 현실
이 눈앞에 나타나 보이게 된다.

　이때가 되면 상대방의 건강하지 못한 신체적 조건은 짜증으로 변하
고, 짜증은 사랑의 감정을 서서히 식어가기 마련인 것이다. 그로부터
두 사람의 관계는 급속히 냉각되어 간다. 아픈 사람은 자기를 좀 더
살갑게 대해 주지 않은 것에 대해 불만스러워 하고, 돌보는 사람은 자
신을 귀찮게 한다고 해서 불평을 하는 것이다. 이처럼 대치된 감정이
서로 간에 오가다 보면 드디어 결혼 이전의 연애감정은 어느덧 사라
져 가고, 사소한 일을 두고도 티격태격하는 부부간의 불화가 잦아지
게 되어 점차로 결혼생활이 불행해 지는 것이다. 이런 사례를 두고 보
더라도 인간의 행복의 조건 중에 건강의 문제는 아주 중요한 것임을
잃어서는 안 된다.

　건강을 잃으면 어떤 일도 제대로 할 수가 없다. 그래서 우리가 흔히
겪게 되는 가난도 알고 보면 건강의 상실에서 온다. 건강하지 못해서

병이 들면 일할 수가 없게 되고, 그러면 마땅한 수입원이 없으니 가난은 지극히 당연한 일이 아니겠는가? 그뿐만 아니라 건강을 잃게 되었을 때는 이에 대한 대비책으로 막대한 치료비용이 소요되기 때문에 더욱 가난해질 수밖에 없지 않겠는가? 그리고 그러한 가난은 결과적으로 가정의 빈곤을 초래하게 됨으로서 부부간의 애정도 크게 손상될 수밖에 없게 되는 것이다. 그러므로 가정의 영원한 행복을 보장 받을 수 있도록 하기 위한 철저한 건강관리는 아무리 강조해도 지나침이 없는 것이다.

여기서 한 가지 첨부해 두고 싶은 말이 있다. 나와 가족의 건강을 지키기 위해서는 여러 가지 노력이 필요하고, 피치 못할 건강상의 문제에 대비하여 적당한 여유재산의 축적도 필요할 것이다. 그에 대비하여 불필요한 가계비 지출을 최대한 억제하고 특히 술, 담배 등의 불요불급한 낭비를 과감하게 절제할 수 있어야 한다.

그러나 그렇다고 해서 최소한의 건강유지를 위해 필요한 음식비 지출까지 무한정 줄여야 한다는 말은 아니다. 이 점에서 우리는 중국인들의 지혜를 참고해야 된다. 중국인들은 부유한 이들을 제외하고는 의복이나 주거 환경에는 돈을 별로 쓰지 않는 대신에 먹고 사는 데는 돈을 아끼지 않는다고 한다. 그만큼 충분한 식생활은 건강과 직결된다는 충고로 삼았으면 좋겠다.

4. 병약(病弱)과 나약(懦弱)

건강을 잃으면 마음도 나약하게 된다. 바위처럼 강한 사람이 아니라 콩나물처럼 연약한 사람이 된다는 말이다. 콩나물 같은 사람이란 몸만 약한 것이 아니라 마음도 연약하고 겁이 많다는 말이다. 이래서야 어떻게 자신과 가정과 나라를 지킬 수 있겠는가? 건장한 체격, 건강한 몸, 건강한 정신은 나라의 울타리이고 보배다. 이것이 갖추어져 있지 않으면 늘 빈곤을 면치 못하거나, 남의 지배를 받으면서 비참한 인생을 살게 된다. 그뿐만 아니라 건강을 잃으면 자신감도 없고 매사에 의욕도 잃게 된다. 제아무리 공부만 열심히 한다고 해도 자신의 건강을 돌보지 않으면 문약(文弱)에 빠진다. 문약은 결코 자랑이 될 수 없다.

　우리나라 조선왕조의 대부분의 선비들이 문약에 빠져서 큰 흠이 되었고 수많은 국난에도 속수무책으로 힘을 쓰지 못한 것이 사실이다. 애국은 마음으로만, 의기(義氣)로만 되는 것이 아니다. 마땅히 그것을 뒷받침할 건강한 체격과 무예능력이 뒤따라야 된다.

　신라 화랑노에서는 부예를 중요한 과목으로 다루었는데, 조선시대 유교에서는 몸을 쓰는 무예활동을 점잖지 못한 것으로 여겨 마음수양에만 힘을 썼을 뿐 체력연마에는 그다지 중요시 하지 않았다. 그러한 결과로 말미암아 외적의 침입을 효과적으로 막아내지 못한 것이다.

　나라가 부강해지기 위해서는 물론 시도 있고, 문장도 있고, 철학도 있어야 하지만, 강인한 육체적 힘도 길러야 하고, 뛰어난 무예능력도 갖추어야 한다. 그런 의미에서 전 국민적인 무예교육이 필요하다고 본다. 무예는 육체적인 힘뿐만 아니라, 정신력을 높이는데도 상당한 효과가 있다고 생각되기 때문이다.

　우리는 신체적으로나 정신적으로 보아 너무나 실력이 약하다. 실력이 없으면 아무래도 정정당당하지 못하다. 정정당당하지 못하면 부정과 비리에 쉽게 타협하고 부패하게 된다. 그리고 비열하게도 힘이 없는 자들을 대상으로 총과 칼로 위협하고 독재를 행사한다. 진정한 무예정신을 가진 실력자는 절대로 그런 무모한 행동을 하지 않는다. 그러므로 정정당당한 청년 인재들을 길러내기 위해서라도 진정한 체육과 무예교육을 육성 발전시켜야 한다. 그래야만 진정한 국민정신을 함양 하고, 보다 강대한 국가민족으로 향상되어 나갈 수 있다.

5. 무엇이 우리의 건강을 약화시키는가?

건강을 약화시키는 주된 요인은 게으름이다. 게으름은 잘못된 습관 에서 비롯된다. 바른 인생은 습관대로 아무렇게나 사는 것이 아니라 부단한 수련과 단련의 긴 과정을 통해 이루어진다. 아무 때나 편할 대 로 먹고, 마시고, 눕고, 잠자고 하는 생활태도로는 결코 바른 인생을 살아갈 수 없다.

우선 당장 생활이 불규칙하면 신체상의 리듬이 깨뜨려져서, 다음날 하는 일이 원활하지 못하고 피로감이 풀리지 않는다. 그래서 피로는 또 다른 피로를 부르게 되고, 결국은 만성적인 피로 상태가 되어 심각 한 병을 일으키는 원인으로 작용하기도 한다. 그러므로 건강을 유지 하기 위해서는 최소한도로 먹고, 자고, 일어나는 시간만큼은 규칙적 으로 하는 것이 좋다.

그리고 일하는 것을 무서워하면서 매사에 게으름을 피우게 되면, 나도 모르게 병마가 가까이 다가서 오고 있다는 것을 명심하여야 한다. 그러므로 어차피 내가 해야 할 일이라면 미루지 말고 당차고 즐거운 마음으로 해나가야 한다. 그래야 건강을 바르게 지킬 수가 있다.

생활에 적절한 절제가 따르지 않으면 건강을 약화시킨다. 어떤 일 이든지 지나치게 무리해서는 안 된다. 적당한 선에서 멈출 줄도 알아 야 한다. 어느 정도가 적당한 선인가는 잠시 하던 일을 쉬고 있을 때 자신의 몸 상태를 가늠해 보면 알 수 있다.

만약 무절제한 생활로 인해 건강을 잃게 되어 가족들에게까지 피해를 준다면 그것은 큰 죄악이 아닐 수 없다. 그러므로 건강에 해로운 나쁜 습관이나 무분별한 생활은 과감하게 단절할 수 있어야 한다. 인생을 살면서 맺고 끊는 과단성이 없으면 그 인생의 말로는 분명히 불행해질 수밖에 없다.

때로는 잘못된 식생활이 건강을 약화시킬 수도 있다. 매일 먹는 식사도 요령 있게 해야 한다. 그러기 위해서는 영양학에 대한 기초적인 공부가 필요하다. 식품 하나하나가 우리에게는 의약품이나 다름이 없기 때문이다. 이러한 의약품은 생명을 손상시키지 않으면서도 동시에 질병을 예방해 주는 효과도 있는 것이다. 식생활은 아무렇게나 하면서 시중의 제약회사에서 만들어 낸 약품만을 과신하고 그것에 의존해서 질병을 치료하려고 한다면 그것은 별로 바람직한 일이 아니다. 그리고 이처럼 인위적으로 정제된 약품은 한 톨이라도 덜 먹는 것이 좋다. 상품화된 의약품으로 병을 고치려고 하는 것보다는 자연식품으로 된 식사를 통해 병을 예방하는 것이 훨씬 바람직한 것이다.

이러한 자연식품으로 된 식탁은 주로 어머니의 사랑의 손길에 의해 만들어진다. 그런데 어머니의 손맛이 담긴 음식을 마다하고 정해진 제조공정에 따라 만들어진 식재료를 이용하여 요리되는 외식을 즐기는 것은 이해하기가 어렵다.

음식은 일종의 종합예술품이다. 그에 비하면 돼지가 먹는 것은 음식물 쓰레기이다. 그런 관점에서 보면 요리과정은 예술 활동이고 고급의 문화예술에 해당된다. 그만큼 요리는 많은 정성과 사랑이 깃들어 있는 것이다. 그런데 어찌하여 요즘의 음식문화는 어머니의 손길이 아닌 공장의 종업원에 의해 대량 생산되고 소비되는 것인가? 음식을 단순하게 재료와 칼과 조미료만 가지고 만들고자 하는 것은 마치 그림을 그리는 기본적인 소양도 갖추어지지 못한 채 붓과 물감만 들고 캔버스에 덤벼드는 일과 같은 것이다.

가족의 건강을 위해 정성을 다해 음식을 준비하시는 어머니의 손길은 때로는 우리 가정의 주치의가 되어 주기도 한다. 그만큼 사랑이 담긴 음식은 우리 건강에 지대한 영향을 주고 있는 것이다.

건강을 지키기 위한 중요한 항목으로써 규칙적인 운동을 빼놓을 수가 없다. 특히 현대문명의 획기적인 발전에 따른 공기오염, 수질오염, 토양오염, 인스턴트식품에 포함된 유해물질 등이 우리 몸 안에 영향을 주어 각종의 암 질환이나, 고혈압, 당뇨병과 같은 난치병을 일으키는 현 시대에는 더욱이나 평소에 꾸준한 운동을 통한 건강관리의 필요성이 증대되고 있는 것이다.

왜냐하면 지구 환경의 오염에 따라 체내에 축적된 이러한 유해물질들은 종래에 우리가 즐겨서 복용하던 인삼, 녹용이나 보약만으로는 완전하게 해소되기 어렵기 때문이다.

원래 운동이란 우리 몸의 신진대사를 활발하게 하는 것이다. 그래서 몸 안에 쌓여 있는 각종의 불필요한 물질들을 연소시켜 밖으로 내보내고, 새로운 영양분을 원활하게 각 기관에 공급하게 하는 역할을 하는 것이다. 이때 운동은 심폐기능을 강화하는 운동과 근육을 강화하는 운동을 다 같이 해야 효과가 있다. 그리고 이러한 운동은 병을 얻기 전부터 하는 것이 좋다. 물론 운동만으로는 부족한 경우에는 섭식조절 등의 보조적 수단도 겸해야 할 것이다.

건강을 위한 신체적인 운동 못지않게 중요한 것이 정신건강 즉 마음의 안정이다. 이를 위해서는 무엇보다도 주변 사람이나 환경으로부터 끊임없이 밀려오는 스트레스를 잘 관리해야 한다. 그리고 스트레스를 받지 않기 위해서는 내가 먼저 남에게 스트레스를 주는 일부터 삼가 해야 한다. 그러기 위해서는 끊임없는 정신수양과 마음공부가 필요하다. 그리고 남의 도움을 받기보다도 남을 돕는 생활에 익숙해

지도록 노력해야 한다. 그래야 모두가 행복하고 내가 건강해 질 수 있는 것이다.

　이상에서 열거한 건강의 중요성과 건강관리의 요령은 사실은 누구나 다 잘 알고 있는 진부한 내용일 수도 있다. 그러나 막상 실천하기는 어렵다. 그러나 건강은 쉬운 일부터 시작해야 한다는 뜻에서 길게 잔소리를 늘어놓게 되었다.

제 2 장

누가 가치 있고 행복한 사람인가?

사람은 누구나 행복에는 지대한 관심이 있다. 행복을 바라지 않는 이는 아무도 없기 때문이다. 그런데도 가치에 대해서는 거의 관심이 없다. '나의 가치'와 '나의 행복'은 원인과 결과의 관계로서 가치가 원인이고 행복은 결과인데 말이다. 그러므로 내가 가치 없는 인간이라면 나에게 행복은 없는 것이다.

우리는 대부분이 나의 생활방식(The way of life)을 세상풍조에서 배운다. 세상이 그러니까 나도 그렇게 산다는 것이다. 이것이 바로 나를 가치 없는 인간으로 만드는 결정적인 일이다. 그러므로 참된 가치는 역사 속의 위대한 영혼을 통해서 배워야지 사회풍조로부터 배워서는 안 된다. 사회풍조에서 배우면 어쩔 수 없이 올바른 정신을 잃는다. 내 정신은 인간의 정신을 말하고 인간의 정신은 가치가 있는 정신을 말한다. 세상의 물결과 역사의 흐름은 서로 다르다.

그러므로 인생의 어느 시점에서는 돈키호테와 같은 깊은 후회가 있어야 된다. 자신을 냉혹하게 되돌아보는 때가 있어야 된다는 말이다. 그래서 세상물결에서 빠져나와야 한다. 더러워진 양심을 손질하면서 정신생활을 해야 하는 것이다. 그리하여 소인 잡배를 면하고 인류의 문화유산을 가지고 자기의 세계를 만들어가는 것이다. 그야말로 빈손·빈마음이 되어가는 것이다.

이와 같은 자기의 세계가 진리의 세계다. 나의 진리수준이 나의 가치수준이고, 나의 가치수준이 나의 행복수준이 된다. 그리고 나의 행복수준은 바로 나의 빈손·빈마음의 수준이 되는 것이다. 이 수준이 높아지면 나는 나의 세계에서 비로소 제왕이 되는 길로 갈 수 있다.

Ⅰ. 돈키호테(Don Quixote)의 비통한 후회

1. 우리는 왜 타인이 나를 비웃는 줄을 모르고 사는가?

「돈키호테」라는 소설에 대해 들어보지 못한 사람은 아마도 이 세상에 없을 것이다. 「돈키호테」는 세르반테스가 쓴 세계적인 명작이다. 돈키호테는 소설의 이름이면서 동시에 그 소설에 나오는 주인공의 이름이다. 50대 이상의 나이가 많은 분들은 대개 이 명작 소설을 즐겨 읽었을 것이다.

그런데 지금은 옛날에 비해서 세상이 더욱 바빠졌고 텔레비전, 비디오, 라디오 등 전자문화의 발달로 인해 미처 읽어보지 못한 이가 많을 것이다. 또 예전에 읽으신 분이라고 해도 많은 세월이 흐른 탓으로 그 의미가 많이 퇴색하지 않았을까 해서 여기에 다시 줄거리와 그 의미를 되새겨 보려고 한다.

수많은 세계적인 명작 중에서 유일하게 「돈키호테」를 다시 생각해 보려는 이유는, 오늘을 사는 우리에게 가장 절실하게 필요한 것이 돈키호테가 우리에게 주는 교훈의 의미가 아닐까 여겨져서이다. 우리 모두의 삶 자체가 돈키호테처럼 제정신을 잃고 살아가고 있으며, 돈키호테가 받은 그 수많은 비웃음을 어쩌면 우리도 늘 받고 있는 것은 아닐까 해서이다. 정신이 미쳐있는 자는 남의 비웃음을 모르듯이, 남이 나를 비웃는 소리를 듣지 못하기 때문에 우리도 돈키호테처럼 미쳐 있는지도 모르겠다는 뜻이다. 만약 그렇다면 이런 일이 어찌 심각하지 않겠는가? 그런데 다행히도 돈키호테는 임종 시에 겨우 제정신을 차리고 비통한 후회를 남겼다.

그러나 우리는 대부분이 죽을 때까지도 제정신을 차리지 못한 채 죽을지도 모른다. 우리는 하루빨리 돈키호테의 비통한 후회를 되새겨서 현재의 어리석은 생활에서 벗어나야 한다. 그런 이유로 돈키호테에 대한 깊은 이해와 사색이 오늘을 사는 우리에게 절실하게 요구되는 것이다.

2. 세르반테스의 기구한 인생

「돈키호테」라는 불멸의 명작을 쓴 세르반테스는 어떤 인물인가를 먼저 살펴보자. 세르반테스는 1547년에 스페인의 수도 마드리드 동쪽 32km 지점에 있는 '에나레스'(Henares)에서 7남매 중 넷째로 태어났다. 에나레스는 당시에 스페인에서 두 번째로 큰 대학이 있는 도시였다. 세르반테스의 정확한 출생일은 자세히 알 수 없지만 세례는 1547년 10월 9일에 받았다는 기록이 있다.

그의 소부는 스페인 여러 지방에서 치안판사로서 일을 하였고, 재산도 비교적 넉넉하였다. 그런데 세르반테스의 아버지 대에 이르러서 가세가 크게 기울었다. 세르반테스 아버지의 직업은 떠돌아다니면서

약을 팔거나 치료도 해주는 약장수 겸 돌팔이 의사였다.

아버지는 귀가 잘 들리지 않는데다가 부양해야 할 가족은 많고, 병을 고치는 치료술마저 신통치가 않아서 좀 더 나은 환경을 찾아 여러 곳으로 이사를 다녀야만 했다. 그러나 어디로 가든 가난하게 살기는 마찬가지였다.

철없던 어린 시절부터 떨쳐버릴 수 없었던 이 가난은 세르반테스에게는 어쩔 수 없는 숙명이었다. 사정이 그러하니 어떻게 남과 같은 정규교육이 가능했겠는가? 그러나 그는 비록 학교교육은 정식으로 받지 못했지만 혼자서 열심히 책을 읽고 공부하는 생활을 계속하였다. 때로는 글을 읽고 싶은 마음이 간절한데 읽을 책이 없어서 길에서 우연히 주운 종이쪽지를 읽기도 하였다. 비록 가난했지만 마음까지 빈곤하지 않았고, 상처를 받지도 않았으며, 돈에 마음이 팔리지도 않았다. 그는 지독한 가난 속에서도 늘 시들지 않는 겨울 꽃이었다.

16세 때는 '세비야'라는 도시에서 살았는데 난생 처음으로 그 고장에 있었던 가톨릭 수도원인 '예수회' 부설 학교에 한동안 다녔다. 그러나 아버지를 따라 또 다시 이사를 해야 했으므로 그곳의 학교도 그만둘 수밖에 없었다. 그러나 그는 아버지를 따라 떠돌아다니면서 세상 구경은 충분히 할 수 있었다.

그의 청소년 시절은 이렇게 책을 통해 배운 것보다는 세상을 떠돌면서 눈으로 보고 경험한 것이 더 많았다. 그리고 거리의 청소년답게 남달리 주먹 힘도 강했고, 비겁하거나 나약하지도 않았으며, 겁 없이 공개적인 결투를 벌이기도 하였고, 여자들과 정도(正道)를 벗어난 관계도 있었다.

'세비야'에서 '마드리드'로 이사한 시점은 확실치 않으나 그곳에서 다시 공부할 기회를 얻게 되었다. 마드리드에서 조그마한 사립학교를 운영하고 있던 라틴 고전 학자 '로페스'(Lopes)의 문하생으로 들어간 것이다. 그는 여기에서 비로소 고전에 대한 폭넓은 독서를 하였다. 로페스에게 그곳에서 얼마 동안 공부를 했는지는 확실하지 않지만 머리가 총명하고, 공부에 열심이었으며, 시를 잘 쓰고, 의로운 기상이 있어서 그의 스승 로페스에게 특별한 사랑을 받게 된 것은 틀림이 없다.

세르반테스의 이름이 문헌에 처음 나타난 것은 1569년 22세 때의 일이다. 1568년 10월 3일에 스페인 왕 필립 2세의 왕비 엘리자베스가 젊은 나이로 세상을 떠나자 온 나라가 슬픔에 잠겼다. 이때 로페스가 왕비의 죽음을 애도하는 시문집(詩文集)을 만들어서 스페인의 가톨릭 주교인 '에스피노사'(Espinoza) 추기경에게 바쳤는데, 이 시문집에 세르반테스의 시들이 실렸다. 이 시문집은 1569년에 출판되었다. 그러므로 왕비가 세상을 떠날 무렵 시문집이 출판될 때에는 세르반테스가 로페스 문하에서 공부하던 때이었던 것이다.

1568년에 로마 교황의 득사로 '아콰비바'(Acquaviva) 추기경이 마드리드에 왔다. 세르반테스는 은사 로페스를 통해서 에스피노사 추기경의 추천장을 얻어 1569년에 로마로 아콰비바 추기경을 찾아갔다. 이때 세르반테스가 스스로 은사인 로페스의 문하를 떠난 것인지 아니면 로페스가 로마의 추기경에게 보낸 것인지는 확인할 길이 없다.

아콰비바 추기경의 관저에 머물면서 세르반테스는 추기경의 잔심부름을 하며 지냈다. 아마도 성직자가 되기 위해서 머물지 않았을까 추측이 된다.

1570년 23세 때에는 추기경의 곁을 떠나서 군에 자원입대하였다. 아마도 성직자의 길보다는 군에 입대해서 무공을 세워 출세할 생각이 었던 것 같다. 나폴리에 있는 '꼴로나'(Colonna) 장군이 이끄는 부대에 들어갔니 이 부대에는 세르반테스의 친동생이 먼저 입대하여 사병으로 복무하고 있었다. 나폴리는 이탈리아에 있는 땅이지만 그 당시는 스페인의 왕실 직할령이었다. 그러므로 스페인의 영토였던 것이다. 세르반테스는 여기에서 이탈리아 군인이 아니라, 스페인의 군인으로서 복무하기 시작한 것이다.

1571년 24세 때에 '오스만 투르크'(Osman Türk) 제국이, 당시에는 스페인이 장악하고 있던 서부 지중해의 제해권을 빼앗기 위해서 침범해 왔다. 오스만 투르크 제국은 13세기 말에 형성된 터키계의 회교국가로서 1453년에 동로마 제국을 멸망시키고 카스피해 이서(以西) 소아시아 전부와, 발칸반도 전부와, 동유럽 일부, 북아프리카 일부를 차지한 대제국으로서 1922년에 오늘의 터키공화국이 된 나라이다. 오스만 투르크는 그만큼 강대한 나라로서 유럽 여러 나라를 불안케 하는 제국이었던 것이다.

스페인 왕 필립 2세는 오스만 투르크의 침략에 대항하기 위해서, 교황 피우스 5세와 베니스 공화국과 동맹을 맺어 연합함대를 편성하여 출전하였다. 연합함대의 사령관은 스페인 왕 필립 2세의 이복동생인 '아우스트리아'(Austria) 제독이고, 함선의 수는 208척, 군인 수는 26,000여 명이었다. 이에 맞선 오스만 투르크의 함선 수는 230척이었다.

드디어 그리스 서해안에 있는 레판토 해협에서 서양 역사상 두 번째로 큰 해전이 벌어졌다. 1571년 10월 7일의 일이었다. 두 제국의 운명이 걸린 처절한 전투였다. 그 결과 오스만 투르크 함대가 대패하였다. 이것이 서양 역사에서 유명한 '레판토 해전'이다.

이 해전은 동서 양대 진영의 대충돌이었고, 기독교국과 회교국 간의 전쟁이었다. 결국 연합함대가 레판토 해전에서 승리함으로써 유럽을 오스만 투르크 제국의 침략으로부터 방위하였고, 오스만 투르크 제국은 지중해의 제해권을 기독교 국가에 영구히 넘겨주고 쇠망의 길로 들어섰다.

바로 이 레판토 해전에 세르반테스가 참전하여 용감하게 싸웠다.

이 전투에서 세르반테스는 총탄을 세 발이나 맞아 부상을 입었다. 처음 두 발은 가슴에 맞았는데 옷을 두껍게 입은 탓으로 상처가 심하지 않았고, 마지막 한 발은 왼팔에 맞았는데 심한 상처를 입게 되어서 그로 인해 영원히 신체상의 불구가 되었다. 그런데도 세르반테스는 이 전투에 참가하여 용감하게 싸운 것을 일생 동안 큰 자부심으로 여겼다고 한다.

부상을 치료하기 위한 요양을 한 다음에도 세르반테스는 한동안 더 복무하다가 1575년 28세에 제대하였다. 5년 동안 군 생활을 하고 불구가 되어 고국 스페인으로 돌아가는 배를 타게 된 것이다. 이때 지중해를 항해하던 중 '무어'(Moor) 해적의 습격을 받아 해적들에게 사로잡히게 되었다. 무어는 지금의 북아프리카 모로코이다. 해적들은 세르반테스를 포함해서 모두를 '알제리아'로 데리고 가서 노예로 팔아 버렸다.

세르반테스는 레판토 해전에서 세운 공로로 연합함대 사령관인 아우스트리아 제독의 감사장과 나폴리 총독의 추천장을 가지고, 관직에 들어가 입신출세할 꿈을 안고 귀국하던 중 불운하게도 이런 일을 당한 것이다.

그로부터 북아프리카에서 5년 동안 노예생활을 하였다. 노예 생활 중에 네 번이나 탈출을 시도하였으나 실패하였고, 노예들을 모아 반란을 일으키는 주모자가 되기도 하였다. 노예로서 이런 저항을 하였는데도 살아남은 이유는 제독의 감사장과 총독의 추천장이 있었기 때문이었다. 세르반테스가 꽤 유명한 인물인 줄 알고 몸값을 비싸게 받고 넘겨줄 수 있으리라고 믿었기 때문이었다.

1580년 33세 때에 우연히 기독교의 수노사늘이 이러한 사정을 알게 되어 세르반테스의 몸값을 물어주고 천신만고 끝에 고국 마드리드에 돌아오게 되었다. 그러나 아무도 그에게 관심을 보이지 않았고 스페인 정부마저도 그의 무공에 대하여 아무런 보상이 없었다.

그리하여 불구의 몸으로 어두운 나날을 보내다가 어느 날부터 문득 글을 쓰기로 작정을 하고 새로운 인생을 출발하였다. 먼저 시를 썼으나 그러나 아무도 읽어 주는 이가 없었다. 다음에는 희곡을 여러 편 썼으나 역시 반응이 없었다. 도무지 돈벌이가 되지 않았던 것이다.

이럴 즈음에 '안나 프랑카'(Anna Franca)라는 희극배우를 만나 동거하여 딸 하나를 낳았다. 그러나 도무지 세르반테스에게는 돈을 벌만한 기미가 보이지 않자, 어린 딸과 세르반테스를 버려두고 떠나버렸다.

그러나 세르반테스는 이에 굴하지 않고 계속 글을 썼다. 그러다가 1584년 37세 때에 18세 연하인 작은 지주의 딸 '카타리나'와 정식으로 결혼식을 올렸다. 부인은 결혼 지참금으로 상당한 재산과 넓은 포도밭 하나와, 과수원 하나, 그리고 여러 종류의 가구, 꿀을 따는 벌통 4개, 45마리의 암탉과 병아리, 그리고 수탉 1마리를 가지고 왔다. 이 재산 때문에 세르반테스는 한동안 안정된 생활 속에서 글을 쓸 수가 있었다.

1585년 38세 때에 처음으로 소설을 출판하였다. 전원소설이었는데 어느 정도 성공적이어서 소정의 원고료를 받기도 하였다. 이때 그의 아버지께서 세상을 떠나셨다. 그리하여 아버지께서 부양하던 식구들까지 세르반테스가 떠맡아 부양하게 되었다. 그러나 가지고 있는 재산과 빈약한 원고료로는 사생아로 낳은 딸 하나와 부인, 어머니, 두 누이와 조카딸을 도저히 부양할 수가 없었다. 하는 수 없이 글 쓰는 일을 중단하고, 그의 나이 40세 되던 해에 스페인 무적함대에 식량을 공급하는 일자리를 구하였다.

그러나 그 무적함대는 이듬해인 1588년(41세 때)에 영국함대에 대패하여 겨우 명맥만 유지하게 되었고, 스페인 해군은 더 이상 재기하기가 어려운 상황에 처하게 되었다. 그래서 군대에 식량을 공급하는 일도 그만두게 되었다. 엎친 데 덮친 격으로, 이때 교회로부터도 추방 당하는 아픔을 겪게 되었다. 확실치는 않지만 아마도 식량을 징발하는 과정에서 그 지역 주교의 비위에 거슬린 행동을 해서 파문을 당한 것이 아닐까 추측이 될 뿐이다.

그래서 이후 '그라나다'로 이주하여 국가의 공금을 취급하는 회계원의 일자리를 얻었다. 그러나 이번에는 공금을 맡겼던 은행이 파산하는 바람에 국가의 돈을 잘못 관리한 죄로 감옥에 들어가는 불운을 맞게 되었다.

40세 때부터 55세 때까지 15년 동안 문필생활을 중단하고 오직 가족을 부양하기 위해서 열심히 일했지만, 돈도 벌지 못하고 본의 아니게 감옥살이를 세 번이나 하게 된 것이다. 이와 같이 되는 일이라고는 하나도 없고 어디를 가도 견디기 어려운 불운만이 세르반테스를 기다리고 있었다. 1603년 56세 때에 겨우 출옥하여 자유의 몸이 되었다.

그는 할 수 없이 돈 버는 일을 다 그만두고 또다시 수지 안 맞는 글을 쓰기 시작하였다. 그리하여 1605년 58세 때에 비로소 「돈키호테」 제1부가 출간되어 세상에 나왔다. 이 작품의 내용은 감옥에 있을 때 구상했다고 한다. 그리고 10년 후인 1615년에 「돈키호테」 제2부가 나왔다. 드디어 불후의 명작 「돈키호테」가 완성된 것이다. 그러나 안타깝게도 그는 그 이듬해 1616년 4월 23일 69세로 운명하고 말았다. 위대한 작가의 영광을 뒤로하고 참으로 한 많은 인생을 살다 간 것이다.

「돈키호테」는 근대소설의 시조로 일컬어지는 세계적인 명작으로서, 세르반테스는 그로 인해 인생 말년에 커다란 명성을 얻었지만 여전히 궁색하기는 마찬가지였다. 그러나 그는 시속석으로 이어지는 어려운 환경 속에서도 단 한 번도 불의한 행동을 하지 않고, 굳센 의지로 자신을 지키며, 마지막까지 자신의 내적 성장을 위해서 노력하다가 스페인 역사상 가장 위대한 인물 중의 한 사람으로 그의 말년에 이르러서야 우뚝 떠오르게 된 것이다.

70년에 가까운 긴 인생을 춥고 배고프게 살았고 헤아릴 수 없는 불운 속에서 억울한 일도 수없이 당하였지만, 주어진 운명에 당당히 맞서면서 끝내 위대한 영혼으로 혜성처럼 사라져간 세르반테스는 어쩌면 「돈키호테」라는 위대한 명작을 남기기 위해 이 세상을 다녀 간지도 모른다.

3. 「돈키호테」 소설의 줄거리

스페인의 '라만차'라는 시골 마을에 돈키호테라는 사람이 살고 있었다. '돈'(Don)은 스페인어로 남자에 대한 존칭인데 선생님과 같은 뜻이다. '키호테'가 본 이름이다. 어떤 이유에서인지 알 수는 없지만, 돈키호테는 독신이고 함께 사는 가족으로는 40세가 넘은 가정부와 20세쯤 되는 조카딸과 머슴 하나가 있었다. 돈키호테의 나이는 50세쯤이고, 큰 키에 여윈 몸이었다. 그는 많지 않은 농토의 소득으로 생활하는 마을의 유지였다. 돈키호테와 유별나게 가까이 지내는 마을 사람으로는 교회의 신부와 학사 카르라스코와 이발소 주인 니콜라스였다.

그런데 돈키호테가 살던 시대는 중세 때의 기사들에 관한 무용담과 영웅담을 터무니없는 거짓말로 꾸미어, 그것들이 마치 사실인 것처럼 출판된 책들이 남발되고 있었다. 그래서 너나없이 이러한 책들을 즐겨 읽었다. 돈키호테도 마찬가지로 허무맹랑하고 황당무계한 기사들의 무용담에 빠져들어 시간 가는 줄도 모르고, 심지어는 집안일마저도 소홀히 하면서 밤낮으로 읽어대며, 그런 책들을 사들이기 위해 몇 정보나 되는 논밭을 팔기까지 하였다.

많은 세월 동안 이야기책 수백 권을 연이어 읽다보니, 마침내 거기에서 빠져 나올 수 없는 지경에까지 이르게 되었다. 마치 술에 빠져 알코올중독자가 되듯이 또는 그릇된 종교에 빠져 자기 종교밖에 모르는 광신자가 되듯이, 향락에 빠져버린 돈키호테도 그런 모양이 되어 버린 것이다.

인간이란 원래 가치 있는 일에는 제정신을 쉽게 잃지 않는다. 오히려 정신이 더욱 또렷해지고 빛이 난다. 그와 반면에 가치 없는 일에는 이성과 양심이 마비되고, 병적인 정신상태가 되어 제정신을 잃게 하며, 어처구니없는 그릇된 생각을 많이 하게 되는 것이다. 가치 없는 일에 집착하다 보면 비록 개인 차이는 있지만 바른 정신을 잃게 된다. 돈키호테도 긴 세월 가치 없는 일에 지나치게 집착을 해서 정신이 허약해지고 결국에는 정신에 병이 들어 제정신을 잃게 된 것이다.

드디어 돈키호테 자신이 책 속의 주인공 기사가 된 것처럼 엉뚱한 생각을 하고 날뛰기 시작하였다. 일종의 과대망상과 정신착란 현상이다. 한마디로 말해서 미쳐버린 것이다.

예나 지금이나 우리가 사는 사회에는 자기가 마치 무엇이나 된 것처럼 착각을 하고 거처 없이 날뛰는 미친 인간이 많지 않은가? 돈키호테는 자기 자신이 그 옛날의 정의로운 기사나 되는 것처럼, 천하를 두루 돌아다니면서 부정과 불의를 바로잡고, 허약하고 학대받는 자들을 구해주고, 남에게 고통을 주는 자들을 엄격하게 벌함으로써, 정의로운 기사로서 후세에 길이 남을 명예를 얻겠다는 희열에 들뜨게 된 것이다.

그는 불현듯 증조부 때에 쓰던 칼과 창, 방패, 갑옷, 두구들을 꺼내어 손질하기 시작했다. 헛간 구석에 100년 넘게 묵혀두고 세월이 흘렀으니 성할 리가 없었다. 칼과 창과 방패는 녹이 슬었고 갑옷은 걸레처럼 낡아버렸으며 투구는 낮을 가리는 덮개도 사라지고 없었다. 그래서 돈키호테는 우선 투구에 철사를 이리저리 둘러 감아, 두터운 종이를 이용하여 낮 덮개를 새로 만들어 붙였다. 그렇게 하여 그가 보기엔 제법 옛 기사들의 것과 똑같아 보였다.

그리고 집에서 키우고 있었던 말에게 '천리마'라는 의미의 이름을 붙여주었는데 그 이름이 바로 '로씨난데'(Rocinante)였다. 그 말은 뼈와 가죽만 남은 비실비실한 말이었는데도, 정신이 온전치 못한 그가 보기에는 그 말이 천리마로 보인 것이다. 그리고 기사로서의 자기 이름을 '라만차'(Lamancha) 고을의 '돈키호테'라고 지었다.

이런 만반의 채비가 되고 나니 그는 한시도 가만히 머물러 있을 수가 없었다. 어서 빨리 세상으로 나가서 세상의 온갖 부정과 악습을 바로잡아야겠다는 마음이 급해진 것이다. 그리하여 갑옷을 차려입고, 투구를 쓰고, 창과 방패를 들고, 로씨난데 천리마에 올라타고는 가족의 아무에게도 알리지 않은 채, 무더운 칠월의 어느 날 동이 틀 무렵에 드디어 당당하게 집을 나섰다. 그 꼴이란 참으로 가관이고 우스꽝스럽기 짝이 없었다.

그는 몬띠엘 평야로 나갔다. 아무 생각도 없이 그저 말이 가는 대로 가고 있었다. 혼자서 미친 사람처럼 하루 종일 되지도 않는 말을 중얼거리면서 갔다. 그 말들은 모두 그가 읽은 책에서 배운 그대로였다. 날씨는 지독하게 더워서 투구가 녹아버릴 지경이었는데 돈키호테도, 말도 단 한 번도 쉬지 않고 진종일 굶으며 오직 앞을 향해 걷기만 하였다. 결국 사람도, 말도 지쳐버렸고 배가 고파 죽을 지경에 이르게 되었다.

해가 질 무렵에야 겨우 어느 주막집에 이르렀는데 그 주막집이 환각에 빠진 그의 눈에는 거대한 성으로 보였다. 주막집 문 앞에 이르러 로씨난데의 고삐를 잡아당겨 멈추어 선 채로, 그 성의 문지기가 나와

극진하게 "돈키호테 기사님이 행차하신다."고 나팔을 불어서 알리기를 기다렸다.

그때 마침 나팔 소리가 들렸다. 근처 밭에서 돼지 치는 목동이 돼지들을 불러 모으기 위해서 불었던 뿔 나팔 소리였다. 돈키호테는 기분이 좋아서 주막 안으로 들어갔다. 주막집에 있던 여인들이 돈키호테의 우스꽝스러운 모습을 보고는 처음에는 놀랐으나, 그 다음에는 다 같이 폭소를 터뜨렸다.

이때 뚱뚱한 주막집 남자 주인이 나왔다. 돈키호테는 그 주인을 성주로 알고 '성주 어른'이라고 깍듯이 존대하면서 하룻밤 묵을 잠자리를 청했다. 이에 주막 주인도 아예 성주처럼 행세를 했다. 돈키호테가 제정신이 아니라는 것을 알아 챈 것이다.

돈키호테는 저녁을 먹고 나서 성주를 부르더니 그 앞에 무릎을 꿇고 말했다. "용맹하옵신 성주님! 소생이 어르신께 한 가지 소청이 있사온데, 만약 들어주시지 않으면 이 자리에서 결코 일어나지 않겠습니다." 주막 주인이 어리둥절해서 그만 일어나라고 아무리 강권을 해도 끝내 듣지 않으므로 결국 마지못해 "그대의 소청을 들어주겠노라."고 하였다. 소청이란 자신을 기사로 임명하는 의식을 거행해서 정식 기사가 되도록 해달라는 것이었다. 주막 주인은 고금에 없는 '기사 임명식'을 벼락치기로 거행해서 그를 기사로 만들어 주었다.

예식이 끝나자, 돈키호테는 재빠르게 로씨난데에 올라타고 주막 주인에게 형언하기 어려운 말로 감사를 표시하고는 곧바로 그 주막을 떠났다. 먼동이 틀 무렵이었다. 성주가 일러 준 대로 여행에 필요한 돈과 일용품, 자기를 시중들어 줄 종자(從者)를 데리러 집으로 돌아가는 중이었다. 얼마둔위 가던 중에 많은 사람이 떼를 지어 오는 것이 보였다.

나중에야 안 일이지만 그들은 상인들이었는데 비단을 사러 가는 중이었다. 그들 일행은 상인 여섯, 하인 일곱 사람에 말이 넷, 노새가 셋이었다. 이들을 보자 돈키호테는 창을 쥐고 방패를 치켜들고 말에 박차를 가하여 앞으로 내달아, 그들이 똑똑히 보이는 지점에서 길 한가운데 버티어 서서 벽력같이 소리를 질러 말하기를 "다들 그 자리에 꼼짝 말고 멎어라! 누구든지 이 세상에 라만차의 여왕보다 더 아름다운 아가씨가 없다고 고백하지 않는 한 단 한 사람도 이곳을 무사히 지나가지 못하리라"고 하였다. 라만차의 여왕이란 돈키호테가 섬기는 귀족의 아가씨 '둘씨네아'를 말하는 것인데, 이것은 책에서 읽은 대로 머릿속에서 순간적으로 꾸며낸 것이다.

상인들 일행이 이 말소리에 걸음을 멈추기는 하였으나 말하는 자의 꼴이 괴상함을 보고는 단번에 '미치광이'라고 단정해 버렸다. 그 중의 장난기가 있고 눈치가 빠른 자가 앞으로 나서서 말하기를 "기사 어르신네, 여기 있는 모든 왕자들을 대표해서 간청하오니 아가씨의 눈이 애꾸눈이든, 눈에서 유황이 튀어나오든 상관이 없사오니 아가씨의 그림 한 장 만이라도 보여 주십시오." 하였다.

아가씨를 모욕하는 이 말에 돈키호테는 격분하여 창을 쥐고 그에게로 달려갔다. 그때 로씨난데가 돌에 걸려 넘어지지 않았으면 그 상인은 큰 봉변을 당할 뻔하였다. 그대로 땅바닥에 내동댕이쳐진 돈키호테는 아무리 다시 일어나려고 해도 일어날 수가 없었다. 그 자리에서 고래고래 소리를 지르며 말하기를 "비겁한 놈들아! 꽁무니를 빼지 마라, 넘어진 것이 말의 탓이지 내 탓인 줄 아느냐?" 하면서 호통을 쳤다.

마음보가 좋지 못한 상인의 하인 하나가 돈키호테에게 와서 창을 빼앗아 소나기 같은 매질을 퍼부어, 돈키호테는 전신이 축 늘어지도록 얻어 쳐 맞았다. 그리고는 그들은 이내 그곳을 떠나 버렸다. 돈키호테는 이웃마을 농부의 도움으로 간신히 그 자리에서 일어나 집으로 돌아왔다. 이것이 첫 번째 가출 후 돌아온 이야기의 줄거리이다.

집에 돌아온 돈키호테는 두 번째 집을 떠날 준비를 하였다. 이번에는 이웃 마을에 사는, 마음씨는 한없이 착하지만 머리가 둔해서 사리 판단을 제대로 못하는 '산쵸 빤샤'(Sancho Panza)라는 농부를 찾아가서 한참동안 구슬리고, 꼬이고, 푸짐한 보상을 약속하여 자신의 종자가 될 것을 허락받았다. 그 약속 중의 하나가 큰 섬을 빼앗아 가지고 그 섬을 다스리는 태수 자리를 주겠다는 것이었다.

태수가 될 꿈에 바보 농부는 그 아내와 자식들을 버리고 돈키호테를 따라 나섰다. 돈키호테는 여러 가지 가재들을 팔아 돈과 먹을 것을 준비하고 농부는 자기 집의 나귀를 끌고 돈키호테를 따라 나섰다.

밤에 쥐도 새도 모르게 그들은 마을을 떠났다. 밤새도록 걸어서 해가 뜰 무렵에 어떤 들판에 이르렀는데 그 들판에는 풍차가 삼사십 개가 있었다. 돈키호테는 그 풍차를 보자 긴장을 하고 멈추어 서서 산쵸에게 준엄한 표정으로 말하였다.

"여보게 종자! 산더미 같은 거인들이 서른 놈, 아니 그보다 더 많이 서 있네. 내가 저놈들과 싸워 한 놈도 남기지 않고 없애버리겠네. 거기서 얻은 전리품으로 우리는 거부가 되는 거야!" 종자가 말하기를 "나으리, 똑똑히 보십시오. 저기 보이는 것은 거인이 아니고 풍차올시다." 돈키호테 말하기를 "저건 거인들이야! 무섭거든 자네는 이 자리를 비켜나게. 내가 놈들하고 한바탕 격전을 벌일 테니 그동안 기도나 하고 있게!" 말을 마치자, 로시난데에 박차를 가하여 풍차로 달려가면서 "이 천하에 비겁하고 더러운 놈들아, 도망치지 마라. 너희 놈들과 싸울 사람은 이 세상에서 나 하나뿐이다!"라고 고래고래 소리를 질렀다. 그리고 창을 들어 풍차의 날개를 치는데 난데없이 바람이 세차게 불어와 풍차의 날개가 돌기 시작하자, 말과 기수는 풍차의 날개에 휩쓸려 하늘 높이 치솟아 올라갔다가 저편 뒤에 그만 '쾅'하고 떨어져 버렸다. 그 꼴은 차마 눈 뜨고 볼 수 없는 처참한 광경이었다.

　이런 일들을 그들이 가는 곳마다 수도 없이 행하고, 때로는 초죽음
이 되도록 얻어맞아 가면서 수많은 세월을 보냈다. 이윽고 마을의 신
부와 이발사 니콜라스가 돈키호테가 오랫동안 돌아오지 않으므로 걱
정이 되어 그들을 찾아 나섰다. 마을로부터 일주일쯤 걸었을 때에 어
느 주막에서 우연히 돈키호테를 만났다. 신부와 이발사는 복면을 하
고 잠자는 돈키호테를 밧줄로 묶어 가지고 강제로 집으로 데려왔다.
여기서 돈키호테 1부가 끝난다.

　돈키호테는 종자를 데리고 세 번째로 아무도 몰래 집을 나섰다. 역
시 가는 곳마다 미치광이 짓에 웃음거리만 되고 실컷 얻어맞기만 하
여 긴 여로에 지친 몸이 되었다. 돈키호테는 싸움에서 늘 지기만 하다
보니 몹시 사기가 떨어져 있었다.

　이때 한동네에 살던 학사 '카르라스코'가 돈키호테를 집으로 데려
오기 위해서 '하얀 달의 기사'로 변장을 하고 돈키호테와 맞싸워 굴복
시키고 고향으로 되돌아가도록 준엄한 명령을 내리니, 할 수 없이 그
명령에 굴복하여 집으로 되돌아온다. '하얀 달의 기사'는 돈키호테가
기사들에 관한 책에서 알게 된 유명한 기사로서 돈키호테가 대단히
존경하는 인물이었다. 이런 인물이 준엄하게 명령을 내리니까 집으로
되돌아가지 않을 수 없었던 것이다.

　집에 돌아온 돈키호테는 6일 동안 고열로 꼼짝을 못하고 누워 지냈
다. 의사가 왔으나 치료를 단념하고 그냥 돌아갔다. 돈키호테는 임종
무렵에서야 겨우 광증에서 벗어나 제정신으로 되돌아왔다.

　그리고 조카에게 다음과 같이 말했다. "나는 불행하게도 기사들에
관한 이야기를 줄곧 읽다보니 그만 정신이 이상하게 된거야. 이제야
그것들이 아무 가치가 없고 거짓이라는 사실을 알게 되었는데, 정말
로 슬픈 것은 내가 너무나도 뒤늦게 그것을 깨달았기 때문에 내 영혼
을 밝혀줄 다른 좋은 책을 읽을 시간이 없었다는 거야. 조카야! 나는

지금 죽음의 순간에 이른 것을 알고 있단다. 내 일생이 '미치광이'라는 오명을 남길 만큼 어리석지 않았다는 것을 세상에 알릴 수 있는 태도로 죽음을 맞이하고 싶구나. 나는 생전에는 비록 미치광이로 살았지만, 죽을 때까지 미치광이가 되고 싶지는 않구나!"

이때 신부와 이발사 니콜라스와 학사 카르라스코가 방에 들어왔다. 그때 돈키호테가 그들에게 말한다. "여러분, 함께 나를 축하해 주시오! 나는 이제 돈키호테가 아니요. 이제 나의 모든 어리석음을 알았고, 그처럼 허황된 책들을 읽음으로써 생긴 무서운 해독을 확실히 깨달았소. 나는 이제 그것들을 증오하오. 나는 그것들 때문에 크나큰 손해를 보았소!" 그리고는 돈키호테는 마지막 숨을 거두었다. 작품은 여기서 끝난다.

4. 작품 속에 들어있는 진리

(1) 도스토예프스키의 논평

'돈키호테'라는 인간형은 '정상적인 사고 능력이 없이 불도저처럼 무작정 행동하는 사람'으로 알려져 있다. 매사에 주저하지 않고 일방적으로 밀어붙이고, 용기 있게 나서서 행동하는 행동주의자로 알고 있다. 이런 뜻으로 우리는 간혹 어떤 사람을 가리켜 "저 사람은 돈키호테야!" 라는 말을 곧잘 쓴다. 그러나 이것은 잘못된 인식이다.

주인공 돈키호테가 그런 정도의 단순한 인물에 불과하다면 어찌하여 그 작품이 세계적으로 유명해 질 수 있었겠는가? 러시아의 위대한 작가 '도스토예프스키'(Dostoevskii, 1821-1881)는 다음과 같이 말했다. "「돈키호테」보다 더 깊고 강렬한 작품은 없다. 그것은 지금까지 발표된 인간의 사상 가운데서 가장 궁극적이고 가장 위대한 발언이다. 지구가 멸망한 다음에 누가 나에게 지상생활에서 얻은 결론이 무엇이냐고 물으면, 나는 「돈키호테」를 가리키며 '바로 저것 이다'라고 말하겠다."

「돈키호테」는 성서 다음으로 여러 나라 말로 번역이 되고 베스트셀러가 되어 전 세계적으로 읽히고 있는 책이다. 근대소설의 시조라고도 하고 지금까지도 가장 위대한 소설로 평가받고 있다. 고국 스페인에서 돈키호테는 스페인의 상징이고, 브랜드이며, 돈키호테를 역사상의 실제 인물로 예우하고 있을 정도다. 오히려 작가 세르반테스는 소설 속의 주인공인 돈키호테의 그늘에 가리어 빛을 보지 못하고 있다. 세르반테스를 모르는 사람은 있어도, 돈키호테를 모르는 사람은 없을 정도인 것이다.

스페인의 수도 마드리드 중심가에 있는 '스페인 광장'에는 로씨난데에 올라탄 돈키호테와 나귀를 타고 있는 그의 종자 '산쵸 빤샤'의 동상이 서 있다. 역사상 위대한 영웅의 동상과도 같은 예우를 받고 있는 것이다. 돈키호테의 고향 '라만차'는 원래 고을 이름이 아니고 마드리드 남쪽의 넓은 평원을 포함한 지방의 이름인데, 스페인 사람들은 아예 돈키호테의 고향마을을 라만차에 있는 '아르가마실라'(Argamasilla)로 정했고, 그 마을에는 버젓이 돈키호테의 집까지 있다. 소설에는 풍차와 싸운 곳이 어느 곳이라고 지명하지 않았는데도 후세 사람들은 '캄포의 풍차'들을 '돈키호테의 풍차'라고 말한다. 그리고 그것을 수백 년 동안 수리하면서 지금껏 보존하고 있다. 아마 앞으로도 영원히 보존될 것이다.

스페인에서 돈키호테는 단순한 소설 속의 주인공이 아니다. 역사상의 실제 인물처럼 되고 있다. 만일 사람들이 돈키호테는 아무런 사고 능력이 없는 단순히 불도저 같은 행동주의자라고만 생각하였다면 이렇게까지 오랫동안 마음속에 간직하고 있었겠는가?

(2) 세르반테스의 위대한 발견 : 미쳐 사는 인간

「돈키호테」에서 주목해야 할 것은 세 가지다. 돈키호테가 미치게 된 이유와 미쳐서 산 인생, 그리고 미쳐서 살다가 제정신으로 되돌아온 것이다. 이 세 가지에서 하이라이트는 마지막 부분인 미쳐서 살다가 제정신으로 돌아온 부분이다.

돈키호테가 왜 미치게 되었는가? 여기서 미쳤다는 말은 올바른 제정신을 잃어버렸다는 말이다. 제정신을 잃었다는 말은 본래의 자기를 잃어버렸다는 말이다. 그것을 자기상실(自己喪失)이라고 한다. 자기 상실은 본질적인 인간정신을 잃어버린 것이다. 인간을 인간이게 하고, 존엄하고 귀하게 하는, 인간 본래의 바탕을 잃어버린 것이다. 그래서 정도(正道)를 벗어난 것이다. 그래서 미쳤다는 말은 정도를 벗어난 것을 말한다. 정도를 벗어났으니까 정상이 아니다. 정상이 아니면 '길' (인간이 가야 할 길)을 모른다. 길을 모르는 것은 길을 잃은 것이다. 정상이라면 길을 잃지 않는다. 그러므로 여기서 비정상은 미친 것이나 다름이 없다.

그러면 돈키호테를 무엇이 미치게 하였는가? 허무맹랑하고 아무 가치도 없으며 인간의 말초신경만 자극하는 기사들의 무용담을 읽기 시작하면서 다른 모든 일들은 다 망각하고 완전히 엉뚱한 곳으로 정신이 빠져버렸을 때 미치게 되었다. 다시 말하면 가치 없는 것들이 돈키호테를 타락시켰다. 타락한다는 것은 가치가 없다는 말이다. 즉 타락이란 가치가 없는 일에 빠져드는 것이다.

사람은 누구나 어떤 환경에, 어떤 일에, 어떤 것에 깊이 빠지면 그만 정신을 잃게 된다. 그러므로 언제나 이연함을 잃지 않고 성도에서 벗어나지 않도록 자기 자신을 굳게 지킬 줄 알아야 한다.

잘못 빠져들면 자칫 우물 안 개구리가 되고 만다. 자기가 빠져있는 곳이 세상의 전부로 잘못 알게 되고, 그 비좁은 속에서 일생을 치고,

제2 장 누가 가치 있고 행복한 사람인가?

받고, 싸우다 죽는다. 무한한 우주, 엄청나게 넓고 깊은 진리의 대양(大洋), 영원의 세계가 있다는 것을 잊어버리고 자기가 빠져 사는 것들만을 가치로 여기며 살게 되는 것이다.

이와 같이 사고(思考)의 범위가 극히 제한적이고 비좁은 것을 정신이상이라고 하는 것이다. 대부분의 인간들은 이와 같이 편협한 사고의 틀 속에 빠져 살고 있다. 먹고사는 데 정신이 빠져있고 돈벌이에, 권력 잡기에, 출세하기에, 향락에, 세상적인 구정물 속에 빠져있다. 오직 그것밖에 모르고 산다.

정신이 한곳에 빠지면 그 속에서 휩쓸려 살게 되고 제정신으로는 살지 못한다. 그래서 일반적으로 사람들은 제정신을 갖지 못하고 살고 있다. 정신없이 살고 있는 것이다. 정신없이 살고 있는 것이 곧 미쳐 있는 것이다. 남의 정신에 휩쓸려 살고 있는 것이다. 남이 하니까 나도 하고, 남이 가니까 나도 간다. 정상적인 사람을 본받고 살아야 되는데 비정상적인 사람을 본받고 살고 있다. 미쳐있는 자를 본받고 살다보니 그 사람 또한 미쳐버리는 것이다.

대부분의 사람들은 먹고 사는데 정신이 빠져있다. 단지 그것 밖에는 모른다. 또 일부분의 사람들은 권력과 출세에 빠져있다. 그 사람들은 오직 권력과 출세밖에는 모른다. 이는 돈키호테가 기사들의 허황된 무용담에 빠져 그러한 기사들 밖에 모르고 사는 것과 동일하다.

그러다보니 인간에게는 잊어서는 안 되는 참으로 귀중한 것이 있다는 걸 망각해 버렸다. 자기 자신을 잃어버린 것이다. 자기 자신을 가치있게 만들어야 한다는 것을, 진리를 마음의 양식으로 삼으면서 스스로가 진리가 되어가야 한다는 것을, 그래야 모든 일이 뜻대로 되고 행복하게 살 수 있다는 것을 잊어버리고 말았다. 바른 정신에 이상이 생긴 것이다. 정신에 이상이 생기지 않고 양심과 이성을 그대로 지니고 있는 정상인이었다면 결코 그처럼 귀중한 사실을 잊지 않았을 것이다.

그런 점에서 볼 때 이 세상의 인간은 다 미쳐 있다는 것이 세르반테스의 위대한 발견이다. 제정신으로 사는 자가 별로 없고 남이 그렇게 사니까 나도 그렇게 살고 있다는 것이다. 그래서 이 세상은 온통 미친 사람들의 행진이라는 것이다. 이런 미친 사람들의 모습을 세르반테스는 돈키호테라는 인물을 통해 그렸다. 인간들의 사는 모습이 모두 돈키호테와 같다는 것이다.

(3) 검은 것이 희게 보이는 인간

미쳐서 살게 되면 모든 것이 제대로 보이지 않는다. 미쳐버린 돈키호테에게는 초라한 주막집이 거대한 성으로 보였고, 주막집 주인은 성주로 보였으며, 풍차가 거인의 환상으로 보였다. 우리도 동일하다. 많은 사람들이 검은 것을 희다고 하고, 흰 것을 검다고 한다. 악을 선하다고 하고, 선을 악하다고 한다. 전혀 가치가 없는 것을 가치 있다고 보고, 참으로 가치 있는 것은 그 가치를 그대로 인정하려 하지 않는다.

사람이나 사물, 사건이나 사실을 본래의 모습대로 보지 않고 엉뚱하게 왜곡시켜서 본다. 그런 면에서는 우리의 눈도 돈키호테의 눈과 크게 다르지 않다. 돈키호테는 발톱이 갈라지고, 뼈에 가죽만 붙어있고, 비실거리는 자기 집의 말이 천리마로 보였다. 그래서 그 천리마에 합당한 이름을 지어주었다. 그와 마찬가지로 우리도 제 자식은 장차 대통령감으로 보이는 것이다.

미쳐 살게 되면 우스꽝스럽게도 남의 흉내를 내며 살게 된다. 돈키호테는 전시의 기사도 아니면서, 마치 훌륭한 기사가 된 것처럼 우스꽝스러운 흉내를 냈다. 여기서 정신이 미쳐 있으니까 자기가 기사 흉내를 내고 있다는 것을 알지 못한 것이다. 수많은 인간들도 바로 이와 같이 남의 흉내를 내며 살고 있다.

또 미쳐 살게 되면 엉뚱한 생각을 많이 하게 된다. 과대망상에 사로잡히게 되는데 이것은 일종의 정신병이다. 너나 나나 없이 대통령 되기를 꿈꾼다. 이런 꿈을 꾸는 사람은 자기만 유일하게 대통령감이라고 생각하고 타인은 무시해 버린다. 이런 것은 올바른 꿈도 아니고, 포부도 아니고, 극심한 정신병이다.

돈키호테는 자기가 세상의 모든 악을 없애고, 세상을 바로 잡으려는 의협심으로 나섰다. 그 꼴이 참으로 가관인 것이다. 긴 세월 계속된 수양과 구도가 없어서 단 하나의 진리와 진실도 체득하지 못하여 어느 누구에게도 감화와 감동을 주지 못하고 살면서 무작정 세상의 악을 혼자서 바로잡겠다고 나선 것이다. 이처럼 무모한 인간이 우리 사회에 얼마나 많은가? 자신도 미쳐 사는 주제에 세상의 악을 바로 잡으려고 한 것이다. 우리 인간의 모습도 이와 같지 않은가? 무슨 일인가를 한답시고 덤벙대고 날뛰는 꼴이 돈키호테를 닮았다. 그러니 무슨 일인들 제대로 하겠는가?

시대를 초월해서 인간 자체가 돈키호테라고 세르반테스는 말하고 있다. 본래의 존엄한 자신을 잃어버린, 본질이 변질되고 미쳐버린 인간이, 잘못된 확신을 가지고 우쭐대는 우스꽝스러운 인간의 모습이 돈키호테라고 세르반테스는 말하고 있는 것이다.

그러므로 「돈키호테」라는 작품은 근본적이고도 가장 심각한 인간의 실존문제를 다루고 있는 것이다.

(4) 제정신으로 돌아온 돈키호테

대부분의 인간은 미쳐서 살다가 미친 채로 인생을 끝마치고 만다. 그런데 돈키호테는 미쳐서 살다가 깨어나서 죽었다. 임종 시에는 제정신을 알아차린 것이다. 자기가 인생을 미쳐서 살았다는 것을, 너무나 잘못 살았다는 것을 크게 깨닫게 된 것이다. 이것이 우리와는 다른 점이고 돈키호테의 위대한 점이다.

가치 없고 헛된 것에 빠져서 제정신을 잃어버리고, 누구에게도 존경 받지 못하고, 웃음거리가 되어 비웃음만 당하면서 산 자기 인생을 돈키호테는 마침내 비통한 심정으로 후회한다. 자기가 그토록 좋아서 정신없이 살았는데 그것이 자신에게 진정한 이로움이 되지 못하고, 본래의 고귀했던 자기 자신을 파괴한 악독이었음을 임종 시에 비로소 알았고, 결국 자기는 인생에서 그것들 때문에 큰 손해를 보았다는 것을 돈키호테는 깨닫게 된 것이다.

그러나 참으로 슬픈 것은 그런 것들을 너무 늦게 깨달았기 때문에 자기 자신의 영혼을 밝혀주고, 잃어버렸던 자신의 인생을 되찾아 줄 만한 가치 있는 지식의 책을 더 많이 읽지 못했다는 것이다.

가치 있는 책들이 나로 하여금 제정신을 잃지 않게 하고, 제정신으로 되돌아오게 하고, 나를 진정으로 행복하게 하는 것이다. 이 가치 있는 책들이 참으로 우리에게 기쁘고 즐거운 또 다른 인생이 있다는 것을 알려주고 우리가 갈망하는 부나, 권력이나, 먹고 사는 문제는 단순히 물거품과도 같고 헛된 것이라는 것을 가르쳐준다.

우리는 긴 일생을 살면서도 내가 왜 남의 웃음거리가 되는가 하는 사실을 다 모른 채 살다가 죽는다. 왜냐하면 가치 있는 책들을 많이 읽어야 하는 시간에 그저 밥만 먹고, 술이나 마시며, 놀기 때문이다. 그래서 우리에게는 자신에 대한 비통한 후회 자체가 없는지도 모른다.

세르반테스의 일생은 너무나도 불행하였다. 하는 일은 언제나 엉뚱하게 빗나갔고 자신이 뜻하는 대로 되는 일이 거의 없었다. 긴 세월 동안 노예생활도 했고, 자기 잘못도 아닌데 세 번 씨나 억울한 감옥살이 했으며, 결혼생활도 두 번이나 실패하였나. 처음에 농거하던 안나 프랑카는 딸 하나를 낳고 다른 남자에게로 가 버렸고, 정식으로 뒤늦게 결혼한 부인도 불과 2년 만에 친가로 되돌아 가 버렸다. 정식 결혼한 부인에게는 자녀 하나도 남기지 않았다. 그리고 임종까지 독신으로 살다가 죽었다.

그는 지나치게 부도덕하거나 잔인한 악행도 없었다. 다만 한 가지 잘못이 있다면, 부와 명예를 얻고 출세를 하려는 허황된 욕망이 있었다는 점뿐이다. 그러나 욕망을 가졌을 뿐, 비열하거나 부당한 방법으로 남에게 피해를 주면서까지 자신의 욕망을 충족하려고 한 일은 없었다.

그런데도 지독하게 인생이 험난하였고, 불행하였다. 왜 그리도 불행하였을까? 무엇이 그의 앞길을 번번이 가로막았을까? 정상적인 길이 아닌. 잘못된 인생길을 가니까, 그 길이 순탄하지 않고 험난하였던 것일까? 과대망상에 의한 정신적인 판단 착오 때문에 그랬을까? 세르반테스는 감옥에 앉아서 불행하기만 했던 자기의 반백 년 인생을 돌아보고 깊이깊이 생각해 보았을 것이다.

그리고는 "나만 불행했던 것이 아니야! 세상사람 누구나 거의 동일해! 제정신 없이 미쳐 사는 자에게 무슨 행복이 있을 수 있겠는가? 무슨 축복이 있을 수 있겠는가? 자기 자신을 가치 있는 인간으로 만들지 않고 살면서 어떻게 행복하게 살 수 있겠는가? 행복한 인생이란 가치 있게 사는 인생에서 오는 게 아닌가? 부나 권력이나 명예는 정신없는 인간들이 구하는 것 아닌가? 나는 결국 그런 것들을 가지지도 못했지만, 부와 명예의 소유와는 관계없이 모두 다 실패한 인생이 아닌가? 그것들을 얻으려다 인생에서 가장 중요한 것을 놓쳐 버렸기 때문에 말이다. 그러면 인생에서 가장 귀중한 것이 무엇일까? 영혼을 밝혀 줄 좋은 책을 읽어서, 불멸의 많은 진리들을 깨달아서, 한없이 아름다운 사람으로 승화되고, 한없이 속 깊은 사람이 되고, 한없이 밝은 영혼을 가진 사람이 되고, 한없이 조용한 사람이 되어 자연과 진리 속에서 사는 사람이 아닐까?"라는 생각을 했을 것이다.

세르반테스의 이런 생각, 이런 깨달음이 아마도 「돈키호테」라는 작품을 낳게 되었을 것이다. 마지막 감옥살이 할 때가 세르반테스의 나이 56세다. 56세의 나이에 이르러서 그는 그의 인생의 황혼을 바라보면서 인간의 실존을 들여다보았을 것이다. 그리고 자기의 모습과 인간의 승화된 모습을 돈키호테라는 인물에 투영하여 그린 것이다.

소설 속의 돈키호테도 하는 일마다 되는 일이 하나도 없고, 언제나 남에게 얻어맞고 고생만 죽도록 하다가 그도 인생의 황혼에 접어 들어서야 깨닫게 되었는데 그것이 바로 세르반테스의 인생의 모습이 아니었을까 여겨진다.

세르반테스는 무엇이 인생의 진정한 가치이고, 인간은 어떤 모습으로 살아야 되고, 인간 본래의 모습이란 어떤 것인가를 놀라운 통찰력으로 탐구해서 돈키호테라는 인물을 창조했다. 그 인물이 이제는 소설 속의 인물이 아니고 실제로 생존했던 생생한 인물로 변해 버린 세상이 되었다.

II. 순수와 진실

1. 순수와 진실은 인간의 가장 기본적인 가치이다

인간의 순수성과 진실성은 태어날 때부터 하늘로부터 받아 가지고 나온 것이다. 자연적인 심성의 대표적인 표현으로써 천진(天眞)스럽다고도 한다. 하늘이 사람에게 준 인간이라는 징표라는 뜻이다. 이러한 순수와 진실 속에 인간을 인간이게 하는 최고의 아름다움이 있다.

이 세상 최고의 미(美)는 이 순수와 진실을 고스란히 지닌 어린 아이인 것이다. 이 순수와 진실을 바탕으로 해서 인간의 다른 모든 성품은 아름답게 피어나고 성장하며 열매를 맺는다.

그러므로 올바른 사람이라면 나이를 먹어도 순수와 진실은 어긋남이 없어야 하고 나이를 먹어 갈수록 더욱 빛을 발해야 한다. 이것이 정상적인 인생을 살고 있는 사람의 진실한 모습이다.

인간의 순수와 진실이 일그러지고 손상되면 거기에 정비례해서 사회도 어지러워지고 사람의 모습 또한 추악해 진다. 우리는 더러운 세상, 더러운 사람이라는 말을 흔하게 사용하는데 이때 더럽다는 말은 때가 끼었다는 뜻이고, 이 말은 바로 순수와 진실을 잃어버렸다는 말이다.

사람이 순수와 진실을 잃으면 모든 인간성마저 다 잃는다. 이와 같이 순수와 진실은 인간을 인간이게 하는 가장 기본적인 요소이고, 인간의 모든 가치의 바탕이 되는 가장 기본적인 가치이다. 순수와 진실이라는 바탕이 있어야만 인간의 정신이 성장을 하고, 행복할 수가 있고, 남을 행복하게 할 수도 있고, 가치 있는 일을 할 수가 있는 것이다. 그뿐만 아니라 양심을 지킬 수 있는 것도, 의로움을 가질 수 있는 것도, 모두 순수와 진실이 있을 때만이 가능하다.

순수에서 피어난 꽃이 곧 양심이고 진실에서 피어난 꽃이 곧 이성이 아니겠는가? 또 양심이 깨지지 않도록 담아서 지켜주는 그릇이 순수이고, 이성을 담아서 지켜주는 그릇이 진실이 아니겠는가? 그래서 순수와 진실이라는 그릇이 깨져 버리면, 아울러 양심과 이성마저도 깨져 버리는 것이다. 그러므로 양심의 본질이 순수이고, 이성의 본질이 진실인 것이다.

이와 같이 순수와 진실은 인간의 중대한 가치인데도 수천 년 계속되어 온 우리 인간사회에서 제대로 인정을 받지 못했고, 현재까지도 거의 인정받지 못하고 있는 것이다. 오히려 순수와 진실은 어디를 가도 무시당하고 짓밟혀 왔다. 그럴듯한 얼굴과 옷차림, 학식과 사회적 지위로 겉을 잘 꾸민 사람만이 겨우 가치로서 인정받고 있다. 그 속내야 어떻든 상관하지 않은 채 말이다. 이것은 인간의 내면을 자세히 들여다보는 눈이 없어서 내면적 가치인 순수와 진실을 제대로 보지 못하고 외형적으로 드러나는 것만으로 인간을 평가하는 데서 생기는 잘못이다.

사람으로서 안목을 제대로 갖춘 사람은 사람이나 사물을 볼 때 외면을 크게 중요시하지 않는다. 외면보다는 그의 내면을 보다 깊이 있게 들여다본다. 그래서 인간의 내면에 들어있는 순수와 진실을 높이 평가하고 존경하는 것이다. 이에 반하여 안목이 부족한 사람은 그들의 내면을 들여다보는 눈이 없다. 그러므로 겉만 보고 사람을 평가하고 판단한다. 그래서 결국 겉만 보고 사람에게 쉽게 접근하다 보면 큰 손해를 보게 된다. 이와 같이 사람의 내면을 들여다보는 눈이 없으면 결과적으로 남에게 이용만 당하며 살게 되는 것이다.

　아울러 자기 자신이 순수와 진실을 잃게 되면 사람을 바르게 보는 눈을 잃게 된다. 세상의 때가 끼여 앞이 어두워진 눈, 부서진 양심, 자기이익 밖에 모르는 잘못된 인간의 이성 그리고 물질에 대한 욕망과 쓸모없는 지식이 그렇게 만들었다. 이렇게 오염된 인간은 결코 다른 사람을 바르게 볼 수가 없다. 이런 인간들의 눈에는 바른 진리도 악마로 보인다. 순수와 진실만이 진리가 진리로 보일 뿐이다.

　이런 이유로 예수님은 당시의 지식인과 부유한 자들에게 배척받은 것이다. 그러므로 공부를 많이 했다고 해서 무조건 사람을 바르게 보는 게 아니고 오히려 사람을 바르게 보는 눈을 잃게 되는 것이다.

　그리고 인간이 변질되면 사람을 제대로 보지 못하는 경우가 많다. 여기서 변질이란 쓸모를 잃어 썩어버린 것을 말한다. 그러나 변화는 성장을 뜻한다. 대부분의 지식과 물질은 사람을 변질시킬 뿐 변화시키지 못한다. 그러므로 순수와 진실을 잃어버리고 타락한 지식과 물질만 마음에 남겨진 사람은 사람을 바르게 보는 눈을 갖지 못한다. 오히려 지식과 돈이 없으면 순수성과 진실성이 마음 안에 그대로 보존된다. 그래서 잘못된 물질과 지식을 멀리하면 외모는 비록 초라해도, 진리를 진리로 알아보는 혜안을 갖게 되고, 악마는 악마로 알아보는 지혜를 갖게 된다. 우리는 흔히 가진 재산이 없고 공부를 많이 못하였다고 해서 이를 깔보고 무시한다. 그러나 그들이 오히려 부유하고 공부한 이들의 어리석음을 알고 깔보고 있다는 것은 모르고 산다.

2. 순수와 진실을 잃으면 필연적으로 본능 속으로 굴러 떨어지고야 만다.

인간의 본능 속에서 본능의 지시대로만 살면, 그 사람은 바로 악령의 지시대로 사는 인간이나 다름이 없다. 이런 자들의 대표적인 행동은 결코 자신이 손해 보는 일은 하지 않는다는 것이다. 치밀하게 계산적이며, 단돈 10원도 생색나지 않는 일에는 쓰지 않고 남을 위한 봉사도 자기 과시를 위해 위장한 것이며, 돈은 자기를 드러내고 대중들로부터 주도권을 잡기 위해서만 쓴다. 그러면서 자기는 오직 공동체를 발전시키기 위해서 많은 돈을 쓰고 애를 써왔다고 은근히 자기를 과시하거나 큰 소리로 떠벌린다.

또 이런 자들은 자기를 인정해 주지 않는 사람은 무자비하게 헐뜯고, 욕하고, 짓밟는다. 그리고 자기들의 일이 뜻대로 성취되면 모여 앉아 술잔을 높이 들고 환호성을 지르고 마치 온 세상을 정복한 듯이 날뛴다. 이런 인간들에게서는 돈과 지식은 단순한 인간의 도구가 아니고 악령의 칼이 되는 것이다.

이러한 관점에서 볼 때, 순수와 진실을 잃으면 그는 이미 인간이 아니다. 오직 인간의 탈을 쓴 악령일 뿐이다. 악령에게는 평화와 행복이 없다. 그래서 그들은 늘 불안하다. 그리고 그 불안을 패거리 지어 다니며 해소하려고 한다. 그러나 그 패거리들마저도 내면적으로는 매우 고독하다. 왜냐하면 아무도 그들을 순수한 인간으로 여겨주지 않기 때문이다. 내심으로 말이다.

순수와 진실을 잃은 영혼은 세상 어디에도, 심지어는 천국에서까지도 그들이 머물 곳이 없다. 그리하여 그들의 말년은 비참해진다. 단, 하나의 예외가 있다면 가능하면 빨리 회개하고 새 생활을 하면 구제

받을 수도 있다.

양심을 버리고 재산만을 탐내게 되면 그는 순수와 진실을 잃게 되는 것은 물론 양심의 눈까지 멀어 버린다. 예외는 지극히 적다. 그래서 보이는 것 없이 천방지축으로 날뛰게 된다. 내가 언제 가난뱅이였더냐 하는 식으로 과거를 완전히 망각해 버리고, 겉꾸미기에 온 식구들까지 덩달아 혈안이 된다. 이것은 남 보기에 참으로 가관일 뿐만 아니라 남의 흉내를 내고 살려는 그 모습은 흡사 천박한 원숭이 꼴이 되고 만다.

이런 자들은 자신의 재산을 모으고 지키기 위해서 수단과 방법을 가리지 않는다. 그래서 정상적인 경제질서를 어지럽히고 공직자들을 부패시킨다. 이런 자들이 바로 이 세상에 돈으로 되지 않는 일이 없다는 부도덕한 사회를 만들어 놓은 것이다.

순수와 진실을 잃은 사람들이 사회의 중심세력이 되어 있으면 그 사회의 가치가 전도된다. 하늘이 준 영원불변한 진리라는 가치는 밀려나고 물질, 권력, 명예 등이 최우선적인 가치가 된다. 그런 점에서 우리가 살고 있는 이 세상의 지상적 가치는 전도된 가치이다. 이는 순수와 진실의 가치를 잃어버리고 악령의 지시에 따라 악하게 사는 자들이 내세운 가치들이다. 그들은 가치가 아닌 것을 가치라고 내세워서 모두가 믿게 하고 숭상케 하였다. 성인, 철인, 현인, 군자가 아닌 평범한 사람이라도 할지라도 그가 만약 사람다운 사람이라면 그처럼 천박한 것들을 가치로 여기지는 않는다.

원래가 순수와 진실, 진리의 목소리는 고요하다. 그에 비해 허위와 악령들의 목소리는 소란스럽다. 세상이 이들의 소란한 목소리로 가득 차서 그 목소리에 따라 물질, 권력, 명예가 가치의 전부인 것처럼 되고 말았다. 미래에는 어디에서든지 순수와 진실을 잃어버리고 진리를 가지지 못하는 자는 아예 말할 자격을 주지 말아야 한다.

현대는 떳떳하게 말할 자격이 없는 자들이 너무 설치고 목소리를 크게 내어서 걱정이다. 이것은 커다란 사회문제일 뿐만 아니라 동시에 세상의 공해(Pollution)가 되고 있다.

여론! 순수와 진실을 잃어버리고 진리를 갖지 못한 불의한 자들의 주장은 사회적인 여론으로 받아들이면 안 된다. 이런 자들의 의견이 여론에 포함되면 민심은 천심으로부터 멀어진다. 그래서 우리에게는 진정한 민심이 지금까지 제대로 반영된 일이 별로 없다. 대부분이 왜곡되고, 조작되었던 것이다.

그러므로 진리를 추구하지 않고 진리대로 살려고 노력하지 않는 사람은 차라리 입을 다물고 살아야 된다. 그들은 말할 자격도 없다. 인간사회에서는 인간다운 사람만이 말할 자격이 있어야 한다. 진리와 관계없이 사는 순수와 진실을 잃어버리고 사는 사람은 정상적인 인간으로 인정될 수 없기 때문이다.

3. 순수와 진실의 가치를 맨 처음 인정한 이는 예수이다

지금부터 2,000여 년 전, 예수는 당시 사회를 지배하던 거대한 종교권력과 정치권력 그리고 그 권력자들이 가진 모든 것을 물거품이나 쓰레기쯤으로 보았다. 더 정확히 말하면 그렇게 보았다기보다는 그 정도로 가치 없이 보였던 것이다.

당시에는 권력과 권력자가 가진 모든 것이 절대적인 최고의 가치였다. 그들은 사람을 마음대로 죽일 수도 있었기 때문에 죽는 것이 두려워서라도 그들이 가진 것을 최고의 가치로 인정할 수밖에 없었다. 그처럼 그들은 설령 아무런 죄가 없는 사람을 죽인다고 해도 권력자인 그들에게는 그것이 합법적이고 정당한 것으로 인식되었다. 그들의 눈에 거슬리면 죄가 없어도 죽어야 하는 것이다. 나를 언제든지 죽일 수 있는 권력이고 권력자이니 살아남기 위해서는 그들 앞에 무조건 허리를 굽히고 경의를 표해야만 했던 것이다.

이런 세월이 계속되면서 권력자가 누리는 모든 것은 최고의 가치가 되었다. 하다못해 그 집에 소속된 종까지도 다른 집의 종보다는 월등하게 높은 위세를 가졌고, 그 집의 딸은 공주님이라고 불리면서 다른 평민의 집 딸과는 하늘과 땅 만큼의 차별대우를 받았다.

그들 정치권력과 종교권력은 실제로는 악마적이었다. 왜냐하면 자기들의 뜻이 곧 진리이고 법이었기 때문이다. 이들에게서 법이란 있다고 해도 한낱 무용지물일 뿐이고 허수아비 같은 존재였다. 진리는 이들에게는 애초부터 없었고 이후에도 없었다. 그들에게서 유일한 법과 진리는 그들의 마음먹기에 달려 있었다. 고로 그들의 비위를 거스르면 그들 세계에서의 법과 진리를 어기는 것이 되었다. 이처럼 자기들 마음대로 사람을 죽이고, 감옥에 넣고, 재산을 몰수했기 때문에 그들은 악마인 것이다.

악마이기 때문에 그들이 보호하고 인도해 주어야 할 대다수 백성을 오히려 착취해서 그들은 호화롭게 잘 살았다. 대다수 백성들이 헐벗고 굶주리며 사는데도 그들에게서 헌금을 강요하고, 세금을 강제 징수해서 돈을 물 쓰듯이 쓰며 살았다. 그런고로 그들은 악마인 것이다. 그런데도 그들은 절대적인 최고의 가치로 존중되었다. 이것은 인류 역사적으로도 참혹한 일이었다.

그러나 진리를 깨달아 죽음을 초월해 버리면 저들이 가진 것이 중요한 가치가 될 수가 없다. 진리를 깨치지 못한 이들이 죽음이 두려워 어쩔 수 없이 가치로 인정해 주는 것이지, 일단 바른 진리를 얻게 되면 그처럼 불합리한 일들은 참된 가치로 여겨질 수 없는 것이다. 그들이 가진 것은 모두 진리가 아닌데 어떻게 바른 가치가 될 수 있겠는가? 권력이나 돈 자체가 악이 아니라 악한 인간이 이를 잘못 쓰면 악이 되는 것이다. 다시 말하면 악의 도구가 되는 것이다. 그래서 예수의 눈에는 저들이 가진 모든 것이 쓰레기로 보인 것이다.

악한 인간들이 악의 도구를 가지고 악행을 하면서도 겉으로는 성자처럼 행세한다. 참으로 슬픈 일이다. 그래서 예수께서 이들을 회칠한 무덤이라고도 했고 양가죽을 쓴 늑대라고도 하였다. 예수는 이들을 결코 가까이 하지 않았다. 이들에게는 진리를 전할 수 없다는 것을 안 것이다. 악령에게 진리를 전하는 것은 불가능하다. 부와 권력이 절대적인 최고의 가치가 되어 있는 사람에게도 마찬가지이다.

그래서 예수는 "새 술은 새 부대에 담아야 한다."(마태복음, 9장)고 하였다. 여기서 새 술은 예수께서 전하시려는 새로운 진리이고, 새 부대는 소금에 절여 있듯이 세속적 가치에 절여 있는 사람이 아닌 이들과 다른 새로운 사람을 말한다. 이 새로운 사람이 바로 순수와 진실을 가지고 사는 사람들이다. 이와 같은 순수와 진실을 가진 이는 그 시대에 속한 악한 사람이 아니다.

예수는 순수와 진실을 잃지 않고 가난 속에서 배운 것 없이 무지 속에서 살고 있는 이들을 하느님의 아들이라고 하면서, 그들에게만 하늘나라의 소식을 전해주었다. 하늘나라 소식이 바로 복음이고, 복음은 영원불변하는 진리이다.

예수는 가난하게 살던 그들처럼 맨발로 사시면서 그들처럼 남루한 옷을 입고, 그들처럼 맨발로 걸어 다니면서, 그들이 먹는 음식을 먹으면서, 그들과 함께 살았다. 그리고 그들을 데리고 천국으로 가셨다. 그들만이 진리가 담길 그릇임을 알고 그들에게만 진리를 가르쳐 주신 것이다.

진리는 순수와 진실 속에만 담기는 것이다. 진리는 다른 곳에는 담기지 않는다. 순수와 진실이 없는 이에게 진리를 말하면 그 진리는 변질되어 버리고 잘못된 그 진리에 부아가 치밀어 오른다. 절대로 진리는 순수와 진실 이외의 것에는 담기지 않는다. 이들이야말로 다음에 진리를 가지게 되면 천국에 갈 사람들이다. 천국에 가는 것을 기독교 교리로 말하면 '구원'이라고 한다.

순수와 진실을 가지고 있는 이가 죄가 없고, 죄 짓지 않고, 순박하게 산다. 순박하지 않으면 악심(惡心)이 파고든다. 이런 이유로 예수는 순수하고 진실한, 순박한 이들을 아주 높이 평가하였고, 이들이 참 사람이고 하느님의 아들이라고 하셨다. 이들 이외의 사람들은 악마의 자식이라고 하였다.(요한복음 8장)

예수님 당시에 순수와 진실을 가지고 있는 이들은 대부분이 가난하고 배운 것이 없는 이들이었다. 지금도 마찬가지이다. 가난하고 학식 없는 것이 오히려 순수와 진실을 지키게 한다. 반대로 재물과 지식이 순수와 진실을 망가뜨린다. 그러므로 차라리 가난하고 학식 없는 것이 올바른 가치일 수 있다.

다시 말하면, 순수성과 진실성을 재물과 지식 때문에 잃게 되었다면 그 재물과 지식은 진리의 가치가 없다는 것이다. 그러나 재물과 지식을 가지고 있지만 다행히 순박함을 잃지 않았다면 그 재물과 지식은 가치가 있다. 하지만 재물과 지식만을 너무 중요시하다 보면, 필연적으로 순박함을 잃게 된다. 이때 진리를 추구하다 보면 재물이나 지식은 하위가치로 여기기 때문에 진리를 열심히 추구할수록 순박함을 유지하게 된다.

순박함을 잃으면 인간성을 다 잃은 것과 같아서 재물과 지식은 가지면 가질수록 피해만 오히려 커진다. 그런고로 가난하고 학식은 없지만 순박한 것이 더 가치가 있다. 그러므로 가난하고 배운 것이 없다고 하여 함부로 무시해서는 안 된다. 그들이 알고 보면 더 인간적이다. 물론 완벽한 인간은 아닐 수도 있다. 그러나 타락한 인간이라고 할 수는 없다. 많이 배우고 부유한 자가 순수와 진실을 잃게 되면 그게 바로 타락한 것이다. 그래서 모든 사회악은 결국 다 이들에게서 파생된 것이다.

인간이 아무리 남모르게 불의한 일을 행하고 부도덕한 일을 한다고 해도 그것을 끝까지 모르는 이는 아마도 이 세상에는 없을 것이다. 가난하고 못 배운 사람들의 죄가 겉으로 환히 드러난 빙산이라고 한다면 부유하고, 권력 있고, 학식 있는 자의 범죄는 다만 잠시 물 밑에 감추어져 있는 암초일 뿐이다.

가난하고 무지해서 인간이 타락한다고 생각한다면, 그것은 엄청난 오해다. 인간을 타락하게 하는 것은 결코 가난과 무지가 아니다. 진리가 결여된 부와 권력과 지식이 원인이다. 그래서 예수는 "부자가 천국에 가는 것은 낙타가 바늘구멍으로 들어가는 것보다 어렵다."(마태복음, 19상)고 하였고, "가난한 자가 천국에 간다."(누가복음, 6장)고 하였다. 여기서 말하는 부자, 가난한 자는 물질적인 재산 때문에 타락한 자와 타락하지 않은 자를 말한다. 달리 말하면 물질은 인간을 타락시키지만 가난은 인간을 타락시키지 않는다는 말이다.

타락이란 순수와 진실을 잃고 순박함, 소박함을 잃는 것이다. 순박함, 소박함이 천국에 가는 기본조건이 된다. 이러한 조건을 갖춘 자가 천국에 가는 배를 탄다. 이 배(ship)가 바로 진리이다.

이런 이유로 예수께서는 처음부터 끝까지 순수하고 진실한 이들을 받들고 그들과 함께 사신 것이다. 그러면서 "어린아이와 같이 순수하고 진실해야만 천국에 갈 수 있다."(마가복음 10장)고 한 것이다. 오늘의 우리 사회에서도, 교회에서도 순수와 진실을 찾아보기란 극히 어렵게 되었다. 그러면서 '주여! 주여!' 한들 무슨 소용이 있겠는가? 이들의 신앙은 오직 위선이고 허구일 뿐이다.

4. 근대에 들어와서 순수와 진실의 가치를 높이 평가한 이는 '루소'(Rousseau)이다

루소는 누구나 다 잘 아는 바대로 1712년 스위스 제네바에서 시계 수리공의 아들로 태어나, 30세 때인 1742년에 프랑스로 이주해서 그 곳에서 사상가로서 명성을 떨쳤으며, 1760년(48세)에 「에밀」(Emile) 을 완성하고, 1778년 66세로 세상을 떠났다.

루소의 시대는 계몽주의 사상이 사회를 지배하고 있던 때였다. 그 래서 지식이 최고의 가치로 존중되었고 많이 배우고 더 많이 아는 자 가 대접을 받았고 행세하였다. 또한 그들이 부와 권력도 독차지하고 있었다. 다시 말하면 지식 위주의 사회였다. 그만큼 못 배운 사람, 아 는 것이 없는 이들은 사람대접을 받지 못하였던 것이다. 오늘날도 이 와 유사하다.

이런 사회 풍조에 루소가 반기를 들었다. 지식을 가치 있는 것으로 존중하면, 그래서 그들이 부와 권력을 독점하면, 거기에서 빈부의 격 차, 사회의 불평등, 사회악이 생기기 때문이라는 것이다. 그러므로 지 식보다도 '자연적인 인간성' 즉 타고난 인간성인 순수와 진실이 존중 되어야 한다고 주장하였다.

이런 주장이 들어있는 책이 「에밀」이다. 순수와 진실은 인간이 가진 고귀한 자연이고 모든 도덕성의 기본이라고 하였다. 이 자연을 잃는 것이 타락이고 이런 타락이 곧 '동물로의 전락'이라고 하였다.

루소는 「에밀」이라는 책을 쓰고 프랑스 정부로부터 체포령이 내려 져 무려 10년을 피해 다녔다. 그리고 「에밀」은 모두 압수되어 불태워 졌다. 권력자의 비위에 몹시 거슬렸기 때문이다. 그 권력자들이 가치 로 내세우고 있던 것을 부정하였고 그것이 많은 국민들에게 공감되었기 때문이다. 이러한 대중적인 공감이 이로부터 29년 후에 (1789년) 그 권력자들을 몰아내는 위대한 프랑스 혁명으로 발전하였던 것이다.

독일의 철학자 '칸트'(Kant, 1724-1804)는 1762년에(38세 때) 루소의 「에밀」을 읽고, 비로소 못 배우고 가난한 이들의 순수성에 대한 가치를 알게 되었고 그들을 존중하게 되었다고 말하였다. 루소가 자기를 올바르게 인도해 주었다고 진심으로 감사하였고, 그 감사의 마음과 존경 때문에 칸트의 서재에는 오직 루소의 초상화 하나만이 걸려 있었다고 한다. 루소는 칸트보다 12년 연상이다.

가난한 것을 천대하거나 고달프게 여기는 것은 잘못이다. 오히려 존중되어야 하고 자랑으로 여겨야 된다. 부유하게 사는 것이 실제로는 더 고달프고 부끄러운 것이다. 순수와 진실을 가지고 살면 양심에 따라 사는 것이고, 진리가 가르치는 대로 살면 빈손 · 빈 마음으로 살 수밖에 없으므로 부자로 살 수가 없다. 여기서 말하는 가난은 세끼 밥도 먹지 못하고 굶기를 밥 먹듯 하는 것이 아니다. 남들처럼 배부르게 잘 먹고 호화스럽게 잘 입지는 않지만 그렇다고 해서 넘치도록 부유하게 살지 않는 생활을 말하는 것이다. 일부러 돈을 들여 꾸미거나 사치하지 않고 그저 오두막집에 누더기 옷, 소찬이어도 만족하는 생활인 것이다.

공자께서 말씀하기를 "나라가 진리대로 다스려지는데, 가난하고 천대를 받는다면 그것은 부끄러운 것이다. 나라가 진리대로 다스려지지 않는데, 부귀영화를 누린다면 그 부귀영화는 치욕이다."라고 하였다 〔邦有道, 貧且賤焉恥也. 邦無道, 富且貴焉恥也〕

다시 말하면 나라가 진리로 가득 차서 모든 나라 일이 진리대로 되는데도 가난하고 멸시나 천대를 받으며 산다면, 그것은 그 사람이 악행을 하고 사람답지 못하게 사는 것이므로 그의 생활은 치욕이라는 것이다. 진리의 세상에서 자기 혼자서 타락한 생활을 하고 있기 때문이다. 반대로 나라에 부정부패만 가득 차 있고 진리는 없어서 바르게 되는 일이 하나도 없는데, 부유하게 살고 권력을 누리고 산다면 그것 자체가 치욕이라는 것이다. 왜냐하면 부정부패로 가득 찬 세상에서 부와 권력을 가지려면 그 자신도 부정을 행하고 썩지 않고는 불가능하기 때문이다.

대학 못간 것을 한으로 여기고 열등의식을 가지고 있다면 그 사람도 잘못된 인간이다. 대학 나온다고 더 나은 인간이 되는 것도 아니고, 진리가 결여된 지식은 가치가 없는 것이며 오히려 큰 해독을 끼친다는 것을 모르고 있기 때문이다. 진리가 결여된 지식이란 단지 생존의 도구일 뿐이다. 이 도구를 이용하여 한술 더 얻어먹고 사는 것이 가치 있는 것은 아니다. 배부르게 사는 것이 행복한 것은 아니다. 그보다는 정신이 부유해야 행복한 것이다.

지식이나 부는 후손에게 전수되지 않지만 인간성, 정신, 철학, 사상은 그대로 전달된다. 이런 가치가 후손에게 전달되어야 그 집안에서 위대한 영혼이 탄생된다. 유산으로 전달된 재산은 대개 후손 대에서 없어지고 만다. 우리 조상들의 격언에도 삼대 가는 재산은 없다고 하지 않았던가? 그나마 재산도 덕이 있어야 지키는 것이다. 그렇지 않고 돈만 욕심을 내다보면 그 돈마저 결국 없어지고야 마는 것이다.

순수하고 진실하게 사는 이는 결코 굶어 죽지 않는다. 그러므로 비굴하고 아첨하여 순수와 진실을 잃어서는 절대로 안 된다. 비굴하고 아첨하려면 순수와 진실을 끝까지 간직하고 차라리 굶어 죽는 것이 낫다. 굶어 죽는 순수하고 진실한 영혼에 오히려 가치가 있는 것이다.

근래에 우리나라에서 굶어 죽은 순수한 영혼이 있으니, 그분은 우리나라의 유명한 가곡 '보리밭'의 작곡자 윤용하(尹龍河) 선생님이시다. 이런 아름다운 영혼이 있어야 사회가 밝아지고 의로움이 빛난다. 이런 영혼이야 말로 사회의 참된 빛이 되는 것이다.

악에 물든 세상은 될 수 있는 대로 피해가며 살아야 한다. 그래야 세상 때가 묻지 않고 순수와 진실을 보존할 수 있다. 순수와 진실은 천사의 마음이고, 더러운 세상 구정물 속에서도 피어나는 한 떨기의 청초한 꽃이다. 이처럼 아름다운 꽃에 똥물을 뿌리는 자가 누구인가? 이런 꽃은 가치가 없다고 하여 짓밟는 자가 누구인가? 어찌하여 이렇게 아름다운 삼천리강산에 그다지도 뻔뻔스럽고, 냉혹하고, 자기 이익밖에 모르는 허위의 인간들이 활개를 치면서 살아 왔고, 지금껏 살고 있다는 말인가? 과연 순수와 진실의 꽃은 이 땅에서는 잡초만도 못한 것인가?

Ⅲ. 정신생활

1. 사람은 정신과 육신으로 이루어져 있다

사람은 정신과 육신으로 이루어져 있다는 것은 너무나 평범한 사실이다. 그러나 많은 사람들은 이것을 잊어버리고 사는 듯하다. 그리고 육신이 있으니까 육신생활이 있는 것처럼, 정신이 있으니까 정신생활도 있어야 하는 것이다.

그런데 정신의 존재 자체를 모르고 있는 경우도 허다하다. 정신을 눈, 귀, 입처럼, 단순히 육신의 한 기관으로만 잘못 알고 있는 것이다. 그 때문에 육신은 죽어서 없어지더라도 정신은 영원히 살아남을 수 있다는 것을 많은 사람들이 모르고 있는 것이다.

비록 살아있을 때의 정신은 육신 안에서 존재하지만, 일단 육신이 죽게 되면 정신은 육신과 따로 분리되는 것이다. 이때 분명한 정신이 있다면 육신과 분리되어 존재하지만, 뚜렷한 정신이 없이 막무가내로 살았다면 분리되어 존재할 정신 또한 따로 없는 것이다.

우리는 대부분이 세상을 정신없이 살고 있다. 죽고 난 뒤에도 육신을 떠나 따로 존재할 정신이 없이 살고 있는 것이다. 아무런 의식도 없이 맹목적으로 살기도 하고, 단순히 먹고 사는데 바빠서 자신이 어떤 존재인지도 조차도 모르고 정신없이 살기도 하고, 욕망과 야심으로 눈이 멀어서 의미 없이 세월을 보내기도 하고, 별로 중요한 가치도 없는데 가치 있는 일로 착각하여 덤벙대며 제정신을 잃고 살기도 한다.

내가 내 정신을 알아차리지 못하고 사는데 내가 어찌 행복할 수가 있으며 어느 누가 나를 존경하는 마음으로 바라보아 주겠는가? 그만큼 우리는 지금 정신을 잃은 채 살고 있다. 즉 뚜렷한 정신생활 없이 무작정 살고 있는 것이다.

정신없이 사는 인간의 모습은 어느 면에서 보면 동물이 사는 모습과도 흡사하다. 설령 정치활동, 경제활동, 문화 활동을 잘한다고 할지라도, 그 내면을 자세히 들여다보면 대부분이 동물의 모습을 크게 벗어나지 못하고 있는 것이다. 겉으로는 그럴듯하게 위장되어 있지만 정작 내면의 모습은 여전히 동물의 모습에 머물고 있는 것이다.

왜냐하면 일상적으로 이루어지는 모든 활동의 궁극적인 목적은 자기만 배부르게 먹고 살기 위한 것이고, 자기만 절대적인 권력을 누리고 싶어 하고, 잘난 체 과시하려 하기 때문이다. 그리고 그러한 목적을 이루기 위해 악과도 서슴없이 손을 맞잡으려 하기 때문이다.

이 모두가 자기중심, 자기집단 중심의 이기적인 편향성에서 오는 동물적 속성이다. 이러한 속성은 진정한 인간성이 아니다. 이런 동물적 삶이야말로 정신없이 사는 인간의 전형인 것이다.

동물에게는 우리 인간처럼 육신은 있으나 정신의 세계는 존재하지 않는다. 마찬가지로 동물의 속성만 발달되어 있는 사람에게는 정신생활이란 없는 것이다. 정신생활이 없으니까 아무렇게나 사는 것이다. 그와 같이 너나없이 아무렇게나 살다보면 그 사회는 필연적으로 인간사회가 아닌 동물사회가 되고 마는 것이다.

인간사회란 함께 잘 사는 사회를 말한다. 즉 공동운명체라는 깨달음으로 함께 잘 사는 사회인 것이다. 다른 사람이야 어찌되든, 자신이 소속된 국가·사회야 어떻게 되든 말든, 나만 돈 많이 갖고, 나만 모든 권력을 차지하고, 나만 떵떵거리고 잘 살면 된다는 생각이야말로 동물적인 생각이다. 이런 생각이 바로 사회적인 거악이 되는 것이다. 이런 생각의 결과로 말미암아 치유되기 어려운 사회적 병(病)의 근원이 되는 것이다. 병든 사회란 바로 이런 사람이 많은 사회를 두고 하는 말이다. 우리에게 과연 인간사회가 존재하는가? 우리 역사에서 진정한 인간사회를 이룬 적이 얼마나 있었던가? 인간이 인간사회에 살지를 못하고 동물사회에 산다면 이 얼마나 비참한 일인가? 이 모두가 인간이면서 동물처럼 산 결과가 아닌가? 이처럼 발달된 물질 문명사회에서 살고 있는 우리의 현재의 모습이 과연 얼마나 인간적인지를 이 대목에서 보다 깊이 성찰해 볼 필요가 있다.

또 하나, 쉽게 간과해서는 안 되는 문제가 우리는 정신의 본질을 잘못 알고 있는 경우가 많다는 것이다. 흔히 정신이란 두뇌 속에서 인간의 기본적인 생존을 위해 쓰이는 지혜나 지능 활동쯤으로 잘못 알고 있다. 이런 잘못된 인식이 우리의 고귀한 정신세계를 크게 폄하시키고 있는 것이다. 그러나 이러한 오해는 결코 인간의 정신생활을 바르게 설명하고 있는 것이 아니다.

아프리카 초원에서 모든 동물의 왕인 사자가 십여 마리씩 가족을 이루어 살고 있다. 수사자들은 가정과 영토와 새끼들을 보호하고 암사자들이 팀을 이루어 사냥을 나간다. 사냥의 대상은 힘이 약한 초식동물들이다. 이때 초원은 나무가 없고 주로 풀밭으로 이루어져 있기 때문에, 사자들은 초식동물에게 낮은 자세로 포복을 해서 소리 없이 접근해 간다. 그러나 아무리 기술적으로 접근해 간다고 해도 대개의 경우 목표 지점 50m쯤 가까이 접근해 가면 상대 동물들의 눈에 띄기 마련이라고 한다. 그만큼 초식동물들은 일반적으로 눈과 귀와 코의 감각기관이 아주 예민하기 때문이다.

그래서 사자들은 자기들의 모습이 이미 상대에게 노출된 사실을 알게 되면 그날의 사냥계획을 포기하고 집으로 되돌아간다. 그리고 얼마 후 집으로 되돌아간 사자들은 해가 질 무렵에 다시 그 장소에 나타나 풀숲에 숨어서 해가 완전히 질 때까지 기다린다. 이윽고 해가 지고 사방이 어두워지면 사자들은 그때서야 조용히 먹잇감을 포위한다. 포위작전이 끝나면 사자 한 마리가 자기 몸을 드러내 놓고 크게 소리를 지른다. 이때 사자의 가장 좋은 먹잇감의 대상이 되는 초식동물이 영양이다. 갑작스러운 사자의 울부짖음에 놀란 영양들이 급하게 도망을 치는데 모두가 본능적으로 소리가 난 반대 방향으로 달아난다. 그런데 그 반대 방향에는 미리 다른 사자들이 잠복하고 있다는 사실을 모르고 무작정 도망쳐 가는 것이다. 이렇게 해서 마침내 사자의 사냥은 성공하게 되는 것이다.

이때 영양 한 마리를 잡기 위해서 여러 마리의 사자들이 꾀를 내는 것이 사람과 무엇이 다른가? 사람보다 오히려 더 낫지 않은가? 알고 보면 우리가 사회에서 생존을 위해 경쟁하는 것이나, 사업을 벌이는 것이나, 사회활동을 위한 여러 가지 프로그램을 작성하는 것도, 이와 같은 동물의 사냥이나 별로 다를 것이 없다. 따라서 그와 같은 정신작용은 인간만의 진정한 정신생활이라고 할 수 없고, 단순한 동물들의 원초적인 지능 활동이나 크게 다를 바가 없는 것이다.

이 세상은 일반적으로 지능지수가 높고 힘이 강한 사람이 강자로 군림하고 있다. 이와 마찬가지로 동물세계에서도 머리 좋고 힘센 동물이 강자로 군림한다. 그러나 이와 같은 지능이나 힘은 인간에게서 하나의 도구에 불과한 것이지 인간성 자체는 아니다. 즉 인간의 절대적 조건은 될 수가 없는 것이다.

인간을 인간이게 하는 조건은 영원과 진리와 근본을 찾는 정신이다. 인간성은 이와 같은 정신 속에 있는 것이지 본능적인 지능 활동에 있는 것은 아니다. 그런 의미에서 인간성은 지능지수와는 관계가 없다. 다시 말하지만 인간과 동물을 구별 짓는 것은 진리, 영원, 근본을 찾는 참된 정신이 있느냐, 없느냐로 구별하는 것이다.

2. 영원을 찾는 정신이란 어떤 것인가?

일반적으로 지(知), 정(情), 의(意)를 총칭해서 정신이라고 한다. 종교에서는 정신을 주로 영혼이라고도 한다. 그러므로 정신이 없다는 것은 영혼이 없다는 것을 의미한다. 정신은 육신과 마찬가지로 복합적인 하나의 생명체이다. 그러므로 정신도 육신과 함께 활동하고 생활한다. 이것을 굳이 구분해서 말하면 곧 정신생활이 되는 것이다.

그러나 혹자는 지, 정, 의를 다르게 말하기도 한다. 지를 정신이라고 하고 정과 의를 마음이라고 구분하기도 한다. 지, 정, 의를 이와 같이 정신과 마음으로 구별하지 않는다면, 마음이라는 말에 정신이 포함되어 있고 정신이라는 말에 마음이 포함되어 있는 것이다. 정신이라는 말은 대체로 철학적 관념이 깔려 있고 마음이라는 말은 종교적 관념이 깔려 있다고도 할 수 있다. 그러므로 철학에서는 마음이라는 말을 거의 쓰지 않고 정신이라는 용어만 사용하며 종교에서는 그 반대이다.

일상적인 관념으로는 정신과 마음이 구별되는 것 같지만 실제로는 인간의 내면을 이루고 있는 '내면적 자아'의 두 구성요소라고 말할 수 있다. 그러므로 지, 정, 의를 정신과 마음으로 구별해서 생각할 줄도 알아야 되고, 하나로 생각할 줄도 알아야 된다. 육신을 이목구비와 오장육부와 사지로 구별해서 생각할 줄도 알고, 하나의 유기체로 생각할 줄도 알아야 되는 것과 마찬가지이다.

여기서 지(知)는 지성을 말한다. 지성은 인간의 정신을 이루고 있는 한 핵심적인 요소이다. 그리고 지성은 지식과 진리를 동시에 포함한다. 이 지성이 하는 주된 일이 바로 정신활동이고 정신생활이다. 단순히 먹고 살기 위해서가 아니고, 사람다운 사람이 되기 위해서, 올바른 인생길을 찾아가기 위해서, 나아가서는 무엇이 가치가 있고, 어떻게 행동하고, 생활하고, 말하는 것이 가치가 있는 것인가를 알기 위해서, 지식과 진리를 탐구하는 것이 지성적인 정신생활인 것이다.

이런 정신과 정신생활이 우리에게는 많이 부족하다. 그렇게 되면 인간이 나이를 먹어도 발전이 없고 보다 사람다워지지도 않는다. 그리고 무엇이 옳고 그른지를 제대로 판단하지 못하게 되다보니 동물처럼 죄의식마저도 없게 되는 것이다. 그러므로 지식과 진리를 동시에 추구하는 지성이 정신생활의 중심이 되어야 한다. 그래야 비로소 지성인으로서의 제대로 된 품성을 갖게 된다.

진리에 이르지 못한 지식은 지성의 일부분에 불과하다. 지식은 인간의 하수인일 뿐 그 자체만으로는 주인이 될 수는 없다. 지식과 진리가 함께 어울려져야 비로소 지성인으로서의 품격을 이루는 것이다.

옛 로마 제국은 지식인은 많았으나 지성인이 부족하여 결국 나라가 망했다. 그만큼 지성이 아닌 지식만 추구하는 것은 위험한 것이다. 오늘날의 학교공부 또한 거의 대부분이 지식 위주의 교육에 치우치다보니 올바른 정신교육이 이루어지지 못하고 있는 듯하다. 인생을 바르게 사는 인간을 만들지 못하고, 주로 자기이익만을 추구하는 이기적인 인간을 만들고 있기 때문이다. 불행하게도 바르게 사는 것이 바로 나뿐만 아니라 모두가 함께 잘 사는 세상을 만들 수 있다는 사실을 깨닫지 못하고 있는 것이다.

여기서 정(情)은 인간적인 정서를 뜻한다. 달리 말해서 감성이라고도 한다. 감성은 느끼고 바라는 감각기능이다. 감성도 엄연히 인간의 정신을 이루고 있는 한 요소이다. 좋고, 기쁘고, 아름답고, 사랑스러운 것을 느끼고, 추구하고, 바라고, 싫고, 슬프고, 추하고, 미운 것을 느끼고, 거부하는 정신적 기능이 감성인 것이다.

그러므로 이러한 정서적 감성을 이용하여 보다 인간의 정신생활을 발달시키기 위해서는 여러 가지 다양한 자연활동이나 미술, 음악, 무용 등의 예술 문화 활동이 필요할 것이다. 그런데 우리는 현실적으로 대부분이 이러한 정서활동을 등한시 하고 있다. 먹고 사는데 바쁘고 남과의 치열한 생존경쟁에 별로 도움이 안 된다는 이유로, 또는 세속적인 오락에 깊이 빠져들어 필요한 정서적 계발활동을 소홀히 하고 있는 것이다. 그래서 정서적 사회문화는 자꾸만 퇴행적이 되고 인정이 메마르게 되는 것이다. 그럴수록 우리는 인간의 감정적 정서 순화를 통해 보다 아름답고, 사랑이 넘치는 세상을 만들어 가기 위한 노력을 기울여야 한다.

인간의 감성은 사람을 한없이 아름답고 부드럽고 따뜻하게 한다. 그리고 세상을 인정 있게 하고 다정다감하게 한다. 만약에 인간사회에 감성이 발달되지 못했다면, 그만큼 사회는 인간다운 맛이 없고, 멋이 없고, 냉정해지게 될 것이다. 그러므로 세상에는 지성만 발달하고 감성은 빈약해져서는 안 된다. 지성과 감성 모두가 동시에 조화를 이룰 수 있어야 하는 것이다.

감성은 대부분이 본래부터 가지고 태어나지만 후천적인 노력으로도 어느 정도까지는 발달이 가능하다. 늘 아름다운 것만 보고, 배우고, 생활하다 보면 자연스럽게 발달하기도 하는 것이다. 화가 '밀레'(Millet, 1814-1875)는 저녁노을을 보고도 눈물을 흘릴 정도로 민감한 감성을 가지고 있었다고 한다. 이는 타고난 감성만이 아니고 후천적인 환경에 따라 변화된다는 것을 의미하는 것이다.

이에 반해서 항상 먹고 사는데 바쁘고, 일에 쫓기며 살고, 세상 풍파에 시달리고, 굶주림에 허덕이고, 화를 자주 내고, 짜증내는 일이 많으면 감성은 자연적으로 메말라 갈 수밖에 없다. 그렇게 되면 아무리 타고난 감성이 발달되어 있다고 해도 후천적으로 소멸되어 버리고 말 것이다. 그와 같이 선천적 감성을 잃으면 자연과의 감정적 교류를 상실해 버리기 때문이다. 여기서 의(意)는 의지를 뜻한다. 의지는 해야할 일은 하고, 해서는 안 될 일은 하지 않게 하는 의지적 기능이다. 이의지를 다른 말로는 도덕성이라고도 한다. 그러므로 윤리적 생활 역시도 정신생활이라고 할 수 있다.

도덕에는 여러 종류가 있다. 종교에 따라 시대에 따라 약간씩 차이가 있지만 불변하는 것도 있다. 기독교의 십계명, 불교의 십계율, 유교의 삼강오륜과 오상(五常), 그리고 일반적인 사회도덕에 해당하는 겸손, 우애, 정결, 온유, 근면, 소박, 관대, 용기 등이 그런 것이다. 그러므로 사람이 부도덕하다는 것은 곧 올바른 정신생활을 하지 않는다는 증거가 될 수 있다.

주어진 도덕을 지키려면 무엇보다도 의지가 굳어야 된다. 마음가짐이 강해야 된다는 말이다. 마음이 약하여 결단력이 없으면 도덕을 제대로 행할 수가 없기 때문이다. 의지가 약하면 부도덕한 일에서 쉽게 벗어나지를 못하고 자신을 변화시키거나 향상시켜 나가기가 어렵다. 이와 같이 도덕성은 마음의 결단력으로 지켜지기도 하고 성장하기도 하는 것이다. 따라서 결단력이 없으면 온전한 도덕도 없다. 부도덕하고, 바람직하지 않은 것을 단호히 끊지 않으면 그 사람은 정신없이 사는 것과 같은 것이다.

결론적으로 사람이 살아가는데 있어서 지(知)가 없으면 사물, 사실,

사리, 사태를 잘 판단하지 못하고 가야 할 바른 인생길을 찾을 수가 없다. 그리고 정(情)이 없으면 부드러움과 따뜻함과 아름다움을 잃게 되며, 의(意)가 없으면 도덕을 지키지 못하여 마땅히 가야 할 인간의 길을 잃게 된다.

이와 같이 지, 정, 의는 인간의 정신을 이루는 별개의 기능이면서도, 서로를 분리해서 생각할 수 없는 하나가 된다. 다시 말하면 정신은 아는 곳이고 마음은 행하는 곳이라고 할 수 있다. 알아도 행하지 않으면 소용이 없고 행하려 해도 알지 못하면 행하지 못하므로 정신과 마음은 단독으로는 자기 일을 하지 못한다. 그러므로 하나이면서 둘이요, 둘이면서 하나인 것이 정신과 마음의 관계인 것이다.

3. 구체적인 정신생활

첫째로, 정신생활이란 공부하는 생활을 말한다. 여기서 공부는 마음의 양식을 구하는 공부를 뜻한다. 그러니까 지성과 교양을 쌓기 위한 독서를 말하는 것이다. 인간으로 태어났으면 적어도 일생 동안 손에서 책을 놓지 말아야 된다. 매일 세끼 밥을 먹고 살듯이 항상 책을 읽으면서 살아야 된다. 왜냐하면 책을 통해 공부를 하지 않고서는 절대로 인생을 바르게 사는 방법을 알 수 없기 때문이다.

아무리 학교를 많이 다니고 최고의 학력을 갖고 있다고 하더라도, 진리의 인간이 되기 위한 책을 읽는데 소홀했다면 그는 결코 올바른 인간으로 살아갈 수 없을 것이다. 그렇지 않으면 그는 자신을 바르게 인식하지 못하고 교만하고 인간의 가치를 존중하지 못하는 무식을 면할 수 없을 것이기 때문이다.

그런고로 만약 일상생활 중에 책을 가까이 하지 못한다면, 그는 진정한 인간의 모습으로 살아가기를 포기해 버린 것이나 다름이 없다. 그러나 현대인들은 과학 · 기술 문명이 발달하여 책을 읽을 수 있는 좋은 환경을 갖추고 있음에도 불구하고 오히려 책을 멀리하는 비문화인이 되고 있는 듯 하여 안타깝다.

특히 교양서적은 읽기만 하고 그냥 끝내 버리면 안 된다. 읽으면서 감명 깊은 부분을 노트에 기록해 두거나 밑줄을 그어놓고, 틈틈이 반복해서 다시 보고 깊이 사색해 보아야 한다. 그리고 독서는 일생 동안 지속적으로 하지 않으면 안 된다. 어떤 목적을 두고 제한된 시간만 하고, 그만두어서는 안 된다는 말이다.

일반적으로 공부는 두 종류로 나누어 볼 수가 있다. 인생공부와 전공공부가 그것이다. 여기서는 그중에서 주로 인생공부에 대해 논해 보고자 한다. 인생공부는 바로 인간학에 관한 공부다. 인간학에는 일반석으로 문학, 예술, 역사, 철학, 종교 등 광범위한 분야의 학문이 포함된다. 이에 관련된 책을 다양하게 읽는 것은 정신생활의 기본적 단계이고, 거기에서 부터 불멸의 진리를 발견하고 깨닫게 되는 진지한 과정이 펼쳐지고, 그 다음 단계로서 자신의 인격화, 체질화 과정을 거치면서 비로소 우리의 정신에 피와 살로서 정착된다.

물론 독서뿐만이 아니라 TV와 같은 문화적 매체나, 음악 · 미술의 감상 또는 역사 · 문화 유적지 방문 등을 통해서도 교양의 수준을 얼마든지 높일 수도 있겠지만 아무래도 일상적으로 가장 접근이 쉬운 방식은 역시 책을 읽는 방법이 아닐까 생각해 본다.

이런 방식의 정신생활을 진리탐구 또는 구도(求道)라고 한다. 인간이란 본질적으로 구도자 생활을 지향해 나가도록 되어있다, 나시 발해서 누구나 참인간을 지향해 나간다는 뜻이다. 그런 뜻에서 구도를 위한 가장 편리한 방법이 곧 독서생활이 되는 것이다.

둘째로, 정신생활이란 자연을 관조하는 일이다. 온갖 세상적인 일을 잠시 떠나서, 먹고 사는 현실적인 일을 떠나서, 모든 세속적인 인연을 떠나서, 자연 속에 잠겨 들어가서 망연히 푸른 하늘을 바라보고, 흘러가는 구름을 바라보고, 이름 모를 풀과 나무와 곤충과 새들을 바라보고, 밤하늘의 달과 별을 바라보는 것이다. 그러면서 그들과 말없이 대화하고, 생각하고, 깨달으면서 자신도 모르게 성숙해가는 것이 자연과 함께하는 정신생활인 것이다.

셋째로, 정신생활이란 지적 대화를 하는 일이다. 부부간에도 일상적으로 지적 대화를 할 수 있어야 참 부부다. 단순히 한 가정을 이루어 함께 자고 먹는 생활을 한다고 해서 진정한 부부라고 할 수는 없는 것이다. 그러므로 훌륭한 가정은 지적 대화의 공간이어야 한다. 지적 대화가 없는 가정은 동물원의 '우리'라고 해도 지나친 말이 아니다. 그런데 우리가 일반적으로 하는 대화는 주로 어떤 내용의 대화가 주를 이루는가? 겨우 남의 흉이나 보고, 헐뜯기나 하고, 하찮은 삼류의 유치한 잡담을 주고받고, 돈 버는 이야기, 먹고 사는 이야기가 대부분이라면 과연 이런 가정에 행복이 꽃피워질 수 있겠는가?

하다못해 친구지간에도 지적 대화를 하지 못하면 참된 친구가 못된다. 참된 우정은 가치 있는 대화, 가치 있는 행동 속에서만 존재하기 때문이다. 함께 만나 마냥 술에 취해 쾌락을 나누면서 어울려 다니는 친구라면 이는 참다운 친구의 우정이라고 할 수는 없는 것이다. 그래서 참된 우정이란 흔치 않은 것이다. 참된 우정은 곧 사랑과 존경을 바탕으로 하는 것인데 어찌 그러한 우정이 흔할 수 있겠는가?

진리를 찾고, 진리와 대화하고, 자연 속에 들어앉아서 자연과 대화하고, 정신생활을 바르게 하는 이와 마주 앉아 지적 대화를 나누는 것이야말로 올바른 정신생활이다. 따라서 이런 생활을 하는 사람이 이 세상을 가장 행복하게 잘 살아가는 사람이다.

Ⅳ. 탈속(脫俗)

1. 탈속의 의미

이 세상에는 여러 종류의 가치가 있다. 가치라는 것은 인간이 고귀하게 여기는 것이다. 그런데 이 가치를 크게 둘로 나눌 수 있다. 천상적 가치와 지상적 가치이다. 천상적 가치는 하늘에서 정해 준 가치이고 지상적 가치는 세속적인 가치이다. 여기서 하늘은 궁극적 진리의 세계, 지극히 이상적인 세계를 말한다. 다시 말하면 지상천국도 되고, 에덴동산도 되고, 극락도 되고, 유토피아도 되는 것이다. 한편 여기서 말하는 세속적이란 말은 온갖 죄악이 판을 치고 있는 세상을 말한다. 그러므로 천상적 가치는 지극히 인간적이고, 고차원적이며, 절대적 가치이고, 지상적 가치는 대단히 동물적이고, 저차원적이며, 상대적 가치라고 할 수 있다.

천상적 가치는 판단의 기준이 진리 그 자체이지만 지상적 가치는 물질, 권력, 명예, 향락 등을 판단의 근거로 삼는다. 그러므로 지상적 가치를 우선으로 삼는 사람은 진리 그 자체에는 관심이 없고 오직 재산, 권력, 명예, 향락만을 그들의 최고의 가치로 여긴다.

그러나 참으로 이상적인 세계, 지극히 평화롭고 행복한 지상 천국에서는 오직 진리만을 최고의 가치로 생각한다. 왜냐하면 우리가 상상하는 천국에서는 애초부터 아예 물질과 권력, 명예, 향락 등의 저차원적 관념은 존재하지 않기 때문이다. 이러한 세상에서는 미움도, 다툼도, 부정부패도 없고 오직 평화와 행복만이 가득 채워져 있는 것이다.

진리는 본래가 하늘의 것이고 자연의 것이다. 재물이나 권력이나 명예처럼 사람에 의해 만들어진 가치가 아니다. 그래서 진리를 유교, 도교 문화권에서는 천도라고 하고 힌두교, 불교, 유대교, 기독교, 이슬람교 문화권에서는 하늘의 것으로 인식되어 왔다. 이 둘은 결국 같은 뜻과 말이다.

철학에서는 진리를 우주 자연의 법칙이고 힘이라고 한다. 이와 같이 진리는 하늘과 자연에 본래 있었던 것이다. 이 진리는 영원불멸이고, 불변이고 홀로 존재하는 것이다. 혼자서 스스로의 가치를 지니고 있는 것이다. 그래서 진리를 절대가치라고 한다. 이런 진리는 지상의 천국에 사는 이의 눈으로만 볼 수 있다. 아무나 볼 수 있는 존재가 아니다. 이러한 진리가 눈에 보이고 깨닫게 되면 비로소 세속적 가치는 눈에서 가려지게 된다.

인간이란 많은 진리추구와 수양의 과정을 거쳐야 비로소 세속적 가치를 떨쳐 버릴 수 있겠지만 마음 쓰기에 따라 얼마든지 가능해 질 수도 있다. 다시 말해서 꾸준히 자기를 성찰해 가면서 마음을 수양해 나가면 진리의 세계 곧 지상의 천국을 발견할 수도 있다는 것이다.

그렇게 되면 결국 내가 남으로부터 사랑을 받게 되고, 남을 사랑할 수 있는 경지에 이르게 되고, 나아가서는 풀 한 포기, 풀벌레 한 마리까지도 사랑스럽게 보이는 우주 자연의 신비를 맛볼 수 있게 되는 것이다. 그리고 이때부터는 주변의 값비싼 집이나 인테리어, 화려한 옷과 온갖 패물 등이 하찮게 여겨지는 것이다.

우리가 흔히 재산, 권력, 명예를 절대적 가치가 아닌 상대적 가치라고 하는 것은 그것들 속에서는 진리를 발견하기 어렵기 때문이다. 세상 사람들은 대부분이 그러한 것을 겉으로는 부러워하면서도 막상 속마음으로는 그 가치를 무시하거나 인정하고 싶어 하지 않는 것만 보아도 알 수 있는 일이다. 그래서 부, 권력, 명예 그 자체만으로는 가치가 없다고 하는 것이다. 이와 같이 진리와 상반된 가치를 상대적 가치라고 하는 것이다.

인류 역사 수천 년 동안을 살펴보더라도 진리로 세상이 바르게 되고, 사람이 사람다워지고, 행복하게 되는 것일 뿐 결코 물질이나 권력으로 인해 그렇게 된 경우는 없다. 탈속이란 바로 이와 같은 세속적 가치를 떠나는 것을 말한다. 즉 그것들을 올바른 가치로 인정하지 않게 되는 것을 말하는 것이다.

2. 탈속(脫俗)의 중요성

탈속해야 바른 사람이 된다. 탈속을 하지 못하면 제아무리 천재라고 해도, 학식이 뛰어나고 능력이 남보다 앞서 있다고 해도, 세속적인 죄악에 빠져들기 쉽고, 겨우 자기 자신이나 자기 집단의 이익만을 탐하는 소인배가 되기 십상이다. 더군다나 이러한 소인배가 국가정치에 참여하면 자신의 출세를 위한 간신배가 되고, 정상배가 되어 나라를 망치게 된다. 그리고 시상 바닥에 끼어들며 악덕상인, 투기꾼, 모리배, 사기꾼이 된다. 이런 사람은 가정 내에서도 폭력을 행사하는 악덕 가장이 되기도 한다.

이들은 수시로 변절을 밥 먹듯이 하여 사회적 갈등을 유발하고, 온갖 거짓된 말과 행동으로 불신을 조장하여 사회질서 혼란을 가중시킨다. 그래서 우리 사회에서 이런 사람들과 함께 살다보면 집단 스트레스 상태가 되어 모두가 불행해진다. 그러므로 우리 모두가 저마다 탈속의 인간으로 거듭날 수 있도록 인격을 수련하여 소인배가 되지 않도록 해야 한다.

인간이 탈속을 하지 못하면 비록 작은 일은 해낼 수 있을지 몰라도 큰일을 그르치게 된다. 왜냐하면 탈속을 하지 못하면 세상을 멀리 내다보지 못하고, 본질과 근본을 제대로 깨닫지 못하고, 생각이 짧아서 경박스럽고 자기이익에만 치우쳐서 일하기 때문이다. 그러므로 이런 사람이 국가나 공공단체의 지도자가 되면 괜히 예산만 낭비하고 하는 일마다 시행착오만 계속 되는 것이다.

예나 지금이나 기독교 하나만 놓고 보아도 기독교인을 자처하는 사람들조차도 기독교의 본질이 무엇인지를 잘 모른다. 그러기 때문에 거룩하고 고귀한 예수의 가르침이 제 갈 길을 잃고 허둥대고 있는 것이다.

영국의 '에이브버리'(Avebury)가 쓴 「The use of Life」라는 책에 이런 말이 있다. "교황청의 많은 종교 재판관들은 아주 유능한 사람들이고 그 성품이 친절하고 자비로운 데도 불구하고, 기독교의 본질을 전적으로 잘못 알고 있었다."는 것이다. 에이브버리는 1834년에 나서, 1913년에 세상을 떠난 영국의 고고학자이고 박물학자이며 유명한 저술가이다. 교황청의 종교 재판관은 고위성직자들로 구성된다. 그 고위성직자들 조차도 기독교의 본질을 잘못 알고 있었다는 것이다.

마찬가지로 지금 우리나라의 기독교에는 기독교의 본질을 제대로 알고 그 본질대로 신앙생활을 하는 이가 얼마나 될까? 다분히 물질과 감투에 얽매인 세속적인 교회와 신자라면, 설령 일생을 기독교인으로 살았다고 해도, 결코 기독교의 본질은 잘못 알고 있는 것이다. 그것은 때 묻은 속세로부터 탈속하지 못했기 때문이다.

　여기서는 편의상 기독교의 본질로부터의 타락을 예로 들었지만 그것은 비단 기독교에 국한된 것은 아니다. 인간의 속물화, 국가의 속물화도 마찬가지다. 진정한 인생이 무엇인지, 올바른 국가가 무엇인지도 제대로 모르고 살았던 것이다. 그런데 어떻게 바른 인생, 바른 국가가 될 수 있겠는가? 이 모두가 속물적인 가치관으로부터의 완전한 탈속이 이루어지지 못했기 때문에 나타나는 현상인 것이다.

　인간이 속세의 때를 벗지 못하면 내 주변의 모든 사람이 나를 우습게 여기고 인정해 주지 않는다. 비록 내 앞에서는 웃어주지만 뒤돌아서서는 깔보고 욕을 한다. 이것은 인간관계에서의 큰 불행이다.

　인류의 고귀한 정신은 모두 탈속의 경지에서 꽃이 피어 득도에서 열매를 맺은 것이다. 돈을 벌기 위한 목적으로 쓴 글은 썩은 돈 냄새가 나고, 돈으로 팔려나간 그림은 작품으로서의 가치를 잃는다. 마찬가지로 교육이 돈에 매수되어서는 안 되고, 신성한 종교가 돈의 노예가 되어서는 더욱 안 된다.

　기독교의 성자 '프랜시스'(Francis)는 돈을 '마귀의 밥'이라고 하여 일생 돈에 손을 대지 않고 살았다. 프랜시스는 영어 명칭이고 이탈리아 계통의 언어로는 '프란체스코'(Francisco)라고 하는데 성자 프랜시스는 1182년 9월 26일에 중부 이탈리아 '아시시'(Assisi)라는 도시에서 포목상의 아들로 태어나 1226년 10월 3일 토요일에 황혼의 44세로 운명하였다.

　1205년 23세 때에 세속을 떠나 예수의 종교에 귀의하여 동굴이나 폐허가 된 성당 또는 산속의 수도원에서 생활을 하다가, 1209년 27세 때부터 예수와 똑같은 모습으로 예수의 신리를 선하기 시작하였다. 검은 옷을 입고, 새끼로 허리를 두르고 맨발로 걸어 다니면서 예수의 진리를 전하였다. 나의 주님 예수가 맨발이었는데 내가 어떻게 신발을 신을 수 있느냐는 것이었다.

프랜시스는 1210년 봄에 수도원을 만들었다. 완벽한 탈속, 출가수
도로 짧은 기간에 예수의 깊고 깊은 진리를 터득한 것이다. 일생을 예
수처럼 완전한 무소유로 사신 성자의 일생이었다. 인도의 성자 '마하
트마 간디'(Mahatma Gandhi)는 "100년에 한번 씩만 프랜시스 같은 성인
이 태어난다면 인류의 구원은 저절로 보장될 것이다."라고 말하였다.

어리석은 오늘날의 기독교 신자들은 말로는 주여! 주여! 하면서 살
아도 프랜시스 같은 성자는 물론이고 주님이신 예수님의 참모습에는
막상 관심이 없다. 단순히 주님을 믿기만 하면 진실한 신자인가? 그
렇다면 탈속하지 못한 속물도 신자라고 할 수 있는가? 단연코 속물은
신자가 아니다. 아니 신자가 될 수 있는 자격조차도 없다. 물질과 감
투에 허기져 있다면 그는 절대로 올바른 신자가 될 수 없다. 그 허기
진 뱃속에는 속물의 근성만 가득 채워진 사탄이기 때문이다.

3. 속물의 심성과 행실

(1) 세속적 가치만 추구하는 자가 소인배다

소인배는 세속적 가치만 추구한다. 물질과 감투에 허기져 있다. 오
직 이 가치에만 몰두하고 다른 모든 일은 목적을 이루기 위한 수단이
될 뿐이다. 교육자를 예로 든다면 학생을 바르게 가르치는 일이나 진
리탐구 또는 자기수양이나 자기발전에는 관심이 없고 단지 월급봉투,
촌지, 승진에만 마음을 둔다면 이는 교육의 사명을 다하기 위한 목적
보다는 세속적인 가치에 매몰되어 있는 소인배에 불과한 것이다.

어떤 사람이 가치의 기준을 어디에 두고 있는지는 주변 사람들의
눈에는 금방 드러나기 마련이다. 아무리 숨기고 가장을 해도 그에게

서는 자신도 깨닫지 못하는 구린내가 풍겨 나오기 때문이다.

그보다 더 큰 문제는 그렇다고 해서 자신이 원하는 세속적인 욕망을 다 채울 수도 없다는 점이다. 많은 사람들이 그처럼 부도덕한 욕망을 견제하고, 비난하고, 방해하기 때문이다. 그러므로 결과적으로 자신의 체면을 크게 구기고, 공동체 내에서 그에 대한 인격의 신뢰를 잃게 됨으로써 절망의 늪에 빠지게 되는 경우들이 허다한 것이다.

설령 소인배적인 잔꾀를 부려 자신의 탐욕이 일시적으로 성취된다고 하더라도 언젠가는 그의 본색이 드러나서 애써 얻은 결과물을 한꺼번에 모두 잃게 되는 것이다. 그리고 두고두고 타인의 눈총을 받으며 살아가게 되는 것이다. 이 얼마나 불행한 일인가?

이렇듯이 잠시 허상의 감투를 쓰고, 권력을 누리고, 물질의 부를 이루는 것은 마치 원숭이가 다이아몬드 반지를 끼고 주변 동료들에게 사랑하는 것만큼이나 어리석고 허망한 일이다.

따라서 인류 역사상에 있어 왔던 모든 감투의 쟁탈전은 소인배들의 잘못된 행실에 불과하였다. 원래 감투란 공동체 사회 내에서 보다 효과적인 일의 편의를 위한 직책일 뿐 아무것도 아니다. 그런데 많은 사람들은 감투를 인간의 가치를 결정하는 계급으로 잘못 인식하여 서로 더 높은 감투를 얻기 위해 치열하게 싸워 온 것이다. 이 얼마나 치졸하고 무의미한 소인배들의 투쟁이라는 말인가?

(2) 과시하고 허세부리는 자는 속물에 불과하다

소인배는 자기를 과시하고, 허세 부리기를 좋아한다. 호화찬란하게 잘 꾸며 놓고, 남에게 보이기를 좋아한다. 그러나 진리는 자신을 과상하여 드러내지 않는다.

진리를 그리스어로 '알레테이아'(Aletheia)라고 하는데 그것은 '은폐되어 있는 것'이라는 뜻이다. 진리란 언제나 자기를 숨기고 다른 것으로 가리고 있다는 것이다. 그래서 진리는 눈에 잘 띄지 않고, 알아보기가 어렵고, 여러 차례 반복해서 보아도 잘 모르는 것이다. 진리는 진리를 깨우친 사람의 눈에만 보이도록 자기를 감추는 것이다. 그러므로 자기 자신을 사실 이상으로 과장해서 드러내면 그것은 결코 진리가 아니고 가짜이고 소인배인 것이다.

　유교 경전의 하나인 「중용」에서는 〔君子之道는 費而隱〕이라고 하였다. 여기서 군자는 소인배의 반대 개념이다. 탈속을 해서 진리를 깨우친 사람이다. 그 군자가 가지고 행하는 진리가 바로 도(道)이다. 費(비)는 '크다'는 뜻이고 은(隱)은 '숨어 있다'는 뜻이다. 그러므로 진리란 곧 '큰 곳에 숨어있다.'는 뜻이다. 또 노자의 「도덕경」에는 "진리는 그 밝은 빛을 감추고 세상 티끌과 섞인다."고 하였고[道, 和其光 同其塵], 또 성인은 빛이지만 빛이 나지 않는다고 하였다[聖人, 光而不耀]. 예수도 마찬가지다. 당신을 드러내지 말라고 그분을 따르는 모든 이들에게 신신당부를 하였고, 오른손이 돕는 것을 왼손이 모르게 하라고 하였고, 기도를 할 때도 골방에서 남몰래 하라고 하셨다.
　이와 같이 이 점에서는 고대 그리스의 가르침이나, 노자나 유교의 가르침이나, 예수의 가르침이 서로 동일하다. 드러내고, 과시하고, 자랑하고, 허세부리는 것은 다 소인배들의 못난 심성이고 행실이라는 것이다.
　진리를 올바르게 깨우친 사람들은 결코 자신이 소유하고 있는 것을 자랑하거나 드러내지 않는다. 가지고 있는 진리나 지식도 드러내지 않을 뿐만 아니라, 자기가 행한 선행마저도 함부로 드러내지 않는다. 그러나 이에 비해서 소인배는 수시로 자기를 과장해서 드러내 보이고 싶어 한다. 심지어는 없는 사실까지도 허위로 꾸며댄다. 우리 주변에도 허울뿐인 명문학교 졸업장이 얼마나 판을 치고 있는가? 어디 그

뿐인가? 동창회, 계모임, 무슨, 무슨 모임에 가보면 온통 자기 자랑과 자기과시의 전시장이 되고 있는 것이다. 이 모든 것이 실제로는 남들의 속마음으로는 멸시받는 피곤한 허세일 뿐이라는 것을 언제나 깨닫고 제정신, 제 모습으로 되돌아 올 것인가?

(3) 소인배일수록 남을 시기하고, 중상모략하기를 좋아한다.

진리를 가진 자는 자기보다 나은 이를 보면 진심으로 기뻐하고, 좀 더 가까이 다가가서 더 많은 것을 배우고자 한다. 그러나 소인배들은 자기보다 나은 이를 보면 시기심이 발동하고, 배타적 감정을 드러내고, 몹시 불편해 한다. 그래서 자기보다 나은 점을 애써 무시하고 인정해 주려 하지 않는다. 그리고 스스로 열등의식에 빠져 남을 시기하고, 음해하고, 중상모략하고, 기회만 있으면 구렁텅이로 빠트리려고 한다. 이런 행동은 모두 소인배들이 저지르는 공통적인 행실이다. 그들은 결국 그러한 행실로 인해 자기 스스로 천벌을 자초하게 된다.

중국 전국시대 초(楚)나라에 굴원(屈原)이라는 뛰어난 인물이 있었다. 그는 청렴하고, 의롭고, 학식과 문장에 탁월한 능력을 갖추고 있어서 초나라 왕 회왕(懷王)을 가까이서 모시고 나라를 훌륭하게 잘 다스렸다. 그래서 이때만 해도 초나라는 아주 강국이었다. 서쪽의 진나라(秦), 동쪽의 제나라(齊), 남쪽의 초나라가 서로 중국을 통일하려고 다툴 정도로 강국이었던 것이다.

그 무렵 왕의 사랑을 받으며 정치를 잘하는 그의 뛰어난 능력을 시기하는 소인배가 있었다. 그는 상관대부(上官大夫)인 근상(靳尙)이라는 사람이었다. 이 소인배가 회왕에게 시시때때로 굴원을 헐뜯으면서 중상모략을 계속하였다. 굴원이 임금을 업신여기고 초나라의 국내법을 자신이 유리한 대로 만들어 정치를 좌지우지하려고 한다는 등 온갖 누명을 씌우며 왕에게 모함한 것이다. 왕은 이에 대해 크게 분노하면서 굴원을 궐 밖으로 추방 명령을 내렸다. 회왕은 이처럼 충신과 간신을 구별하지 못할 정도로 어리석었던 것이다.

굴원이 나라에서 추방되고 얼마 되지 않아 서쪽의 강국 진나라가 초나라에 쳐들어왔다. 그때 초나라에는 추방된 굴원만큼 유능한 인물이 없고 모두가 간특하고 어리석은 소인배들뿐이었다. 그래서 결국 초나라는 이 전쟁에서 진나라에게 크게 패하고 말았다. 초나라의 군사 8만이 목을 베였고 총사령관은 포로가 되어 잡혀갔으며 많은 영토를 빼앗기는 비참한 패배였다.

세월이 지난 다음에 진나라 왕이 초나라 회왕을 자기 나라로 초청하였다. 화친을 하자고 초청한 것이었다. 그런데 실제로는 거짓 화친이었다. 초나라 왕은 이것도 모르고 소인배의 말만 믿고 진나라고 갔다가 곧바로 체포되어 억류당해 있다가 결국 다시 되돌아오지 못하고 적국인 진나라에서 죽고 말았다.

초나라 회왕이 비참하게 객사하자 큰아들이 왕이 되었다. 때는 서기 전 299년이고 왕의 이름은 경양왕이다. 이 때 쫓겨나갔던 굴원이 다시 돌아와서 임금을 보좌하여 나라를 다스리게 되었으나 간신배들에 의해서 또다시 멀리로 귀양을 가게 되었다.

서기 전 277년, 경양왕 20년에 서쪽의 강국 진나라가 대군을 몰고 재차 또 쳐들어왔다. 초나라의 운명은 또다시 풍전등화에 처하게 되었다. 굴원은 나라의 운명이 이 지경에 이른 데 대해 비통한 마음을 가누지 못하고 66세의 나이로 멱라수(汨羅水)에 몸을 던져 스스로 목숨을 끊었다. 멱라수는 오늘의 동정호이다.

굴원이 죽은 이듬해에 초나라의 수도가 진나라에 함락되고야 말았다. 그 후 초나라의 왕실은 전쟁을 피하여 나라를 버려둔 채 피난을 갔다가 얼마 되지 않아 끝내 진나라에게 완전히 멸망하고 말았다. 이처럼 나라의 멸망을 초래한 자가 누가인가? 그들이 바로 나라의 운명보다는 자신의 출세와 향락만을 추구하였던 소인배들이 아니겠는가? 임금이 소인배의 말만 믿고 나라를 잘못 다스리면 나라는 반드시 망하고야 만다. 소인배들에 둘러싸여 있는 임금 역시 소인배가 되기 때문이다.

「서경」(書經)에 보면 이런 말이 있다. "오직 어진 이를 보배로 삼아야 백성들이 편안하게 산다."[所寶唯賢 則邇人安]. 여기서 나라의 보배는 탈속의 경지에 이른 의롭고 현명한 인물을 말하는 것이다. 그런데 임금이 소인배의 인격에 불과하면 나라에 이로움을 주는 인물은 멀리하고 해를 끼치는 간신배를 가까이 하여 나라를 망하게 하는 것이다. 그러면 백성은 그로인해 엄청난 고통을 받게 되는 것이다.

소인배의 행실이나 심성의 특징은 하나같이 교활하고, 간사하고, 비굴하고, 표리부동하여 잎에서는 웃고 뒤에서는 욕하며, 강자에는 약하고 약자에게는 강하다. 그뿐만 아니라 외화내빈 하여 실속은 없으면서 허풍떨기를 좋아하며, 패거리 지어 다니며 부화뇌동하고, 매사에 부정적인 인식이 강하여 남과 화목하게 지내지를 못한다.

논어」(論語)에도 소인장척척(小人長戚戚)이라는 말이 그것을 나타낸다. 소인배는 언제나 마음이 편한 날이 없다는 뜻이다. 항상 누군가 나에게 해를 가해 올까봐 두렵고, 마음이 무거우며, 어느 자리에서나 당당하지를 못하다. 그럴수록 그들은 그의 내심을 감추기 위해 속으로는 주눅이 들어 지내면서도 겉으로는 웃고 활개 치는 모습을 보인다. 그러므로 소인배는 우리 사회의 숨겨진 악이다. 보다 밝은 사회 공동체를 지향해 나가기 위해 우리는 항상 이들을 경계하고 멀리하여야 한다

(4) 소인배의 마음속에는 항상 '야심'(野心)이 도사리고 있다

야심은 원래는 늑대의 마음을 가리키는 말이었다. 지금은 사람이

늘대의 한 종족인 개와 가족처럼 동거하고 있지만, 원래 늘대는 들과 산을 생활 근거지로 삼고 있었던 것이다. 이때 늘대의 마음을 야심이라고 하는 것이다. 즉 자기 마음이 현재에 있지 않고 먼 곳에 가 있는 것을 야심이라고 일컫게 된 것이다.

여기에서 원래의 뜻을 더 발전시켜서 딴 마음, 두 마음, 자기 분수나 능력에 맞지 않는 지위를 탐하는 욕심을 야심이라고 하게 된 것이다. 다시 말해서 오직 권력과 욕망을 가치로 여기고 눈이 멀어 있는 것이 야심인 것이다. 이런 불결한 야심을 마치 대장부다운 기개나 포부 곧 대망으로 미화하고 위장해서, 그 더러운 욕망을 감추고 혹세무민하는 소인배들이 우리 주변에는 너무나 많다. 우리는 이처럼 부도덕하고 사사로운 욕망에 사로잡혀 있는 소인배들에 의해 우리 공동체 사회에서는 얼마나 그 폐해가 심각한지를 분명히 따져보아야 한다.

우리나라 역사에서는 개인의 야심 때문에 나라 전체에 피바람을 일으킨 악덕 군주의 한 사람으로 얼른 떠오르는 사람이 바로 수양대군이다. 수양대군은 자신의 야욕을 성취하기 위해서 한 나라의 존엄한 왕관을 강탈하였다. 이처럼 무엄한 행위는 현대법으로는 극악한 살인 강도 행위에 준하는 엄벌에 처해야 할 일이다.

이때 나라의 왕관을 강탈하기 위해 저지른 죄악은 그가 왕좌에 있으면서 세웠던 그 어떤 공로로도 갚을 길이 없다. 이는 인간의 탈을 쓴 야수의 행위나 다름이 없기 때문이다. 그러한 소인배들에 의한 역사적 범죄는 현대사에 이르러서도 군사 쿠데타나 독재정권에 주도적으로 가담한 자들 전체에게도 적용되어야 할 엄중한 사안이다. 순수한 양민을 대상으로 강압정치, 공포정치를 감행하여 숭고한 민주주의 정신을 폐허로 만들었기 때문이다. 그러므로 이들에게는 반드시 역사적 단죄를 내려야 마땅하다.

역사적인 교훈으로 길이 남겨져야 할 극악무도한 수양대군의 왕관 강탈 행위에 대해 당시의 그 살벌함을 더 실감 있게 전개해 보고자 한다.

1450년에 성군(聖君)이신 세종대왕이 세상을 떠나시고, 뒤를 이은 세종의 장자 문종이 2년 만인 1452년에 세상을 떠나자, 문종의 장자인 단종이 그해에 12세의 어린 나이로 왕위에 올랐다.

그 이듬해 1453년에 단종의 숙부인 수양대군이 왕위를 빼앗으려는 야심을 품고 힘센 장사들을 전국에서 끌어 모으기 시작하였다. 드디어 그해 10월에 수양대군이 장사들을 이끌고 우의정 김종서 장군의 집에 밤에 몰래 들어가 장군을 살해하였다. 이때 장군의 나이 48세. 김종서는 위대한 장군으로서 당시 조정에서 수양대군이 가장 두려워하는 인물이었다. 수양대군이 김종서 장군을 죽이고 난 뒤에 옷에 피가 묻어있는 상태로 살기등등하여 대궐에 난입하여 어린 단종 앞에 서니, 단종은 삼촌인 수양대군이 자기를 죽이려 한다는 생각으로 부들부들 떨면서 "숙부! 제발 나를 살려 주시오."하고 애원하였다. 이때 단종의 나이 13살이었고 수양대군의 나이는 36세였다.

김종서를 죽인 이튿날 영의정 황보인, 이조판서 조극관을 대궐 문 앞에서 잡아 죽이고, 좌의정 정본을 귀양 보낸 후 죽였으며 그들의 가족들까지도 모두 다 멸족하였다. 그리고 수양대군은 영의정, 이조판서, 병조판서, 병마도통사직을 독차지 하였다. 일거에 일인천하를 이룬 것이다. 곧이어 1455년 단종은 왕위를 수양대군에게 넘겨주고 말았다. 이가 바로 세조다. 당시 단종의 나이는 15세였다.

이때 예방승지 성삼문이 임금의 인장인 국새를 끌어안고 대성통곡을 하며 몸부림하였다. 이때 성삼문이 나이 37세, 세조의 나이 38세였다. 성삼문은 끝까지 죽음을 무릅쓰고 불의에 저항한 것이다. 이러한 원한의 울음이 그 이후 단종 복위운동으로 이어졌다.

수양대군이 왕위에 오른 그 이듬해 1456년에 드디어 사육신 사건이 일어났다. 사육신의 의거 때문에 세종께서 그렇게도 아끼시던 성삼문 등 유능한 인물들이 떼죽음을 당하게 되었고 그분들의 가족들마저 다 죽음을 당하게 되었다. 수양대군은 그 후에도 살인마의 직성이 다 풀리지 않았는지 자기의 친동생인 안평대군과 금성대군마저 다 죽여 없애 버렸다. 그리고 단종은 평민으로 강등시켜 1457년에 강원도 영월로 귀양 보냈으나 끝내 후사가 두려운 나머지 그해 12월 24일에 죽이고야 말았다. 그때 단종의 나이는 17세이었다. 소인배이었던 수양대군 한 사람의 야심으로 인해 나라의 충신들이 떼죽음을 당하여 강산이 피로 물들었던 것이다.

이런 비극적인 사실을 보더라도 하늘 맑고, 산 좋고, 물 좋으며, 인심 좋은 우리나라에서 인물이 메말라 있었던 것은 바로 이러한 소인배들의 폭력적 지배에 원인이 있었던 것 아니겠는가?

끝으로 단종이 영월로 귀양을 가서 열일곱 어린 나이로 혼자 지내면서 지었다는 시 한편을 여기에 옮겨보고자 한다.

一自寃禽出帝宮
孤身隻影碧山中
聲斷曉岑殘月白
血流春谷落花紅
假眠夜夜眠無假
窮恨年年恨不窮
天聾尙未聞哀訴
胡乃愁人耳獨聰

한번 대궐을 떠난 원한의 새가 되니,
외로운 몸, 짝 없는 그림자로 푸른 산속에 있도다.

달 밝은 새벽 산마루에 그 원한의 새 울음소리 메아리치니,

울면서 쏟아내는 붉은 피가 떨어진 꽃잎을 붉게 물들이는 도다.

밤이면 밤마다 잠을 자려 해도, 잠을 이룰 수가 없고,

날이면 날마다 한을 없애려 해도, 한은 다함이 없도다.

하늘은 귀가 먹어 나의 눈물 젖은 하소연을 듣지도 못하면서,

어찌하여 한이 많은 나의 귀만 홀로 밝게 하였는고?

(필자 번역)

(5) 탈속하지 못한 피해가 얼마나 큰가를 알아야 된다

속물의 근성을 벗어나지 못한 소인배들에 의한 폐해가 비단 정치의 세계에만 있는 것이 아니다. 종교, 사회, 교육, 문화 등 인류사회 전반에 걸쳐 광범위하게 그 폐해가 미치고 있는 것이다. 그러므로 우리 인간은 저마다 하루 속히 탈속의 도덕률을 회복하는 것이 온 세상을 맑고 환한 세상으로 바꾸어 나갈 수 있는 출발점이 되는 것이다.

여기서 한 가지 꼭 집고 넘어가야 하는 중요한 명제 중의 하나가 못 배우고 가난하다고 하여 탈속하지 못하는 소인배가 되는 것은 아니라는 것이다. 이들은 오히려 순수하고 순박하여 이미 탈속의 경지에 먼저 도달해 있는지도 모른다.

일반적으로 소인배는 비록 남보다 더 많이 배웠으면서도 무능하고 교만한 자들 가운데서 많이 나타난다. 그리고 이런 자들은 대부분 그 속물적 근성이 쉽게 벗겨지지 않는다. 그러므로 이런 잘못된 타성에 갇혀 지내는 사람들은 항상 스스로 경계해야 되고 같은 공동체 내에서도 가까이 해서는 안 된다. 그래야만 그 공동체의 발전과 평화가 있다. 이들이 함께 있는 한 그 어떤 사회의 발전도 평화도 보장되지 않는다. 더 나아가서는 이런 부류의 인간들이 분별없이 활개 치지 못하도록 하는 법적, 제도적 규제가 꼭 필요하다. 그래야 나도 편안하고 공동체 또한 함께 발전해 나갈 수 있다.

V. 문화인(文化人)

1. 문화의 일반적 의미

문화란 가치를 창조하는 일과 이미 창조된 가치를 말한다. 그러므로 문화란 인간이 발견하고, 만들어내고, 발전시킨 가치들을 통틀어 하는 말이다. 그러므로 자연 그대로인 것을 문화라고 할 수는 없다.

문화적 가치는 크게 두 가지로 나눌 수 있다. 수단으로서의 가치와 목적으로서의 가치이다. 이때 수단으로서의 가치를 상대가치라고 하고, 목적으로서의 가치를 절대가치라고 한다. 수단으로서의 가치는 살아가는 데는 꼭 필요한 것들이지만, 그 자체만으로는 사람을 사람답게 하는 인간적 가치와는 별개이고, 목적으로서의 가치는 살아가는 데 필요하면서도 동시에 사람을 사람답게 만들어 나가는 창조적 과정이다. 여기서 후자를 영원한 진리라고 한다면, 전자는 주로 사람의 생활 편의를 위해 만들고 발견해낸 이 세상의 모든 것들을 말한다.

그러므로 문화적 가치는 정신적인 가치와 물질적인 가치 곧 무형의 가치와 유형의 가치를 구별하지 않고 통틀어서 말한다. 다시 말하면 정신적인 것이든, 물질적인 것이든 모두 다 문화의 영역에 포함되는 것이다.

우리가 쓰고 있는 문화라는 말은 영어의 '컬춰'(Culture)에 해당하는 말이고 컬춰는 고대 로마제국의 말인 라틴어의 '꿀뚜라'(Cultura)에서 생겨난 말이다. 꿀뚜라의 뜻은 종교의식과 밭을 갈고 씨를 뿌리고 수확하는 일을 통틀어 일컫는 말이다.

여기서 종교의식은 정신적인 것이고 나머지는 물질적인 것이다. 이것을 보아서도 원래부터 문화는 정신적인 것과 물질적인 것을 구별하지 않았다. 그러나 후대에 와서는 따로 구별하기 시작하였다. 정신적인 것을 문화라 하고 물질적인 것을 문명이라고 하게 된 것이다. 그러나 현재도 이것을 분명하게 구별 짓지 않고 같은 뜻으로 사용하기도 한다.

일반적으로 성신적인 것을 문화라고 할 때 문화의 의미는 정신적 가치를 창조하는 일과 그 결과 창조된 정신적 가치를 말하는 것이다. 창조된 정신적 가치는 또 다시 전문적인 학문과 작품 그리고 실천적 행동과 생활이라는 형태로 존재하게 된다. 다시 말하면 창조된 정신적 가치는 학문과 작품 자체이고 수양이 된 인간의 행동과 생활 자체인 것이다. 학문은 단편적인 지식이 아니고 체계화된 지식이며 작품은 문학과 예술작품을 말하고 인간의 행동과 생활은 배우고 닦은 바람직한 행동과 생활을 두고 말하는 것이다. 그러므로 문화 활동이란 학문을 연구하고, 작품을 만들고, 마음과 행동을 갈고 닦는 일을 모두 포함한다.

문화에 소속된 학문은 다시 인문과학과 사회과학으로 나눌 수 있다. 인문과학은 주로 인간의 내면 곧 인간의 정신에 관한 것이고, 사회과학은 주로 인간이 사는 사회에 관한 것이다. 이런 정신적 가치들은 고대로부터 면면히 전해져 내려오면서 역사적으로 누적되어 거대한 오늘날의 유산으로 존재하고 있다. 이것을 문화유산 또는 간단히 줄여서 문화라고도 한다.

인간에게서 참된 재산은 바로 이런 문화유산이다. 동물에게는 일정한 문화가 없다. 따라서 문화가 없는 인간세계는 성숙된 인간의 세계로 볼 수 없는 것이다.

2. 인간과 문화의 관계

문화란 인간이 지녀야 할 가치가 어떤 것들인가를 말하고 있다. 다시 말하면 인간을 인간이게 하고 인간답게 하며 인간 대접을 받도록 하는 가치가 어떤 것인가를 말하고 있는 것이다. 그러므로 문화에서 말하는 가치를 알지 못한다면, 우리가 세상을 살아가는데 무엇이 진정으로 가치 있는 것인지를 알 수도 없고, 가치 있는 사람으로 살아갈 수도 없다. 인간은 문화라는 가치를 올바르게 소유해야 비로소 어른으로서의 인간이 된다. 단순히 부를 누리고 산다고 해서 인간이 되는 것은 아니다.

그러므로 인간으로 가치 있게 살기 위해서 절대적으로 필요한 것이 문화를 배우고 학습하는 것이다. 문화 속에 포함되어 있는 인간을 보다 가치 있게 하는 것들을 공부해야 한다. 사람은 이런 학습이 있어야 진정한 사람이 되고, 학습이 있어야 성장하고 행복이 있는 것이다. 이런 학습의 과정이 없으면 자기 권리를 침해당하거나 이용당하기 쉽고 누리고 있는 행복마저도 잃어버릴 수 있다. 또한 사회생활에서도 힘 없는 약자로 몰려 부당한 대우를 받을 수도 있다.

이런 일은 국제사회에서도 동일하다. 문화국민, 문화국가가 아니면 국제사회에서도 늘 멸시받고 무시당하며 살게 된다. 국민의 전반적인 문화 수준이 높아야 선진국이 되고, 그래서 온 세계가 감탄하는 정신적 가치를 선도해 나가야만 존경받는 국가가 되는 것이다. 경제적으로 부유하다고 해서 무조건 선진국이 되는 것은 아니다. 국제사회에서도 물질적인 부의 축적만으로는 존경받을 수 없는 것이다.

그런고로 문화에 대한 지속적인 학습과 문화 창조는 나를 가치 있게 하고, 나를 행복하게 하는데 절대적으로 필요한 일이다. 그런데도 사람들 대부분이 이런 공부는 소홀히 하면서도 남들에게 정중한 대접을 받고 지극한 사랑을 받기를 원한다. 또한 행복하게 살기를 원한다.

그러나 이런 공부를 하지 않으면 정중한 대접과 사랑과 행복을 포기한 것이나 다름이 없다는 것을 알아야 한다. 내가 공부하지 않으면 모든 사람이 나를 가볍게 여기고 함부로 대한다. 내가 가진 순수와 진실마저도 쉽게 인정해 주려 하지 않는다. 내가 가진 재산도 비웃고, 내가 가진 직업까지도 깔본다. 이렇게 되면 나의 행복도 결국 깨트려진다. 나를 가치 있게 하는 공부 즉 문화에 대한 학습은 그래서 중요하다.

부모는 자녀들에게 존경받을 수 있을 만큼 공부해야 되고, 아내는 남편에게 무시 받지 않을 만큼 공부해야 한다. 부모가 공부를 하지 않으면 자녀들이 이를 가볍게 여기고 불효를 행한다. 아내가 공부하지 않으면 남편이 아내를 존중해 주지 않는다. 오늘의 큰 사회문제 중 하나가 바로 이와 같은 원인으로 인해 자식이 부모님을 업신여기고, 남편이 아내를 함부로 대하는 것이다. 그러나 그러한 대접을 받는 것은 알고 보면 스스로 자초한 것이지 그 누구의 잘못도 아니다.

내가 상대방을 사랑한다고 해서 무작정 상대방으로부터 내가 사랑을 받는 것은 아니다. 나의 노력으로 획득한 가치만큼 사랑받게 되는 것이다. 우리 민족의 부모님의 자식에 대한 사랑, 아내의 남편과 가정에 대한 헌신은 서양의 문화적 전통에서는 찾아보기 어렵다. 그런데도 그처럼 고귀한 사랑과 헌신이 제대로 인정을 받지 못하는 것은 내 스스로의 가치 때문이다. 그러므로 나의 조그마한 사랑도 감사해 할 수 있도록 공부해서 나의 가치를 높여야 한다.

오늘날 학교에서 하는 공부는 크게 중요하지 않다. 자신의 가치를 높이는 공부가 아니기 때문이다. 오늘의 학교는 다분히 지식 전달 위주의 교육으로 이루어진다. 학원의 교육은 더욱 심하다. 아무리 인간의 속성 자체가 겉 다르고 속 다른 것이라지만 오늘의 학교교육이야말로 겉과 속이 너무 다르다. 물론 가르치는 선생님에 따라서, 배우는 학생의 자세에 따라서 약간의 차이가 있겠지만 일반적으로는 그렇다는 말이다.

학교공부는 실제로는 공부의 시작에 불과하다. 미국에서는 대학 졸업식을 '컴멘스먼트'(Commencement)라고 한다. 그 본래의 뜻은 '시작한다'라는 말이다. 그러므로 대학을 졸업하였다고 해서 그로서 공부를 끝내 버린다면, 그 공부는 시작만 하고 도중에 중단한 것과 다름이 없다.

우리 주변에서 많은 사람들이 최고 학부인 대학을 졸업했다고 해서 그 이후로는 책과 담을 쌓고 사는 이들을 보면 너무나 안타깝다.

사실상 대학에서 한 학기 공부하는 시간은 과목당 40시간도 채 안 된다. 40여 시간에 어떻게 한 과목을 완전히 이수할 수 있겠는가? 혼자서라도 더 많은 공부를 하지 않는다면 결코 공부를 다 했다고 말하기는 어렵다. 그리고 공부는 정해진 어느 일정 기간에만 집중적으로 다 할 수 있는 것도 아니다. 왜냐하면 새로운 학문지식이 계속 쏟아져 나오기 때문이다. 그러므로 공부는 일생 동안 계속해야 한다. 이는 전공이나 교양과목 모두에 해당되는 일이다.

사람마다 제각기 얼굴이 다 다르듯이 가정환경 또한 다 다르다. 어떤 경우에는 자신이 처한 가정환경으로 보아 도저히 대학에까지 진학할 수 없는 사정이 될 수도 있을 것이다. 그렇다고 해서 사회적 신분

상승이나 인간답게 살기 위한 공부를 그만두어도 좋은 것은 절대로 아니다. 공부란 반드시 남의 도움을 필요로 하는 것은 아니기 때문이다. 현대사회에서는 자기 마음먹기에 따라서 자신의 의지만으로도 얼마든지 혼자서 공부를 계속할 수 있는 문화적 환경이 갖추어져 있기 때문이다. 그러므로 불우한 가정환경을 이유로, 하고 싶은 공부를 하지 못했다고 한다면 이는 한낱 부질없는 핑계에 불과한 것이다.

그리고 무엇보다도 현대사회는 형식적인 학벌의 사회가 아니라 실질적인 인격과 실력의 사회로 진화 발전되고 있기 때문에 반드시 좋은 대학의 간판이 필요한 것은 아니다. 아직도 일부 조직사회에서는 학연이 구태의연한 출세의 조건이 되는 병폐가 잔존해 있기는 하지만, 앞으로는 투명성과 공정성이 강조되는 시대변화의 추세로 보아 그러한 사회 부조리는 반드시 개선될 것으로 확신되기 때문에 더욱 그러하다.

또 한편 공부는 반드시 타고난 탁월한 지능이나 특별한 재능이 필요한 것은 아니다. 왜냐하면 본래 진실한 공부는 좋은 머리로 하는 것이 아니라 마음과 인격과 의지로 해 나가는 것이기 때문이다. 그래서 공부는 하면 할수록 자연스럽게 기억력, 사고력, 창조력, 투시력, 통찰력, 분석력, 추리력, 판단력 등의 종합적인 문리(文理)가 트여서 저절로 공부를 잘하는 머리로 발전해 나가는 것이다.

그리고 책을 통해서 얻어진 이론적 배경을 기초로 하여 현장의 체험을 통해 꾸준히 수련하고 연마해 나가면 재능 또한 상당한 수준으로 발달되어 가는 것이다.

그러므로 나는 가정환경이 나빠서라거나 타고난 지능과 재능이 부족하여 공부를 할 수 없다고 미리 포기해버리기 보다는 꾸준히 쉬지 않고 공부를 계속하는 의지가 가장 중요한 것이다.

결론적으로 말하자면 자신의 인간적 가치를 높이기 위해서는 새로

운 문화에 적응하고 창조할 수 있는 능력을 길러야 하고, 그러기 위해
서는 평생 동안 꾸준히 공부하는 자세를 갖추어야 한다는 것이다. 이
때 공부하는 데에는 반드시 물질적인 환경 조건이나 타고난 지능 또
는 재능보다는 무엇보다도 자신의 마음가짐과 꾸준한 노력이 절대적
으로 필요하고 중요하다는 것이다.

3. 교양공부

교양이라는 말은 인간으로서 사는데 필요한 기본적인 '앎'과 수양
이 된 '언행'을 말하는 것이다. "저 사람은 교양이 있다"고 말할 때의
교양은 기본적인 지식과 수양이 된 언행을 갖추고 있다는 뜻이다.

여기서 말하는 기본적인 지식은 초·중등학교 과정의 기초지식 외에
인문과학, 사회과학, 자연과학에 대한 일반적, 개론적인 지식을 말한
다. 그러므로 교양이란 인간과 사회와 우주자연에 대하여 상당한 수
준의 지식을 알고 동시에 이해하고 있는 것을 말한다.

다시 말하면, 학문에 대한 전반적인 식견이 곧 교양이다. 그리고 이
를 바탕으로 하여 문화로 발전하는 것이다. 그러므로 교양과 문화등
식의 관계로서 교양이 있다는 말은 곧 문화적이라는 뜻이고, 교양인
은 바로 문화인과 의미가 상통하는 것이다.

또 한편으로는 교양은 개론적이면서 총체적인 공부다. 교양공부는
어느 한쪽으로 치우치면 편견이 되기 쉽다. 그러므로 균형 있게 공부
해야 된다. 이 균형 있는 공부가 적어도 20년 이상은 계속해야 비로소
교양인이 되었다고 할 수 있다. 특히 교양공부의 중심이 되는 문학,
예술, 역사, 철학, 종교, 자연과학 전반에 걸쳐 폭넓게 공부해야 된다.
그러면 비로소 문화인으로서의 바른 의식을 갖게 된다.

이 의식을 보다 구체적으로 말하면 자아의식, 도덕의식, 사회의식, 역사의식, 진리의식, 자연의식이다. 이와 같은 의식수준을 토대로 해서 인간수준이 되고 그에 따라 보다 차원 높은 국민수준으로 발전된다. 이러한 수준이 높아지면 비로소 선진국민이고, 문화인이 되고, 그렇지 못하면 후진국민이고, 야만인이 된다.

문화의 속성 중에서 자연과학에 대한 이해가 부족하면 자칫 매사에 합리적이지 못하고 자연의 원리에 둔한하기 쉽다. 그러나 이 세상을 살아가는 데는 정신뿐만 아니라, 물질과 육신 또한 중요하다. 다만 굳이 우선적 가치 순서에 따르자면 인간의 문화적 삶에 있어서는 정신이 물질과 육신을 이끌어가는 모양이 바람직하다 할 것이다.

사람이 살아가면서 필연적으로 교양을 쌓아나가기 위한 공부가 필요한 이유는 생계유지를 위한 전문적인 공부만을 하자는 것도 아니고, 그렇다고 해서 출세하기 위한 수단으로 삼고자 하는 것도 아니며, 순전히 마음과 정신을 갈고 닦아서 보다 사람답게 살아가기 위한 공부이다.

흔히 많은 사람들이 '아인슈타인'(Einstein, 1879-1955) 박사나 미국의 캘리포니아 공과대 교수로서 원자탄을 만들어낸 알라모스 연구소 소장이었던 '오펜하이머'(Oppenheimer) 박사를 위대한 과학자로 추앙하는 것은, 단순히 그들의 과학에 대한 열정과 연구 업적 때문만이 아니고 그들이 일생을 살면서 사람다운 사람이 되기 위한 공부 또한 게을리 하지 않았기 때문인 것이다.

사람이란 이와 같이 일생에 걸쳐 갈고 다듬는 노력을 통해서 만들어지는데 이때 가장 중요하게 여겨지는 공부가 바로 교양공부이다. 이런 공부를 쉬지 않고 지속적으로 해 나감으로써 끊임없이 자기 자신을 반성하고, 자신의 결점을 고쳐나가고, 인생을 철학적으로 고민해 가면서 수양해 나가는 과정을 통해 보다 차원 높은 인간으로 발전해 나가는 것이다.

인간에게는 무엇보다도 가장 먼저 필요한 것은 정신적인 부를 누리는 것이다. 이때 정신적 부의 중요한 자산이 되는 것 중의 하나가 바로 문화적 재산이다. 여기서 문화적 재산이란 내가 평생 동안 공부해서 얻어진 교양의 산물을 말한다. 이것은 그 어떤 물질적 재산보다도 귀한 것이다.

그러한 생각이 설득력을 갖는 것은 우리 주변에서도 제아무리 재산이 많아도 정신적으로 빈곤해 있으면 많은 사람들에게 멸시받고 조롱당하는 것을 보아도 알 수 있는 일이다. 이와 같이 사람을 사람답게 보이도록 하는 것은 그가 가진 물질적 재산의 총량이 아니고, 그의 정신 속에 내재되어 있는 문화적 축적량 즉 교양의 수준에 의해 결정되는 것이다.

이처럼 내가 평생을 두고 공부해서 문학, 예술, 역사, 철학, 종교와 자연과학 등 인류가 수천 년에 걸쳐 축적해 온 무형화 된 문화유산을 내 안에 담고 있다면 이 얼마나 뿌듯하고 행복한 일인가? 우리는 이런 사람을 바로 참다운 문화인이요 교양인이라고 불러주는 것이다.

지금의 시대에는 대부분의 사람들이 자기 이익만을 위해서 사는 것처럼 보인다. 그리고 이와 같은 현상을 아무렇지 않게 당연한 것으로 여기고 이에 대해 아무도 이의를 제기하려 하지 않는다. 국제사회에서도 서로 자국만의 이익을 위해 치열하게 다툰다. 그러나 이러한 인간사회에서는 절대로 인류의 평화가 불가능하다. 나뿐만이 아니라 남도 함께 잘 살아야 된다는 공익의 정신이 우선되어야만 인류공영과 평화가 보장될 수 있는 것이다.

이러한 상호간의 정당성을 확보해 나가기 위해서는 세계 인류가 모두 선진 문화인이 되도록 서로 협조해야 한다. 그러려면 인류 전체가

야만성에서 벗어나 참된 진리와 인간성에 접근해 나가기 위한 교양공부에 힘써야 한다. 이를 위해 특히 정치인들의 노력이 절실하게 요구된다.

4. 문화인이 곧 신사다

신사란 높은 도덕성과 교양을 갖춘 문화인을 말한다. 고도의 지식과 진리, 덕행을 갖추고 악으로부터 부당하게 침해를 받는 약자를 보호해 줄 수 있는 참된 교양인을 지칭하는 것이다.

우리가 흔히 쓰는 신사라는 말은 원래 영국에서 유래되었고 그래서 신사라고 하면 맨 먼저 영국신사를 연상하게 된다. 신사라는 말 자체가 영국의 '젠틀맨'(Gentleman)의 번역어이다. 젠틀이라는 뜻은 마음이 높고 깨끗하며, 부드럽고 따뜻하며, 행동이 정당하고 우아하며, 예의 바른 것을 의미한다.

그런데 이 젠틀맨은 원래는 '젠트리'(Gentry)에 소속된 사람이었다. 젠트리 계층의 사람인 것이다. 젠트리라는 말은 영국에서 귀족계층의 몰락 과정에서 새롭게 등장하여 사회를 지배하게 된 신흥세력들을 일컫는다. 즉 신흥 부르조아 계층인 것이다. 여기서 젠트리의 어원은 영어이고, 부르조아는 불어이다.

다시 말하면 영국에서는 귀족 다음 계층이 '독립 자영 농민계층'(요우먼리, Yeomanry)이었는데 귀족계층과 독립 자영 농민계층 사이에 귀족 계급이 몰락해 가면서 새로운 계층이 생기게 되었다. 이를 두고 '젠트리'라고 부르게 된 것이다.

영국의 역사에서 '장미전쟁'이라고 부르는 내란이 있었다. 영국의 대 귀족인 '랭커스터'(Lancaster) 가문과 '요오크'(York) 가문 사이에 서로 왕위를 차지하려는 싸움이었는데 이 싸움이 점차 규모가 커져서 전 국가적인 내란으로까지 발전된 것이다. 1455년에 시작해서 1485년에 끝난 30년에 걸친 내란이었다.

이 장기간의 내란으로 많은 귀족들이 죽게 되어 귀족들의 세력이 크게 약화되고 결국에는 비극적인 자멸을 초래하게 되었다. 장미전쟁을 종결시키고 왕위에 오른 헨리 7세(헨리 8세의 아버지) 때부터는 절대왕정이 됨과 동시에 귀족들은 더욱 몰락의 길로 들어서게 되었고, 그와 동시에 중상주의(重商主義) 정책으로 인하여 부유한 상공업 부르조아 계층이 나타나게 되었다.

헨리 7세부터 시작되는 이 왕조를 '튜터'(Tutor) 왕조라고 하는데, 이때부터 영국은 산업과 상업을 발전시키려는 중상주의 정책을 본격적으로 시행하였다. 이 정책의 산물로 부유한 지주, 부유한 상공업 계층이 새로 생기게 되었다.

그리고 이들이 국가의 중요한 직위와 육·해군 장교, 변호사, 성직자, 의사의 직위까지 광범위하게 차지하게 되었다. 세월이 가면서 이들은 국가기관과 사회의 중요한 지위를 독점하고 사회발전과 영국 자본주의의 근간이 되었다. 이들을 바로 젠트리 계층이라고 한다. 이 젠트리 계층이 바로 새로 등장한 부르조아 계층이다.

1588년 영국함대가 스페인의 무적함대를 격파하면서 젠트리 계층은 더욱 기세가 올라갔고 귀족층은 더욱 기가 꺾이었다. 1642년 청교도혁명의 시작으로 공화정이 선포되면서 귀족층은 더욱 힘을 잃게 되어 1688년 명예혁명으로 급기야는 절대왕정이 무너지고 의회주의가 되면서 몰락의 길을 더욱 재촉하게 되었다. 그러면서 젠트리 계층은 드디어 최상위의 계층으로 신분 상승하게 된 것이다. 그래서 신사는 영국식으로 표현해서 신흥 상류사회의 사람, 지배계층의 사람을 뜻한다. 물론 이들은 상당한 학식과 교양과 기사도를 갖추고 있었다.

그러나 다음에서 말하려는 영국신사는 좀 의미가 다르다. 겉으로 보기에는 영국신사이지만 실제로는 신사의 본질적 태도에서 크게 벗어나 있었던 것이다. 왜 그렇게 말하는지를 아래에 설명해 보고자 한다.

앞에서 말했듯이 19세기는 영국에서 신사계층의 융성기였다. 그러나 영국의 신사 그룹으로 형성된 정치 지도자들이 당시에 영국의 식민지가 되어 지배 받고 있었던 인도, 호주, 아프리카 등의 원주민들을 대하는 방식에 있어서는 전혀 신사적이지 않았던 것이다.

그뿐만이 아니라 자국 내에서도 자기들보다도 신분이 하위 계층에 있는 일반 서민들을 대상으로 할 때는, 참으로 무자비한 수탈과 비신사적인 권력을 야만적으로 행사하는 일이 비일비재 하였던 것이다. 이들을 어떻게 영국의 점잖은 신사로 존중해 줄 수가 있었겠는가?

그들은 자기들끼리만 서로 예의를 갖추고 교양인으로 행세했을 뿐, 가난한 일반 서민들이나 식민지 치하의 원주민에게는 같은 인간으로서의 가치를 인정해 주는데 아주 인색하였던 것이다.

또 다른 역사적 사례로서 영국과 중국과의 전쟁이었던 '아편전쟁'을 살펴보면 더욱 이해하기가 어렵다. 영국은 인도에 있는 영국 국영회사인 동인도회사를 통해서 활발하게 중국무역을 전개하였다. 주로 중국으로부터 차(茶)와 비단을 수입하였는데, 언제나 영국 측의 수입량이 수출량을 초과하여 무역불균형을 이루고 있었다.

그래서 그러한 문제점을 타개하기 위해 영국 정부는 인도에서 대대적으로 아편을 경작하여 중국에 밀수출하였다. 국제간의 무역에서 해서는 안 될 부도덕한 행위를 한 것이다. 1780년 한 해에 1상자에 60kg(100근)이 되는 아편 1,000상자 정도를 밀수출 하였고, 이러한 규모가 계속 증가하여 1838년에 이르러서는 무려 4만 상자에 달하는 대규모의 아편을 중국 정부의 눈을 속여가면서 밀수출을 감행하였던 것이다.

중국 정부는 영국의 이러한 아편 밀수를 알고 있으면서도 의도적으로 이를 방치하였다. 왜냐하면 아편의 환각효과를 이용하여 백성들의 반정부적인 저항의식을 약화시키기 위한 방편으로 삼으려 했기 때문이다. 그런데 결국 예상치 못한 문제가 발생하였다. 아편 대금을 주로 은화나 은괴(銀塊)로 지불하였는데 그로 인해 중국 내의 은화가 대량으로 영국으로 유출되는 바람에 나라의 재정이 파탄 지경에 이르게 된 것이다.

중국 정부는 그때서야 부랴부랴 대책을 세워 1839년 3월에 임칙서(林則徐)를 무역항이 있는 광동 지역으로 보내서 아편 밀수를 강력하게 단속토록 하였다. 임칙서는 영국 배에서 아편을 전량 몰수하여 소각한 후, 그 대금은 은화가 아닌 차(茶)로 대신 제공하겠다고 하였다. 그러나 엄청난 수출 초과로 큰 이익을 보고 있었던 영국 정부로서는 이러한 조건에 호락호락 승낙해 줄 수가 없었다. 이에 맞서 영국 정부는 이러한 중국의 일방적인 아편 소각 사건을 빌미로 해서 그 이듬해인 1840년에 무력으로 중국을 침공하였다. 이것이 역사적인 아편전쟁의 시작이다.

영국의 함대가 승승장구하며 중국의 남경에까지 이르자, 힘이 약한 중국은 결국 항복하고 말았다. 1842년의 일이다. 중국은 영국에 도서지역인 홍콩을 떼어 주고도 그 외에 상해 등 5개의 항구를 영국에 무조건 개방해 주기로 함과 동시에 막대한 전쟁 배상금 지불을 약속하는 등의 치욕적인 종전 협약을 감수하게 되었다. 그러한 이유로 지금의 홍콩은 1997년까지 무려 155년간 영국이 강제로 차지하고 있었던 것이다. 그리고도 영국 정부는 아편의 밀수출을 중지하지 않고 계속하였다.

이처럼 영국은 타민족, 타국가를 대상으로 하는 비도덕적인 침략과 전쟁을 일삼았던 것이다. 이러한 영국 정부를 지칭하여 어찌하여 신사도의 나라라고 할 수 있겠는가? 어디 그뿐이었던가? 19세기 영국의 위선적인 신사도의 또 다른 모습을 보자.

19세기에서 20세기 초반, 아프리카에서 흑인들과 함께 일하는 인도인들을 영국인들은 마치 짐승 부리듯 했다는 기록이 '루이스 피셔'(Louis Fischer)가 쓴 「간디 전기」에 남아 있다. 그만큼 아프리카에서 그들의 인종차별은 악명이 높았던 것이다.

당시에 변호사로 일하고 있었던 마하트마 간디는 원래 인도에 있는 한 모슬렘 계열 회사의 부탁을 받고 그 회사의 소송사건 때문에 남아프리카에 1년간 체류 예정으로 가게 되었다. 그 해가 1893년이다. 1년 예정으로 산 간디는 그곳에서 22년 동안을 머물면서 영국 정부와 영국인을 대상으로 인권투쟁을 전개하였다. 흑인과 인도인에 대한 영국의 부당한 대우와 인종차별에 항거한 것이다.

그러한 영국인의 횡포는 오스트레일리아 원주민에게도 똑같이 가해졌다. 원래 북미대륙이 인디안의 땅이었던 것처럼 그 광활한 호주 대륙 또한 호주 원주민들의 것이었다. 그런데 1770년 영국의 해군 소령이던 '제임스 쿠크'(James Cook)가 영국 정부의 명령을 받고 인도양 동남부를 탐험하기 시작하였는데, 이때 호주를 발견하여 영국 영토로 편입하였던 것이다.

1788년 죄수 800명을 포함하여 첫 번째 이민을 보낸 이후 10년 만에 영국인 이주민이 무려 115만 명에 이르게 되었다. 영국인들은 그들의 불법 이민에 항거하는 호주 원주민들을 무자비하게 살육하였다. 이 또한 위장된 영국 신사들의 반인륜적 처사가 아닐 수 없었던 것이다.

이러한 호주 원주민에 대한 영국인의 무자비한 살육을 뒤늦게야 속 죄하기 위해서 호주에 살고 있었던 영국인 '윌리엄 리케츠'라는 사람 은 1935년 31세 때에 시드니 서남쪽에 있는 산속 마을인 '단데농'이 라는 곳에 홀로 들어가서, 지난날에 영국인에 의해 희생된 호주 원주 민들을 돌과 나무에 조각하여 그들의 영혼을 위로하는 일에 평생을 바쳤다고 한다. 지금까지도 그렇게 해서 완성된 수백여 점의 조각이 1만 평 정도의 산 일대에 남겨져 호주 정부에 의해 성소로 지정되어 있다고 한다. 그나마 영국 신사로서의 양심이 지켜진 것이다.

나는 여기서 의도적으로 영국인의 비신사적 행위만을 꼬집어 비판 하고자 한 것은 아니다. 그래도 타국의 영토를 식민지화 하여 수많은 수탈과 탄압을 자행하고도 전혀 반성하지 않는 일본의 무사도에 비한 다면 그래도 영국의 신사가 좀 나은 편이다. 다만 나의 순수한 의도는 인류 공통의 신사도에 대해 역사적인 사실을 예로 들어 본 것이다.

우리는 지금까지 신사도라는 말을 너무 가볍게 사용하였고, 신사를 겉모습으로만 판단하고 그 내면을 들여다보는 안목이 부족해서 그 위 선적 사실이 가려져 있다는 것을 지적한 것이다.

진정한 신사는 결코 학식이 많고, 재산이 많고, 권력을 휘두르고 산 다고 해서 반드시 신사가 되는 것이 아니고 훌륭한 교양인이나 문화 인이 되는 것도 아니다. 진심으로 남을 존중하고, 배려하고, 함께 잘 살아가려는 인간애를 갖출 수 있어야 비로소 참다운 교양인, 문화인 이 되고 모두에게 존경받는 진정한 신사가 되는 것이다.

5. 지금 세상에는 문명은 있어도 참된 문화는 없다

인류의 문화는 지속적으로 창조되고 발전되어 왔지만 엄밀히 말해서 극히 소수인만 그 혜택을 누려온 측면이 있다. 대부분의 사람들은 문명의 발달에 따른 생활의 편리성을 추구할 뿐, 보다 인간적인 삶을 영위해 나가는데 필요한 문화의 가치에 대해서는 관심을 소홀히 해온 것이다. 말하자면 집안에 세탁기는 필요로 하면서 셰익스피어의 명작은 필요하지 않고, 자가용은 있어야 한다고 하면서 「성경」이나 「불경」, 「노자」와 「장자」, 「사서삼경」과 같은 지혜의 보물에는 전혀 관심이 없는 것이다. 왜 그럴까? 현대인은 자연 속의 미개인이 아니라 문명 속의 미개인이 되어 있기 때문이다.

미개인이란 본래 먹고 사는 생존의 수단 밖에 모르는 사람이고 시간적으로 멀리, 공간적으로 넓게 바라볼 줄 아는 안목과 지혜가 크게 뒤떨어져 있는 사람을 가리킨다. 그래서 정신수준이 낮고 가치와 진리를 제대로 터득하지 못한 사람인 것이다.

그러면 왜 과거 어느 때 보다도 발딜된 문명 속에도 여전히 미개인으로 머물러 있는 것일까? 그것은 태어난 이래 가정생활로부터 시작해서 학교, 사회, 국가 공동체에 이르기까지 진리에 접근해 보는 기회가 적었기 때문이다. 그래서 진리가 어떤 것인가를 바르게 인식하지 못하고 있는 것이다. 진리란 말로만 배우는 것이 아니고 행동과 체험을 통해서 터득해 나가는 것이다. 그러나 부모의 행동에서, 학교와 사회에서 만나는 어른들의 행동에서, 나아가서는 국가 공동체의 정치 지도자의 행동을 통해서 바른 진리를 배워야 하는데 현실은 그 반대가 되고 있기 때문인 것이다.

바로 이런 이유로 문명 속의 미개인이 되는 것이다. 자연 속의 미개인에게 필요한 것은 진리가 아니고 기껏해야 사냥할 창과 활, 무속신앙행위에 필요한 북과 같은 간단한 도구들이다. 그와 마찬가지로 오늘날의 문명 속의 미개인에게 필요한 것 역시도 아주 단순하게 먹고 살기 위해 돈벌이 하고, 권력을 얻기 위해 상부에 아부하고, 생리적

쾌락을 즐기기 위해 오락에 빠져 들어 정신을 차릴 수가 없게 된 것이다.

이런 점에서 볼 때 외형상으로는 문명 속의 미개인이 자연 속의 미개인보다 화려하고 그럴싸해 보이지만, 내면적으로는 그들보다 오히려 훨씬 추악하고 야만적일지도 모른다.

그러므로 우리는 문명 속의 진정한 문화인이 되기 위해 부단히 노력하여야 한다. 물질의 풍요를 누리면서도 정작 정신의 빈곤 속에 살아서는 안 된다. 보다 차원 높은 문화인으로 승화 발전해 나가지 못한다면 우리의 미래에 결코 참된 행복과 소중한 가치를 지향해 나갈 수가 없는 것이다.

VI. 인간은 각자가 하나의 세계다

1. 인간은 누구에게도 종속된 존재가 아니다

(1) 인간은 모두가 독립된 하나의 존재이다

사람은 복잡한 기계의 부품과 같은 부속품도 아니고 누구에게 예속된 존재도 아니며 그 누구의 종도 아니다. 엄연히 천부적으로 독립된 운명의 개체이고 자주성이 보장된 하나의 세계이다. 한마디로 줄여서 말하자면 이 우주에서 가장 고귀하고 존엄한 존재인 것이다.

인간은 태어나면서부터 누구나 이런 존엄성을 지니고 있다. 인간이 지닌 이와 같은 천부적인 존엄성 때문에 사람은 기계의 부품과 같을 수 없고 누구에게 예속될 수도 없다. 마찬가지로 어떤 인간을 자기의 종속된 존재로 자기의 종으로 여긴다면 그 인간 자체도 존엄한 존재가 될 수가 없다.

그처럼 인간은 우주 만물 가운데서 가장 높은 자리에 있고 몸은 비록 작아도 무한한 우주를 껴안을 수도 있다. 그러므로 그 무한보다 더 무한한 존재인 것이다. 인간은 그 정도로 존귀한 것이고 고귀하며 성스러운 것이다.

인간은 누구나 양심과 이성을 가진 독립된 인격체로 태어난다. 그러기 때문에 누구에게도 종속되지 않는 것이다. 여기서 양심은 선악을 구분하는 기준점이 되고, 이성은 옳고 그름을 판단하는 근거가 된다. 그래서 독립된 양심과 이성은 그 사람의 인격에 따라 다르게 나타나는 것이다. 그러므로 사람에 따라서 양심과 이성에 의한 행동도 다르게 나타나게 되는데 어떤 사람은 바른 양심과 이성으로 진리를 따르는 선한 삶을 살기도 하고, 또 어떤 사람은 잘못된 양심과 이성으로 악한 삶의 모습을 보이는 것이다.

그중 비뚤어진 인격으로 바른 양심과 이성을 잃고 악령의 수준으로 타락하여, 타인의 인격과 존엄성을 무시하고 탄압하는 자들이 바로 권력자들이다. 이들은 자신의 악한 행동을 합리화 하는 수단으로 주로 법이라는 형식을 이용한다. 그로 인해 만인을 평등하게 하기 위한 법이 오히려 양심적인 인간을 속박하는 악법이 되고 만다.

그러므로 이런 불합리한 권력이 인간의 존엄성을 파괴하는 흉기가 되어 결국에는 인간 상호간의 불평등을 초래하고 상·하간의 종속적 관계를 갖게 하는 것이다.

분명히 태초의 인간에겐 이처럼 불합리한 사회적 권력체계가 없었다. 단지 서로간의 독립된 인격체로서의 존엄성을 인정하고 보호해 주는 가족관계를 형성하고 있었던 것이다. 그런 의미에서 보면 인간사회 자체는 하나의 거대한 가정이다. 고로 세계는 하나의 가정이고 인류는 모두 한 가족인 것이다. 즉 크건 작건 모든 공동체가 하나의 가정인 것이다. 우리가 기독교를 두고 그리스도의 가정이라고 하는 것은 바로 이런 이유 때문이다. 그런데 이와 같은 인류 탄생 당시의 인간사회, 인간관계가 어느 순간부터 무너지기 시작하였다.

인류의 역사 초기의 어느 날, 어떤 힘센 자가 다른 사람을 죽였다.

인류 최초의 살인자가 발생한 것이다. 왜 살인을 하게 되었을까? 힘이 있는 자는 어느 시대, 어느 사회에서든, 그 힘을 자랑하고 과시하려고 한다. 그래서 별다른 이해관계 없이도 서로간의 '힘'의 경쟁적 서열을 결정하려는 욕망을 갖는다. 이것은 동물세계 어디에나 있는 동물의 속성이다.

아마도 사람에게서도 이러한 동물성이 발휘되어 최초의 살인을 하게 되었을 것이다. 이러한 살인행위로 자기의 힘에 저항하는 자를 제압한 것이다. 그리고 힘에 굴복하는 다른 사람들을 지배하게 된 것이다. 이런 과정은 대체로 다른 동물세계에서 지배권을 획득해 가는 과정과도 동일하다.

이러한 지배권력 의식이 공동체 내에 생기면서 가족관계로서의 순수한 인간관계가 무너진 것이다. 그리고 동시에 이러한 지배권력 유지를 위한 강압적 수단이 동원되고, 복종이 강요되고, 드디어는 지배자의 살인행위가 정당화 되고, 종내에는 지배 권력의 범위가 확대되어 국가적 단위의 권력체계가 형성됨으로써 소위 '왕의 권한은 하늘로부터 수여되었다.'는 '왕권신수설'(王權神受說)의 억지 주장을 하면서 자신을 신의 아들 즉 '천자'라고 자칭한 것이다.

인간사회의 이와 같은 지배권의 강화는 지속적으로 힘센 자 위주로 사회질서를 만들어 나갔다. 이런 사회질서 속에서 인간의 존엄성은 차츰 말살되어 갔다. 그 결과 인간의 존엄성은 겨우 힘센 자들의 전유물이 되어 버린 것이다. 이러한 현상은 인권이 발달된 현대 민주주의 사회에서도 도처에 남아 있는 현상이다.

우리는 힘없는 인간의 억울함과 힘 있는 자들에 의한 횡포가 인류역사에 얼마나 큰 죄악을 저질러 왔는지를 숙연히 마음으로 되돌이보아야 한다. 아무런 죄가 없는데도 단지 권력자들의 눈에 거슬린다는 이유만으로도 그 많은 사람들이 죽어간 것이다.

이와 같이 권력이란 악령의 도구에 불과하다. 그러나 진리의 세계에서는 인간 상호간의 그 어떠한 강제도, 예속도, 상하관계도, 수직적 조직관계도 있어서는 안 된다. 단지 독립된 개체로서의 인간의 존엄성이 존중되고 지켜져야 한다.

(2) 인간이란 남의 종노릇하기 위해 태어난 것이 아니다

인간은 각자가 자기 인생을 살기 위해서 태어난 것이다. 자기 인생을 살 수 없다면 남의 종노릇 하는 것이나 다름이 없다. 자기 인생을 살지 못한다는 말은 자기만의 인격을 갖지 못하고 그저 되는 대로 사는 것이다. 그러면 결국 남의 노예가 된다. 물질의 노예, 권력의 노예가 되는 것이다. 노예는 타인의 강압에 의해서 되기도 하지만 때에 따라서는 나 스스로 자청하여 되기도 한다. 이와 같은 종노릇은 바로 자기 자신에 대한 죄악이다. 그리고 사회적으로 종노릇하는 사람이 많아지면 그 사회는 자주적 발전의 기회가 적어진다.

자기 인생을 주체적으로 살아야 올바른 인격이 형성된다. 자기의 인격을 형성하는 일이란 자기의 정신적 수준을 높이고 자기를 내적으로 부유하게 채워 나가는 일이다. 다시 말해서 부단한 자기 공부를 통해 끊임없이 자기를 성장시켜 나가는 일이다.

자기공부란 자기 혼자서 지속적으로 하는 공부다. 이 공부는 단순하게 흥미 위주의 책이나 읽는 것이 아니다. 진지하고 심각하게, 철저한 계획 하에 하나의 과목, 한 권의 책을 처음부터 끝까지 독파해 나가는 일이다. 그리고 그 책 속에서 위대한 영혼을 만나고, 진리를 발견하고, 심오한 지식을 얻으며, 자신을 되돌아보는 것이다. 또한 나름대로 세상을 바라보는 안목을 기르고 먼 미래를 전망해 보는 것이다. 이런 공부야말로 자기 인격을 바르게 세워 가는 일이다.

그렇게 함으로써 나 스스로를 귀하게 여기고 받들게 하는 존엄성이 내안에서 저절로 영글어 간다. 그러면 비로소 나 자신을 진심으로 사랑하게 되고 아울러서 높은 자존감을 갖게 된다. 그래서 그 누구도 나를 예속시킬 수 없고 강제할 수 없는 존재로 만들어야 한다. 이런 일은 아무도 나를 대신해서 해 줄 수 있는 일이 아니다. 오직 내 자신 밖에는 없는 것이다.

내가 이런 존재로 성장이 되면 나는 비로소 세상의 왕이 된다. 인생을 보다 멀리, 깊게 보는 안목이 생기고 내면적으로도 무척 아름답고, 멋있게 인생을 음미하면서 살 수 있게 되는 것이다. 그뿐만 아니라 비록 물질로는 가난할지라도, 마음으로는 부러울 것이 없고 혼자서 일생을 보낸다고 해도 외롭지 않은 것이다.

이런 심안(心眼)의 경지에 이르게 되면 비로소 자기만의 세계가 열린다. 이렇게 자기만의 세계가 열리게 되면 어떤 악독한 권력자도 나를 이기시 못하고, 함부로 대하지 못하고, 나를 종으로 부릴 수가 없다. 이런 인생이 진정 존엄한 것이고, 가치 있고, 고귀한 것이다.

태어날 때에는 모두가 존엄하지만 세상에 나와 살면서 그 존엄성이 무너져버렸다면 그는 그만큼 자기 인생을 아무렇게나 되는 대로 산 것이다. 이런 사람은 자기 인생을 포기한 것이나 다름이 없다. 이런 사람이 갈 곳이라고는 좌절과 절망이 소용돌이치는 죄악의 구렁텅이 밖에는 다른 곳이 없다. 그는 결코 인간다운 인간으로 살아 갈 수 없기 때문이다.

2 자기공부에서 특히 중요한 것이 고진공부다

고전이란 한마디로 말하면 참으로 소중하고 위대한 책이다. 다양한 분야의 지식과 진리를 담은 위대한 책이라는 것을 역사적으로 인정받은 책들이다. 그러므로 학문의 각 분야에 따라 정해진 고전이 따로 있다. 또 그 나라마다 전해져 내려오는 고전이 있고, 세계적으로 가치를 인정받는 고전이 있다. 이처럼 귀중한 고전은 인간이 인간답게 살아가기 위해서 반드시 알아야 하는 지식과 진리를 담고 있는 책들이다.

인간이 인간답게 살아간다고 하는 의미는 단지 생존에 기본적으로 필요한 의, 식, 주를 잘 갖추고 산다는 것만을 뜻하는 것이 아니다. 그보다도 인간이 궁극적으로 추구해 나가야 할 진리를 깨우치고, 행하며, 살아가는 것을 의미하는 것이다. 그러한 유사 이래 우리의 선조들이 살피고, 연구하고, 깨달은 진리들이 기록으로 남겨져서 전승되어 온 것이 바로 고전이다. 그래서 고전은 우리 인간생활에 대단히 중요하고 반드시 읽어야 하는 위대한 책인 것이다.

일반적으로 누구나 쉽게 구해서 읽을 수 있는 고전이 문학적 소재의 고전이다. 이러한 고전문학을 통해서 우리는 진지하게 인생을 탐구하고 진리를 탐색할 수 있다. 그 다음이 종교나 철학에 관한 고전들이다. 영어나 한문의 해득 능력이 충분하지 않아도, 지금 우리 사회에 널리 출판되어 보급되고 있어서 누구나 쉽게 접할 수 있다.

필자의 견해로는 유교의 경전인 사서(四書) 곧 「대학(大學)」, 「맹자(孟子)」, 「논어(論語)」, 「중용(中庸)」, 불교의 「초발심자경문(初發心自警文)」, 「치문경훈(緇門警訓)」, 「서장(書狀)」, 「도서(都序)」, 「선요(禪要)」, 「절요(節要)」, 기독교의 「신약」에서 '사복음서'(四福音書: 마태복음, 마가복음, 누가복음, 요한복음), 「구약」에서 '예언서'와 '지혜서' 그리고 동양의 고전인 노자의 「도덕경」과 「장자」 등이 꼭 읽어야 할 기본적인 고전으로 추천하고 그밖에 여러 사상가들이 쓴 고전의 탐독을 적극 권장하고 싶다.

이런 다양한 고전들을 읽어서 소화하고 그 속에서 기쁨을 누릴 수 있다면 그보다 더 인생의 행복을 누릴 수 있는 방법을 찾기가 어려울 것이다. 그런데 우리 주변의 많은 사람들은 이러한 고전을 읽을 시간이 없다거나 너무 어려워서 감히 가까이 하기가 두렵다는 핑계 등으로 이를 기피하고 있는 듯하여 안타깝다.

그러나 원래 공부는 처음부터 쉬운 것이 없고 빠른 시간에 읽고 완벽하게 이해하거나 해석하기란 천재적인 재능을 갖추지 않고서는 어려운 일이다. 그래서 특히 고전은 긴 시간을 두고 천천히 음미해 가면서 읽어야 하고, 읽기 전에 기초적인 지식이나 언어 해석 능력을 기를 수 있는 소양이 필요하다.

필자의 경험에 의하면, 동·서양 고전의 완전한 탐독을 위해서는 한문이나 영어 기초 공부를 적어도 20년 이상의 시간을 두고 장기적으로 실력을 연마해 나가야 할 것으로 생각된다. 그리고 한 번만 읽어서 뜻이 이해가 안 되면 몇 번이고 반복해서 읽을 수 있는 인내가 필요하다. 이런 노력을 기울여서라도 고전을 읽고 진리를 발견하여 인생의 행복을 구할 수만 있다면 마땅히 나의 시간을 흔쾌하게 투자해 볼만하지 않겠는가?

이런 고전 공부를 통해 어느덧 깊은 진리를 터득하게 되면 그때부터는 놀아도 기분이 좋고, 밥을 먹지 않아도 배가 고프지 않을 정도로 신선의 경지에 오르는 듯한 쾌감을 맛볼 수 있게 되는 것이다. 그리고 자연에 대한 통찰력이 길러져서 길을 걷다가 눈에 띄는 풀 한 포기, 하늘에 떠가는 흰 구름까지도 예사로 보이질 않고 비록 오두막집에서 낡은 옷을 입고 살아도 삶의 기쁨이 충만하게 되는 것이다.

어디 그뿐이겠는가? 고전공부를 부지런히 하게 되면 일상생활에서의 지혜가 발달하고, 인간관계도 원활해져서 주변의 많은 사람과 잘 어울리게 되고, 또 이런 사람이 공직에 나가게 되면 부정과 불의에 함부로 타협하지 않고, 정의롭고 공평하게 일을 처리하여 수많은 사람들의 존경을 받게 됨으로써 저절로 그가 속해있는 사회가 맑고 환해지는 것이다.

위에서 여러 차례 말한 것처럼 고전에 대한 독서와 이해는 그래서 중요한 것이다. 우리 주변의 어떤 사람들은 독서를 취미로 한다고 말한다. 하지만 독서는 결코 취미로 하는 것이 아니다. 마치 식생활과 같은 일상적인 생활이 되어야 한다. 밥을 취미로 먹지 않는 것처럼 독서도 취미로 해서는 안 된다. 밥을 먹지 않으면 목숨을 잃는 것처럼 독서를 하지 않으면 정신적인 사망에 이를 수 있다는 것을 명심해야 한다. 특히 고전에 관한 독서는 우리의 삶을 보다 풍부하고 진실되게 하는 명약이 될 수 있음을 잊지 말아야 한다.

3. 고전에 대한 독서는 결국 철학공부로 이어진다

고전은 단순히 독서만으로 끝내면 숨겨진 깊은 의미를 알 수 없다. 일단 독서한 것을 오래 동안 깊이 사색해 보아야 한다. 이러한 사색의 과정이 곧 철학의 시작이다. 자기 인생에 대하여 깊이 생각해 보고, 자신의 현실적 가치관을 되돌아보고, 무엇이 진실한 미래의 가치인지를 새롭게 탐색해 보고, 생각해 보는 것이 바로 철학이다. 그리고 보다 차원을 높여서 보면 우주만물과 세상만사의 근원을 찾으려는 것이 철학이고, 시대와 사회에 무조건 영합하지 않고 맞서는 자세를 취하면서 전체적으로 사물이나 현상을 파악하면서 본질을 찾아 나가는 것이 곧 철학하는 일이다. 또한 과거의 철인(哲人)들은 무엇을 어떻게 생각하였고, 인간생활의 궁극적인 문제들에 대한 의문에 대해서 옛 철인들과 내 생각이 어떻게 다른 가를 견주어 보는 것이 바로 철학하는 일이다.

독일의 철학자 '헤겔'(1770-1831)의 말에 따르면 절대지(絶對知) 곧 궁극적인 불멸의 진리를 탐구하는 것이 철학이고, 소크라테스의 말로는 가장 사람답게 사는 길을 찾는 것이 철학인 것이다. 그처럼 철학은 얼른 보아서는 쉬운 일인 듯싶지만 속으로 파고 들어가면 엄청난 고뇌를 수반하는 일이다.

고전을 읽다보면 진리의 화살이 마음을 꿰뚫어 자주 마음을 아프게 하고 깊은 고뇌를 갖게 한다. 그러나 이런 고뇌와 아픔을 겪지 않으면 올바르게 철학하기는 어렵다. 언제나 기쁘고, 즐겁고, 떠들썩하면 오히려 철학에 방해가 되기도 하는 것이다.

이와 같은 가치, 근본, 원인, 원리를 찾아내려는 사색을 철학적 사색이라 한다. 이런 철학적 사색이 없으면 그 사람은 정신적으로 파산된 것이나 다름이 없다고 프랑스의 철학자 '알버트 쉬바이처'(Albert Schweitzer 1875-1964)는 말하였다.

머리가 텅 비어 있으면 사색을 할 수가 없다. 정상적인 사색이 불가능하기 때문이다. 보다 진지하게 사색하기 위해서는 먼저 정확하고 체계 있는 지식으로 머리를 채워야 한다. 이때 단편적이고 분명하지 않은 지식은 전혀 도움이 되지 않는다. 또한 한쪽으로 치우친 지식도 곤란하다. 그러므로 여러 분야의 고전에 대한 정확한 지식을 두루 공부해 두어야 비로소 본격적인 사유와 철학이 가능해 지는 것이다.

먼 옛날은 그만두고라도 100년 전의 우리 조상들이 오늘의 현실을 본다면 그 눈부신 발전에 경악을 금치 못할 것인데 어찌하여 우리 가정에서도, 우리 주변에서도, 우리사회, 우리국가에서도, 나아가서는 국제사회에서까지도, 이상적인 인간생활이 이루어지지 않는 것일까? 왜 물질의 풍요 속에서도 범죄는 더욱 늘어만 가고 물질의 욕구는 끝없이 증대되고 삶에 대한 만족도는 갈수록 낮아만 지는 것일까? 돈만 있으면 매사가 다 잘될 줄 알았는데, 배고픈 시절보다 왜 사회문제가 더 많아지는 것일까? 왜 백성들의 사회적 저항은 더욱 거세지고 불만은 높아만 질까? 수명은 더 늘었지만 행복은 제자리걸음이거나 오히려 줄어들었으며, 오래 산다는 것이 축복이 아니고 천대받는 꼴이 되었으니 왜 그럴까? 헤아릴 수 없는 사람들 가운데 제대로 된 사람을 찾아보기가 어렵고 더불어 살아 갈 사람이 많지 않은 이유는 뭘까? 머리가 고전의 지혜로 가득 채워지게 되면, 자연스럽게 이와 같은 세상적인 현상과 인생의 문제들을 더 깊이 있게 생각하기 시작한다. 그리고 그에 대한 자기 스스로의 해답을 찾게 된다. 이것이 바로 철학하는 삶의 이유이다.

인간은 철학적 사유를 통해서 비로소 자기성장이 가능해 진다. 그리고 자기 나름대로의 철학관을 가지게 되고 자기세계가 열려지게 된다. 여기서 자기철학은 억지나 독단이나 자기만의 편견이 아니고 진리를 말한다. 진리이므로 모두가 공감이 되고 정당성이 인정되어 다른 이들이 이를 따르고 배우려고 한다. 다른 사람의 인생에 이로움을 주고, 세상에 빛이 되고, 소금이 될 때, 비로소 자기철학의 가치를 발휘할 수 있는 것이다.

4. 자기세계의 완성

많은 세월 동안 고전을 공부하고, 철학하는 사람이 되면 그 일이 자신을 중요한 존재로 만들어 간다. 하잘 것 없는 존재가 아니라 가치 있는 존재로 만드는 것이다. 내가 하잘 것 없는 존재가 되면 누구나 나를 무시하고 함부로 대한다. 그렇게 되면 나 스스로 나를 하찮게 여기게 된다. 그리고 나라는 존재는 내 주변 사람들에게도 귀찮은 존재가 되어 버린다. 또한 내가 하는 모든 행동이 상대방의 마음을 거슬리게 한다. 그러면 그들은 필연적으로 나를 멀리 하려 하고, 나아가서는 나를 괴롭히고 온갖 스트레스를 준다. 그로 말미암아 서로 간에 한번 멀어진 마음은 여간해서는 가까워질 가능성이 없고 불편한 관계가 지속된다.

　이러한 불행을 안고 사는 사람은 인생살이가 퍽이나 힘들고 그로 인한 고통이 결국 병을 일으키기도 한다. 그 병은 또 다른 고통으로 이어지게 됨으로써 나를 계속해서 괴롭게 한다. 제아무리 아름다운 얼굴을 가지고 있고, 재산이 많고, 학벌이 있어도 이런 것들이 나를 가치 있게 만들지는 못한다. 이런 것들은 외적가치일 뿐 내적가치는 아니기 때문이다. 사람들이 서로 간에 처음 만날 때에는 이런 외적가치가 중요하게 작용하는 것이 사실이지만, 함께 살게 될 때에는 거의 이런 가치기준이 필요가 없게 된다. 오랫동안 더불어 살게 될 때에는 순전히 내적가치로 그 사람의 가치가 결정되기 때문이다.

　더 높은 점수를 얻고, 학위를 따는 공부는 진정한 자기세계를 개척하고 자기를 내적으로 가치 있게 하는 공부가 아니다. 그러므로 이런 공부로 자기를 가치 있는 존재라고 여긴다면 그것은 한낱 남들의 웃음거리가 되고 만다. 또한 이런 의미 없는 공부로 또 다른 사회적 지위를 얻고자 한다면 그 사람은 무지한 사람이다. 사람은 누구나 그 사람의 내적가치에 고개를 숙이는 것이지, 절대로 외적가치에는 고개를 숙이지 않기 때문이다. 그러므로 누구든지 나를 함부로 대할 수 없는 사람으로 나 자신을 만들어 나가야 한다. 즉 내적가치가 충만한 사람이 되어야 한다는 말이다. 인생 최대의 가치도 행복도 모두 다 여기에 있는 것이다.

　넓고, 깊고, 풍부한 고전에 대한 소양과 철학이 나의 내면에 있게 되면 처음에는 남들이 나를 잘 몰라보아도 오랫동안 함께 살다보면 나도 모르게 나에게서 그윽한 향기가 풍겨 니긴다. 이린 향기가 내안에 계속 남아 있으면 비로소 나에게서는 독이 없어지고, 악이 제거되고, 죄가 씻어지는 것이다.

그러므로 이런 내면적 가치가 있는 사람은 악독한 일을 하려야 할 수가 없고 죄를 지을 수도 없다. 대부분이 악을 일삼고 죄를 짓는 사람은 뚜렷한 자기세계를 갖지 못한 사람이다. 자기세계의 구축은 그래서 중요한 것이다.

고전 속에 들어있는 가치 있는 지식과 진리를 풍부하게 가지게 되어 자기철학이 이루어지게 되면 동시에 자기세계, 자기왕국이 열리게 되어 자기가 소유한 그 왕국에서 행복하게 살게 된다. 이렇게 완성된 사람이 완전한 인격체이고 참된 사람이다. 그리고 완전한 가정이나 사회나 국가는 바로 이런 인격체의 연합체이다. 서로 간에 종속된 존재가 아니고 대등한 존재로서의 연합체이다. 그러므로 어디서든지 상호존중하며 살게 된다. 그런데 만약에 이중에 어느 한 사람이라도 자기세계를 갖지 못하면 독립된 인격의 연합체는 깨져버리고 세속적인 종속관계가 되고 만다.

앞에서 말한 바처럼 종속된 인간은 노예와도 같다. 이때의 종속된 인간은 결국 자기 스스로 만든 것이다. 자기가 자신을 가치 있게 만들지 못해서 노예가 된 것이다. 내가 가치 있는 존재라면 나는 어느 누구의 밑에 있을 수도 없고 위에 있을 수도 없다. 자기가치를 잃은 사람들이 남의 위에서 군림하거나 밑에서 종살이 하는 것이다.

독자적인 자기세계가 형성되고, 그래서 가치를 지니게 되면 그는 강한 자가 된다. 어떤 악도 그를 굴복시킬 수 없고 지배할 수 없게 된다. 진리가 아니고는 어느 누구도 그를 함부로 움직일 수 없게 된다. 물질, 권력, 명예 같은 것은 이런 사람에게는 한낱 쓰레기에 불과하다. 이런 사람이야말로 진정으로 힘 있는 자이다. 참된 힘이란 바로 이런 곳에서 발휘되는 것이다. 이런 국민이 많아야 그 나라가 부강해지는 것이다. 결코 물질이나 군사력만으로 나라가 강해지는 것은 아니다.

그리고 확고한 자기세계를 이룬 사람이 비로소 참된 자존심을 가지게 된다. 자존심이란 결코 독불장군으로 혼자 잘났다고 여기는 교만이 아니다. 자존심이란 춥고, 배고픈 속에서도 꿋꿋이 자신을 잃지 않는 정신이고, 자신을 욕되지 않게 하는 정신이고, 자기 스스로 체득한 진리와 철학에 대한 자부심을 갖고, 끝까지 자기의 내적세계를 세상의 그 무엇과도 바꾸지 않는다는 강한 마음이다.

이런 자존심을 갖지 못하니까 세상 사람들은 진리공부를 게을리 하고, 부정한 뇌물을 받아먹고, 남의 것을 횡령하고, 거짓말하며 불의한 인생을 산다. 이런 자존심이 없으면 평생 남의 종살이를 하게 된다. 개인적으로도 그렇고 국가적으로도 그렇다.

우리에게는 국가적으로나 개인적으로 이런 강한 자존심이 없다. 그래서 당당함도 자주적 자존감도 부족한 것이다. 그런 의미에서 보면 개인이나 나라의 발전도 자존심에서 출발한다. 대부분 비굴하고 비열하게 사는 이는 신리공부를 하려 하지 않는다. 공부도 자존심이 있어야 한다. 자존심이 있는 사람은 공부하지 않고는 견디지 못한다.

자존심이 없으면 진리공부를 하지 않고 진리공부를 하지 않으면 자존심도 없다. 그러므로 공부하지 않는 사람은 참된 의미의 자존심이 없는 사람이다. 자존심이 없으니 아부와 종살이를 생계수단으로 삼는 것이다. 자존심이 있으면 정도(正道)가 아니면 가지 않는다. 이런 정신이 바로 그리스 정신이고 그리스 철학의 핵심적인 내용이다.

'바이런'(Byron 1788-1824)은 누구나 잘 알고 있는 것처럼, 영국의 세계적인 낭만파 시인이다. 귀족의 작위까지 받았으면서도 과감하게 그러한 껍질을 벗어 던지고 인생을 자유롭게 살다가 훌륭한 시인이다. 바이런은 인생을 사는 동안 고대 그리스의 철학과 그리스의 정신을 너무나도 좋아하였고 거기에 심취되어 살았다.

그는 그리스의 정신을 다음과 같이 말하였다. "차가운 겨울바람이

붙어 잎이 다 떨어져 나간 나무에 유일하게 혼자서 버티고 있는 나뭇잎이 그리스 정신이고, 모자이크 벽화에서 모두 다 그대로 붙어있는데 홀로 그곳에 붙어있기를 거부하고 떨어져 나간 타일 한 조각이 그리스 정신이다." 철학하지 않고 득도함이 없으면 내게 그러한 그리스 정신은 존재할 수 없다. 내 속에 머물러 있는 그리스 정신이 바로 진정한 자존심이다. 이 자존심이 곧 진리다. 진리의 산물이고 진리가 담긴 그릇이다. 바이런은 너무나도 그리스를 좋아해서 그리스가 터키에 대항하여 독립전쟁을 일으켰을 때, 그리스 군인의 한 사람으로 전투에 참가하였는데 전선에서 말라리아 병에 걸려 병사하였다. 때는 1824년이고 바이런의 나이 36세였다. 이런 그리스 정신이 나에게 있다면 남이 알아주지 않아도 기쁘고, 남이 알지 못하는 지극한 행복을 누릴 수도 있게 된다.

우리는 일생을 살아가면서 많은 일을 하고 남을 위해 봉사하고 희생도 한다. 그러나 이런 일들은 누구 하나 인정해 주지도 않고 알아주지도 않는 경우가 너무나 많다. 자기를 위해 종처럼 일해주어도 고마움을 모르고, 오히려 당연한 것으로 알고 늘 부족하다며 불만스러워한다.

왜 그럴까? 무슨 일이나 봉사 또는 어떤 희생도 인격이 먼저 갖추어져 있어야 그 일이 가치 있게 빛이 나는 것이다. 인격이 훌륭한 사람일수록 그가 행한 봉사나 희생은 더욱 가치 있게 된다는 말이다. 인격이 갖추어지지 못하면 그가 한 일이 누구에게도 제대로 인정받지 못하게 되는 것이다.

그러므로 사람은 존재가 행위보다 더 중요하다. 존재가 중요하다는 말은 나의 사람 됨됨이, 내적가치, 인격이 내가 하는 행위보다 더 중요하다는 것이다. 그러므로 어떤 일이나, 희생이나, 봉사보다도 먼저 자기를 가치 있는 사람으로 만드는 일이 급하고 중요한 것이다.

내가 높은 수준의 인격이나 내적가치를 가지고 하는 일은 일도 바르게 잘될 뿐만 아니라, 그 일이 모두 상대방의 마음에 보이지 않게 스며들게 된다. 나의 인격으로 인해 상대방의 마음을 흡족하게 하는 것이다. 설령 나의 일이 잘못 되어도 상대방은 마음에 들어 하는 것이다.

그러나 반대로 나의 인격수준이 낮으면 내적가치, 내적세계를 전혀 이루지 못하며 내가 하는 일은 상대방의 마음에 들지 않고, 어떠한 봉사와 희생도 인정을 받지 못하는 것이다. 이것을 보아도 그가 하는 일에 문제가 있는 것이 아니고 그가 지닌 가치수준에 문제가 있는 것이다. 그 사람의 가치수준이 마음에 안 드니까 그가 하는 일도 마음에 안 들고, 그가 하는 일도 인정하지 않게 된다는 말이다.

그러므로 무조건 모든 봉사와 희생이 가치가 있는 것은 아니다. 어느 정도 인격수준의 인간이 되어 봉사하고 희생하느냐가 중요한 것이다. 이런 의미에서 인간은 일만 열심히 하는 종으로 살아서는 안 된다. 자기 세계를 형성하는 인간으로 살면서 일도 하고, 봉사도 하고, 희생도 해야 하는 것이다.

「요한복음」 12장에 '밀알 하나가 땅에 떨어져 죽지 않으면 한 알 그대로 남아 있고 죽으면 많은 열매를 맺는다.'고 하였다. 여기서 밀알의 죽음은 맹목적인 희생을 말하는 것이 아니다. 가치 없는 자가 죽는다고 해서 무조건 많은 열매가 맺히는 것은 아니다. 단순히 의미 없는 개죽음일 수도 있는 것이다. 가치 있게 사는 사람이 죽어야, 또 봉사하고 희생해야 비로소 충실한 열매가 열리는 것이다.

여기서 가치는 내가 육신생활과 관계없이 정신적 존재가 되는 것을 말한다. 즉 육신을 초월해 버린 정신적 경지가 바른 가치인 것이다. 인간에게서 열매를 맺게 하는 진정한 퇴비가 되는 것은 내가 지닌 바로 이런 정신적 가치인 것이다. 그러므로 이러한 정신적 가치가 없으면 설령 내가 목숨을 바쳐 죽는다고 해도 쓸모 있는 퇴비가 되지 못하는 것이다.

　마찬가지로 내가 가치가 없으면 비록 남을 위해 봉사하고 희생한다고 해도 별다른 가치가 없는 것이다. 그러므로 무엇보다도 시급한 것이 자신을 가치 있게 하기 위한 인격을 기르고, 자기세계를 완성하고, 그래서 서로 존경하고, 사랑하며 사는 일이다. 다시 한 번 강조하지만 자기세계가 바로 서지 않으면 그 어떤 사랑도, 행복도 이루어지지 않는다.

제 3 장

빈손·빈마음으로 사는 가치 있는 생활

인간이 자연을 떠나 문명을 이루어 살면서부터 소유와 지배의식이 인간의 가치로 여겨지기 시작하였다. 이 가치가 이제는 절대적인 가치로 변모하였고 문명의 핵심이 되었다. 이 가치에 밀려 인간은 왜소해졌고 또 비인간화는 가속화 되었다. 그래서 종교 내에서 조차도 소유와 지배가 최고의 가치가 되었고 이 때문에 진리는 죽어가고 있다.

이제는 이 소유와 지배라는 부당한 가치에 저항해야 할 때다. 인간과 진리를 다시 살리기 위해서 말이다. 소유와 지배의 시대를 마감하고 인간과 진리의 시대를 열어가야 하는 것이다.

소유와 지배의 반대 개념이 빈손·빈마음이다. 빈손·빈마음이 인간이고 진리이다. 소유와 지배는 비인간적이고 비진리적이다. 천도(天道)를 이탈하였기 때문이다.

인간됨과 행복은 오직 빈손·빈마음에만 있다. 다른 데는 없다. 어디서 무엇을 하든 출가수도자의 마음으로 진리를 탐구하여, 자연과 진리 속에서 간소하게 자유의 혼으로 살아야 한다. 이것이 존엄한 인간의 모습이고 빈손·빈마음의 생활이다.

Ⅰ. 출가수도(出家修道)

1. 인간은 누구나 어디론가 훌쩍 떠나고 싶어 한다.

사람은 누구나 집을 떠나고 세상을 떠나 혼자 살고 싶은 마음을 품고 산다. 다 털어버리고 어디론가 훌쩍 떠나버리고 싶은 마음이 문득문득 일어나는 것이다. 현재 살고 있는 곳이 편안하게 머무를 곳이 못되고, 한 곳에만 매어 사는 것이 싫어지기 때문이다. 그리고 인간은 본질적으로 종속적 관계보다는 자주적인 개체 활동을 더 좋아하기 때문이다. 남에게 지배당하고, 지시받고, 멸시당하고, 굽실거리면서 살기보다는 차라리 홀로 지내는 것이 마음 편하겠다는 유혹에 빠져들기 때문이다.

우리는 세상을 살다보면 남들로부터 인간적인 존중을 받기보다는 부당한 대접을 받고 있다는 생각을 갖게 되는 경우들이 많다. 이는 나 자신이 못나서라기보다는 나보다 사회적 신분이나 서열이 높다고 해서 다른 사람에게 함부로 하고 괴롭히는, 비인간적인 인격의 소유자들로부터 피해를 당하고 있기 때문이다. 이러한 행위들은 우리 주변의 가정, 직장, 사회 각 곳에서 광범위하게 이루어지는 반인륜적 행위이다.

그로 말미암아 인간적인 권태감에 시달리게 되는 많은 사람들이 세상을 멀리 떠나 살고 싶은 충동을 일으키게 되는 것이다. 그러므로 이러한 사회현상은 어느 개인의 문제라기보다는 사회 전체의 문제가 될 수도 있는 것이다.

인간은 원래 함께 모여 살면서 상호 의존적 삶을 영위해 왔다. 그러므로 혼자서 살기 보다는 여럿이서 협동하며 살아갈 수 있는 사회환경 구성이 절대적으로 필요하다. 특히 서로 간에 마음을 나누고, 인정을 나누고, 생각을 나누고, 대화를 나눌 수 있는 문화 공동체 조성이 중요하다. 그러기 위해서는 사회구성원 상호간에 수직적 조직문화보다는 수평적 평등문화가 필요하다. 그래서 일방적인 지시, 명령, 지배와 같은 타율적 사회질서보다는 신뢰, 존중, 인격의 관계가 기반이 되는 자율적 사회질서를 지향해 나가야 하는 것이다.

그러한 도덕적 질서문화는 먼저 가정에서부터 시작되어야 한다. 가정의 중심을 이루는 것은 뭐니 뭐니 해도 가족들 간의 정적 유대관계가 가장 중요하다. 특히 함께 정을 나누며 함께 길을 걷는 동반자 즉 반려자가 필요한데, 이때의 반려자가 바로 부부인 것이다.

그런데 많은 경우 부부관계의 속을 들여다보면 반려라기보다는 남처럼 지내고 있는 듯하다. 왜 그렇게 되는 것일까? 도반(道伴)이 아니기 때문이다. 도반이란 함께 진리를 추구하는 친구를 뜻한다. 부부는 원칙적으로 도반이 되어야 한다. 도반이어야 함께 같은 길을 가고, 할 말이 끝없이 이어지고, 가는 정, 오는 정이 정겨운 것이다. 도반이 아니면 부부는 각으 외샛길을 따루 걷는 것이나 같다. 그러니까 함께 살아도 남이 되는 것이다. 그래서 자꾸만 떠나고 싶은 것이다. 웬일인지 무작정 떠나고 싶어지는 것이다.

우리 사회의 많은 사람들은 흔히 나는 옳고 상대방은 그르다는 편견을 갖고 있다. 이야말로 역지사지(易地思之)의 진리를 벗어나는 자기 모순이다. 이러한 모순의 논리가 인간사회를 비극으로 몰고 가는 것이다.

덴마크의 철학자 '키에르케고르'(S. Kierkegaard 1813-1855)는 덴마크의 국교인 기독교의 성직자들에게, 성직자 자신들은 그리스도와 같이 되려고 하지 않으면서, 신자들은 그리스도와 같은 사람이 되어야 한다고 말하고, 또 그리스도와 같은 사람으로 만들려고 한다고 비판하였다. 이는 곧 자기 자신을 모르는 인간의 모순을 드러내는 일이다.

이와 같이 자신을 살필 줄 모르면서 상대방을 비방하고 탓하면 함께 사는 이도 나를 떠나고 싶어 한다. 남편이 원하면 부인이 이를 따르고. 반대로 부인이 원하면 남편이 이에 따르도록 해야 서로 함께 있고 싶어 하는 것이다. 부부에게는 이처럼 서로 높고 낮음이 없어야 한다. 함께 길을 걷는 도반끼리 무슨 높고 낮음이 따로 있겠는가?

2. 떠나고 싶어도 쉽게 나서지 못하는 것이 인간이다

핏줄이라는 인연 때문에, 미지의 세계에 대한 불안 때문에, 다 버릴 수 없는 욕망의 미련 때문에, 먼 하늘 바라보며 서성거리다 보면, 어느새 나이가 들어 주저앉아 버리는 것이 우리네 인생이다. 떠나고 싶은데 피치 못할 인연 때문에 떠날 수 없는 사람은 재가수도자(在家修道者)로 살아야 한다. 집을 떠나는 출가(出家)가 아니라 집에 머물러서[在家] 수도하는 사람으로 사는 것이다.

수도란 무엇이 진리인가를 문학과 역사와 철학과 종교의 경전 속에서 찾아 나가면서, 세상 때가 묻은 내 마음을 깨끗하게 닦아 나가는 수행(修行)을 말한다. 이러한 수행을 오래 동안 계속해 나가다 보면 굳이 세속을 벗어나지 않는다고 해도 어느새 싫은 마음, 미운 마음, 고 달픈 마음은 사라져 가고 기쁘고 행복한 마음이 깃들게 된다.

그래서 이러한 수도생활은 나의 불행을 막아주는 성벽이 되어 준 다. 물론 재가수도에는 많은 제한이 따른다. 그러나 진리를 향한 자기 공부가 깊어지면 결혼해서 가정을 이루면서도 출가자처럼 수행을 할 수 있다. 이처럼 출가자의 마음으로 진리를 추구하고 진리를 실행하 면 비로소 빈손·빈마음의 수도자가 된다.

3. 톨스토이의 출가

아마도 '톨스토이'(Lev Nikolaevich Tolstoi 1828-1910)를 모르는 사람 은 없을 것이다. 그는 러시아가 낳은 세계적인 위대한 작가이고, 문명 비평가이고, 농민 운동가이고, 인류의 스승이다. 톨스토이는 1828년 9월 9일 모스크바에서 남쪽으로 200km쯤 떨어져 있는 '툴라'(Tula) 라는 도시에서 가까운 '야스나야 뽈랴나'(Iasnaia Poliana)에서 태어났다.

두 살에 어머님을 여의고, 아홉 살에 아버님마저 여의고, 숙모님과 고모님, 할머님의 손에 의해서 양육되었다. 카잔대학 동양어학과 (아 랍어와 터키어전공)에 입학하였으나 1년 후의 진급시험에 낙제하여 그보 다 쉬운 법과로 전과하였다. 그러나 그것도 1년쯤 다니고 그만두었 다. 고작 이것이 그의 학력의 전부다.

그리고 고향으로 돌아와 농사를 지었다. 23세에 군에 입대해서 28 세에 제대한 후로는 줄곧 고향에서 농사를 지으면서 작가생활을 하였다. 34세 때인 1862년에 16세 연하인 열여덟 살의 '소피아'(Sophiya)라는 여인과 결혼하였다.

그는 부귀영화를 다 버리고 스스로 가난하게 살면서 소작인들에게 각별히 깊은 애정을 주면서 살았다. 빈민구제사업과 농민교육을 하면서 러시아 정부가 중요시하는 지상적 가치에 대하여 격렬하게 저항하기도 하여, 사상이 불온하다면서 정부의 권력기관으로부터 가택수색을 당하기도 하였다. 또한 당시의 러시아 정교회를 신랄하게 비판하고 부정하면서 원시 기독교로 되돌아갈 것을 주장하여 교회로부터 파문을 당하기도 하였다. 당시의 파문은 교회 조직에서의 제명과 추방을 의미하였다.

1877년 「안나 까레니나」(Anna Karenina)를 완성한 이후에는 많은 고뇌 속에 살면서 물질문명에 대한 깊은 회의와 저항 속에서 글을 쓰기도 하고, 동시에 사유재산 제도의 폐지를 역설하기도 하였다. 이런 극단적인 사상 때문에 부인과도 갈등을 갖게 되었다. 그래서 모든 것을 다 버리고 자연 속으로 들어가 구도자(求道者)로서의 일생을 살고 싶은 마음을 가지게 된 것이다.

그는 40세가 되면서 벌써 쇼펜하우어, 칸트, 루소, 예수의 복음서 진리에 몸과 마음이 빠져 있었다. 그리고 세월이 갈수록 더욱 더 출가하여 자연 속에서 구도하고자 하는 마음이 강렬해졌다. 그래서 몇 번이고 출가를 시도하였으나 번번이 뜻을 이루지 못하고 그의 나이 82세 때에야 비로소 출가하였다.

1910년 10월 28일 이른 새벽에 잠들어 있는 아내에게 마지막 편지를 써놓고 빈손으로 집을 떠났다. 완전한 출가자가 된 것이다. 그의 나이 50세가 넘어 꿈꾸기 시작한 그의 평생소원이던 출가가 드디어 이루어진 것이다. 그러나 머무를 곳을 찾아 여기저기 헤매다가 병을 얻어 '우랄철도'의 작은 시골역인 '아스타포' 정거장에 내려 역장 관사에서 마지막 숨을 거두었다. 그때가 1910년 11월 7일 오전 6시이었다. 그토록 염원하였던 출가 소원이 이루어진지 불과 열흘 만에 세상을 떠난 것이다.

출가수도! 그것은 진리를 찾는 사람에게는 최고의 꿈이다. 완전한 진리가 그곳에 있기 때문이다. 톨스토이는 그 꿈을 이루면서 세상을 떠난 것이다.

4. 출가(出家)한 구도자의 운명

진리를 찾아 나서기 위해서 집을 떠나고 세상을 떠나는 것은, 우리의 일상적인 말로 표현한다면 자신의 숙명(宿命) 때문이다. 타고난 운명이 집을 떠나고 세상을 떠나게 하는 것이다. 도무지 가정생활을 정상적으로 할 수가 없고 이 풍진 세상의 굴레 속에서는 견딜 수 없는 운명이 지워졌기 때문이다. 그래서 가정생활이나 세상살이에서는 기쁨을 얻지 못하고 끝없는 진리탐구의 헤어날 수 없는 욕구에 빠져드는 것이다.

그로 인해 마침내 가정을 떠나고, 속세를 떠나게 되는 것이다. 뚜렷한 이유도 없이 자신도 모르게 끌려 들어가는 것이다. 그에게는 자연과 진리에 유별나게 감응(感應)하는 예민한 영혼이 깃들어 있기 때문이다. 그러한 영혼의 안내를 따라서 자신도 의식하지 못한 길로 걸어 들어가는 것이다. 걷다보면 어느새 세월이 흐르고 문득 되돌아보면 다시 돌아설 수 없도록 떠나 온 가정과 세상에서 멀리 떨어져 나와 있는 것이다.

출가를 단행하기까지에는 감당하기 어려운 인간적인 아픔이 따른다. 무엇보다도 부모에 대한 불효는 차마 말로 표현하기 어려운 고통을 준다. 그러나 이처럼 아픈 미음을 견디지 않고서는 속세와의 인연을 끊고 구도자로서 초자연적인 진리의 세계에 들어서기가 어렵다.

중국 당(唐)나라에 양개화상(良介和尚)이라는 고승(高僧)이 계셨다. 연

세가 깊으신 어머님을 봉양해야만 하는 처지였지만, 한 번 결심한 구
도의 길을 포기할 수가 없어서 눈물을 머금고서라도 집을 떠나지 않
을 수가 없었다. 그래서 출가하여 스님이 되신 다음에야 어머님께 글
을 올려 용서를 빌면서 허락해 주시기를 빌었다. 스님이 어머님께 보
낸 편지의 일부와 어머님이 스님에게 보낸 답장의 일부를 여기에 옮
겨 실어 부모·자식 간에 떠나는 마음과 보내지 않을 수 없는 아픔의
한 부분을 함께 공유해 보고자 한다.

《스님이 어머님께 보낸 편지의 일부》

良介 非拒五逆於甘旨. 蓋時不待人. 故云此身不向今生度,
更待何生度此身, 伏冀懷莫相記憶,

　"저는 어머님을 버리는〔殺母〕 큰 죄를 범하거나, 어머님께 대한
봉양의 책임을 어기고 싶은 마음은 없습니다. 다만 세월이 사람을
기다려 주지 않으므로, 지금 제가 진리의 세계로 건너가지 않는다
면, 다시 어느 세월을 기다려 진리의 세계로 들어갈 수 있겠습니까?
어머님께 엎드려 비옵나니, 저를 붙잡지도 마옵시고〔莫相〕, 생각하
시지도 말아 주십시오."

이 글 끝에 다음과 같은 시(詩)를 어머님께 써 올렸다.

末了心源度數春
翻嗟浮世謾逡巡.
幾人得道空門裡.
獨我淹留在世塵.
　謹具尺書辭眷愛

欲明大法報慈親
不須灑淚頻相憶
比似當初無我身.

林下白雲常作伴
門前靑嶂以爲隣
免于世上名兼利
永別人間愛與親.

인간이 무엇인지 깨닫지도 못하고,
수많은 세월을 보내고 보내면서,
뜬구름 같은 세상에 부질없이 머뭇거린 것을,
이제야 돌아보고 슬퍼하옵니다.
많은 사람이 불문(佛門)으로 출가하여,
진리를 깨달아 얻었는데,
저만 홀로 세상 티끌 속에 머물러 있었습니다.

삼가 짧은 글을 올려 어머님의 사랑과 하직을 하고,
깊고 넓은 진리 깨달아 어머님의 은혜를 갚고자 하옵나니,
눈물을 뿌리시며 기다리시지 마시고,
너무 많이 생각하시지도 마옵시고,
애초에 제가 없었던 것으로 여기십시오.

숲속에서 흰 구름을 벗으로 삼고,
문 앞의 푸른 산봉우리를 이웃으로 하여,
세상의 명예와 이익을 벗어 버리고,
사람들에 대한 애정과
가정에 대한 사랑도 영원히 떠나렵니다.

《 어머님이 스님에게 보낸 답서의 일부 》

父亡母老 兄薄弟寒 吾何依賴.
子有抛母之意 娘無捨子之心.
一自汝往他方 日夕常灑悲淚 苦我苦哉.
旣誓不還鄕 卽得從汝志.

　"네 아버지는 돌아가시고 이 어미는 늙었으며, 네 형은 박복하고
동생은 가난하니, 나는 누구를 의지하고 살아야 한단 말이냐. 너는
어미를 버릴 뜻이 있을지 모르지만, 이 어미는 너를 버릴 마음이 없
구나. 한번 네가 집을 떠난 뒤로부터는, 이 어미는 밤낮으로 슬픈
눈물을 뿌리자니 괴롭고, 괴롭구나. 집에는 돌아오지 않겠다고 너는
이미 맹세하였으니, 나는 다만 너의 뜻을 따르지 않을 수가 없구나."
(이상 필자 번역)

　이와 같이 구도를 위해 출가수행을 결심한다는 것은 참으로 가슴
아픈 아픔을 견디어야 하는 것이다. 그리고 출가수도는 세상에 대한
일시적 불만이나 염세적 충동만으로는 성공할 수 없다. 그만큼 진리
추구에 대한 절실함이 없이는 안 되는 것이다. 더구나 마음은 세속에
남겨 둔 채 몸만 떠나서는 더욱 안 된다. 만약 출가자로서의 진실한
마음의 자세가 갖춰지지 못하면, 오히려 출가수도 공동체 구성원들
간에 숱한 잡음과 불협화음을 파생시켜 예기치 못한 불상사를 일으키
기도 한다. 그러므로 출가수도를 결심하려면 철저한 자기 수행의지가
반드시 필요하다.
　다행히 출가수행의 과정에 잘 적응하여 마음이 안착되고, 자연과
진리에 귀의하는 도를 얻게 되면, 마치 비탈진 계곡을 사납게 흐르던
급류가 강이나 바다에 이르러 잔잔해 지듯이 비로소 정신의 바다도

맑고 깨끗해져서 구도에 전념할 수 있게 된다.

그로부터 차츰 잡다한 세상사와의 인연도 멀어지고 공허한 빈손·빈마음의 깨달음이 시작된다. 참으로 진리의 세계가 열려지게 되는 것이다. 그리고 나는 자연이 되고 자연은 내가 되는 우주 삼라만상과의 하나를 이루게 되는 것이다. 이와 같이 인생의 참 행복은 출가수도를 통해 얻을 수도 있다. 그만큼 출가수도의 수행을 통한 구도자의 삶은 온갖 세상의 명예와 재물과 권세의 유혹으로부터 벗어나 사랑과, 정의와, 진리의 세상을 맛볼 수 있게 하는 것이다.

그리고 그렇게 해서 얻어진 출가구도자의 깨달음은 다시 환속하여 세상 속으로 되돌아온다. 산속에 묻혀 썩혀지는 진리가 아니라 새 생명으로 움터 오르는 진리가 되어 법기(法器)에 고스란히 담겨져서 속세로 되돌아오는 것이다. 이것을 진리의 회귀성(回歸性)이라고 한다.

여기서 법기란 불가(佛家)의 말로 진리를 담을 그릇을 말한다. 진실한 출가 수도자들의 피나는 구도에 의해 얻어진 진리를 이러한 법기에 담아 온갖 탐욕과 죄악으로 물든 세상을 구제하는 정화수가 되는 것이다.

II. 간소한 생활

1. 간소한 생활과 가난한 생활은 다르다

간소하게 살 수 있는 사람은 이미 진리를 깨닫고 진리를 실행하고 있는 사람이나 같다. 진리를 깨닫지 않고서는 풍족한 생활의 유혹을 물리치고 간소한 생활을 해 나가기가 어렵기 때문이다. 여기서 말하는 간소한 생활의 진실한 의미는 단순히 외형적으로 드러나는 간소한 생활만을 뜻하는 것이 아니다. 내면적으로도 단순 명쾌하게 살아가는 것을 말하는 것이다. 좀 더 자세히 말하자면 마음으로는 풍족한 삶을 살고 싶지만 어쩔 수 없는 가난 때문에 절제된 생활이 불가피한 경우라면 이는 간소하게 살고 있다고는 할 수 없다는 것이다. 따라서 진실로 간소하게 산다는 것은 물질적인 빈부와 관계없이 정신적인 절제와 불필요한 물질에 대한 욕망을 절세하는 생활을 말하는 것이다.

인간이 살아가는 방식에는 여러 가지가 있겠지만 그중에서 충분히 많은 것을 가질 수 있음에도 불구하고, 지나친 욕심을 내려놓고 스스로 절제할 수 있는 인격을 갖춘 사람은 그렇지 않은 사람에 비해 진리

에 합당한 인생을 아주 훌륭하게 잘 살아가고 있다고 말할 수 있는 것
이다.

우리 주변에서도 진리에 충실한 사람으로서 호화롭게 사치를 부리
거나 남의 것을 탐내는 사람을 보기가 어렵다. 오히려 자신은 간소하
게 살면서도 스스로 절약해서 남은 것을 모아 아낌없이 남을 위해 나
누어 주는 선행을 행하는 것이다. 그런 의미에서 자신이 남보다 더 많
은 것을 가질 수 있다고 해서 함부로 낭비하고 사치를 일삼는다면 그
것은 큰 죄악이 되는 것이다.

동서양을 막론하고 옛 성인, 성현이나 출가 수도자들은 모두가 극
도로 절제된 가운데 간소한 생활을 했다는 것을 많은 기록들을 통해
알 수 있다. 그들은 입고, 자는 생활뿐만이 아니라 심지어는 하루 세
끼의 식사까지도 아껴먹었던 것이다. 이로 보아서도 간소하게 산다는
것은 신리의 규범에 따라 살아간다는 것을 알 수 있는 것이다.

우리가 일상생활 중에서 많은 것을 소유한다는 것은 그만큼 상대적
으로 소유하고 있는 물건을 관리하고 보존하는데 많은 정성과 시간을
빼앗기고 있다는 뜻과 같다. 그러한 행위는 마치 아이들이 특별한 의
미 없이 단순히 시간을 보내기 위해 장난감을 가지고 노는 어린 아이
와도 같다고 할 수 있다. 이 얼마나 어리석은 일인가? 차라리 그렇게
쓸데없는 시간을 보낼 바에는 그 시간에 진리탐구를 위해 독서를 하
는 편이 훨씬 유익하지 않겠는가?

「서경」(書經)에는 이런 말이 있다. 「玩人喪德 玩物喪志」 (사람들과 더불
어 쓸데없는 일에 마음이 팔리면 덕을 잃게 되고, 쓸데없는 물건들을 가지고 노는데
마음이 팔리면 사람의 가치를 잃게 된다.)

이는 내 인생의 귀한 시간을 쓸모없이 보내며 안 돼다는 교훈이 담
겨 있다. 시간은 우리 인생에 무한정 주어지는 것이 아니다. 내 인생
에서 쓸 수 있는 시간은 한정되어 있는 것이다. 죽음 또한 언제 나를

찾아올는지 모른다. 그런데 진리탐구는 뒤로 하고 쓸데없는 재물을 관리하는 데 아까운 정성과 시간을 보내야 하겠는가. 그러므로 우리는 생활에 꼭 필요한 물건이 아니면 욕심을 부리면 안 된다. 그 뿐만 아니라 먹는 것, 입는 것, 자는 것까지도 최대한 간소하게 살아가야 한다.

2. 스님의 삭발

불교의 스님들은 삭발을 한다. 세상사람 모두 기르는 머리카락을 왜 유독 스님들만 깎아 버리는 것일까? 그 머리카락이 진리공부에 방해가 되기 때문이다. 그것을 손질하고 다듬는데 불필요한 시간이 낭비되기 때문이다. 하찮은 머리카락까지 따로 신경 쓸 시간이 없는 것이다. 그토록 스님들은 머리카락 다듬는 일마저 귀찮아하는데 왜 우리들은 꼭 없어도 되는 수많은 것들을 가지고 애지중지하며 살고 있는 것일까? 그런 것들은 오히려 많이 가질수록 우리의 인생에서 귀중한 시간과 행복을 빼앗아 가는 마귀가 아니겠는가?

진리는 우리가 빈손 · 빈마음일 때 우리 곁에 더 가까이 와서 머문다. 그것이 바로 진리의 속성(屬性)이다. 그런 의미에서 보면 이 세상에서 진리를 가진 이가 드물다고 하는 것은 그만큼 빈손 · 빈마음으로 살아가는 사람이 드물다는 뜻이다. 그만큼 빈손 · 빈마음은 크게 깨달은 진리로부터 주어지는 것이다. 그러므로 많은 소유물을 가지고, 화려하고 부유하게 살다보면 진리는 결코 우리 곁에 오래 머물지 않는다.

그것은 어린아이가 성인이 되면서 가지고 놀던 장난감을 내던지듯이 어른들도 진리의 정신수준에 도달하기 위해서는 세상적인 물질의 욕망을 벗어 던져야 한다. 이는 교양 있는 여성일수록 몸에 거추장스러운 정도로 치장하고 다니는 각종 액세서리들을 떼어내어 버리는 것과 같다. 그만큼 자신의 진리에 대한 자신감의 표현인 것이다.

간소하게 살아야 한다고 해서 무조건 현대과학의 산물로 생산되는 물건들이 모두 무용지물이라는 뜻은 아니다. 뭐니 뭐니 해도 인류의 미래를 보다 안전하고 행복하게 보장해 주는 수단으로는 과학의 지혜에 의존할 수밖에는 없다. 특히 인류를 굶주림으로부터 벗어나게 해 주거나, 질병으로 인한 죽음의 공포로부터 해방시켜 줄 수 있는 유일한 희망은 과학의 발전에서 힘을 빌리지 않으면 안 된다.특히 과학기술에 의한 튼튼한 국방력 강화로 전쟁의 비극으로부터 우리의 평화와 안전을 지킬 수 있어야 한다.

어디 그뿐이겠는가? 과학기술의 발전은 우리 인간의 힘든 육체노동을 기계가 대신해 주도록 함으로써 우리 인간에게 시간의 여유를 갖게 하여 문화적 혜택의 기회를 확장해 주는 역할도 기대해 볼 수 있을 것이다. 그런데 문제는 이러한 과학문명의 예상치 못한 폐해들이 우리 인류의 장래를 어둡게 해 주고 있다는 사실이 우리를 도리어 우울하게 하고 있다는 점이다. 그것은 과학문명의 발전에 따라 우리 인간에게 주어지는 물질의 풍요와 시간의 여유를, 정신적인 진리탐구나 인류 공영을 위해 유익하게 이용되지 못하고 오히려 퇴폐적인 유흥, 사치, 범죄의 도구가 되고 있다는 점에서 실로 심각한 문제가 되고 있는 것이다.

3. 성인들은 왜 누더기 옷을 입었을까?

완전한 무소유의 실천은 성인(聖人)만이 가능하다. 그만큼 간소한 생활의 최고 높은 경지가 바로 무소유의 생활인 것이다. 간소한 생활과 무소유의 생활은 전혀 다른 별개의 개념이 아니고 동일한 세계 내에서 차원이 다른 생활이다. 그러므로 간소한 생활을 하면 성인의 경지에 가까이 들어온 것이나 다름이 없다.

성인의 옷은 대체로 누더기였다. 노자(老子)는 성인피갈(聖人被褐)이라고 하였다. 여기서 '갈'(褐)은 거친 베옷, 누더기 옷을 말한다. 진리를 깨달은 옛 고승(高僧)들도 주로 누더기 옷을 입었다. 이에 따라 진리를 추구하는 스님들도 누더기 옷을 입는 것이 관습이 되었다. 그래서 스님을 흔히 납자(衲子)라고 부른다. 이때의 '납'은 누더기 옷을 뜻한다.

수도생활을 하면서 좋은 옷을 찾아 입으면, 진리를 추구해 나가는 데 도움이 되지 않는다. 좋은 옷을 선택하려는 마음 자체가 이미 진리와는 동떨어져 있기 때문이다. 그런 만큼 좋은 옷은 지상적 가치에 불과하고, 지상적 가치는 진리와는 아주 먼 세계의 가치인 것이다. 따라서 성인의 옷이 누더기이듯이 진리를 추구하는 자의 옷도 누더기여야 하는 것이다.

누더기는 버려진 헌옷이다. 헌옷을 과감히 버릴 수 있어야 진리를 얻을 수 있다. 이때의 옷은 물질이 세계의 것이고 또 한편으로는 육신을 뜻한다. 물질에서 마음이 떠난 것이 간소한 생활이고 그 물질로부터 완벽하게 벗어나 있는 것이 바로 무소유의 생활이다.

성인의 집 또한 오두막집이다. 진리 역시도 오두막집에 머문다. 진리에게는 대궐 같은 큰 집보다는 오두막집이 더 잘 어울린다. 그리고 크고 화려한 집에서는 진리를 얻기가 어렵다. 그래서 의로운 사람일수록 큰 집에 사는 이가 거의 없다. 오히려 큰 집에 사는 것을 자랑으로 여긴다면 그는 진리에 반하는 소인배에 불과하다.

세상에서 가장 모순되는 일이 큰 집에서, 화려한 옷을 입고 사는 이가 유명인사로 행세하고, 많은 사람에게 추앙받는 일이다.

4. 행복은 주로 간소한 생활에서 우러나온다

대체로 생활이 간소하고, 정신이 단순 명료할수록 행복하게 살 수 있다. 이런 상태가 되기 위해서는 무엇보다도 빈손·빈마음이 되어야 한다. 이는 진리와 가장 가까워질 수 있는 최선의 조건이 되기 때문이다. 이때의 진리란 낮은 마음으로, 낮은 자리에 서서, 가난하고, 배운 것 없고, 힘없는 사람 편에 서서, 함께 행복을 누리는 것이다.

참된 행복은 바로 이와 같은 정신자세와 생활태도에서 나온다. 결코 물질적인 부에서 얻어지는 것이 아니다. 물질적으로 부유하게 되면 상대적으로 정신은 빈곤해지기 쉽다. 물질적으로도 부유하고 동시에 정신적으로도 부유하게 살기란 결코 쉬운 일이 아닌 것이다. 왜냐하면 물질의 추구는 거의 대부분의 경우 진리를 상실하게 되기 때문이다.

진리란 이처럼 참으로 오묘하고 신비하다. 물질이란 원래 가질수록 행복할 줄 알았는데, 막상 갖고 보면 행복은 멀리 달아나 버리는 것을 우리는 너무나 많이 보고 경험해 왔다.

그러므로 물질은 진리를 크게 벗어나지 않는 한도 내에서 가져야 한다. 다시 말해서 가능하면 물질적 소비를 줄이고 절약하면서 간소한 생활을 해나가야 한다는 뜻이다. 즉 작은 것에 크게 만족하며 사는 지혜가 필요한 것이다. 맹자는 이런 마음을 부동심(不動心)이라고 하였다.

아이들은 어른에 비하여 정신수준이 매우 낮다. 정신수준이 낮으니까 자기가 좋아하는 장난감만 가지고 놀다 보면 그 장난감을 한동안 그들의 최고의 재산으로 여긴다. 그러나 아이들은 한 가지 장난감을 오랫동안 가지고 놀다보면, 얼마가지 않아서 싫증을 내게 된다. 그때마다 더 비싸고 좋은 장난감을 사주어 보지만 며칠 못가서 또 다른 것을 요구하곤 한다. 이 일은 철이 들 때까지 계속 반복된다.

이와 마찬가지로 정신수준이 낮은 어른들은 물질을 최고의 재산이라고 생각한다. 마치 어린아이가 한 때 그들이 가지고 있었던 장난감을 최고의 재산이라고 알고 있는 것처럼 말이다. 그러나 정신수준이 낮은 어른들 역시도 한때 자신이 소유하고 있었던 물질에 영구적으로 만족하지는 못한다. 그래서 또 다른 물건, 더 많은 재화를 한도 끝도 없이 원하게 되는 것이다. 이 얼마나 어리석은 일인가? 그러므로 물질에 대한 욕망을 최대한 절제하고, 간소한 생활 속에서, 남과 함께 행복을 누리며 사는 것이, 가장 진리에 맞게 살아가는 생활의 지혜가 되는 것이다.

5. 바르게 사는 생활이 간소한 생활이다

어른이 철이 들려면 진리를 알아야 한다. 진리를 알기 위해서는 무엇보다도 필요한 것이 책이다. 따라서 집안에 가장 많이 소유되어야 할 물건이 책이라는 말이다. 좀 더 과장해서 말한다면 집안에 소장되어 있는 책의 값어치가 집값보다 더 높아야 한다는 뜻이다. 물론 자신의 부의 상징물로서의 장식용 책이나 지식인으로서의 허황된 과시 수단으로써 남들 보기 좋게 책장에 진열되어 있는 책을 말하는 것이 아니라 온 가족이 함께 읽고, 연구하고, 사색하고, 고뇌하게 하는 책이어야 할 것이다. 즉 가볍게 읽고 넘기는 삼류 소설류의 책보다는 인생을 진지하게 음미해 나가고, 심각하게 고민하게 하며, 생활의 지혜를 발견하게 하는 책이나 미래를 투시해 볼 수 있도록 하는 진리의 책들로 가득 채워질 수 있어야 한다는 말이다.

그런데 안타깝게도 우리 가정에서는 그렇게 많은 책을 찾아보기가 어렵다. 그만큼 집에 책이 없다는 것은 그 집에는 진리에 목마른 사람들이 많지 않다는 말이나 다름이 없다. 혹시 자식에게 물려줄 재산은

많을지 몰라도 가치 있는 정신적 유산이 될 만한 고전이나 양서는 없
다는 말이다. 그토록 집안에 소장되어 있는 책이 빈약하다는 것은 정
신적 생활면에서도 가난해 있다는 것을 반증하는 것이나 별반 다름이
없다고 해야 할 것이다.

이와 같이 집안에 쌓인 책은 없고 재산만 많이 축적되어 있으면 결
국 그 가정에는 후손들의 유산 상속을 위한 분란만 많아질 가능성이
커진다. 또한 진리를 얻기 위해 책을 읽는 시간보다는 평생 동안 돈버
는 일에만 몰두하여 모은 돈의 일부를 사회 공익사업에 쓰도록 희사
하는 미담이 간혹 신문에 보도되는 일이 있기는 하지만, 그중의 일부
는 자신의 이름을 세상에 널리 알리려는 목적으로 부정 축재한 돈의
극히 일부를 생색내기용으로 내놓는 일이 많아서 오히려 씁쓸한 기분
이 들기도 한다. 돈 많은 사람이 진정으로 사회 공익을 위해 자신의
논을 아낌없이 쓰겠다고 한다면 적어도 남강 이승훈 선생님처럼 자신
의 전 재산을 털어 오직 진리의 정신에 따라 가난한 이웃을 보살피고
나라를 위해 헌신할 수 있는 인재를 기르는 일에 쓸 수 있어야 한다.

인간생활에 정말 중요한 것은 무엇보다도 정의롭게 돈을 벌고 바르
게 사는 것이다. 정의롭게 돈을 번다는 말은 일은 다 함께 열심히 하
고 이익은 공정하게 나눈다는 것을 의미한다. 함께 일하여 얻은 수익
을 어느 한 쪽이 더 많이 갖게 된다면 그것은 곧 불의고 불공평이다.

돈을 버는 방법 중에서 가장 악질적인 것은 고리대금업이다. 유대
인의 고리대금업에 의한 축재는 이미 전 세계에 잘 알려져 있는 사실
이다. 그러한 내용을 담은 유명한 이야기가 셰익스피어의 작품인 「베
니스의 상인」에 나온다. 유대인들의 혹독한 돈벌이 수난이 발단이 되
어 결국 제 2차 세계대전 중 수백만 명의 유대인이 학살당하는 비극
을 맞게 되었다는 역사적인 사실을 잊어서는 안 된다.

바르게 사는 인생이란 나이 들수록 버리고 비워가는 인생을 말한

다. 버리고 비워가기 위해서는 무엇보다도 먼저 빈손 · 빈마음의 진리를 터득해 나가야 한다. 국가나 사회 역시도 마찬가지다. 한 나라의 정치가 바르게 서기 위해서는 정치인 스스로 빈손 · 빈마음의 정신이 되어야 한다. 자신의 권력과 명예와 공명심을 내려놓을 수 있을 때 비로소 바른 정치가 가능하다는 뜻이다. 교육과 종교에 있어서는 빈손 · 빈마음의 정신이 더욱 필요하다. 교육자나 성직자가 개인의 욕심을 부리게 되면 절대로 그 숭고한 사명을 다할 수 없기 때문이다.

좀 달리 말한다면 우리사회 전체가 바르게 되려면 그 사회에 소속된 모든 사람이 진리의 정신을 따라야 하고, 진리의 정신을 이루기 위해서는 그 모두가 빈손 · 빈마음이 되어 간소한 생활, 나누어 가지는 생활이 절대적으로 필요한 것이다.

III. 자유의 혼(魂)

1. 끝없는 욕망이 인간의 본질일까?

아프리카 초원에 사는 사자는 동물의 왕이다. 그래도 사자가 먹이를 사냥하는 일이 언제나 자기 뜻대로 쉬운 일만은 아니라고 한다. 실패할 때가 많고, 잡은 먹이를 다른 동물에 빼앗기기도 하고, 밤을 꼬박 세워가면서 싸워야 겨우 먹이를 잡는 경우도 있다고 한다. 우선 초원에 사는 모든 초식동물들은 사자보다 동작이 빠르다. 그러므로 가까운 거리에서 숨어 있다가 기습적으로 공격하지 않는 한 먹잇감을 잡기가 쉽지 않은 것이다. 기습공격 또한 쉽지 않다. 모든 초식동물들은 일반적으로 사자보다 눈이 밝고, 귀가 밝으며, 키가 크고, 코가 예민하기 때문이다. 이것이 자연생태계의 균형 원리이다. 이 균형 때문에 자연생태계에는 절대 강자가 없다. 그러므로 공존이 가능하다

사냥이 뜻대로 되지 않으니까 동물의 왕이라고 아는 사자도 배가 고플 때가 많다. 그러나 사냥에 성공을 해서 배가 부르면 잠을 자거나 앉아서 논다고 한다. 그리고 배가 고프지 않을 정도만 사냥을 할 뿐이

지 절대로 필요 이상으로 먹이를 구하려고 하지도 않는다고 한다. 그리고 사자가 잠을 자거나 가족들과 함께 놀 때에는 다른 초식동물도 사자를 경계하지 않는다. 그래서 사자 가족이 있는 가까이로 무심코 지나가기도 한다. 그래도 사자는 그들을 거들떠보지도 않는 것이다.

왜냐하면 배가 부른 사자는 더 이상 먹이를 얻으려는 욕망이 없기 때문이다. 동물의 왕인 사자에게도 배가 부르면 욕망이 없다는 것. 그것이 바로 자연생태계의 균형을 이루는 또 하나의 조건이다. 절대강자가 따로 없고 힘 있는 강자라고 해도 또 다른 욕망이 없으니까 자연생태계가 균형을 유지하고 함께 사는 것이다.

만약에 사자가 인간처럼 욕망이 무한대라면 초원의 초식동물들은 모두 멸종되고 말았을 것이다. 모두가 다 죽으면 결국 더 이상 먹이를 구할 수가 없어 자신마저도 죽고야 만다. 영원히 지구상에서 함께 공존하라고 하늘과 자연이 강자에게 욕망을 절제토록 한 것이다. 그러므로 동물의 세계에서는 배가 부르면 더 이상 욕심을 부리지 않는다.

그런데 어찌하여 인간의 욕망은 끝이 없을까? 배가 불러도 끝없이 새로운 욕망이 생기는 것일까? 이와 같이 끝없는 인간의 욕망은 인간의 본질인 것일까? 하늘이 주고 자연이 준 법칙일까? 어찌하여 인간에게만 유독 끝없는 욕망을 허용한 것일까? 아니다. 그럴 리가 없다.

인간의 끝없는 욕망 때문에 인간세계에서는 자연적인 균형을 이룰 수가 없고, 균형을 잃으면 인간사회는 파괴될 수밖에 없다. 이것이 자연의 법칙이다. 인간의 끝없는 욕망은 하늘이 준 것도 아니고 본질적인 것도 아니다. 이에 대한 증거는 지금도 석기시대를 살고 있는 아마존 강 유역의 원주민들과 오스트레일리아의 사막에 살고 있는 원주민들의 생활상을 통해 알 수가 있다. 이들에게는 필요 이상의 별다른 욕망이 존재하지 않는다. 그저 자연 속에서 자연스럽고 평화롭게 지낼 뿐이다. 어쩌면 욕망이란 낱말 그 자체도 그들에게는 없을 것이다. 이로 보더라도 자연 상태의 인간에게는 원래 욕망이란 없었던 것이다.

그러므로 인간의 무한한 욕망은 후천적으로 학습된 것이고 마음의 질병으로 발전된 것이다. 이것이 학습을 통해 증폭되고 성취감으로 증대되어, 자식들에게 후천적 형질로 변이되어, 빠른 속도로 증식되어 나간 것이다.

세월이 가면서 인간의 끝없는 욕망은 본능과 본질로 정착 되어진 듯 하지만 실제로는 본능이나 본질이 아닌 일종의 부모-자식 간의 병적인 전달 요소인 것이다. 왜냐하면 탐욕스런 부모 밑에서는 탐욕스런 자녀가 나오기 쉽지만 청렴한 부모에게서는 자녀 또한 부모의 성품을 온전히 이어받기 때문이다.

그와 같이 이 사회에 가득 찬 무한한 욕망은 그들 부모들로부터 보고 배우는 것이다. 가정에서 배우고, 학교나 직장에서 배우고, 정치인이나 경제인에게서 배운 것이지 결코 하늘로부터 주어진 것이 아니다. 다만 인간 대대로 전염되어 이어진 일종의 질병일 뿐이다.

인간의 끝없는 욕망으로 인해 사회는 균형이 깨지고, 함께 살아가는 공존의식이 없어지고, 역사는 참혹해진 것이다. 균형이 깨지면 함께 사는 공존의식이 없으니까 갈수록 적대감이 늘어만 가고 이러한 적대감 때문에 범죄가 양산되는 것이다. 그러므로 적대감은 범죄의 온상이 되고 끝없는 욕망은 결국 자기 자신까지도 죽이게 되는 것이다.

또한, 욕망은 나 자신의 감옥이 되기도 한다. 다시 말하면 나 스스로 욕망이라는 감옥에 갇혀 살다가 결국은 그 감옥 속에서 죽게 된다는 말이다. 고귀한 인생을 욕망이라는 더러운 감옥에서 벗어나지 못하고 그 속에서 살다가 죽게 된다면 그 얼마나 슬프고 불행한 일인가? 그뿐 아니라 나의 끝없는 욕망은 때로는 내 주변의 다른 사람에게 까지도 엄청난 피해를 안겨 주기도 한다. 그 또한 크게 죄를 짓는 일이 아닐 수 없다.

아무리 생각해도 현실에서의 우리의 욕망은 너무 지나치다. 그 욕망이 기본적인 인간의 생존을 위한 수준을 벗어나 동물의 세계에서조차 볼 수 없는 정도의 가히 악마적인 수준을 뛰어넘고 있는 것이다. 이래서야 어찌 인간이 인간다울 수가 있겠는가?

2. 진리가 바로 자유의 혼이 되게 한다

인간을 인간답게 하고 더욱 고귀하게 하는 것은 자유다. 인간다운 삶의 본질 또한 자유 속에 있다. 그러므로 자유가 없으면 인간다울 수가 없고 존귀한 인생도 없다. 인간에게 자유가 없다면 곧 죽음의 세계와도 같다. 이러한 자유를 속박하는 것이 바로 인간의 욕망이다.

내가 욕망을 더 많이 가지면 가질수록 진정한 자유는 줄어든다. 그러므로 나의 욕망이 나의 자유를 소멸시키는 것과 같다. 나의 자유가 소멸되면 나의 영혼도 함께 소멸된다. 또한 타인의 욕망으로 하여금 나의 자유를 침해하기도 한다. 지나친 욕망을 가진 자와 함께 하면 그만큼 나의 자유를 빼앗기기 때문이다.

자유는 무욕(無欲)에서 나온다. 욕망이 없으면 자유는 그 어느 것에도 얽매이지 않는다. 매이지 않으면 어느 때고 자유롭게 떠날 수 있게 된다. 이와 같이 자유롭게 떠날 수 있어야 진정한 자유를 누릴 수 있다. 그러나 욕망이 있으면 어느 한 곳에 얽매이게 된다. 억매이지 않는 자유 속에 행복이 있다. 그러므로 이 자유 속에서 비로소 빈손 · 빈마음의 진리를 얻을 수 있는 것이다.

욕망은 나를 자신의 노예로 만든다. 노예에게 무슨 자유가 있겠는가? 노예는 이미 인간이 아니라, 자유를 상실한 동물과도 같다. 노예는 오직 기본적인 생존의 욕망을 채우기 위해서 자신의 인격과 자존심을 불태워 없애 버린 자다. 그리고 노예에게는 진정한 자유가 없고 진리가 없다. 또한 행복도 없다. 그러므로 진리가 곧 자유인 것이다.

또한 인위적이고 율법적인 곳에는 자유가 없다. 그래서 인간 개개 인이나 공동체의 성장을 정지시키고, 질식시키고, 사멸시키는 것이다.

"자유가 곧 진리이고, 진리가 자유롭게 하고, 진리가 자유를 준다." 이 말은 「요한복음」 8장에 있는 말이다. 우리는 진리가 자유를 준다 는 예수님의 말씀에 귀를 기울여야 된다. 결국 욕망이란 진리가 아니 고, 진리가 아니면 욕망도 없앨 수 없으므로, 진리가 없으면 자유로울 수도 없다는 것이다. 그러므로 내가 진리를 가져야 자유를 누리며 자 유를 누리려면 욕망에 억매여서는 안 되는 것이다.

3. 마지막 잎새

인간의 욕망이란 본래가 후천적으로 학습된 것이기 때문에 자기 스 스로의 노력에 의해서도 얼마든지 버릴 수 있다. 그러기 위해서는 무 엇보다도 자신의 마음을 수양하고 양심을 지키려는 노력이 필요하다. 이러한 노력이 결국 나의 인생의 말년을 복되게 하고 나의 후손이 잘 살도록 할 수 있다는 믿음을 갖고 자신의 욕망을 절제해 나가야 하는 것이다.

우리는 평소에 먹고 싶은 것, 입고 싶은 것, 가고 싶은 곳, 하고 싶 은 것, 얻고 싶은 것, 가지고 싶은 것, 되고 싶은 것 등 끝도 한도 없는 욕망에 시달리고 있다. 그러나 이런 욕망들도 나이를 먹어가면서 그 실현이 가능성에 대한 한계를 깨닫고 마치 늦가을이 되어 나무의 잎 이 하나씩 떨어져 나가듯이 자연스럽게 소멸되어가기도 한다.

그리고 또 한편으로는 살아가면서 육신의 중병을 얻어 삶의 의욕이 감퇴되면 불타오르던 욕망이 갑자기 사라지기도 한다. 이런 경우는 어차피 죽음에 임박하면 나타나는 현상이 좀 일찍 나타나는 것이다.

그러나 보다 바람직한 일은 그보다 더 일찍 진리의 깨달음에 의해 자기 욕망을 줄여나갈 수 있어야 한다는 것이다. 그 시기는 빠르면 빠를수록 좋을 것이다. 공자의 말씀에 따르면 스스로 자기 욕망을 절제할 수 있는 나이를 불혹(不惑)이라고 하였다. 다시 말하면 인간의 나이 40세에 이르게 되면 누구나 모든 물질이나, 권력이나, 명예, 향락에 대한 욕망의 대부분을 내려놓을 수 있어야 비로소 군자의 도를 얻을 수 있다고 하였다. 그래서 나이 50세에 이르기 전까지는 욕망의 나무 잎을 모두 지상으로 떨어뜨릴 수 있어야 한다고 설파하신 것이다. 그리고 난 후에야 비로소 훌륭한 인생을 살았다고 자부할 수 있다는 것이다.

그래서 나이 50세를 지천명(知天命)이라고 하는데 지천명이란 자연과 인간과 진리를 보다 깊고 바르게 통달한다는 뜻이다. 즉 드디어 욕망의 불이 꺼지고 진정한 영혼의 자유를 누린다는 것이다.

그처럼 욕망의 마지막 잎새마저 완벽하게 떨어뜨리게 되면 그는 비로소 성인(聖人)이 된다. 성인은 완전한 자유의 혼을 가리키는 또 다른 이름이다. 그리고 완전한 자유의 혼은 완전한 빈손·빈마음에 이른 것을 말한다. 그로 인해 비로소 무한의 행복을 얻게 된다.

4. 자유를 얻지 못하면, 인간이 삶을 누릴 수 없다

인간은 누구나 다 영원을 향해서 달려간다. 그처럼 무한과 영원의 세계를 향해 가면서도 오직 눈앞의 땅만 보고 일생을 살면서 치고, 받고, 물고, 싸우면서 산다면 그것은 이미 인간이 아니다. 궁극적으로 인간이 향해서 갈 곳은 영원이다. 이것이 동물과의 차이점이다. 이처럼 인간은 자유의 공간을 끝없이 날면서 살도록 되어있는 존재인 것이다.

그러므로 사회개혁을 위한 싸움도 자유롭고 평화로운 방법으로 해야 한다. 그렇지 않으면 '진흙탕에서 싸우는 개'〔泥田鬪狗〕의 꼴이 되고 만다. 그런데 우리 인간의 거의 모든 싸움은 다 이런 꼴이 아닌가? 여유도 없고 유머나 사랑의 감정은 조금도 없이 오직 죽기 살기로 싸우지 않는가? 그와 같은 싸움은 인간이 아닌 짐승들의 싸움인 것이다. 그러므로 그런 싸움에서는 설령 내가 이긴다고 해도 결과는 짐승이 되는 것이다.

그러므로 사회를 바른 방향으로 이끌어 나가는 사람은 진정한 자유의 정신으로 영원, 불변, 불멸의 것에 가치를 두고 추구해 나가야 한다. 그래야 사회는 보다 아름답고, 평화롭고, 정의로운 것이다. 진정한 자유를 누리고 살려면 어떤 상황에서도 죄를 짓지 말아야 한다. 죄를 짓게 되면 그로부터 나의 정신적 자유는 소멸된다. 그러면 나는 내적 자유를 누리지 못하고 평화를 잃게 된다. 그리고 때로는 신체의 자유마저 빼앗기게 된다. 이런 상태에 이르게 되면 나의 운명은 비참해진다.

인류 역사상의 위대한 영혼, 행복한 영혼은 단 하나의 예외도 없이 모두가 자유의 혼이었다. 자기가 누리는 자유를, 영원을 향해 가는 자기의 영혼을 이 세상의 무엇과도 바꾸지 않았다. 차라리 굶어 죽을지언정 자유를 포기하지 않았다. 그러므로 행복은 오직 자유의 혼만이 누릴 수 있는 것이다.

5. 굴레를 벗어나야 비로소 자유의 혼이 된다

정신적 존재는 바로 철학적 존재다. 철학적 존재가 바로 영원을 향해 가는 사람이다. 정신적 존재는 오랜 정신생활에 의해서 이루어진다. 정신적 존재가 되면 죽는 것을 두려워하지 않게 된다. 죽음을 초월하기 때문이다. 진리에는 죽음이 없기 때문이다. 진리만이 죽지 않고 영원히 살아있기 때문이다. 이와 같이 진리로 인해 진리 속에서 살다 죽으면 그 진리는 많은 열매를 맺게 되는 것이다.

일반적으로 사람이 가장 두려워하는 것이 죽음이다. 그래서 악마들은 이 죽음을 무기로 삼아 우리를 불안에 떨게 하는 것이다. 그러나 그 죽음을 무조건 두려워하고 무서워하면 진정한 영혼의 자유를 누릴 수 없다. 그러므로 또 한편 죽음을 초월해 버린 것이 자유의 혼이다. 죽음을 초월해야 비로소 자유를 누릴 수 있기 때문이다. 죽음을 초월해야 비로소 완전한 빈손 · 빈마음이 될 수 있기 때문이다. 자유란 그처럼 고차원의 가치이고 이 넓은 세상, 그 많은 사람에게 보물과도 같은 존재인 것이다.

너무 지나치게 죽음을 두려워하는 데서 연쇄적인 죄악이 발생되기도 한다. 죽음을 너무 두려워하다 보면 불의에 맞서거나 악에 저항하는 의기(義氣)를 잃고 만다. 그래서 강자에게 비굴하고 옳은 말을 마음에만 담고 있을 뿐, 겉으로는 차마 입 밖에 내지 못하게 되고, 자신의 안일을 위해 비열해지는 사람이 되고 마는 것이다.

더 나아가서는 선하고 의로운 사람이 악에게 짓밟히는 것을 보고도 무심하게 방관하게 되고 국가나 사회가 망해가도 자기 일신의 안전만 챙기게 된다. 그리고 끝내는 악과 타협하고, 악에게 자기편의 정보를 누설하고, 악의 편에 앞장서서 정의를 죽이는 것이다.

악에는 일반적으로 두 종류가 있다. 직접적인 악과 적당히 멀리에서 방관하는 간접적인 악이다. 이때 방관하는 악의 한 형태가 바로 침묵이다. 악의 편에서는 침묵하는 자들을 묵시적인 자기편으로 간주하고 안하무인이 되어 아무런 죄의식도 없이 악을 저지르기 때문이다. 그 결과 침묵은 간접적으로 악을 돕게 되는 것이다. 그러므로 내가 뚜렷한 정신적 존재가 되지 못하면 필연적으로 자유의 사회를 억압하고 악을 번성케 하는 간접적인 협조자가 되는 것이다.

이와 같이 죽음을 두려워하는 마음, 비굴, 비겁, 소심, 방관, 이런 것들이 나를 꼼짝 없이 구속하는 마귀가 된다. 이런 것들이 바로 인간이 쉽게 벗어나기 어려운 굴레가 된다. 내가 이 굴레에서 벗어나지 못하는 한 나에게는 진정한 자유는 없는 것이다. 인간의 또 다른 굴레에는 신체적 장애가 있다. 신체적 장애는 자신의 본의와는 달리 자유를 제한하는 물리적인 굴레가 되어버리는 것이다. 안타깝고 슬픈 일이다.

그러나 실상(實相)은 상(相)에 있지 않다. 상은 결코 실상 자체가 아니고, 눈에 보이는 겉모습 즉 형상이고 외관이다. 그에 비해 실상이란 참모습을 말한다. 눈에는 보이지 않지만, 그 사람의 실체(實體)인 것이다. 겉이 그럴듯하다고 해서 속도 그런 것이 아니고, 겉모습이 곧바로 속 모습, 참 모습이 아니다. 참 모습은 따로 있는 것이다.

마찬가지로 사람을 사람답게 하는 것은 겉모습이 아니다. 겉으로 드러나지 않는 속 모습이다. 이 속 모습이 바로 영혼이고, 정신이고, 마음이다. 그런 의미에서 보면 장애인의 신체적 장애는 영원의 자유를 향해 나는 데 전혀 장애가 될 수 없다. 오히려 죄악에서 벗어나는 축복이 될 수도 있다. 스스로 형식적인 굴레를 쓰고 영원을 향해 나이가는 것을 사포자기 하는 것일 뿐이다. 그래서는 안 된다. 부단히 꿈을 펼쳐나가려는 몸부림이 있어야 한다. 오히려 육신의 유혹으로 인한 죄악으로부터 멀리 벗어나 있으니까, 정신적인 영혼의 자유를 더 쉽게 누릴 수도 있지 않겠는가? 그러므로 자유의 혼으로서 영원을 향해 날아오를 수 있도록 스스로 더욱 노력해야 된다. 몸이 자유스럽지 못한 만큼 더욱 강한 의지와 정신력으로 영원을 향해 날아가야 한다. 물론 그에 따른 신체장애인의 생활편의 제공에는 나라의 충분한 보살핌이 있어야 할 것이다.

또한 우리 모두는 그분들이 신체적인 고통을 최소화하면서 영혼의 진리를 추구해 나갈 수 있도록 따뜻한 사랑을 베풀고 좋은 환경을 만들어 주어야 한다. 또 한편 국가에서 힘을 기울여 사랑을 베풀고 복지를 베풀어 주어야 할 또 다른 사람들은, 피치 못할 사정으로 죄를 짓게 되어 형기를 마치고 나오는 교도소 출소자들이다. 이들을 위한 특별 목적세를 신설해서라도 이들이 인간대접을 받으면서 남은 인생을 살 수 있도록 도와주어야 된다. 우리 사회에서 가장 적응해 나가기 어려운 이들이 바로 이 분들이 아닐까 싶다.

이 분들이 살아가는데 어려움을 겪는 한 민주주의의 발전도 한낱 허구에 불과하다. 알고 보면 범죄자들이 저지른 죄악은 우리와 전혀 관계없는 남의 일만은 아니다. 범죄자들은 우리가 살고 있는 사회의 복잡한 인간관계 속에서 죄를 저지른 것이다. 그러므로 이 분들이 보다 편안한 환경 속에서 속죄하면서 남은 인생 동안 진리를 추구하고 진리에 따르며 살아갈 수 있도록 범국가적 차원에서 도와주어야 한다.

마지막으로 인간의 또 다른 굴레는 난치와 불치의 병이다. 그러나 병을 무조건 무서워하거나 피하려고만 해서는 안 된다. 체념해서도 안 되고, 그렇다고 해서 가볍게 여겨서도 안 된다. 평소에 꾸준히 건강을 관리하고 불의에 병을 얻게 되었을 경우에 적절히 대비해야 된다. 개인적으로 감당하기 어려운 큰 병을 얻게 되면 그 병이 굴레가 되기 쉽다. 굴레가 되면 자유로운 생활의 날개가 꺾이게 된다. 그러나 마음먹기에 따라서는 육신의 병은 세속적 가치의 지배를 벗어나게 할 수도 있다. 다소 역설적이긴 하지만 육신이 건강할 때보다도 더 정신적 진리를 추구할 수도 있는 것이다. 그래서 비록 육신은 침상에 누워 있다고 해도 육신을 잠시 벗어나서 영혼의 정신적 자유를 누릴 수도 있는 것이다.

그래서 영혼이 자유로워지면 의외로 육신의 병이 자연적으로 치유되는 기적이 올 수도 있다. 그와 같은 정신적 진리추구의 힘을 빌려 병을 치유하는 예는 우리 주위에서도 많이 볼 수 있다. 그러므로 만일 자기 힘으로 어떻게 할 수 없는 숙명적인 병의 굴레가 지워졌다면 진리의 힘으로 치유 받을 수 있도록 애써야 한다. 진리 속에서 자유의 혼이 되어 병의 굴레를 벗어 던져버려야 한다. 그리하여 자유의 혼이 되면 저절로 병으로 인한 괴로움은 소멸되고 다시 평화와 행복을 얻게 되는 것이다.

결론적으로 말하자면 어떤 일이 있어도 자신의 욕망이나 신체적 장애나 난치의 병 때문에 자유의 혼이 위축되거나 죽어서는 안 된다. 진리의 힘으로 초월할 수 있어야 한다. 자유의 혼이 죽으면 나도 따라서 죽게 된다. 자유를 잃으면 모두 다 잃는다. 몸부림 쳐서라도 삶의 모든 괴로움을 떨쳐버리고 높이 높이 날아올라야 한다. 그러면 비로소 그곳에 영원한 평화와 행복이 있다.

「장자」(莊子)에 보면 중국 전국시대 정(鄭)나라의 현인(賢人) '신도가'(申徒嘉)에 대한 이야기가 있다. 그는 젊은 날에 죄를 지어서 월형(刖刑)을 받았다. 월형이란 발뒤꿈치를 잘라버리는 형벌이다. 양발에 발뒤꿈치가 없으니 그만 불구자가 되어 버린 것이다. 불구의 몸이 된 후에 깊이 뉘우치고 정나라에서 유명한 '백혼무인'(伯昏無人)이라는 현인의 문하에 들어가서 19년을 배웠다. 선생님 문하에 있으면서 그는 자기가 올자(兀者)라는 것을 잊어버렸다. 올자는 '월형을 받은 사람'이라는 뜻이다. 선생님 문하에서 진리를 배우고 탐구하므로 인해서 그는 자기의 젊은 날의 전과(前科)와 자기의 신체장애를 초월해 버렸고 선생님도 신도가를 한 번도 올자로 대한 일이 없었다는 이야기이다. 이 말은 진리에는 신체장애가 따로 없다는 말이다. 신체장애나 전과에 매여 있던 올가미를 진리가 끊어 줌으로써 '자유의 혼'이 되어 살게 한다는 것이다.

자유의 혼이 되면 비로소 빈손 · 빈마음이 된다. 모든 것을 초월하여 진리의 세계를 날아다니게 된다. 행복은 바로 거기에 있는 것이다.

Ⅳ. 자연과 진리 속에 사는 인생

1. 인간이란 어떤 존재인가?

인간이란 무엇인가? 인간이란 어떤 존재인가? 인간의 참모습이란 어떤 것인가? 이것은 우리 인간에게 주어진 원초적 문제이다. 인생에 대한 깊은 고뇌와 길고 긴 시간동안 지속적인 탐구가 없이는 그 실마리조차도 붙잡을 수 없는 철학적인 물음이기도 하다.

그냥 되는 대로 살면 될 터인데 왜 굳이 이런 복잡한 물음이 필요할까? 먹고 사는 생존의 문제만으로도 머리가 아플 지경인데, 어느 세월에 이런 문제의 해답을 얻어낼 것이며 또한 그렇게 해서 궁극적으로 얻어지는 것은 무엇일까? 그렇다고 해서 그 모든 문제를 다 제쳐두고 세속적 가치만을 추구해 나간다면 과연 동물과는 무엇이 다를 것인가?

수천 년 인류의 역사를 살펴보면, 그중에는 참으로 사람답게 살다 간 사람이 있는가 하면 겉모습만 사람의 형상일 뿐 실제로는 짐승만도 못한 인생을 살다 간 사람도 부지기수이다. 사람이 사람을 보고 저 사람은 참으로 사람답다고 감탄하기도 하지만, 그와는 정반대로 짐승만도 못한 사람이라고 비난을 받게 된다면, 이 얼마나 치욕적인 일이겠는가? 그렇다면 과연 사람을 사람이게 하는 조건은 무엇일까?

사람은 누구나 예외 없이 자신이 상대하는 모든 사람들에게 보다 인간적이기를 기대한다. 그리고 아마도 인간적일 거라는 신뢰를 바탕으로 다른 사람과 교제하거나 거래를 한다. 그런데 만약 자신이 애초에 기대했던 만큼 신뢰성이 부족하거나 이해관계가 동떨어져 있다고 생각하면 이내 실망하고 더 이상 가까이 하지 않으려는 거부감을 표출하기도 한다. 이와 같이 사람은 동물과는 달리 나 아닌 다른 사람들은 모두 다 나보다 더 사람답기를 원한다. 그 결과 상대방이 자신의 기대에 미치지 못하면, 점점 더 서로 간의 불신의 정도가 깊어져서 인상이 찌푸려지고, 노골적인 불쾌감을 드러내고, 급기야는 울화통이 치밀어 올라 끝내는 갈등이 폭발하여 폭력을 행사하는 지경에까지 이르는 것이다.

이와 같이 인간 상호 간에 공통적으로 기대하는 인간관은 '누가 더 올바른 인간인가?' 하는 기준점에서 보아야 할 것이다. 그래서 내가 남에게 올바른 인간으로서의 신뢰와 존경을 받기 위해서는 무엇보다도 내면적 인간성을 꾸준히 닦아 나가야 할 것이다.

2. 인간의 올바름은 다시 둘로 나눌 수가 있다

올바름에는 사람 마음속에 내재화된 올바름과 행동으로 나타나는 행동화된 올바름이 있다. 일반적으로 내재화된 인간의 올바름을 '앎' 곧 '지'(知)라고 하고, 행동화된 올바름을 '행'(行)이라고 한다. 이 둘을 합쳐서 '지행'(知行)이라고 한다. 여기서 지와 행은 별개가 아니다. 행의 근본은 지에서 나오기 때문이다. 그러므로 행이 있으면 지가 있고, 지가 있으면 행은 반드시 있게 된다. 이때 앎은 있으나 행함이 없으면 이는 불구의 진리이고, 행함이 앞서고 앎이 결여되어 있으면 이 또한 불완전한 진리일 수밖에 없다.

때로는 마음속으로는 불온한 생각을 감추고 있으면서 겉으로는 짐짓 바른 언행인 것처럼 위장해 보이는 경우가 있는데 이를 위선적 행동 또는 다른 말로 제스추어라고 한다. 특히 이런 현상은 정치적 지배권력의 행태에서 많이 나타난다. 이처럼 비정상적인 위선의 행위는 남을 속이는 것이고 자기이익을 극대화하려는 일시적인 거짓 수단에 불과하기 때문에 우리사회에서 우선적으로 배척되어야 할 악행이다.

행함에 있어서도 또 다시 두 종류가 있다. 타인에게 보여주는 행동과 나 자신이 지켜나가는 행동이 바로 그것이다. 이때 타인에게 내보이는 바른 행동을 '성'(正)이라고 한다면, 나 자신이 지켜나가는 바른 행동을 '의'(義)라고 한다. 좀 더 구체적으로 말하면 상대방에게 하는 말이 바르고, 남에게 보이는 몸가짐이 바르고, 일을 바르게 하고, 돈을 바르게 벌고, 쓰는 것을 정(正)이라고 한다면 반면에 내 몫을 소유하는 데 바르게 하는 것을 의(義)라고 하는 것이다. 그런고로 내가 정당하게 차지해야 할 몫보다 더 많이 차지하고, 받아서는 안 될 것을 받고, 가질 자격이 없는 데 가지려 한다면 그것은 불의(不義)한 행동인 것이다. 이와 같이 남과 나에게 바르게 행동하기란 결코 쉬운 일이 아닌 것이다.

사람에게는 누구나 정당한 자기 몫이 있다. 그 이상을 가져가려 하고 자기에게 합당하지 않은 것을 소유하려 한다면 그것은 불의다. 이처럼 정당한 자기 몫을 알지 못하는 것은 마음속에 올바른 앎이 존재하지 않기 때문이다. 아울러 타인의 몫을 자기만의 것으로 독차지 하려고 한다면 그것은 도둑의 심보이다.

흔히 민주국가에서는 선거를 만능으로 여기는 경향이 있다. 그러나 모든 선거가 다 정당한 것은 아니다. 선거에 참여하는 유권자의 지적 수준이 중요하기 때문이다. 이때 지적수준은 지식의 수준을 뜻하는 것이 아니다. 내면적인 지적 판단능력이 충분히 갖추어지지 못한 유권자들의 투표로 선출하는 경우, 그 선거의 결과는 엄밀하게 말해서 올바른 정(正)이라고 할 수 없다. 따라서 이러한 선거로 선출된 경우에는 물론 약간의 예외가 있을 수도 있겠지만 선출자의 거의 대부분이 자기 몫 이상을 차지하는 불의한 결과를 초래하게 되는 것이다.

필자가 왜 갑자기 이런 말을 꺼내느냐 하면 이 세상에는 법을 가장한 불의가 너무 많다고 생각되기 때문이다. 민주국가는 곧 법치국가인데 국민의 지적수준이 갖추어지지 않으면 민주주의의 법도 결국 악의 도구로 전락하고 만다는 뜻에서다. 그러므로 올바른 민주주의도 국민의 앎이 충분히 성숙되어 있지 않으면 불가능하고 오히려 불의만이 성행하기도 한다는 말이다. 역설적으로 말하면 독재는 국민의 앎의 부족에서 생기는 독버섯이 된다는 것이다.

앎이 없는 권력자가 무지의 환경을 만나면 필연적으로 독재의 괴물로 변신한다. 이 괴물이 곧 인간의 정신을 말살하는 살인마가 된다. 이 살인마는 배고픈 인간의 정신을 잡아먹고 대신에 약간의 빵을 나누어 준다. 사람들은 그에 속아서 열심히 눈앞의 작은 빵만을 좇으며 살아간다. 이 얼마나 어리석은 일인가?

정신을 죽이는 괴물이 어찌 독재자뿐이겠는가? 오늘날 우리 주변의 종교마저 인간의 기본적인 정신을 죽이는 악마가 되고 있다. 이점을 결코 가볍게 여기지 말고 깊이 있게 생각해 보아야 한다. 이러한 오늘의 현실을 볼 때 사회 전체가 총체적으로 정(正)과 의(義)를 외면하고 올바른 앎을 말살하고 있다고 한다면 지나친 말일까?

마음속에 깃들어 있는 '앎' 곧 '지'(知)를 다르게는 '이'(理)라고도 한다. 理는 올바름을 뜻한다. 혹자는 이 理를 도(道) 또는 진리(眞理)라고도 한다. 여기서 진(眞)은 '참으로'라는 뜻이다. 그러므로 진리는 '참으로 올바른 것'이 된다. 그래서 참으로 올바르다는 말은 언제, 어디서나, 누구에게나 옳다는 뜻이 된다. 다시 말하면 시간과 공간을 초월해서 모든 사람에게 보편적으로 옳다는 말이다.

이렇게 '옳은 것'을 절대라고도 하고 영원불멸이라고도 한다. 이때 조금 옳은 것은 일리(一理)있다고도 한다. 우리가 일상적인 대화에서 자주 사용하는 '너의 말에 일리가 있다.'는 말의 뜻과도 같다. 그렇다고 해서 일리는 전체적인 진리를 가르치는 말은 아니다.

또 한편 행(行)은 덕(德)이라고 한다. 그리고 도(道)와 덕(德)의 관계를 동양철학에서는 체(體)와 용(用)의 관계라고 한다. 체는 몸이고 용은 그 몸의 움직임 곧 행동이다. 그러므로 덕은 도에서만 나오는 것이고 도가 없으면 덕도 없다는 말이 된다.

이 덕은 올바른 행동을 말한다. 그러므로 올바른 행동은 올바른 도에서만 나오는 것이다. 여기서 도는 지(知)를 뜻한다. 내재된 진리와 표출된 진리를 합하여 올바름이라고 한다. 그래서 지식은 진정한 지의 전부가 아니다. 그러므로 지식만을 가진 사람이 반드시 올바르다고는 볼 수가 없다. 그처럼 지식과 올바름은 특별한 상관관계가 거의 없는 것이다. 엄밀히 말해서 지식은 진리와는 또 다른 영역이다. 그러므로 지식인은 단순한 식자(識者)일 뿐, 현인(賢人)이나 철인(哲人)일 수 없고 도덕군자나 인격자가 될 수 없다. 지식만으로는 올바른 인격이 형성되지 않는다. 따라서 바른 인격은 진리에 의해서만 형성된다.

그러므로 지식인이 지식만 추구하고 진리추구를 하지 않으면 대부분 깡통처럼 되어서 인간의 정신을 피폐하게 만들고 한낱 의미 없는 악의 도구로 쓰이고 만다. 인류역사에서 보더라도 거의 대부분이 악독하고 무식한 독재자를 부추기고 도운 사람이 바로 지식인들이었다.

제대로 진리를 가진 자는 결코 독재자를 돕지 않는다.

진리를 모르면 아무리 학식이 많아도 무지한 자에 불과하다. 그래서 지식인이 많은 사람들로부터 경멸을 받는 대상이 되는 것이다. 오늘날처럼 지식이 발달된 시대에, 지식이 교묘한 악의 도구 노릇을 하는 것은 큰 사회악의 원인이 되고 있음에 주목할 필요가 있다.

3. 인격과 위선의 가면

진리를 탐구하고 진리를 깨달아서 행하는 존재가 바로 인간이다. 그러므로 인간 존재의 핵심(核心)은 진리인 것이고 오직 진리에 의해서 사업을 하고, 일을 하고, 사랑을 하고, 행복을 추구해 나가야 하는 것이다. 이것이 진정한 인간의 모습이다. 그런데 진리를 갖지 않고 사업을 하면 그 사업이 바르게 되기가 어렵고, 진리를 갖지 않고 일을 하면 매사의 일이 바르게 되지 않으며, 진리를 갖지 않고 사랑을 하면 동물적 사랑이 되어 곧바로 남남으로 갈라선다.

이와 같이 인간이 진리를 소유하지 않으면 아무도 그를 참된 인간으로 여기지 않는다. 인간으로 여기지 않는다면 그는 죽은 자나 다름이 없게 된다. 그런데 사람이 가지는 진리의 정도는 다 각기 다르다. 깊이가 다르고 넓이와 양이 서로 다른 것이다. 근본적으로는 진리는 무한하다. 그러나 무한하다고 해서 절대 이를 수 없는 것은 아니다. 다만 세속적 가치에 일방적으로 내 마음이 끌려가지 않으면 진리의 세계에 능히 맞닿을 수 있는 것이다.

우리가 살면서 진리의 세계에 들어가지 못하면 불의와 위선을 쉽게 식별하지 못한다. 진짜와 가짜를 식별할 수가 없다보니 가짜가 진짜를 밀어내고, 가짜가 진짜 행세를 해도 모르고 지나치는 것이다. 이

사회에 얼마나 많은 가짜들이 진짜로 대접받고, 진짜처럼 행세하고, 당당하게 살아가고 있는지를 생각해보자!

사람은 대부분이 자기는 무조건 옳다고 주장한다. 모두가 자기를 보고 틀렸다고 손가락질해도 자기는 그렇지 않다고 우긴다. 그래서 다른 사람의 손가락질은 아랑곳하지 않는다. 내심으로는 남들의 자기를 향한 비난에 극심한 심적 괴로움을 겪으면서도, 자기는 끝까지 모른 척하고 은근슬쩍 넘기려고 한다. 이런 사람은 결코 진리의 인간이 될 수가 없다.

사람은 스스로 자기 얼굴을 잘 기억하지 못한다. 매일같이 거울 속에 비치는 자기 얼굴을 수십 번을 반복해서 보았다고 해도 그 얼굴이 뚜렷하게 기억나지 않는 것이 사람의 본질이다. 타인의 얼굴은 몇 번만 보아도 쉽게 기억하면서도 자기 얼굴은 수만 번 거울을 보아도 기억할 수 없는 것은 동물적 본성 때문이다. 그만큼 동물은 자기 자신을 모른다. 그러나 자기 새끼 얼굴이나 다른 동물의 얼굴은 쉽게 구분 한다. 그러므로 사람은 자신의 태생 그대로는 알 수가 없다. 수없이 거울에 자기 얼굴을 비추어 보면서도 자기 얼굴을 뚜렷이 기억하지 못하는 것처럼 열심히 진리를 터득해 나간다고 해도 막상 자기를 정확히 알기는 결코 쉽지 않은 것이다.

그렇다고 해서 아예 진리탐구를 하지 않는다면 그나마 자기 자신을 전혀 모르게 된다. 진리추구를 계속해 나가야 희미하게나마 자신을 알게 되고, 더욱 진리수준이 높여 나가야 겨우 가는 눈을 뜨게 되는 것이다. 그리하여 성인(聖人)의 경지에 이르게 되면 비로소 자기 자신을 바르게 알게 되는 것이다. 그러므로 기본적인 진리탐구조차노 되지 않은 상태에서 섣부르게 자신의 주장을 설대적으로 옳다고 고집해서는 안 된다. 어쩌면 그러한 아집 자체가 죄악이 될 수 있기 때문이다.

진리를 미처 깨치지 못한 인간은 한낱 단순한 생물학적 존재일 뿐이다. 생물학적 존재의 작은 소리는 의미 없는 잡음에 불과하다. 흔히들 이러한 생물학적 존재에 머물러 있는 자들이 진리를 함부로 매도하고 진리를 모욕한다. 엄연히 진리임에도 자기가 보기에는 그것은 진리가 아니라고 단정하고 비난을 퍼붓기도 하고 일방적으로 매도하기도 한다. 왜 그럴까? 그것은 진리를 갖지 못한 자신의 정체가 폭로될까봐 두렵고 자신의 사적 욕구충족에 방해가 되기 때문이다. 이는 수준이하의 비인격적인 행위에 불과하다.

인격을 라틴어로 '페르소나'(Persona)라고 한다. 영어의 '인격'이라는 말인 'Person'이나 'Personality'는 'Persona'에서 유래한 것이다. 'Persona'의 본래의 뜻은 '가면' 또는 '탈'이라는 말이다. 가면이라는 뜻의 Persona를 인격이라는 의미로 사용한 것은 인간은 비록 동물이지만 그중에서도 특별히 인격이라는 가면을 쓴 동물이라는 말이다. 다시 말하면 동물성을 인격이라는 가면으로 가리고 있다는 말의 뜻이다.

이런 뜻에서 인격은 '인간의 탈'이다. 그러므로 인격이 형성되지 않으면 인간의 탈을 쓰고 있지 않다는 말이다. 동물성이 표출되지 않도록 잘 가리어져 있으면 인격자가 되지만 잘못 가리어져 있으면 동물이 되는 것이다. 또한, 인격이란 오랜 세월 동안 진리를 추구하면서 마음의 때를 잘 닦아내야 자연스럽게 형성되는 것이다. 절대로 억지로 만들어지는 것이 아니다. 인격이라는 가면을 억지로 만들어 쓰면, 마치 원숭이가 버젓이 넥타이 매고 양복을 입고 다니는 우스꽝스러운 꼴이 되고 마는 것이다.

우리 주변에는 급히 만들어 쓴 가면으로 거드름을 피우는 이가 적지 않아 보인다. 이것은 원숭이가 정장을 하고 거리를 활보하는 것과 무엇이 다르겠는가? 거드름은 원래 인격을 제대로 갖추지 못한 자가

부리는 대표적인 가식이다. 그러므로 가식이라는 낱말조차도 인격의
세계에서는 존재하지 않는다. 이때의 인격을 이루고 있는 것이 바로
진리와 도덕이다. 따라서 진리와 도덕이 없으면 인격은 없다. 그러면
누가 인격이 있는 사람다운 사람인가? 도덕과 진리 곧 인격을 가진
이가 사람인 것이고 진리와 자연 속에서 바른 인격을 갖고 사는 이가
바로 올바른 인간이 되는 것이다.

4. 인간은 어디서 와서 어디로 가는 것인가?

얼핏 보면 사람이란 한평생 자기만의 인생을 살다가 죽는 것 같지
만 실제로는 자기 인생이 독립된 것이 아니고 위로는 조상과 연계 되
어 있고 아래로는 자손들과 이어져 있다. 여기서 말하는 조상은 전통
적으로 부모님을 포함한 나의 위로 삼대를 말하고, 자손은 나의 아들·
딸을 포함한 아래로 삼대를 말한다. 물론 이러한 기준은 단정적으로
정해진 것이 아니고 실제로는 훨씬 위와 아래로 이어 질 수 있다.

일반적으로는 위로 삼대를 나의 전생이라고 하고, 아래로 삼대를
나의 후생이라고 여겨도 좋을 것이다. 그런 의미에서 보면 사람에게
는 삼생(三生)이 있다고 말할 수 있다. 즉 전생과 나의 인생인 금생(今
生)과 후생인 것이다. 물론 이 삼생 중에서 가장 중요한 것은 내가 현
재 살고 있는 금생이겠지만, 이에 못지않게 전생도 중요하고 후생도
또한 중요하다. 왜냐하면 나는 유전적으로 전생의 영향을 받지 않을
수 없고 나의 후생 역시도 나로부터 유전자 영향을 받지 않을 수 없기
때문이다. 나의 윗대로부터 직접 받는 영향은 나의 선대(先代)의 인격과
환경에 의해서 받는 영향을 말한다. 물론 여기서 말하는 환경은 사회
환경 보다는 부모의 인격을 통해 만들어진 가정환경을 말하는 것이다.

그러므로 사람이란 한 세상을 인간답게 살기 위해서는 전생을 잘 타고 나야 되고, 나의 금생을 바르게 살아야 하며 아울러 늘 후생도 함께 생각해야 한다.

되는 대로 막 산다는 말은 이러저러한 생각 없이 자기 좋을 대로, 편리할 대로 사는 것을 말한다. 내가 막 살면 후생이 불행하게 되고, 금생 또한 원만하지 못하고 거칠고 힘이 든다. 이와 같이 거칠고 힘든 삶은 인격을 제대로 성장시키지 못하고 타고난 성품마저도 어지럽히고 죄악에 빠질 가능성이 커진다.

나의 심층적 심리, 성격, 도덕성은 위로부터 아래로 이어준다. 물론 이어받는 것만이 절대적인 것은 아니다. 절대적인 것이 아니라는 말은 나의 대에서 변할 수도 있다는 말이다. 그러나 위로부터 이어받은 것은 웬만한 노력이나 결단으로는 쉽게 변하지 않는다. 과감한 결단, 부단한 노력, 수준 높은 진리로만이 단절이 가능해지는 것이다.

그러므로 조상 탓만 해서는 안 된다. 비록 조상으로부터 불리한 조건과 바람직하지 못한 환경을 이어받았다 할지라도 나의 노력으로 충분히 극복할 수 있고 개선해 갈 수 있기 때문이다. 물론 그렇지 않은 사람에 비해서는 힘이 더 드는 것은 사실이다. 그러나 전생으로부터 좋은 것을 이어받았으면 그것을 더욱 발전시키고, 바람직하지 않는 것을 물려받았으면 그것을 단호히 끊어버리는 노력을 해야 하는 것이다.

다행히도 위로부터 훌륭한 인격과 환경을 물려받았다면 그것은 큰 축복이다. 이러한 축복은 조상으로부터 받은 큰 복이다. 나의 전생이 행복했다면 나 역시도 행복하게 살겠지만, 그 반대이면 행복하기가 쉽지 않을 것이다. 마찬가지로 내가 지금 행복하지 못하면 내 자녀들 또한 행복할 수 없을 것이다. 그러므로 나의 전생보다는 좀 더 낫게 살도록 노력해야 하고 다음 후생을 더욱 행복하게 잘 살 수 있도록 복을 쌓아 나가야 할 것이다.

 아버지, 어머니의 인격이 만들어 놓은 가정의 정신적 바탕은 어린 시절에는 피할 수 없이 받아드릴 수밖에 없는 숙명적 환경이 된다는 것을 부모는 항상 유념해야 한다. 사람의 정신적 성장에 결정적으로 영향을 미치는 것은 유전보다는 환경이기 때문이다.

 여기서 강조하는 환경은 물질적 가정환경이 아니고 정신적인 환경이다. 물질적으로는 비록 가난하다고 해도 부모가 서로 깊은 사랑으로 이어져 있고 그래서 도덕적이고, 생활이 건실하며, 가정에 늘 사랑과 웃음이 넘친다면 유전적인 요인은 크게 문제가 되지 않을 수도 있다. 유전보다는 어린 시절에 부모님에게서 보고 배우는 것이 더욱 중요하기 때문이다. 유전이란 단지 '가능성'이고 '잠재적'인 것이다. 이 가능성이 내게서 얼마나 발현되느냐 하는 것은 어린 시절의 가정환경과 나의 노력에 달린 것이다.

 조부모님이나 부모님에게서 어린 시절에 보고 배운 것이 없으면 유전적 요인도 바람직하지 않는 방향으로 나타날 가능성이 커지고, 보고 배운 것이 많으면 그만큼 바람직한 방향으로 나타날 가능성이 커질 것이다. 그러므로 이어받은 유전보다는 보고 배울 부모님의 인격이 중요하다. 부모가 스스로 깨우친 인격이 중요하다는 것이다. 다시 말하면 잠재적인 유전보다도 후천적인 노력으로 형성된 인격과 가정의 정신환경이 결정적으로 자녀들에게 영향을 끼친다는 말이다.

 그러므로 나의 위로 삼대에 걸친 인격체가 나의 전생이 된다. 이렇게 만들어진 인격은 조상의 유전적인 요인과 후천적 노력이 복합적으로 작용해서 금생에 나타나는 꽃이고 정신적 환경이 되는 것이다.

 그런데 여기서 유의해야 할 것은 죄악은 유전되지 않는다는 점이다. 부모로부터의 죄악은 사식에게 그대로 유전되지 않는다는 말이다. 그러므로 전생으로부터 타고 나는 범죄형이 따로 있는 것이 아니다. 따라서 타고난 범죄형이 따로 있다는 선입관은 엄청난 무지의 소치인 것이다. 다만 유전되는 성격이나 기본적인 도덕성의 정도에 차이가 있을 뿐이다. 남들보다 더 바르고, 더 선하고, 더 아름다운 성품을 물려받기도 하고 그보다 수준 낮은 진, 선, 미의 정서적 감각을 물려받기도 한다는 말이다.

다시 말해서 죄악이란 유전적으로 물려져 내려오는 것이 아니고 그 사람의 타고나는 성격과 후천적으로 형성된 인격의 정도에 따라 각자가 처한 환경에 대응해서 표출되는 것이다. 그런 만큼 더 바르고, 선하고, 아름다운 성품을 타고난 사람은 죄악에 빠질 가능성이 그만큼 적고 반면에 그러지 못한 사람은 죄악에 빠질 가능성은 있지만 그렇다고 해서 죄악 그 자체를 고스란히 선천적으로 이어받는 것은 아니다.

그리고 모든 죄악은 대부분 상대적 반작용으로 나타난다. 상대방이나 가정, 사회 환경으로부터 나에게 가해지는 작용에 대한 상대적 반작용이 일반적인 도덕률이나 법의 한계를 넘어서서 나타나는 결과가 바로 죄악인 것이다. 그러므로 흔히 우리 주변에서 가난하고 배운 것이 적은 사람들의 범죄를 그들의 숙명이나 조상 탓으로 단정 지어서는 안 된다. 그들의 범죄는 주로 도덕성이 결여된 가정환경이나 불합리한 사회환경에서 오는 반작용인 것이다. 그러므로 나의 후손에게 죄악의 나쁜 형질이 이어지지 않도록 하기 위해서는 무엇보다도 나 스스로의 도덕성과 사회구성원으로서의 좋은 인격을 갖추어 나가도록 해야 할 것이다.

5. 산다는 것은 무엇인가

몸 건강하고, 열심히 일하고, 공부하면서 사람답게 사는 것이 올바른 '삶'이다. 그러므로 산다는 것은 사람다운 사람이 되어가는 과정이다. 사람이 사람다워지지 않는다면 그 인생은 헛된 삶이 된다. 직장에서나 혹은 다른 곳에서 함께 일하면서 때로는 강한 거부감을 갖게 되는 경우가 있다. 사람답지 못한 이를 만나게 될 때 주로 느끼게 되는 감정이다. 이처럼 불편한 감정에 빠져들게 될 때 우리는 인간이 산다는 것이 무엇일까를 스스로 묻게 된다. 과연 이렇게 살아야 하는가. 이렇게 사는 것이 인생의 어떤 의미가 있을까를 묻지 않을 수가 없게 된다. 이러한 물음은 내가 편안하고 행복할 때는 잘 떠오르지 않는다. 그러나 이 물음이 없으면 인생을 사는 진실한 의미를 깨우칠 수 없게 된다.

우리는 그러한 인생의 화두를 진지하고 심각하게 물어야 한다. 어쩌면 이 물음은 일생 동안 계속 될 수도 있다. 그러나 우리는 그러한 물음에 처음에는 진지하고 심각하게 빠져 들다가도 이내 술에 취한 듯 몽롱한 기분이 되어버리거나, 자신과의 비겁한 타협 끝에 쉽게 체념하여 버리고 오직 지금 당장의 현실을 살아가기 위해서 어느덧 주변 상황에 동화되어 버리고는 한다. 기껏 마지막 내린 해답이라는 것이 '인생이란 모두가 다 그렇고 그런 것이지 뭐' 하는 식이다. 이것은 결코 인생에 대한 바른 해답이 아니고, 산다는 것에 대한 물음을 회피해 버리기 위한 자위에 불과하다. 이래서는 안 된다. 보다 더 인생을 잘 살려고 한다면 중도에 그치지 말고, 끝없이 물어서 기어코 그 해답을 찾아내야 한다. 끝없이 묻고 해답을 찾아 나가는 것이 진정한 철학적 인생이다.

철학은 가벼운 웃음에서 시작되는 것이 아니다. 대부분이 고단한 괴로움으로부터 시작된다. 그런 의미에서 보면 고뇌는 철학의 산실(産室)이 된다. 인생의 피로움은 '철학하는 것'을 통해서만 극복될 수 있다. 다시 말하면 철학하지 않으면 인생의 괴로움은 일생 동안 계속된다는 말이다. 그러므로 산다는 것이 무엇인가? 과연 이렇게 사는 것이 바른 인생인가? 라는 물음이 떠오르면 그것을 피하지 말고 본격적으로 철학하는 생활을 해야 된다. 그러면 자기도 모르는 사이에 인생의 철학은 시작되는 것이다. 이런 기회를 놓치면 안 된다. 두려움 없이 철학의 길로 들어서야 된다.

철학을 통해 발견된 진리가 내게서 체질화되고 내 생활의 중심이 된다면 그때서야 비로소 나는 확고한 '자기철학'을 가지게 된다. 그리고 이렇게 해서 터득한 자기철학은 많은 이들로 하여금 공감을 주고 감화를 주게 되는 것이다. 이와 같은 자기철학이 확립되면 필연적으로 바른 인생을 살게 된다. 바르게 살게 되면 타인에게 불편한 마음을 주지 않고 행복과 편안함을 주고 국가사회에도 공헌하게 된다. 그리고 세상의 모든 이들이 악을 멀리하고 선을 가까이 하도록 선도하게 된다.

그러므로 산다는 것이 무엇이냐는 물음은 어떻게 사는 것이 바르게 사는 것이냐는 물음과 같다. 인생을 잘 살기 위해서는 항상 철학하는 생활자세로 자기철학을 명확하게 세워 가면서 살아야 한다. 그렇지 않으면 인생을 바르게 살 수 없는 것이다. 그리고 우리가 인생을 어떻게 살아야 하느냐라는 또 다른 물음에 대해서는 진리와 자연 속에서 함께 살아야 한다는 명제가 필요하다. 그래야만 바른 인간이 된다. 인간이 바르게 살만한 곳은 오직 진리와 자연밖에는 없기 때문이다.

육신을 가진 내가 진리와 자연 속에서 함께 살게 되면 조상으로부터 이어받은 바람직하지 못한 성품은 끊어지게 되고, 훌륭한 성품만 남게 되어 후손에게 전해지게 된다.

진리를 돌부(鈯斧)라고도 한다. 돌(鈯)은 작은 칼이고 부(斧)는 도끼다. 진리란 칼처럼 잘라내고 도끼처럼 찍어서 끊어버리는 역할을 하기 때문에 돌부라고 하는 것이다. 잘못된 것을 끊어버리는 것이 진리이고 진리가 아니고서는 끊어지지 않는 것이 죄악인 것이다.

　진리와 하나가 되면 자연이 되어 자연처럼 살게 된다. 그는 밝은 달, 시원한 바람과 같고, 맑은 시냇물, 우뚝 솟은 바위와 같으며, 푸른 하늘, 푸른 바다와 같고, 청초한 수련(睡蓮), 고고한 학(鶴)과 같다. 동서남북 어디에 가도 거침이 없고, 다른 이가 시비를 해도 이를 상관하지 않으며, 온 종일 홀로 말 없이 앉아 있어도 한순간도 진리를 떠나 있지 않으며, 거친 음식으로 주림을 면해도 배고픔을 모르고 일생을 사는 것이다.

　단순한 지식과 지능만으로는 시계(視界) 안에 있는 겉모습밖에 볼 수 없으나 진리는 무한을 내다보고 깊은 내면을 들여다본다. 그리고 자연과 진리를 품에 안으려면 진리를 찾는 나의 정성이 하늘에 닿아야 된다. 하늘에 닿는 정성이 없으면 품에 안을 수가 없다. 나의 정성이 하늘에 닿으려면 이 세상에 물거품처럼 허망한 것들에게 나의 황금 같은 시간을 주시 말아야 된다. 그리고서 일천산(一千山), 만(萬) 물줄기를 본 다음에야 비로소 진리를 보는 눈이 생긴다. 천 가지의 사상, 만 권의 책이 일천 산, 만 물줄기다. 일생을 바치는 정성이 없으면 진리도 자연도 함께 할 수 없다. 따라서 참된 인생도 없다. 참된 인생이 없는데 행복이 어떻게 있을 수 있겠는가?

　인생은 어디서 와서 어디로 가는 것일까? 전생에서 와서 한 세상을 살다가 후생으로 가는 것이다. 좋은 전생에서 와서 나의 금생도 진리와 자연 속에서 잘 살았으면 좋은 후생으로 가게 된다. 여기서 좋은 후생이란 진리의 몸, 곧 법신(法身)이 되어 역사 속에 묻혀 살거나 후손의 영혼 속에서 사는 것을 말한다. 나의 전생이 부도덕하고 불의하게 진리를 떠나 진리 편에 서지 않고 살았다면, 나의 인생은 그만 악의 화신이 되어 가치 없는 존재로 역시 속에 묻히게 되거나 후손의 세름직한 마음속에 남게 된다.

　나의 전생이 설령 진리였다고 해도 내가 그저 밥이나 먹고 그럭저

럭 살았으면, 나는 죽음과 함께 한줌의 의미 없는 흙이 되어 자연의 상태로 돌아간다. 그러나 나의 전생이 죄악의 구렁텅이에서 왔다고 할지라도 내가 노력하여 진리 속에서 금생의 내 인생을 잘 살았다면 나는 법신이 되어 후생으로 넘어가게 된다.

그러므로 나만 잘하면, 나의 전생의 업보는 문제가 되지 않고 금생과 후생이 다 잘될 수도 있다. 그런고로 금생에서 내가 어떻게 사느냐가 중요한 것이다. 내가 금생을 진리와 자연 속에서 잘 사느냐, 진리와 자연 밖에서 잘못 사느냐에 내 인생의 모든 것이 달려있는 것이다.

인간의 진면목은 자연과 진리에서 와서 자연과 진리 속에서 살다가 결국 다시 원점으로 되돌아가는 것이다. 그곳은 인간의 영원한 고향이고 근본이며 인간이 운명적으로 가야 할 길이고, 영원히 살아야 할 공간이며, 영원히 머무는 천국이고, 열반이고, 극락인 것이다.

자연만물은 모두 자연에서 와서 자연으로 돌아가지만, 인간은 모두 진리와 자연에서 와서 진리와 자연으로 되돌아가게 된다. 이것이 바로 빈손 · 빈마음이 되어 참 인간으로서 진실로 행복하게 살다가 떠나는 것이다.

V. 알바트로스(Albatross)

1. 하늘새

'알바트로스'(Albatross)라는 새가 있다. 이 새는 주로 육지에서 멀리 떨어져 있는 대양에서 서식한다. 그러므로 대양을 항해하는 사람들에게 자주 목격되는 새이기도 하다. 주로 태평양에 많이 서식하지만 북대서양을 제외하고는 육지에서 먼 바다에는 어디에서나 볼 수 있는 새이다. 가장 유명하고 잘 알려진 것은 남반구에서 서식하는 알바트로스인데 그 알바트로스를 'The Wandering Albatross'라고 부른다. '끝없이 나는 알바트로스'라는 뜻이다.

이미 잘 알려져 있는 바와 같이 남반구는 적도 이남의 반구인데 북반구에 비해서 육지는 월등하게 적고 태평양, 인도양, 대서양이 광막하게 이어져 있는 반구이다. 이 광막한 대양을 끝없이 나는 새가 'The wandering Albatross'이다.

이 새는 몸길이가 130cm 정도이고 몸 색깔은 순백색이며 부리는 크고 핑크색이다. 바닷새 중에서 몸집이 가장 큰 새이고, 하늘을 나는 모든 새 중에서도 이 알바트로스 만큼 큰 새는 없다. 몸무게는 10kg 정도이고 양 날개를 편 날개의 길이는 3m 50cm 정도이다. 날개의 끝은 뾰족하고 꼬리는 짧다. 하늘을 날고 있는 새 중에서 가장 긴 날개를 가지고 있다.

날개는 배의 거대한 돛과 같아서 오랫동안 공중에 떠서 에너지를 소비하지 않고도 날 수가 있다. 폭풍 속에서도 힘들이지 않고 편안하게 날 수 있는 독특한 새이기도 하다. 또한 지상의 모든 새 가운데서 가장 높이, 가장 멀리, 가장 많은 시간을 나는 새이다. 그리고 활공(滑空)의 명수이다. 활공이란 날개를 퍼덕이지 않고 하늘을 떠다니는 것을 말한다. 날개의 독특한 모양과 크기 때문에 거의 쉬지 않고 광막한 대양을 가로질러 먼 거리를 계속해서 몇 달이고 날 수 있는 활공의 명수(Master of gliding flight)인 것이다.

깃털은 윤활유로 덮여 있어서 자연적인 방수가 가능하고 극심한 추위에도 충분히 견딜 수 있다. 몸매는 단단하고, 발은 짧고, 물갈퀴가 있다. 먼 하늘을 바라보면서 끝없이 날아가다가 쉬어 갈 때에는 바다의 파도치는 물결 위에 그대로 내려앉아서 쉰다. 물결 위에 떠있는 상태로 잠도 자고, 심지어는 날면서도 잠을 잘 수 있다고 어떤 조류학자들은 말한다.

남미(South America) 최남단을 케이프 혼(Cape Horn)이라고 한다. 남위 55도쯤에 위치하고 있다. 그 아래에 '드레이크 해협'이 있다. 이곳은 파도가 거칠고 무섭기로 유명하다고 한다. 이처럼 험악한 자연환경에서도 알바트로스는 아주 잘 적응한다. 무서운 폭풍도, 거친 파도도, 혹심한 추위도 알바트로스에게는 두렵지 않은 것이다.

비록 생존을 위해 먹이는 바다에서 구하지만 막상 바다의 수면 위에 머무는 시간보다는 끝없이 하늘을 날며 사는 천상의 새인 것이다. 이처럼 어려운 생존환경에 사는 알바트로스가 하늘을 가장 멀리, 가장 높이 날아오르는 것이다.

알바트로스는 단지 알을 낳고 새끼를 기를 때만 육지에 잠시 머문다. 여기서 육지란 아주 작은 무인도로 대륙에서 멀리 떨어진 외딴섬을 말한다. 이 무인도에 둥지를 만들고 알을 낳는다. 11월에 알을 낳기 위해서 이곳으로 모여든다. 알은 2년에 한 개를 낳고, 알의 색깔은 백색이며, 크기는 일반적인 달걀 6개를 합친 정도이다. 알은 암수가 교대로 70일 정도 품고 나면 부화가 된다.

갓 태어난 새끼는 어미들이 토해주는 먹이로 자란다. 먹을 것을 입으로 물어다 주지 않고 자기가 먹은 것을 토해주는 것이다. 이는 '사다 새'와 비슷하다. 먹이를 나누어 주기 위해서 어미 새들은 일주일에 두세 번 정도 새끼를 찾아온다. 때로는 눈이 많이 내리면 새끼는 눈에 덮인 채 웅크리고 앉아서 어미를 기다린다. 눈에 덮여 있는 둥지를 어미 새는 정확하게 찾아 눈을 헤치고 새끼에게 먹이를 준다. 새끼는 둥지에서 멀리 떨어져 나와 혼자 놀다가도 어미 새가 찾아오면 급히 둥지로 되돌아와서 먹이를 받아먹기도 한다.

새끼는 순백색의 솜털로 덮여 있는데 어미가 토해주는 먹이로 무럭무럭 자라서 6개월이 지나면 어느 정도 성숙하게 된다. 그러나 이때는 작은 솜털로 덮여 있을 뿐이어서 날지는 못한다. 그로부터 다시 3개월이 지나서야 깃털이 충분히 자라서 날 수 있게 되고 먹이를 스스로 구할 수 있다. 이리하여 부화된 새끼는 270여 일 만에 둥지를 떠나 하늘을 날 수 있게 되는 것이다. 이와 같이 둥지에서 어미 새가 주는 먹이로 자라는 기간이 다른 새에 비해서 월등하게 긴 편이다.

새끼가 처음 둥지를 떠날 때에는 어미 새가 데리고 하늘 높이 날아오른다. 새끼가 무사히 하늘 높이 날아오르면 거의 1년에 걸쳐 알을 낳고, 알을 품고, 새끼를 양육할 의무에서 해방되고, 그 어미들은 비로소 자유의 하늘을 마음껏 날아다닌다.

둥지를 떠난 새끼는 3, 4세가 되어서야 알을 낳을 수 있지만, 그것은 흔한 일이 아니고 대개는 7, 8세가 되어야 알을 낳는다. 늦게는 15세가 되어서야 알을 낳기도 한다. 그런고로 태어난 지 10여 년을 자유롭게 사는 것이다. 그러고 나서 서로의 짝을 구한다. 짝도 쉽게 만나는 것이 아니고 오랜 기간에 걸친 구애로 이루어지는데 한번 짝을 이루면 다른 한쪽이 죽을 때까지 함께 산다. 그러나 알을 낳는데 여러 차례 실패하면 헤어지는 경우도 있다. 이는 참으로 사람과 흡사해서 기이하다.

수명은 일반적으로 50년 정도이고, 먹이는 주로 물고기와 해파리이다. 알바트로스는 바닷물을 그대로 마신다. 이때 과다하게 섭취한 염분은 다음에 코를 통해서 몸 밖으로 내보낸다. 그러나 알바트로스는 먹는 데는 별로 흥미가 없는 듯하다. 먹이를 잡는데도 아주 서투르다. 30일간을 먹지 않고도 견딜 수 있다고 한다.

먼 바다로 항해하는 원양어선을 계속 따라다니기도 하는데 이때는 사람을 전혀 두려워하지 않는다. 자신을 해칠 수 있는 데도 불구하고 경계하지 않고 따른다. 일반적으로 갈매기는 사람이 가까이 가면 달아나지만 알바트로스는 그렇지 않다. 그렇다고 해서 배의 갑판에 내려앉지는 않는다. 그러나 사람이 배에서 던져주는 음식을 받아먹기도 한다.

알바트로스는 몸집이 크고 힘이 센 새인데도 그에 비해 참으로 온순하다. 전혀 무섭지 않고, 고고한 모습이다. 사람에게는 아무런 해도 끼치지 않는다. 1932년 이전에는 태평양의 여러 섬에 많은 알바트로스가 서식하고 있었는데 현재는 많이 볼 수 없다. 일본인들이 깃털을 채취하기 위해서 대량으로 포획하여 죽였기 때문이다.

(* No doubt there would be far more Albatross in the world today, had it not been for the organized slaughter of the Albatross for their feathers, which the Japanese carried on for many years prior to 1932. : The Wonderful world. vol. 2. 267 page 인용.)

알바트로스는 놀라운 귀소능력을 가지고 있다. 자기들의 집단번식 지나 자기 새끼가 있는 둥지로 되돌아가는 능력이다. 하와이 북서쪽에 있는 미드웨이 군도에서 둥지에 있는 18마리의 알바트로스를 비행기에 실어 그곳에서 6,500km나 떨어진 북태평양 먼 곳에 옮겨놓았는데 4마리를 제외하고는 모두 다 자기 둥지로 돌아왔다고 한다. 어떻게 그렇게 정확하게 찾아올 수 있는지는 알 수 없는 신비이다.

대양을 항해하는 선원들은 예전부터 알바트로스에 대하여 깊은 존경과 두려움을 가지고 있었다. 그리고 인간에게 행운을 가져다주는 새로 믿고 있었으며 알바트로스를 죽이면 반드시 불행이 온다고 믿었다. 다음과 같은 옛 전설 때문이었다.

먼 옛날 대양을 항해하던 어떤 선원이 알바트로스를 총으로 쏘아 잡았는데 이때 알바트로스가 붉은 피를 흘리며 바다에 떨어질 때 온 바다가 피바다가 되었다고 한다. 그리고 그 배는 난파당하여 표류하게 되었는데 그 난파선은 악마가 이끄는 대로 표류하면서 온갖 고난을 겪었다고 한다. 그 선원은 그에 대한 깊은 회개와 함께 구원이 되었지만 때때로 악몽과 같이 되살아나는 과거의 죄 때문에 참회를 위해 끝없는 고난의 순례를 하였다고 한다.

이런 전설을 주제로 하여 영국의 유명한 시인 '사무엘 코올리지'(Samuel Coleridge. 1771-1834)가 시를 썼는데 그 시가 바로 "The Rime of the Ancient Mariner(老水夫의 노래)"이다. 이 시는 지금까지 전해져 오는 바다에 관한 시로서 가장 유명하다.

이와 같이 알바트로스는 하늘나라의 새이고 진리의 새이다. 진리의 새이기 때문에 죽이는 자는 반드시 그에 상응하는 고통을 받게 되고 하늘의 새이기 때문에 땅에 내려와서는 제대로 적응하여 살 수가 없다. 실제로 알바트로스는 땅에 내려오면 잘 걷지를 못한다고 한다. 걷는데 아주 서투른 것이다. 그만큼 땅은 그가 살만한 곳이 아니다. 가장 높이, 가장 멀리, 끝없이 날수는 있지만 땅에 내려와서는 잘 걷지도 못하고 먹이를 구할 수도 없다. 이를 통해 알바트로스는 인간에게 많은 것을 시사해 주는 하늘새이다.

아마도 하늘나라 사람, 진리의 사람도 알바트로스와 같을 것이다. 이 땅에서는 세속적인 삶에 그다지 능숙하지 못한 것이다. 그러므로 이 세상 사람과 다른 빈손·빈마음인 것이다. 달리 말하면 빈손·빈마음만이 무한한 하늘을 날 수가 있는 것이다. 이와 같이 인간도 무한을 나는 새가 되어야 하는데 영원을 향해 날지 못하고 땅에만 집착해서 살아야 하겠는가?

2. 땅의 사람

사람이 무한한 하늘을 날 수 있게 되면 필연적으로 빈손·빈마음이 된다. 그런데 대부분의 사람들은 눈을 크게 떠서 하늘을 올려다보지 않고 땅을 내려다본다. 이처럼 진리에 뜻이 없으면 하늘을 외면하고 사는 것이다. 그러나 진리에 뜻을 두고 오직 진리만을 생각하고 진리를 쫓는 이는 항상 하늘을 바라보며 산다. 이와 같이 하늘을 바라보며 사는 이는 마음이 평화롭고, 바르고 선하며, 행복하게 살 수 있는 사람이다.

높고 푸른 하늘, 하얀 뭉게구름이 흘러가는 무한정의 하늘, 저녁노을 붉게 물든 하늘, 달 밝은 밤하늘, 영롱한 별빛 속에 초승달이 지고 있는 서편 하늘, 그처럼 아름답고 신비스런 하늘을 잊고 산다면 어떻게 행복할 수 있다는 말인가. 어떻게 인간다운 삶을 영위해 나갈 수 있다는 말인가?

완벽한 행복이란 지상에는 없다. 땅은 주로 경제활동의 바탕이고, 하늘은 정신세계를 이룬다. 하늘을 바라보며 복잡한 세상사를 잊고, 자유와 평화가 넘치는 하늘에서 삶의 의미를 찾고, 마음의 양식, 마음의 기쁨을 얻게 될 때 비로소 우리 인간은 행복할 수 있다. 한도 끝도 없이 소유하려는 탐욕의 마음이 하늘을 보는 내 눈을 멀게 하고, 하늘을 날아오르고자 하는 내 마음을 억제하는 것이다.

그러므로 참된 인간으로 살고자 한다면, 더 많이 소유하려는 탐욕으로부터 벗어나야 한다. 소유의 욕구로부터 완전히 벗어날 수 있을 때 우리는 비로소 참된 평화와 자유를 누릴 수 있게 되는 것이다. 그러기 위해서는 우선 생활에 불필요한 낭비를 줄이고 검소한 생활을 유지해 나가야 할 것이다.

조금만 깊이 생각해보면 우리는 돈을 쓰기 보다는 돈을 버리는 생활에 익숙해 있다. 쓸데없이 버리는 돈을 무슨 수로 감당할 수 있으며 무한정의 소비욕구를 어떻게 다 충당할 수 있다는 말인가? 무한대의 소비욕구 속에서는 경제는 영원히 불경기를 면할 수 없다. 우리는 예전에 비해서 엄청나게 많은 물질적 재산을 소유하고 있다. 그에 비해 마음의 행복은 크게 늘지 않았다. 그러함에도 인간의 소유 욕구는 여전히 증가하고 있다. 과연 그러한 인간의 무한한 욕구를 충족시킬 수 있겠는지를 염려하지 않을 수 없다.

사람은 누구나 먹고 사는 데만 전전하면 참새처럼 왜소해져 버린다. 국가도 마찬가지로 경제 제인수의를 지향해 나간다면 의로운 국민정신은 갈수록 피폐해 질 수밖에 없다. 그에 따라 의로운 국가 인재들도 점차 쇠멸해 갈 것이고 그로 인해 결국 국가의 방위력도 약해지게 될 것이다.

그러므로 모든 경제활동은 어느 정도에서 자족할 줄 알고 하늘처럼 무한의 세계를 바라볼 수 있어야 된다. 매사를 원대한 하늘에 눈을 두고 살아야 한다. 그래야만 세상을 바라보는 눈이 근시안을 벗어나 진리의 세계로 나아 갈 수 있다.

세상이 물질 중심사회, 개인이익 최우선의 사회가 되면 서로간의 진실 된 화합은 기대할 수 없게 된다. 인간의 사회에서는 오직 화합만이 나라를 지키고, 화합만이 노동의 생산성을 높이고, 화합만이 인류 사회를 발전시키고, 화합만이 인류공영에 이바지할 수 있다. 그런데 이러한 화합이 없이 어떻게 행복한 인류 사회를 유지해 나갈 수 있겠는가? 공산주의의 붕괴는 결과적으로 이러한 화합의 질서가 무너진 데서 비롯된 것이다. 마찬가지로 인류 상호간의 화합이 없이는 모든 세계의 문명마저도 마침내 붕괴되고 말 것이다.

하늘을 나는 새 중에 위대한 알바트로스가 있듯이 이 지구상에는 만물의 영장인 알바트로스형 인간이 있다. 몸은 비록 땅을 벗어나 살 수 없지만 영혼의 존재 면에서는 능히 하늘을 날 수 있는 위대한 존재인 것이다. 어느 면에서 인간은 알바트로스는 비교가 되지 않을 정도로 시간과 공간을 초월한 존재이다. 영적인 능력을 이용하여 수천만 년 과거로 거슬러 올라갈 수도 있고, 수천 년 미래의 앞날을 예측할 수도 있으며, 멀고 먼 은하계의 이름 없는 실개천의 잔잔한 물가에서 노닐 수도 있는 것이다. 알바트로스가 별로 힘들이지 않고 하늘을 날 수 있듯이 사람 역시도 힘들이지 않고 우주의 시공간을 자유자재로 날 수도 있는 것이다.

그런데 불행히도 우리 인간은 우선 당장 먹고 사는 생존의 문제 때문에 그처럼 무한한 영적 기능을 잊고 살아왔다. 그러다보니 안타깝게도 우리끼리 서로 헐뜯고, 싸우는 등의 저속한 존재로 타락해 버리고 말았던 것이다. 이 얼마나 불행한 일인가? 우리는 지금이라도 우리의 정신적 영역에 잠재된 영적기능을 되찾아서 무궁무진한 영혼의 행복을 추구해 나가야 할 것이다.

멀리, 높이 나는 새일수록 큰 새이다. 큰 새일수록 고고한 기품이 깃들어 있다. 큰 새일수록 하늘에 오래 머물고 지상의 생활에는 별로 마음을 두지 않는다. 그와 달리 땅에 몸을 붙이고 사는 새일수록 그 반대다. 인간도 이와 동일하다. 큰 인물일수록 하늘에 마음을 두고 산다. 한낱 권력이나 감투에 연연한다면 그것은 참새 같은 소인배에 불과하다.

이제는 우리도 경제적으로는 먹고 살만하게 되었다. 나를 구속하고 있는 속박의 끈을 끊어버리고 하늘 높이 날아오르자! 알바트로스처럼! 아니, 알바트로스보다 더 높이, 더 멀리! 그보다 더 높이 날아오르지 않으면 위대한 역사와 위대한 세계를 영원히 꿈꿀 수 없다.

이 세상에서 가장 볼품이 없는 소인배는 갖가지 형태의 권력 주변에서 핏발이 선 눈을 부릅뜨고 앙앙거리는 인간들이라는 것을 절대로 잊어서는 안 된다. 보다 높은 하늘을 바라보지 못하고 보다 높은 하늘을 날지 못한다면 결코 고매한 인간으로 살 수가 없다. 영혼의 세계를 더 높이 날 수 있어야 참다운 인간이 된다. 만약 인생의 황혼에 이르기까지도 자유의 창공을 날 수 없다면 그 이상의 비참한 인생은 없을 것이다.

제 4 장

위대한 영혼, 빈손 · 빈마음의 인물들

인류의 역사상 진리의 세계에서 빈손 · 빈마음이 되어 참으로 행복하게 산 인물들은 수없이 많다. 그 대표적인 인물들을 가리켜 성인(聖人), 철인(哲人), 현인(賢人)이라고 한다. 세상에 미처 알려지지 못한 숨은 철인, 현인들도 많다.

여기에서는 그 중에서 소크라테스, 디오게네스, 스피노자, 헨리 소로우, 마하트마 간디 다섯 분의 고귀한 인생에 대해 말해 보려고 한다. 우리가 이 세상을 어떻게 살아야 보다 존귀하고 행복한 인생이 될 수 있는지에 대해 생각해 보고자 하는 것이다.

Ⅰ. 소크라테스(Socrates)

'소크라테스'는 B.C. 469년경에 그리스 아테네에서 태어나 일생을 아테네에서만 살았던 인류 역사상 4대 성인 중의 한 분이다. 그의 가정은 귀족은 아닌 평범한 가정이었지만 경제적으로는 상당히 부유했던 것 같다. 왜냐하면 소크라테스는 전쟁에 세 번 출전하였는데 세 번 다 '중장비 보병'(Hoplite)으로 출전하였기 때문이다. 당시의 중장비 보병이란 갑옷, 투구, 창, 칼 등 모든 전투 장비를 자신의 돈으로 마련하는 보병이다. 가난하면 이 장비를 마련하지 못해 전투에도 자진해서 참여할 수 없는 것이다.

그의 아버지 '소프로니스코스'(Sophroniscos)는 이름 있는 조각가였고 어머니 '페나레테'(Phaenarete)는 덕망 있는 조산원이었다. 가정은 평화롭고 화목하였으며 특별히 어려운 문제가 없었다. 소크라테스는 이런 환경에서 어려서부터 학교교육을 받았다.

소크라테스의 면모는 유별나게 추남(醜男)이었다. 두 눈은 통방울눈이며, 코는 짜부라진 사자코이고, 입술은 두툼하며 대머리에 키는 작고 몸집은 뚱뚱하였다. 이처럼 잘 생긴 곳이라고는 한 곳도 없었지만 그에 비해 몸은 건장하고, 투박하며, 정력이 넘치는 풍모였다. 그러나 그의 너털웃음은 못생긴 얼굴을 초월해서, 이미 젊었을 때부터 어딘지 모르게 영적으로 성숙해 보이는 매력을 보여 주었다.

그의 제자 '플라톤'(Platon)의 말에 의하면 그의 얼굴은 '실레노스'(Silenos) 신과 닮았다고 한다. 실레로스는 그리이스의 숲과 농촌의 신인데 대머리에 납작코 텁석부리 수염의 모습이다. 소크라테스도 꼭 이를 닮았다고 한다. 확실치는 않지만, 소크라테스는 아버지와 함께 조각하는 일을 거들며 배웠다고 한다. 그처럼 생업에 종사하면서도 또 한편으로는 당시의 지식인이며 사회적 지도자의 역할을 수행하던 '소피스트'(Sophist)들에게서 공부를 배우기도 하였다.

그러나 그때의 소피스트들은 영원한 진리가 어떤 것인가를 탐구하거나 인간의 양심에 근거한 도덕을 가르치는 일은 하지 않았다. 오직 입신출세라는 당시 사회의 최고 가치를 쟁취하기 위하여 어떤 경우에는 인륜을 무시하고 백(白)을 흑(黑)이라고 우기는 등의 궤변과 비굴한 처세술을 가르치기도 하였다. 이것은 그리스뿐만 아니라 로마제국까지 포함한 당시 유럽 전반에서 유행되던 시대적 문화풍조이기도 하였다. 이런 상황 속에서 소크라테스는 인생의 전반 40여 년을 산 것이다.

소크라테스의 생애는 크게 전반기와 후반기 둘로 나눌 수 있다. 전반기는 공부도 하면서 생업에 종사한 40세까지이고, 후반기는 생업을 떠나 단지 진리만을 추구하고 오직 진리만을 아테네 시민들을 향해 외치면서 산, 40세 이후부터 세상을 떠날 때까지의 30년 동안이다. 전반기는 공생애(公生涯) 이전의 시기이고 후반기는 공생애 기간인 것이다

소크라테스의 70년 인생에 다른 사람들에게서는 흔히 볼 수 없는 특이한 점이 둘이 있다. 하나는 소년시절부터 '다이몬'(Daimon)의 경지에 오른 것이고 또 하나는 유럽 세계에서는 처음으로 인간중심의

영구불멸의 진리를 탐구한 것이다.

'다이몬'(Daimon, δαίμων) 또는 '다이모니온'(Daimonion, δαίμωνιον)은 그리스어로 '신'(God)이라는 고유명사가 아닌 보통명사이다. 이를 영어로 번역되면 'Demon'이다. 영어에서 Demon의 뜻은 기독교 문화의 영향으로 '귀신' 또는 '악마'로 변질되어 버렸다. 그러나 그리스어의 다이몬의 본뜻은 'God'이라는 일반적인 말이다.

소크라테스는 소년시절부터 신의 음성을 들었다고 한다. 이때 들은 신의 음성은 주로 무엇을 하지 말라는 것이었다. 아주 사소한 일까지도 잘못된 것을 금지시키는 명령어였다. 자신이 뜻하고, 말하고 행동하는 모든 일에서 잘못된 것을 단호히 금지시키는 신령한 목소리가 들려왔던 것이다.

그리이스는 원래 다신교(多神教)를 신봉하는 국가였다. 신의 종류만해도 수십 가지였고 그 신들은 서로 싸우고, 미워하고, 화해하고, 사랑하고, 악행을 서슴지 않고, 훔치고, 거짓말하고, 보복하는 등 인간과 크게 다르지 않다고 생각하였다. 그러나 소크라테스 시대에 와서는 이것을 그대로 믿지는 않았다. 신에 대한 생각이 조금씩 바뀌어가고 있었던 것이다. 물론 전통적인 신앙을 그대로 믿는 이도 있었지만, 조금이라도 지각이 발달된 사람들은 그대로 믿으려고 하지 않았던 것이다.

전래적인 그리스 신들의 세계를 소크라테스는 하나의 우화적인 사실로 받아들였다. 소크라테스는 그가 마음속으로 신봉하지 않는 것을 겉으로 드러내지는 않았지만 그러한 그리스 신들의 세계가 너무나 비합리적이라는 생각 때문에 내심으로는 이를 부정하고 유일신(唯一神) 체제를 믿게 된 것이다. 후에 제자인 플라톤도 이와 같은 스승의 영향을 받아 유일신론자가 되었다.

소크라테스가 믿었던 이 유일신이 당시에는 달리 부를 수 있는 말이 없었으므로 그냥 신의 보통명사인 '다이몬'이라고 부른 것이다. 소크라테스는 이 유일신에 대한 신심이 깊었다. 경배(敬拜)하는 대상이었고 아침에 일어나서 기도하고 일을 마치고 나서 기도하는 신이었다. 소크라테스의 이와 같은 신앙(信仰), 신관(神觀)이 결국에는 소크라테스를 죽음에 이르게 한 중요한 이유 중의 하나가 되었던 것이다.

아테네인들이 소크라테스를 법정에 고소할 때 죄명이 되었던 두 가지 이유 중의 하나는 새로운 신을 섬겼다는 것이었다. 당시에 아테네 국가가 인정하는 제신(諸神)을 섬기지 않았다는 것이다. 이 고소에 대하여 소크라테스가 법정에서 증언할 때, "나는 제우스(Zeus), 아폴로(Apollo), 아테네(Athene) 신들을 믿고 섬기고 있으며, 희생의 제물을 바치고 그 신들에게 기도하고 있다."고 하는 말 한 마디만 했어도 죽음의 독배를 들지 않았을 것인데, 그는 끝까지 이런 말은 입 밖에 꺼내지 않았던 것이다. 마음속으로 진실로 진리의 유일신만을 믿고 있었으므로 살아남기 위해 거짓말로 유일신에 대한 자신의 깊은 신앙을 부정할 수 없었던 것이다. 더군다나 만약 거짓말로 자신의 신앙적 양심을 속이면 즉각적으로 자신이 경배하는 다이몬의 음성이 들려와서 무서운 질책을 받게 될 것이니 함부로 거짓말을 할 수도 없었을 것이다.

이와 같은 엄격한 신의 음성 때문에 소크라테스는 일생 동안 거짓말을 하거나 나쁜 마음을 품을 수가 없었고 양심을 벗어나는 잘못된 행동을 할 수도 없었던 것이다. 이점이 바로 다른 일반 사람에게서는 찾아볼 수 없는 소크라테스만의 특이점이었다.

또 다른 한 가지 특이점은 유럽세계 곧 서양에서는 최초로 인간 중심의 영구불변의 신리를 탐구한 점이다. 그는 이 진리를 일생 동안 추구하였다. 그 일은 소년시절부터 평생 동안 지속적으로 이루어졌다. 그만큼 그는 공부에 대한 열정을 억제하지 못할 만큼 탐구정신이 강하였고 신비한 능력을 가지고 있었다. 그리하여 자기 내면에서 진리가 충분히 성숙되었을 때 그에게는 새로운 사명을 부여하는 신의 음성이 들려 온 것이다. 이때가 소크라테스의 나이 40이 되었을 때이다.

그로부터 그는 생업을 떠나 가정을 돌볼 새도 없이 아테네 거리로 뛰쳐나가서 세상 사람들을 깨우치는 일을 시작하였다. 아테네인들로 하여금 바른 정신을 갖게 하는 것, 진리를 찾아 철학하고 그 진리대로 살게 하는 일을 시작한 것이다. 그는 날마다 아침, 저녁을 가리지 않고 아테네 거리로 나갔다. 그리고 길거리, 시장마당, 경기장 주변 등에서 만나는 젊은이들과 대화를 전개하였다. 모든 것을 대화형식을 통해 스스로 진리를 깨닫게 해준 것이다.

소크라테스의 사상은 한마디로 말해서 인간중심의 철학이었다. 가치 있는 인간, 진리를 탐구하는 인간, 가장 훌륭하게 잘 사는 인간이 중심이었다. 그의 염두에는 언제나 인간의 문제가 떠나지 않았던 것이다. 인간의 무지(無知)가 문제였고, 잘못 알고 있으면서도 그것을 스스로 인식하지 못하고 있는 것이 문제였다. 무지가 자기 자신을 망각하게 하고 또 그 무지가 진리를 알지 못하도록 진리의 눈을 가려 버리는 장벽이 되고 있다는 것이다.

인간은 무식하면 자신도 모르게 진리와 멀어지게 된다. 그래서 소크라테스는 '델포이'(Delphoi)에 있는 '아폴로'(Apollo) 신전 문설주에 '너 자신을 알라!', '도를 넘지 말라'는 경구를 기록해 두고 아테네 시민들로 하여금 진리에 대해 깨달음을 얻도록 촉구하였다.

'너 자신을 알라', '도를 넘지 말라' 라는 말은 아폴로신이 아테네 시민에게 준 말씀이다. 아폴로는 그리스의 태양의 신이고 예언의 신이다. 인간이 인간으로 살기 위해서 알아야 할 가장 기본적인 명제를 아폴로 신이 당시의 시민들에게 알려준 것이다. 이와 같은 신의 말씀을 그 신전에서 일하는 여사제가 계시의 명목으로 신전의 문설주에 기록해 놓은 것이다. 그리하여 누구나 다 잘 알고 있는 이 말씀을 통해 아테네 시민의 무지를 자각시키고 지식인의 허위의식과 허무의 관념을 깨트리려고 한 것이다.

　이 일을 하기 전에 소크라테스는 먼저 아테네의 현인으로 존경받는 이들과 지식인, 시인들을 만나서 대화해 보았다. 그들로 하여금 무엇인가를 배울 수 있으리라는 기대를 한 것이다. 그러나 그들은 모두 깊게 아는 것이 없었고 오히려 잘못 알고 있는 부분이 많았다. 잘못 알고 있으면서도 스스로는 잘 알고 있다고 자부하고 있었던 것이다.

　그들은 무엇보다도 자기 자신에 대해 잘 모르고 있었다. 오히려 이름 없는 보통의 사람들보다도 더 분별이 없고 현명하지 못하였다. 그들의 관심은 주로 재산 형성과 명성의 유지였을 뿐이지, 진리나 자기 인격의 완성에는 도무지 관심이 없었다. 괜히 사회적 명성만 높았을 뿐 실제로는 별로 가치 없는 사람들이었다. 이는 소크라테스 자신이 그들을 두루 만나보고 나서 느끼게 된 결론이었다.

　결국 소크라테스는 무지와 잘못된 지식의 해독을 깊이 깨닫고 그 해독을 최소화하려는 길을 걷게 되었다. 자신의 가정도, 자기의 안일한 생활도 다 떨쳐버리고, 거리의 떠돌이가 되어 남들에게 도대체 '안다'는 것이 무엇인지, 무엇을 아는 것이 참으로 아는 것인지, 무지의 결과가 어떤 것인지, 영원히 존재하는 진리는 무엇인지, 인간이 가장 잘 사는 삶이란 어떤 것인지, 인간이란 궁극적으로 무엇인지, 나 자신은 누구인지를 깨우쳐 주려고 노력하였다.

　그는 일생을 두고 아테네 시내 밖으로 나가 본 일이 단 네 번뿐이었다. 전투에 참가하기 위해서 세 번을 나갔고 나머지 한 번은 고린도 해변에서 2년마다 열리는 올림픽 해상경기에 출선하기 위해서 나갔다.

　당시의 아테네 시민들은 자기 자녀들에게 출세에 도움이 되는 승마, 웅변, 음악, 체육 등만을 가르치려고 하였을 뿐, 정작 훌륭한 인간이 되도록 하는 데는 어떤 교육도 시키지 않았다. 그리고 모든 사람을 평가할 때는 그가 가진 재산이나 사회적 명성만을 기준으로 삼았다. 소크라테스는 그 시대의 잘못된 사회풍조와 맞서 싸우기를 주저하지 않았다. 그 당시의 모습이 지금으로부터 2,500년이 지난 오늘까지도 크게 다를 것이 없다는 것은 참으로 슬픈 일이 아닐 수 없다.

아테네 거리를 떠돌면서 사람들에게 진리를 깨우쳐 주려는 소크라테스의 모습은 언제나 맨발에 남루한 의복 차림이었다. 당시의 노예들의 모습과도 비슷하였다. 그는 생활이 무척 가난하였고 죽을 때까지 검소한 생활의 모범을 보여 주었다. 물질에 대하여는 아무런 욕심이 없었고 심지어는 더위와 추위, 굶주림과 목마름에도 의연한 모습을 보여 주위 사람들을 놀랍게 하였다. 오랜 명상과 수행을 통해 신체 구조 자체가 정신구조에 따라서 변화되었기 때문에 어떤 곤경도 이겨 낼 수 있었던 것이다.

그로 말미암아 그의 가정은 겨우 굶지 않고 먹고 살 정도로 궁핍을 면할 수 없었다. 소크라테스는 40세 이후로는 가족을 위한 생활비를 단 한 푼도 벌어들이지 않았다. 주변의 소피스트들은 제자들에게 수업료를 받고 가르쳤지만 소크라테스는 그마저 받지 않고 가르쳤기 때문이다. 단지 끼니때 간단한 식사를 대접받는 정도였던 것이다.

소크라테스에게는 많은 지지자와 친구, 제자들이 있었는데 그중에는 부유한 이도 있었다. 그러나 소크라테스는 결코 그들의 도움을 받으려고 하지 않았다. 소크라테스와 같은 나이이면서 친구이고 제자인 '크리톤'(Criton)은 무역으로 재산을 모은 부자였다. 그의 아들 넷도 모두 소크라테스의 제자였다. 그런데도 그의 도움을 받지 않았다. 노예, 선물, 토지 등 주는 것 모두를 사양하였다. 다만 먹을 양식과 술을 가지고 오면 필요한 만큼만 받고 나머지는 되돌려 보냈다. 시장에 내놓고 파는 수많은 물건들을 보고는 "참으로 물건이 많구나!"하면서도 "그러나 나에게는 아무 소용이 없다."고 하였다.

그에게는 만나는 모든 이가 다 친구였다. 함께 진리를 탐구하는 친구라고 여길 뿐, 일방적으로 그들을 가르치려고 하지 않았다. 그가 대하는 모든 인간관계는 수평관계였다. 그러므로 전혀 권위적이지 않았다. 나이의 노소나 유·무식, 빈·부를 차별하지 않고 그 모두와 평등하게 어울렸다. 그는 결코 자기 아래에 사람을 두지 않았다.

우리는 흔히 나의 부하라거나, 내가 데리고 있었다거나, 내 밑에서 일했다는 말을 아주 쉽게 사용하는 경우들이 있다. 그렇게 함으로서 자신이 사회적으로 대단한 사람인 것처럼 보이고 자기 권위를 세울 수 있는 것으로 착각하기도 한다. 이런 인간은 한마디로 말해서 형편없는 저질의 인간이다. 어찌하여 이런 인간에게 배울 바가 털끝만큼이라도 있겠는가?

소크라테스는 추호도 거드름을 피우는 일이 없었다. 스스로가 남보다 우월하다는 의식 자체가 없었다. 진실로 가장 낮은 자리에서 일생을 살았다. 그리고 모든 인간에 대한 무한한 애정을 가지고 있었다. 그렇다고 해서 좌절하거나 비탄에 빠지는 일도 없었다. 언제나 활기차고, 당당하며, 용기 있고, 늘 웃는 얼굴로 모든 사람들을 따뜻하게 껴안으면서 변화될 미래의 가능성에 희망을 갖고, 죽을 때까지 쉬지 않고 진리를 탐구하는 자세를 견지해 나간 진정한 빈손·빈마음의 역사적 인물이었다.

그는 때로는 여러 사람들과 어울려 함께 밤새도록 술을 마시기도 하였다. 그러나 자리를 함께 한 모든 이들이 술에 취해 정신을 잃게 되더라도 그만은 끝까지 바른 정신을 유지하였다. 그는 일생 동안 죽음을 두려워 한 일이 없었다. 어떤 협박에도 굴히는 일이 없었고 이떤 누구에게노 비굴하게 환심을 사려고 한 일도 없었다. 그 모든 것을 초월하고 오직 진실과 진리만을 추구하였던 것이다.

다이몬의 음성은 소크라테스가 직접 들은 신의 계시이고 소크라테스가 섬겼던 유일신이었다. 그러한 신의 계시를 중심으로 소크라테스의 그럴듯한 해석을 덧붙이면 충분히 위대한 고등종교의 형태로 발전해 나갈 수 있었음에도 그는 조금도 그럴 생각이 없었다. 그는 신비적이고 권위적인 종교보다는 인간 그 자체를 숭상하였기 때문이었다. 그래서 그는 맨발에 누더기 옷을 입고 온갖 오물과 흙먼지로 뒤덮인 길바닥의 모퉁이에 주저앉아서 아무런 권위도 내세우지 않고 그저 동네 친구처럼 모든 사람들을 자연스럽게 대하는 그의 모습 때문에 더 이상 종교로 발전하지 못했을 것이다.

소크라테스는 일생 동안 공직에 딱 한 번 취임하였다. 63세 때인 B.C. 406년에 의회[Boule] 의장에 선출된 것이다. 이 의회에서는 재판도 하였다. 의원의 수는 500명이고 의장은 매일 선거로 교체된다. 의원의 임기는 1개월 정도였다. 아테네에는 10부족이 있었는데 한 부족에서 50명씩 선발된다.

B.C. 407년에 '알기누사'(Arginusae)에서 아테네 해군과 스파르타 해군 간에 해상전투가 있었다. 이것이 유명한 알기누사 해전이다. 이 해전에서 아테네 해군이 스파르타 해군을 격파하였다. 전사자의 유해를 모두 거두어서 정중하게 매장하는 것이 살아남은 군인의 의무이고 당시의 사회 관행이었다. 그런데 전투가 끝난 후에 강한 폭풍이 불어서 부상자와 시체를 수습할 수가 없었다. 배도 12척이나 가라앉아 버렸다. 그래서 시체를 매장할 수 없게 되었다. 부상자를 전원 구출하지 못하고 시체를 수습하지 못하였다고 해서 아테네의 유가족들은 함대를 인솔하는 사령관 전원을 고소하여 재판에 회부하였다.

함대사령관은 모두 아홉 명이었는데 한 사람은 폭풍에 죽고 여덟 명이 살아남았다. 고소와 동시에 이들 사령관의 지휘권은 박탈되었다. 장군 여덟 명 중 두 사람은 귀국을 거부하고 타국으로 망명해 버리고 나머지 여섯 명이 아테네에 귀국에서 법정에 서게 되었다. 이에 전사자의 유가족들은 의회 밖에서 시위를 하였다.

법정은 함대사령관 모두에게 사형선고를 내렸다. 이때 소크라테스 혼자서 열변을 토하면서 그들에 대한 유죄판결과 사형을 반대하였다. 고소인들에게 맞서서 굽히지 않고 장군들을 변호하였다. 그 결과 하마터면 소크라테스 자신도 감금되고 죽을 뻔 하였지만 끝까지 그 판결이 부당하다고 혼자서 반대하였다. 결국 장군 여섯 명을 그날 부로 사형에 처해 버리고 말았다. 그러나 그들이 죽고 나서야 뒤늦게 사형을 주장한 자들은 그 일을 후회하였다.

아테네와 스파르타는 무려 27년간이나 전쟁을 계속 하였다. 이를 가리켜서 '펠로폰네소스'(Peloponnesos) 전쟁이라고 한다. 이 전쟁은 B.C. 404년에 결국 스파르타의 승리로 끝이 났고 아테네에는 스파르타의 괴뢰정권이 들어서게 되었다. 이 괴뢰정권은 30인의 집정관이 통치하는 무서운 독재정치였다. 옛날의 아테네 민주정치가 끝나고 괴뢰정권의 무자비한 독재정치가 시작되면서 아테네 인구의 반은 이들 독재정치에 협력하고 나머지 반은 유배되거나 망명, 피살, 고문을 당하고 아울러 재산을 모두 빼앗기게 되었다.

이 독재자들은 소크라테스를 개인적으로 호출하여 청년들을 대상으로 가르치는 일을 중단토록 명령하였다. 그러나 소크라테스는 그들의 명령을 무시하고 가르치는 일을 계속하였다. B.C. 403년에 그들은 소크라테스(66세)를 다시 호출해서 '살라미스'(Salammis)로 가서 '레온'(Leon)이라는 인물을 체포해 오도록 하는 어이없는 명령을 내렸다. 소크라테스를 일부러 난처하게 하려고 한 것이다. 이때에도 그는 단연코 부당한 명령에 불복하고 집으로 돌아와 버렸다. 소크라테스는 바로 이런 인물이다.

만약에 이들 괴뢰정권이 8개월 만에 아테네에서 쫓겨나지 않았다면 아마도 소크라테스는 명령 불복종으로 그때 죽게 되었을 것이다. 이처럼 죽음이 눈앞에 닥쳐도 불의에는 추호도 두려움이 없었고 결코 악에게는 협조하지 않았으며 그 어떤 부당한 명령에도 따르지 않았던 것이다. 그는 정치에는 특별한 관심이 없었다. 온갖 부정과 비리가 판치는 정치판에서는 정직하고 의로운 이가 계속 남아서 일할 수도 없을 뿐만 아니라 결국 생명마저 무사할 수 없다고 하였다. 만일 자기도 정치에 깊이 관여했으면 진작 죽고 말았을 것이라고도 했다.

이 세상에는 두 가지 부류의 인간이 있다. 하나는 진리의 인간을 보면 이를 매우 비위에 거슬리게 보는 자들이다. 그처럼 진리를 모르는 자들은 진리에 충실한 사람들을 아주 못마땅해 하는 것이다.

그에 비해 또 다른 하나는 진리와 함께 사는 이들을 보면 참으로 존경스러운 마음을 가지는 사람들이다. 이들이야말로 평소에 스스로 진리를 갈망하며 사는 사람들이다. 다시 말하면 인간은 진리를 보면 괜히 화를 내는 자들과 진리를 보면 무조건 기뻐하는 자들로 나누어진다는 말이다. 전자의 눈으로 보면 진리의 인간이 괴짜 또는 기인으로 보이고 후자의 눈으로는 비로소 참다운 인간을 만난 듯이 기뻐하는 것이다. 전자는 진리에 대해 욕을 퍼붓고 중상모략을 하고 악감(惡感)을 가지고 살지만 후자는 그 진리를 쫓아 배우고 공경하는 마음을 가지고 살게 된다는 말이다.

소크라테스는 공생애(公生涯) 30여 년 동안 그를 받들고 따르는 이도 많았지만 반대자 또한 많았다. 심지어는 죽이고 싶도록 미워하는 자들도 있었다. 그처럼 소크라테스를 악평하고 증오하며 칼을 들이대던 적대자들이 B.C. 399년 소크라테스 나이 70세 때에 드디어 그를 법정에 고소하였다.

소크라테스를 고발하는 데 가장 앞장선 사람은 '멜레토스'(Meletos)

라는 청년이었다. 이 청년은 소크라테스가 전혀 알지 못하는 사람이었다. 그밖에 '리콘'(Lycon)이라는 웅변가와 '아니토스'(Anytos)라는 정치인도 고발인으로 참여하였다. 표면상으로 고발자는 3인이었지만 이들은 모두 허수아비이고, 이들의 배후에는 실질적으로 소크라테스의 적대세력들이 숨어 있었다. 고발장의 죄명은 소크라테스는 아테네 국가가 인정하고 신봉하는 신을 믿지 않고 전혀 다른 새로운 신을 믿고 있다는 것과 청년들을 잘못 인도하여 타락시켰다는 두 가지였다. 그러나 소크라테스의 적대세력들이 소크라테스를 고발한 실제 이유는 이와는 다른 것이었다.

그러한 실제 이유의 첫째는 소크라테스가 자기들보다 실력이 월등하게 앞서 있는데 대한 시기심과 열등감 때문이었다. 우리 주변의 지식인 사회에서도 시기심과 열등감면에서 나보다 더 나은 사람에 대한 악감(惡感)과 악평(惡評)이 나오는 것이다.

둘째는 남보다 지식이 있고, 명성이 높고, 재산이 많아서 자신을 위장하고 살아왔는데 소크라테스에 의해서 그러한 위선이 벗겨지고 허세라는 것이 폭로됨으로서 참을 수 없는 화가 치밀어 올랐기 때문이었다.

셋째로는 소크라테스가 맨발과 남루한 옷차림으로 진리를 가르치는 것이 못내 두려웠기 때문이었다. 그러한 진리의 가르침이 아테네 시민들의 마음을 뒤흔들어 놓았고 당시의 잘못된 사회의 가치체계를 뒤집어 놓고 있었기 때문이었다. 이런 일이 계속되면 결국 그들이 현재 누리고 있는 호화스럽고 안락한 생활을 잃어버리게 될까 봐 두려웠던 것이다. 그래서 자기들이 편하게 살기 위해서는 소크라테스를 죽여 없애야 한다고 생각한 것이다. 이런 실제적인 이유로 말미암아 소크라테스를 모함하여 법정에 서게 한 것이다.

법정의 재판관은 모두 500명이었다. 위에서 말한 대로 당시의 법

정은 시민의회였고 재판관은 의회 의원들이었던 것이다. 법정심문이
끝난 다음에 피고인 소크라테스의 유·무죄를 가리는 전체 표결을 결
행하였다. 표결의 결과는 280 : 220이었다. 죄가 있다는 쪽이 280표
이고 무죄라는 쪽이 220표였다. 유죄가 되기 위해서는 과반수의 표
를 얻어야 되는데 과반수에서 30표가 초과된 것이다. 이렇게 해서 소
크라테스는 결국 유죄가 확정되었다.

그 다음에는 형량을 결정하는 표결을 계속하였다. 형량은 고발자가
주장하는 사형 구형에 대한 표결이었다. 이 표결에서는 무려 찬성
360 : 반대 140으로 사형이 확정되고 말았다. 지금의 민주적 재판제
도 하에서는 참으로 이해하기 어려운 당시의 재판제도였던 것이다.

유죄(有罪)라는 1차 판결을 받은 다음에 소크라테스는 법정에서 자
기변론을 하였다. 그때 그는 재판관들 앞에서 조금도 비굴한 모습을
보이지 않았다. 그래서 그들에게 더욱 더 괘씸하게 보였을지도 모른다.
그로 인해 최종 사형 표결 때에는 더 많은 찬성표가 나왔을 것이다.
죽음 앞에서 비굴하게 구는 일은 소인배나 하는 일로 여겼던 것이다.
이처럼 진리 앞에서는 항상 당당함만이 있는 것이다.

사형이 확정되고 마지막 변론을 할 때 소크라테스는 이렇게 말했
다. "나를 고발하신 여러분! 나를 해치는 것 이상으로 지금 당신들은
당신들 자신을 해치고 있습니다. 나는 독배를 마시고 이곳을 곧 떠날
테지만 당신들은 진리로부터의 타락과 부정이라는 선고를 받고 이제
곧 이곳을 떠날 것입니다."라고. 그리고는 그는 곧바로 감옥을 향해
답답하게 걸어 들어갔다.

사형이 확정되면 당시의 법으로는 24시간 내에 처형하게 되어 있
었다. 그러나 소크라테스는 그로부터 한 달을 더 감옥에 갇혀 지냈다.
그 이유는 아테네에서는 매년 봄이 되면 아폴로 신이 탄생한 '델로
스'(Delos) 섬에 국가에서 사절을 보내서 아폴로 신과 아테네의 영웅

'테세우스'(Theseus)에게 제물을 바치도록 되어 있었다. 그런데 이 사절이 제물을 바치고 다시 돌아올 때까지는 관습적으로 죄수를 처형할 수 없도록 되어 있었다. 예년에는 이 기간이 며칠에 불과했지만 소크라테스가 사형판결을 받은 해에는 한 달 만에 되돌아온 것이다. 예상치 못한 풍랑으로 배가 제대로 항해할 수 없었던 것이다.

감옥에 갇혀 있던 소크라테스는 그를 존경하는 간수들의 배려로 매일 감옥에서 친구 크리톤을 위시하여 여러 친구들, 제자들과 진리에 대하여 이야기하며 지냈다. 이때 친구들과 제자들이 소크라테스를 탈옥시켜 외국으로 망명하도록 계획을 세운 다음에 소크라테스에게 그렇게 하도록 간곡하게 설득하였다. 그러나 그는 이러한 제안을 단호하게 거부하였다.

그 이유는 첫째로 국가가 설령 부당한 판결이나 부정을 행하였다고 해도 거기에 맞서 부정한 방법으로 대항해서는 안 된다는 것이다. 외부의 공격적인 자극에 대해 불의하게 반응하는 것도 악행이므로 자신은 악을 악으로 대하는 것에 동의할 수 없다는 것이다.

둘째로 비굴하고 불의하게 사는 것보다는 당당하게 죽음을 택하겠다는 것이다. 죽음에 대한 두려움보다는 바르게 사는 것이 중요하다는 그의 철학 때문에 결코 탈옥할 수 없다는 것이다.

셋째로 죽음 자체를 악으로 보는 것은 잘못된 생각이라는 것이다. 죽음이란 이 세상에서 저 세상으로 나의 영혼이 이주해 가는 것에 불과하다는 것이다. 오히려 죽게 되면 진리만이 존재하는 신의 세계에 들어간다는 믿음이 철저했던 것이다. 그는 늘 진리에 가득 찬 신의 음성을 듣기 때문이다. 이런 믿음이 확고한데 그는 무엇 때문에 탈옥을 생각하였겠는가?

넷째로 그는 생사를 초월한 진리의 세계에 살고 있으므로 탈옥이라는 개념 자체가 그에게 존재할 수 없었고, 또 진리만을 신봉하는 인간으로서 비록 죽음이 눈앞에 온다고 해도 자신의 현재생활과 의식을 변화시킬 필요가 없었기 때문이다. 그러한 진리의 신념에 따라 그는 끝까지 탈옥의 유혹을 단호히 거부한 것이다.

우리는 소크라테스가 탈옥을 거부한 이유를 단순히 악법도 법이므로 무조건 따라야 한다는 준법정신 때문인 것으로 알고 있다. 물론 이러한 주장의 근거를 '악법도 법'이라는 소크라테스의 말 또한 진리이기 때문이기도 하다. 그러나 이것은 소크라테스가 말한 진리의 개념을 잘못 이해하고 있기 때문이다.

소크라테스를 재판한 당시의 법은 지금처럼 부당한 악법이 많지 않았다. 그 당시는 독재국가가 아니고 민주국가였으므로 권력자가 자기의 권력으로 자기 개인의 이익을 위해 법을 마음대로 휘두를 수 없던 때였음을 간과해서는 안 된다. 다만 말 잘하는 선동자에 의해서 법 집행이 잘못 되는 일은 있었을 것이다. 다시 말하면 법 자체가 악법이라기보다는 분별심이 없고 우매한 인간들이 법의 형식을 빌려 악행을 저질렀던 것이다.

본래 법이란 소수 권력자의 이익을 위해서 애초부터 대부분의 국민의 이익에 반하는 폭력적인 악법과 국민의 의사에 따라 적법하게 만들어졌으나 잘못된 인간들에 의해 법운용이 왜곡되어 저지르는 악행은 근본적으로 다른 것이다. 여기서 악행은 악법을 말하는 것이 아니다. 그러므로 소크라테스는 악법을 인정하고자 한 것이 아니고 다만 악행에 대항하지 않았을 뿐인 것이다. 이런 맥락에서 보면 소크라테스는 정당하게 제정된 합법적인 법에 대해서만 준법정신이 필요하다는 것이지 부당한 악법에 대하여서까지도 맹목적으로 법을 준수해야 한다는 뜻은 아닌 것이다. 그러한 예를 위에서 말한 바가 있는 아테네 괴뢰정부 30인 독재자의 추상같은 명령을 두 번씩이나 단호하게 거부해 버린 것에서도 볼 수 있다. 그러므로 악법도 법이니까 무조건 지켜야 하고 그로 인해 소크라테스가 탈옥을 거부했다고 하는 것은 엄청난 후세인들의 일방적인 오해에 불과한 것이다.

진리의 사람이라면 단연코 악법을 지켜서는 안 된다. 악법을 지키는 것은 곧 악행을 저지르는 것이기 때문이다. 악법은 결코 정당한 법이 될 수가 없다. 악법은 그 자체가 악일뿐이다. 법은 어디까지나 정의에 입각해야 한다. 만약 정의에 어긋난다면 그것은 이미 법이 아니다. 이처럼 지켜서는 안 되는 악법을 어떻게 진리의 성인(聖人)으로 추앙받는 소크라테스가 지켜야 한다고 했겠는가? 만약 악법을 지켜야한다면 그 사람은 이미 죽은 것이나 다름이 없다. 인간이기를 포기한것이기 때문이다. 인간이 아니라면 그는 한낱 짐승으로 전락한다. 그러므로 법이 부당하고 악법이라면 그 사회는 인간으로는 살 수 없는짐승의 세계가 되는 것이다.

델로스로 떠난 사신의 배가 한 달 만에 아테네로 되돌아왔다. 그러므로 배가 도착한 그날 부로 사형수 소크라테스는 독배를 마셔야만했다. 소크라테스가 마셔야 할 독약은 독당근[Hemlock]의 즙이다. 그는 자기를 죽이려는 무지(無知)의 인간들이 건네주는 독약을 자기가평소에 마시던 술잔의 술처럼 아무렇지 않게 마셨다. 아마도 죽음의독약을 마치 친구들과 술잔을 나누듯이 의연하고 당당하게마시는 인물은 인류 역사상에서 드문 일이었을 것이다.

그는 독약을 마신 다음에도 방안을 이리저리 걷다가 다리가 서서히마비되어 더 이상 걸을 수 없게 되니까 조용히 그 자리에 누웠다. 그리고는 스스로 이불을 자기 머리 위까지 덮어 씌웠다. 그 얼마 후 갑자기 이불을 손으로 섯히더니 "그리톤(Criton)!" 하고 그의 친구를 가까이 불렀다. 이어서 그가 대답하자, "아스클레피오(Asclepio ; 의약의신) 신에게 수탉 한 마리를 바치기로 한 약속을 잊지 말게!"하였다. 이것이 그의 마지막 유언이었다. 도무지 죽어가는 사람의 말이라고는

믿을 수 없는 말이었다. 이때가 B.C. 399년 4월 27일 황혼이 기울어
가던 시간이었다.

그는 죽을 때까지도 자신의 조국과 동포에 대하여 미운 마음은 전
혀 없었고 한없는 애정을 갖고 있었다. 그러한 애정 때문에 그는 일평
생 동안 온갖 고난과 가난의 고통 속에서도 자신의 몸이 갈수록 쇠약
해지는 줄도 모르고 날마다 맨발로 걸어 다니면서, 자기 동포들을 무
지로부터 구원해 보겠다는 일념으로 애를 쓰다가 끝내는 국가의 이익
에 해를 끼치는 역적으로 몰려 사형에 처해진 것이다.

소크라테스의 사형집행을 단행하고 나서 아테네인들은 곧바로 자
신들의 어리석음을 후회하게 되었다. 그래서 소크라테스에게 억울한
누명을 씌워 죽게 한 고발인 대표자 멜레토스를 재판에 회부하여 사
형에 처했고 나머지 두 사람의 고소인은 멀리 추방해 버렸으며 소크
라테스를 기념하는 청동상을 세워 추모하였다. 동상은 평소의 그의
모습을 그대로 닮은 전신상이었다. 첫 번째 동상은 B.C. 380-360년
사이에 제작된 것으로 역사학자들의 연구에 의해서 밝혀졌는데 제작
자는 누구인지 알 수 없었다. 두 번째 동상은 B.C. 350년경에 '리쉽
포스'(Lysppos)라는 조각가가 제작하였다고 한다. 이후 앞선 이 두 개
의 동상을 참조해서 수많은 소크라테스의 반신상(半身像)들이 제작되
었다. 그중 현존하는 것은 38개라고 한다. 이동상들은 제자인 플라톤
에 의해서도 소크라테스 생존 시의 모습과 거의 일치된다는 사실이
증명되었다고 한다.

그리하여 소크라테스는 서양철학의 시조가 되었고 서양문화 전반
에 걸쳐 기초적 자산이 되었다. 그는 낡은 구시대에 저항해서 새로운
시대를 연 위대한 인문학적 인물이다. 그 당시 사람들 중에서는 가장
현명하고, 가장 정의롭고, 가장 훌륭한 인물이었다고 그의 제자 플라
톤은 그를 회상하였다고 한다.

소크라테스는 모든 인간의 악행은 무지에서 발생하는 것이라고 강조하면서 대중들의 무지를 일깨워 진리로 인도하려고 애를 썼다. 진리에 대한 무지는 이 세상의 그 무엇보다도 가장 추한 것이라고 하면서 그 어떤 사람도 진리를 알고 나면 함부로 악을 행하지 않는다고 하였다. "탐구하지 않는 인생은 살 가치가 없다"(The life which is unexamined is not worth living)면서 오직 진리탐구만이 인간을 인간답게 한다고 강조하였다. 아울러 복(福. 행복, 축복)은 덕(德)에서 오는 것이라고 하면서 덕의 육성을 강조하기도 하였다.

그가 죽은 후에 제자들은 그들 나름으로 여러 학파를 이루어 독립하였다. 그 학파는 '퀴니코스'(Cynicos)학파, '퀴레네'(kyrene)학파, '메가라'(Megara)학파, '엘리스'(Elis)학파들이다. 그러나 소크라테스의 가르침은 주로 플라톤을 거쳐 아리스토텔레스에게 전해졌다.

소크라테스는 늦게야 결혼한 듯하다. 70세에 죽을 때 아들만 셋이 있었는데 큰아들은 18세 정도였고, 둘은 그보다 어렸다. 막내는 품안의 아이 정도였다. 소크라테스가 죽는 당일에 부인이 감옥으로 면회를 왔는데 그때 아이를 품에 안고 소크라테스 옆에 앉아 있었다는 기록으로 보아 그렇게 추정하는 것이다. 아마 50살은 조금 넘어 결혼한 것 같고 부인과의 나이 차이는 대략 30세 쯤 될 것으로 추측된다.

부인의 이름은 '크샤티페'(Xanthippe)인데 후세에까지 유명한 악처라고 전해지지만 그것은 잘못된 것임이 분명하다. 왜냐하면 소크라테스와 같은 성인의 주변에 악이 존재하리라고는 상상할 수 없기 때문이다. 그처럼 만약 그 어떤 사람의 주변에 악이 존재했다면 그 사람은 이미 진리의 인간으로 인정할 수 없는 것이다.

또한 소크라테스가 사기 부인 한 사람도 설득할 수 있는 능력이 없었다면 하물며 어떻게 타인에게 진리를 전해줄 수 있었겠는가? 그 점에서 볼 때 설령 크산티페가 현처는 아닐지라도 악처라고 할 정도는 아니었을 것이다.

이 모든 역사적 사실로 보아 소크라테스는 참으로 빈손·빈마음으로 오직 진리 가운데서 참된 진리를 실천하면서 살다 가신 위대하신 영혼으로 길이 추앙받아 마땅하신 분이다.

II. 디오게네스(Diogenes)

'디오게네스'는 흑해 남쪽 해안, 지금의 터키 북부 해변에 있는 소도시 '시노페'(Sinope)에서 B.C. 400년경에 출생하였다. 청년시절에 아테네로 이주하여 '안티스테네스'(Antisthenes)의 제자가 되어 일생을 아테네에서 산 그리스의 철인이다.

안티스테네스는 소크라테스의 제자였는데 소크라테스가 세상을 떠난 다음에 '퀴니코스'(Cynicos)학파를 창설하여 제자들과 아테네의 시민들을 가르쳤다. 특히 안티스테네스는 노동하는 이들을 깊은 애정을 가지고 대하였고, 그들과 똑같은 옷차림으로 그들과 함께 생활하면서 그들이 알아들을 수 있는 쉬운 말로 진리를 가르치신 분이다.

안티스테네스가 세상을 떠난 다음에는 디오게네스가 퀴니코스학파의 대표적인 인물이 되었고 퀴니코스학파를 상징하는 철인으로 일생을 살았다. 이 점에서 볼 때 디오게네스는 철학자라고 하기 보다는 철인이라고 해야 옳을 것이다.

디오게네스의 출생 연대는 확실치 않으나 '플라톤'(Platon)의 제자였던 '아리스토텔레스'(Aristoteles B.C. 384-322)와 같은 시대 사람인 것은 분명하다. 플라톤은 소크라테스의 제자이므로 디오게네스와 아리스토텔레스는 소크라테스의 손자뻘 되는 제자가 되는 것이다.

디오게네스는 일반인들과는 다른 독특한 생활로 사람들의 주목을 끌었고 많은 사람에게 강렬한 인상을 주었다. 일생을 한 벌의 옷과 지팡이 하나 그리고 조그만 괴나리봇짐 하나밖에 소유한 것이 없었고 길거리에 버려진 나무통 속에서 잠을 잤다. 또한 일생을 독신으로 지냈다.

날씨가 맑은 날에는 주로 양지바른 곳에 홀로 앉아서 명상에 잠겼고 비오는 날에는 나무통 속에서 하루 종일 지냈다. 고행자들처럼 밥은 겨우 주림만을 면할 정도로 구걸하여 먹었고, 그 이외의 음식은 어느 것도 먹지 않았다. 그리고 언제나 맨발로 지냈다. 그가 때로는 대낮에도 등불을 켜들고 아테네 거리를 돌아다니곤 했는데 이는 빛(진리)이 없는 어두운 아테네에서 참된 진리인을 찾고자 하는 기인의 행동이었다.

옛 구약의 도시 소돔과 고모라에는 의인이 단 한 사람도 없었던 것처럼 예나 지금이나 진리 그대로를 올곧게 따르며 사는 이는 찾아보기 어려울 것이다. 그러나 이 세상을 진리대로 살지 않으면 결코 바른 인생이 아니라는 것을 알아야 한다. 반드시 대학에 가서 공부를 많이 하고 학문을 깊이 연구하는 학자라고 해서 바른 인간이 되는 것은 아니다. 영원불멸하는 진리를 붙잡아야 내가 변화되고 그로부터 자연적으로 그 진리를 따르게 된다. 그러면 비로소 올바른 사람이 되는 것이다. 그런데 우리는 의외로 진리에는 거의 관심이 없다. 진리에 관심이 없다는 말은 "나는 인간으로 살지 않겠다."는 선포이고 인간으로 대접 받지 않아도 된다는 것을 자인하는 것과도 같다.

어느 날, 아테네 거리를 걷던 디오게네스는 남루한 옷을 입은 어떤 아이가 손으로 물을 떠서 마시는 것을 보고는 큰 충격을 받아 그 자리에서 자신이 소유하고 있던 물 컵을 내던져 버렸다. 그 아이보다 자기가 가진 것이 더 많다는 것을 깨달은 것이다.

　이처럼 고귀한 인격과 생활철학을 가진 디오게네스의 명성은 마침내 전 마케도니아 제국에 널리 알려지게 되었다. 그래서 당시 마케도니아 제국의 왕이었던 '알렉산더'(Alexander) 대왕에게까지도 전해지게 되었다. 디오게네스는 그 시절에 마케도니아 제국의 백성이었다.

　어느 날, 알렉산더 대왕이 휘하의 장군들과 신하들이 벌리는 호화스러운 행차 속에 디오게네스를 만나러 왔다. 디오게네스를 왕궁으로 초청하였으나 이를 거절하자 왕이 직접 찾아온 것이다. 당시의 알렉산더 대왕의 권력과 위력은 어느 누구도 감히 거스를 수 없을 정도로 온 세상을 호령하던 때였다. 이처럼 위대한 대왕께서 한낱 낡은 통나무 속에서 거처하는 거지 차림새의 디오게네스를 손수 만나러 왔다고 하는데도 그는 거들떠보지도 않았다.

　그와 같은 디오게네스의 당당한 모습에 알렉산더 대왕은 순간적으로 자신의 권력이나 위력이 세상의 모든 사람을 굴복시킬 수는 없다는 것을 직감하였다. 그래서 그는 그 자리에서 한동안 디오게네스를 바라만 보고 있다가 겨우 입을 열어 한마디 하였다. "내가 당신을 위해 무엇을 도와드릴까요?" 이에 디오네게스는 왕을 향하여 말하기를 "아무것도 없소! 내 눈앞의 햇빛이나 가리지 말고, 비켜서 주시오."하고 대답하였다. 알렉산더는 이에 크게 감탄하였다.

　이윽고 왕은 발길을 돌려 궁궐로 되돌아오면서 휘하의 사람들에게 독백처럼 이렇게 말하였다. "내가 만일 알렉산더가 아니라면 디오게네스와 같이 되고 싶구나!"(If I were not Alexander, I would like to be Diogenes)

　이와 같이 이 세상 모든 것을 다 소유하고 있어도 진리를 얻지 못하면 가치가 없는 것이고 인간으로 존중받지도 못하는 것이다. 기세 좋게 하늘을 나는 새도 떨어뜨릴 만큼 위세가 당당하였던 알렉산더 대왕마저도 디오게네스와 같은 철인 앞에서는 한낱 어린아이들의 허세에 불과했던 것이다. 그처럼 인간의 진정한 행복은 이 세상의 모든 것을 다 가진 알렉산더 대왕에게 있지 않고 그 모든 것을 버릴 줄 알았던 디오게네스 철인에게 있는 것이다.

디오게네스는 B.C. 323년에 세상을 떠났다. 그가 죽은 후 얼마 되지 않아서 그는 곧 전설적인 인물이 되어 신비 속에 쌓이게 되었고 이상적인 현인으로 후세인들에 의해 숭배하게 되었다.

디오게네스는 그처럼 이 세상의 모든 재화의 존재를 부정해버린 인물이었고, 인간 상호간의 귀족이나 노예와 같은 신분제도를 강렬하게 비난한 철인이었다. 그리고 아무런 부족도 필요도 느끼지 않는 것이 신의 속성이며, 필요한 것이 적으면 적을수록 신에 더 가까이 접근한 사람이라고 말하였다.

그는 자유의 혼이 되기 위해서는 간단한 생활, 돈이 안 드는 생활을 해야 한다고 역설하면서 몸소 극도로 절제된 간소한 생활, 반문명(反文明)적 자연생활을 일생을 통해 실행하신 분이다. 그러면서 모든 인간들을 향해 자연으로 돌아가야 한다고 외친 철인이었다.

또한 명문의 집안과 부와 명예는 전혀 가치가 없는 것이므로, 이런 것에서 완전하게 벗어나야 비로소 바른 인간이 된다고 말하였다. 그래서 그는 모든 기성의 관습과 제도를 무시하였고 문명을 비웃었으며 허위에 가득 찬 사회의 모순을 여지없이 폭로하였다. 뿐만 아니라 '프로메테우스'(Prometheus) 신이 인간에게 기술을 전해주었기 때문에 제우스신으로부터 벌을 받은 것은 당연하다고 하면서, 인간은 기술 때문에 생활이 오히려 더 복잡해지고 자연을 잃어버린 채 인위적이게 되었다고 비판하였다.

그는 전 인류에 대한 동포애뿐만 아니라 이 세상에 공존하는 모든 동물에 대해서도 똑같은 동포애를 주장하였고 덕(德)에 대한 열정이 대단한 현인이었다. 그 점에서 그는 덕의 모범이 되었다. 또한 덕의 본질은 극기(克己)와 무욕(無慾)이라고 하였으며 금욕으로 육체를 단련해서 모든 소유를 포기하는 것이 덕의 목표라고도 하였다. 그래서 그는 물질과 안락에 마음이 없었고 소심한 감정에 움직이는 일이 없었다. 뿐만 아니라 그의 제자들 또한 그들 스스로를 도덕의 감시자라고 자부하였다.

디오게네스가 세상을 떠난 다음에 퀴니코스학파는 디오게네스의 제자 '크라테스'(Krates)가 이어받아 더욱 융성하게 되었고, 크라테스 다음에는 '스토아학파'(Stoa school)로 이어져 더욱 발전하게 되었다. 크라테스는 그리이스의 '테벤'(Theben) 사람으로서 엄청난 재산을 가진 부자였는데 그 모든 재산을 다 버리고 디오게네스의 제자가 되어 스승의 뒤를 이으신 분이다.

스토아학파는 B.C. 3세기 초에 '제논'(Zenon)이 아테네에서 창립한 학파였는데 이들 주장의 대표적인 것은 인류는 평등이고, 행복은 덕을 행함에 있으며, 덕은 자연 속의 생활에서 생긴다고 하였다. 그리고 싸우다가 설혹 자신이 멸망하는 일이 있더라도 세상의 악과 끝까지 용감하게 싸워야 한다고 역설하였다.

진리를 공부하면 디오게네스와 같은 철인을 만나게 되고 그분과 같은 세상에서 살 수 있게 된다. 그러면 비로소 빈손·빈마음이 되고 무한한 행복 속에 살게 되는 것이다. 욕망 속에는 결코 행복이 없다. 진리와 함께 행복하게 살 수 있었던 이를 만나야 나 역시도 행복할 수 있다. 그렇지 않으면 나의 행복은 오래도록 보존되지 못하고 그만 내 곁에서 달아나고 만다. 그리고 진리를 추구하려 하지 않는 사람, 진리를 얻지 못한 이웃과의 관계는 허망한 물거품과도 같게 된다. 속이 텅 비어있는 허무일 뿐이고 언제 내게서 떠날는지 모르는 것이다. 그러나 진리를 내 안에 갖게 되면 온 세상을 가진 것이나 다름이 없게 되는 것이다.

III. 스피노자(Spinoza)

스피노자는 1632년 11월 24일 네덜란드의 수도인 암스테르담에서 태어난 유대인 철학자이고 철인이다. 그의 조상은 포르투갈에서 살았다. 포르투갈은 가톨릭 국가인데 유대인들에게 가톨릭 신앙을 강요하는 종교적 박해 때문에 그의 조상들은 생존을 위해 어쩔 수 없이 가톨릭 신자로 생활할 수밖에 없었다. 그러나 내면적으로는 유대교 신앙을 떠나지 못했다. 이와 같은 이중적인 신앙생활을 피해 1590년경에 스피노자의 조부모님, 부모님은 포르투갈을 떠나 네덜란드의 암스테르담으로 이주하게 되었다.

당시의 네덜란드는 중상주의(重商主義) 정책을 시행하고 있었는데 유럽 여러 나라와는 달리 타종교에 대하여 무척 관대하였고 신앙의 자유가 폭넓게 인정되고 있었다. 그래서 유럽의 다른 나라에서 종교적 박해를 피해 많은 사람들이 이곳으로 이주해 왔던 것이다.

암스테르담은 특히 다른 곳에 비해 유대인들이 많이 모여들었다. 스피노자의 가정은 암스테르담의 유대인 공동체에서 지도적 위치에 있었다. 스피노자의 아버지는 부유한 상인이었고 유대교 회당의 회당장을 맡기도 하였다.

스피노자는 어린 시절부터 아주 총명하고 조용한 성품이면서 동시에 의로웠기 때문에 유대교 장로들이나 랍비[성직자]들로부터 많은 총애를 받았으며 장차 유대교의 지도자 겸 유대교 대학자가 되리라는 기대를 모으고 있었다.

그는 소년 시절부터 유대교 회당 부설 학교에서 유대교에 대한 교육을 받았다. 그는 남들보다도 공부에 대단히 열심이었고 특히 그의 박학다식은 많은 어른들로부터 인정을 받았다. 그 뿐만 아니라 별도로 스페인어, 포르투갈어, 화란어, 라틴어, 희랍어를 배워 다방면의 언어에 능통하게 되었다.

인생 초반기에는 스페인 문학을 좋아하였고, 다음에는 과학과 수학, 그리스와 로마의 고전(古典), 자연철학, 스콜라철학, 근대철학에 심취하여 해박한 지식을 가지게 되었다. 특히 '부루노'(Giordano Bruno. 1548-1600)와 데카르트의 영향을 크게 받았다.

스피노자가 살았던 17세기는 기독교와 마찬가지로 유대교도 또한 사회 전반적인 문예부흥과 갈릴레오 등의 자연과학과 데카르트 등의 자연철학의 돌풍으로 내면적으로 엄청난 동요를 겪고 있었다. 그래서 기독교나 유대교에서는 이와 같은 새로운 사상을 가진 이들을 억압하고, 종교에서 파문하고 추방하는 등 많은 박해를 가했다. 스피노자는 이런 사태를 직접 눈으로 보고 들으면서 자랐다.

그 당시 네덜란드에 거주하는 유대인들은 스피노자 때까지도 시민권을 획득하지 못하고 있었다. 그래서 유대교의 지도자들은 유대교 내에서 싹트고 있는 자유사상이 네덜란드 정부당국을 자극하여 시민권 획득에 영향을 주지나 않을까 미리 겁을 내게 되었다. 때마친 네덜란드 정부 당국자들은 자기 나라에 이주해 와서 살고 있는 새로운 사상과 신앙을 가지고 있는 많은 기독교 종파들을 경계하기 시작하였고 때로는 격렬하게 논쟁을 벌이기도 하였다. 당시만 해도 완전한 신앙의 자유는 보장되지 못하고 있었기 때문이었다.

이런 환경에서 스피노자는 엄격한 유대교 교육을 받으면서 성장하였던 것이다. 그런데 유대교 학자들이 전하는 구약성경의 해석이나 유대교의 교리 중에는 스피노자가 도무지 받아들일 수 없는 것들이 많았다. 현실적인 자연과학이나 철학 또는 상식에 맞지 않은 것들이 많았기 때문이다.

그래서 스피노자는 유대교에 대하여 아주 회의적인 시각을 가지고, 함께 공부하는 학생들에게 유대교의 교리에 대하여 강력하게 비판하기 시작하였고 이와 같은 스피노자의 대담하고 예리한 비판이 점차 유대인 공동체에 널리 알려지게 되었다.

유대교 지도자들은 스피노자를 위협하거나 달래기도 하고 때로는 물질적으로 유혹해 보기도 하였으나 그의 생각을 되돌릴 수가 없었다. 스피노자는 비록 예배당(회당)에 아주 드물게 나가고 그의 동료들과 가끔씩 어울리기는 하였지만, 그래도 유대교 지도자들로서는 정통 유대교 신앙을 부정하고 거부하는 그의 사상이 너무나 위험한 것이어서 그대로 방치할 수 없었기 때문에, 수차례에 걸쳐 그에게 경고를 하였지만 그는 끝내 자신의 소신을 굽히지 않았다.

스피노자 부친의 유대교 내에서의 지도적 위치로 보더라도 스피노자의 이러한 유대교 정통 신앙에 대한 이탈행위는 유대인 사회 내에 엄청난 파장을 불러일으키는 대소동이었고 유대인 내부의 단합을 해치는 커다란 사건이었다. 이런 와중에서 그가 21세 때인 1653년에 그의 아버지가 세상을 떠나게 되었다.

그의 부친이 세상을 떠나고 3년 후에 스피노자는 (24세 때) 결국 이단자로 판정되어 유대교 장로들 앞에서 그의 이단적인 신앙에 대하여 심문을 받게 되었다. 그러나 그는 결코 여기서도 자신의 신념을 굽히지 않았다. 그는 자신이 믿지 않는 것을 여러 사람 앞에서 믿는다고 거짓말을 할 수는 없다고 말하였다. 비록 마음에는 없는 일이지만 한 번만 자신을 속이고 거짓말을 하면 일생을 두고 유대교로부터 받는 거액의 연금과, 자기 부친의 재산으로 일하지 않고 학문만 연구하면서 편안하게 살 수가 있었는데도 결연한 자세로 자기의 진심과 진실만을 고집하였던 것이다. 그런 태도가 자신에게 어떤 결과를 가져온다는 것을 잘 알고 있었으나 그는 끝까지 자기의 철학을 굽히지 않았던 것이다.

그토록 그는 너무나도 정직하였고 양심을 버리고 편히 살려는 마음과 물질적인 욕심이 없고 다만 진리만이 마음에 있었다. 그래서 그는 드디어 유대교의 용서받을 수 없는 이단자로 판정되어 제명되고 그들의 사회에서 영구히 추방되었다. 그때가 1656년 7월 27일의 일이다.

그는 파문장을 전해주러 온 심부름꾼에게 "나는 지금까지는 남에게 악평을 듣는 것을 꺼려왔지만, 이제부터는 누가 뭐라고 하던 내 갈 길을 가겠다."고 천명하였다. 그는 더 이상 유대교의 고루한 신앙에 한정되어 머물 수 없었고 영원히 자신의 신념에 벗어나는 사회를 떠날 수밖에 다른 길은 없었던 것이다.

확실하지는 않지만, 추방당한 직후에 스피노자는 그에게 라틴어를 가르쳐준 '프란치스코 엔덴'(Francisco Enden) 선생님 집으로 간 듯하다. 엔덴은 전에 예수회 수사 신부로 있다가 그만두고 암스테르담에서 학교를 개설하여 학생을 가르치고 있었다. 그는 고전학자이고, 시인이었으며, 극작가였으며, 정열적이고 뛰어난 자유사상가였다.

스피노자는 엔덴을 통해서 라틴고전을 읽었고, 근대철학과 스콜라 철학을 처음 소개받은 것으로 일러져 있다. 선생님 집에 머물면서 학교에서 한동안 학생들을 가르치기노 하였다. 그런데 그의 스승 엔덴이 프랑스 왕 루이 14세에 대한 반역 음모에 가담하였다가 실패하고 단두대에서 처형되었다.

그래서 이제부터는 자신의 힘으로 생활비를 벌어서 살아야 했다. 아버지가 세상을 떠난 후에 유산으로 남긴 많은 재산은 스피노자의 유일한 이복 누이동생이 독점하였다. 그래서 스피노자는 소송을 제기하여 소송에 이겼다. 그런데도 그 재산은 누이동생에게 모두 다 양보해 주었다. 누이동생의 처사가 옳지 않다는 것을 소송이라는 수단을 통해 알려주려고 한 것이지, 재산을 소유하기 위해서 소송한 것은 아니었던 것이다.

그 후로 그는 한동안 가정교사를 하였다. 그러나 곧 그만두고 렌즈를 만드는 기술을 배워 생활비를 벌었다. 죽을 때까지 이 일을 계속하였다. 그가 만든 렌즈는 안경용, 현미경용, 망원경용들이었다. 너무나 섬세하게 잘 만들어서 그가 만든 렌즈는 많은 사람들에게 대단한 호평을 받았고 인기였다고 한다. 유대교에서 추방되어 렌즈를 만들며 생활해야 했던 그 해(1656)부터 1660년(28세)까지 줄곧 암스테르담에서 살았다. 그곳에서 유대교 광신자로부터 습격을 받아 죽을 뻔 했던 일도 있었다.

렌즈를 만드는 일로 겨우 먹고 살았던 일은 기초적인 생활비를 충당하는 것으로 그치고, 나머지 시간은 주로 독서와 사색과 저술에 온 힘을 다 바쳤다. 사귀는 사람도 아주 제한적이었다. 스피노자가 함께 어울린 사람들은 정통 기독교에서 떨어져 나온 '콜리지언트'(Collegiant)라고 불리었는데 이들은 성직자가 따로 없는 개신교 교파였다. 이들은 아주 간소한 생활을 하는 사람들이었으며 특히 데카르트 철학에 깊은 관심을 가지고 있었다. 스피노자는 이 서클의 지적인 리더 역할을 하였다. 때로는 이들과 어울려 데카르트 철학을 위시하여 철학의 제반 문제를 이야기하기도 하였다.

이때 이 서클에 속한 어떤 이가 스피노자가 노동을 하지 않고도 오로지 철학연구에만 전념할 수 있도록 자기 소유의 많은 재산을 주겠다고 하였다. 그러나 스피노자는 그러한 친절한 제안을 사양하였다. 남에게 은혜를 입는 일은 결코 떳떳한 일이 못 되며 자신의 심적 자유를 침해당할 수 있다고 생각하였기 때문이었다. 이처럼 자기 힘으로 독립해서 생활비를 벌고, 될 수 있는 한 가난하게 빈손·빈마음으로 사는 것이 진리를 추구하는 이들의 공통되는 생활이다. 마음의 자유를 잃으면 올바른 정신생활은 결코 할 수가 없는 것이다.

스피노자는 일생 동안 재산과 소유물을 무거운 부담으로 여겼다. 그래서 가난은 항상 그의 그림자였고, 삶과 함께 한 분신이었으며, 옷차림은 언제나 남루하였다. 그는 사람이 새 옷을 입는다고 해서 새 사람이 되는 것은 아니라고 했다. 이런 마음을 갖는 자만이 진실로 구도하고 철학할 수 있는 것이다. 그는 사는 동안 물욕이 전혀 없었다. 물욕이 없으니까 그만큼 진실하게 구도할 수 있었던 것이다. 그의 주변에는 가난해 보이는 그를 도와주고 싶어 하는 이가 많았다. 그러나 그는 오히려 그러한 일을 간곡하게 사양하느라고 애를 써야만 했다.

1660년(28세)에 암스테르담을 떠나서 '린스부르그'(Rijnsburg)로 이사를 하였다. 린스부르그는 조용한 촌락이었다. 고독한 생활 속에서 보다 진실한 글을 쓰기 위해서 조용한 곳을 찾아 간 것이다. 여기서 그는 「신과 인간과 인간의 행복에 관한 소론」이라는 글을 집필하였다. 이곳에 이사해 살면서도 철학하는 친구들과는 자주 서신을 교환하였고 그 친구들에게 자기가 쓴 글의 내용을 보내주기도 하였다. 이런 일은 그의 일생 동안 계속되었다.

17세기만 해도 여행이나 출판은 쉬운 일이 아니었고 학회나 학술지도 거의 없었다. 그러므로 새로운 학설이나 이에 관련된 각종의 시식정보는 서신을 통해 주고 받았던 것이다. 지금까지 남아 있는 스피노자의 서신들은 비록 데카르트나 라이프니츠에 비해서는 많지 않지만 그래도 당시의 다른 학자들에 비해 상당히 많이 남아 있는 편이다.

스피노자는 그 당시에 유럽의 세계에서 혁명적인 신사고(新思考)를 가진 인물로 널리 알려져 있었다. 그런 만큼 스피노자와 교제하고 서신을 주고받는 일은 대단히 위험한 일이기도 하였다. 스피노자와 서신을 주고받은 유럽의 유명한 인물로는 영국 학술원의 올덴버그(Oldenburg)와 독일의 철학자이며 수학자인 라이프니츠가 있다. 스피노자는 올덴버그를 통해서 여러 과학자들과도 친하게 사귀게 되었다. 이런 친구들의 제의로 스피노자는 1663년(31세)에 「데카르트 철학 해설서」를 집필하여 출판하기도 하였다. 이 책의 출판으로 스피노자는 더욱 세상에 널리 알려지게 되었다.

1663년(31세)에는 헤이그 근처의 '부르부르그'(Voorburg)로 다시 이사하였다. 이곳에서 그의 일생 중 최고·최대의 명저로 손꼽히는 「윤리학」(Ethica)을 거의 다 완성하였다. 이 「윤리학」은 신과 인간의 정신, 그리고 인간의 정서, 인간의 예속, 인간의 자유에 대하여 쓴 글이다. 이 책은 이후 유명한 철학의 고전(古典)이 되었다.

1670년(38세)에는 헤이그로 또다시 이사하였다. 그리고 세상을 떠날 때까지 이곳에서 살았다. 38세 때에 「신정론」(神政論. Theological Political Treatise)을 써서 익명으로 출판하였다. 이 책에서 그는 신앙의 자유와 국가생활에서의 국민의 자유를 주장하면서 이런 자유의 제한에 대해 강력히 항변하였다. 다시 말하면 그 시대의 잘못된 현상을 비판하고 개선하려는 글이었다. 이 책은 정부 당국에 의하여 곧바로 금서로 지목되어 판매금지가 되었다. 이러한 일로 인하여 그의 이름이 세상에 더욱 널리 알려지게 되었다.

한편 스피노자는 방에 앉아 학문만 연구하는 이론 철학자는 아니었다. 그 시대의 도덕과 사상의 부자유 등 사회문제에도 깊은 관심을 가지고 해결하려고 노력하는 철학자였다. 결코 편안하게 공부하고 자기 일만 하는 인물이 아니었다. 부와 명성, 감각적 향락을 완전하게 떠나

서 고고하게 살면서도 인간의 행복과 바른 사회에 대하여 커다란 관
심을 기울인 철학자였던 것이다. 그 점에서 볼 때 그는 끊임없이 인간
에게 최고의 행복을 줄 수 있는 영원한 진리를 찾기 위해 일생을 노력
한 인물이라고 할 수 있다.

그러나 아쉽게도 이와 같은 스피노자의 사상과 노력은 그 시대가
제대로 수용하지 못하였다. 그래서 그는 많은 비난과 욕설을 들어야
했고 온갖 공격과 중상에 시달리기도 하였다. 특히 기독교인들에게
무신론자라는 오해와 신을 모독한다는 혹독한 공격을 당해야만 했다.
그런 이유로 그는 생전에 단 두 권의 책만 겨우 출판하고 다른 책은
아예 출판할 엄두조차도 내지 못하였다.

그는 자신이 무신론자나 유물론자라고 불리는 것을 몹시 싫어하였
다. 그는 실제로 신비주의자였고 깊은 신앙인이었다. 전통적인 기독
교 유대교의 하느님 신앙과는 그 형태가 다르지만 합리적이고 자연적
인 종교를 주장하였던 것이다. 그래서 전통적인 기독교 신앙을 받아
들일수 없는 많은 이들이 주로 스피노자를 신봉하게 된 것이다.

1672년(40세)에 〈네덜란드 전쟁〉이 일어났다. 프랑스 왕 루이 14세
가 네덜란드를 침공하여 일어난 전쟁이다. 침공한 이유는 네덜란드의
무역 독점을 타파하고 네덜란드가 프랑스인 망명자를 비호하는 것을
금지시키기 위한 것이었다.

이때 네덜란드의 국정을 좌우하는 이는 '드 비트'(De Witt 1625
-1672)라는 변호사 겸 정치가였다. 비트는 스피노자를 무척 아끼고 물
심양면으로 도와주려는 스피노자와 아주 가까운 인물이었다.

프랑스가 친공해오자 비트에 밀려 세력이 약하되 비트의 반대파
'오란예'공(公) 일낭이 새빨리 비트를 암살해 버렸다. 죄명은 프랑스
군대의 협조자라는 것이었다. 오란예공 일당은 억울한 누명을 씌워
비트를 제거하고 정권을 장악하여 프랑스군에 맞선 것이다.

비트의 암살에 대하여 스피노자는 그것이 악랄한 행위라고 규정하고 당시의 권력자를 상대로 자기 생명의 위험을 무릅쓰고 거세게 항의하였다. 이 전쟁은 결국 프랑스가 패하고 철수하였다.

(* 스피노자가 전쟁 중에 이와 같이 권력자를 상대로 강력하게 저항한 이야기는 정식 기록에는 없지만 전해오는 믿을 만한 이야기라고 한다. ; Stuartt Hampshire 著, Spinoza, Penguin Book 232면 인용).

1673년(41세)에 독일 '하이델베르크'(Heidelberg) 대학 철학교수로 초빙되었다. 초빙한 사람은 하이델베르크 대학이 소속되어 있는 영지의 영주였다. 영주는 그의 영지에서 최고 권력자를 말한다. 스피노자는 이를 거절하였다. 자유롭게 살면서, 자유롭게 공부하고, 사색하고, 글을 쓰는 생활을 방해받고 싶지 않아서였고, 고독과 조용한 생활 이외에 아무 것도 원하는 것이 없어서였고, 자기 소신껏 가르칠 자유가 어디까지 허용될는지가 의문이었기 때문이었다. 그에게는 이처럼 대학교수라는 안정된 직업도, 대학교수라는 명예도 아무런 가치가 없었던 것이다.

그는 명리를 완벽하게 떠나버린 인물이어서 비록 세상에 살고 있어도 이미 세상 사람이 아니었다. 그는 오직 최고선과 완전한 인간이란 어떤 것인가를 밝히려고 하였다. 그러면서 고독과 빈곤 속에서도 언제나 만족하며 살았다. 한번 사색에 잠기면 2~3일씩 문 밖에는 아예 나오는 일이 없는 정도로 그 무엇보다도 진리를 사랑한 사람이었다.

그의 철학하는 태도, 그의 재능, 그의 가난한 생활은 당시의 지식인들 사이에서도 큰 관심을 끌었고, 높이 평가되었으며, 철학자 중의 철학자로 불리어지기도 하였다. 그는 참으로 친절하고, 조용하고, 고결하고, 정중한 인물로서 이웃들로부터 사랑과 존경을 받았고, 그의 적대자들에게까지도 깊은 감명을 주었다.

그는 참으로 순수하고 화내는 법이 없었다. 철학자는 그의 철학 뒤에 숨어 있어야 한다고 하면서 그 자신의 인격이나 생활을 남들에게 함부로 드러내 보이지 않았다. 오직 자신의 철학만이 후세에 길이 남을 수 있기를 원하였다. 그래서 그의 인격이나 생활에 대하여 더 자상하게 알려져 있는 것이 많지 않은 것이다.

스피노자의 생애에 관한 자료는, 현존하는 적은 수의 그의 편지들과 사후에 그의 책들을 출판할 때 그의 친구가 쓴 서문과 사후에 스피노자의 측근이었던 '루카스'(Lucas)가 쓴 짧은 스피노자의 전기와 좀 더 나중에 스피노자에게 배웠던 독일인 루터교 목사 '콜레루스'(Colerus)가 쓴 조금 더 긴 전기가 있을 뿐이다.

스피노자 당시에 스피노자의 철학사상을 완전하게 이해하고 있던 인물은 '라이프니츠'(Leivniz, 1646-1716) 뿐이었다. 1671년경에 라이프니츠는 스피노자에게 편지를 보냈고 1676(44세)년에는 스피노자를 찾아가서 많은 이야기를 직접 나누기도 하였다. 그러나 두 철학자는 기질이나 원하는 것이 완전하게 달랐고, 철학자의 사회적인 역할에 대한 생각도 많이 달랐다.

라이프니츠는 다방면에 걸쳐 활동하였고 조직적이고 권력 지향적이며 심지어는 상당히 탐욕스럽기도 하였다. 그리고 힘 있는 제후들 밑에서 일하는 고위관리였고, 박학다식하고 다재다능하였으며, 많은 저술을 하여 출판하기도 하였다. 그러함에도 불구하고 그는 만족하지 못하고 죽을 때에도 퍽 불행하게 죽었다고 한다. 오죽했으면 죽은 후에도 장지에까지 그의 관(棺)을 따라간 사람은 그의 비서 한 사람뿐이었겠는가? 이와 같이 스피노자와는 대조적인 철학자이었던 것이다.

스피노자는 만년에는 폐결핵으로 고생하였다. 그의 폐결핵은 젊었을 때부터 감염되어 있었던 것 같다. 그의 어머니도 스피노자가 6살 때에 폐결핵으로 세상을 떠났기 때문이다. 폐결핵을 가지고 있으면서도 생계를 위해 매일 렌즈를 연마하는 일을 했으므로 아마도 거기에서 나오는 미세먼지로 말미암아 그의 병을 더욱 악화시켰을 것이다.
그는 결국 이 폐결핵 때문에 45세라는 젊은 나이로 세상을 떠났다.
죽을 때는 아주 평화로운 가운데 운명하였다. 1677년 2월 21일 헤이
그에서였다.

그의 마지막 소유물은 160여권의 책 이외에는 아무것도 없었다.
이 책은 사후에 모두 경매되었다. 책의 목록만이 현재까지 전해 올 뿐
이다. 출판되지 못한 4권의 저서는 사후에 그의 친구이며 의사였던
'루드비히 메이어'(Ludwig Meyer)에 의해서 스피노자의 본명이 아닌
익명으로 출판되었다.

그의 저서는 워낙 일반 대중들이 읽기에는 난해한 것으로 여겨져서
세상 사람들의 관심을 미처 끌지 못한 채 근 100여 년 동안 매장되어
있었다. 그러다가 18세기 후반에 들어와서야 여러 철학자들과 문인
들에 의해서 그 위대함이 비로소 발견되어, 19세기 초에 이르러서는
철학사(哲學史)에서 아주 중요한 인물로 평가받게 되었다. 그는 일생을
결혼하지 않은 독신으로 빈손·빈마음으로 지극히 평화롭고 행복하
게 살다 간 위대한 영혼이었다.

Ⅳ. 헨리 소로우(Henry Thoreau)

헨리 소로우는 미 동북부에 있는 메사추세츠 주에 있는 '콩코드'(Concord)에서 1817년 7월 12일에 출생한 미국 역사에서 이름 높은 철인이고 문인이다. 콩코드는 메사주세츠 주의 주도(州都)이고 미국의 유명한 동부 도시인 보스톤에서 서북쪽으로 약 30km 쯤 떨어진 곳에 있는 조그마한 도시였다.

헨리 소로우의 아버지는 존 소로우(John Thoreau)인데 영국에서 콩코드로 이주하여 조그마한 연필공장을 경영하였다. 어머니는 '신시아 던바'(Cynthia Dunbar)인데 목사의 딸로서 교양 있는 분이었다.

헨리 소로우는 이들 부부의 2남 2녀 중 세 번째 아이다. 위로 형과 누이가 있고 아래로는 누이동생 하나가 있었다. 집은 부유하지도, 가난하지도 않은 평범한 가정이었다. 헨리 소로우가 태어난 그 이듬해에 다른 곳으로 이사하였다가, 소로우가 6세 때(1823년)에 콩코드로 되돌아 온 후 계속 그곳에서 살았다. 소로우의 부모님은 자녀들이 자연과 책에 대하여 관심을 갖도록 늘 배려해 주었다.

소로우는 소년 시절부터 자연을 무척 좋아하였고, 숲속을 혼자서 거닐기를 좋아했으며, 유별나게 혼자 지내는 것을 좋아하였다. 그가 성장한 이후에도 혼자 있기 좋아하는 것은 그의 일생을 통해서 계속 되었다. 어린 시절의 동심이 그대로 이어진 것이다. 혼자 있기 좋아하는 마음이 그의 대표적인 저서인 「숲속의 생활」에서는 이렇게 표현되어 있다.

I find it wholesome to be alone the greater part of the time. I love to be alone. I never found companion that was as companionable as solitude. A man thinking or working is always alone.(Walden, Bantam Book, 205 page. 인용)

> (나는 대부분의 시간을 혼자 있는 것이 좋다는 것을 알고 있으며, 나는 혼자 있기를 좋아한다. 고독(孤獨) 만큼 마음에 드는 벗은 지금까지 만난 일이 없다. 공부하고 생각하는 사람은 언제나 혼자인 것이다.)

소로우는 초등학교, 중고등학교, 대학까지 정규교육 과정을 거쳤다. 당시의 학제로는 초등학교에서 대학까지의 교육기간이 15년이었다. 그는 6세에 초등학교에 입학해서 20세(1837년)에 대학을 졸업하였다. 초등학교와 중고등학교는 고향인 콩코드에서 다녔고, 대학은 메사추세츠 주에 있는 캠브리지 시에서 다녔다.

중고등학교 시절 그와 같이 공부한 학생들은 그를 몹시 냉정하다고 했으며 그의 별명은 '재판관'이었다. 동료학생들에게는 별다른 인정을 받지 못하였으나, 그를 가르친 선생님들에게는 깊은 인상을 준 학생이었다. 이때 좋아한 과목은 희랍어와 라틴어, 희랍과 라틴의 고전, 수학과 과학이었다. 이런 과목들에 대해서는 특별히 깊은 지식을 가지고 있었다.

중고등학교를 졸업하고 16세(1833년)에 하버드 대학에 입학하였다. 하버드 대학은 캠브리지 시에 있다. 지금은 하버드 대학이 미국 최고의 명문대학이지만, 소로우가 대학을 다닐 때인 19세기 초반에는 전교생 수가 200명 정도인 소규모의 대학이었다. 설립 연대로 보면

1636년으로 역사는 비교적 길지만 19세기 초반까지만 해도 별로 유명하지 못한 지방 사립대학에 불과하였다.

그뿐만 아니라 소로우는 하버드 대학에 다닐 때에도 그다지 실력이 뛰어난 학생은 아니었다. 그냥 보통의 학생이었다. 대학 4년 재학 중에도 친구는 아주 적었고 서클활동 몇 군데 참여하면서 격렬한 데모에 몇 번 가담한 정도였다.

그는 어른이 된 후에 대학시절을 회상하면서 학교에서 배운 것 중에 특별히 기억에 남는 것은 없다고 냉담하게 말하였다. 그러나 도서관에서 읽은 많은 책들은 그에게 큰 영향을 주었다고 했다. 그는 남이 알지 못하는 곳에서 남의 눈에 띄지도 않게 혼자서 조용하고 꾸준하게 진리를 탐구해 나간 것이다. 이러한 노력이 무르익어 어른이 된 후에야 세상에 빛을 드러내기 시작한 것이다.

대학도서관에서 그는 비로소 책의 세계가 어떤 것인가를 알게 되었다. 그 책들 중에서 특히 '에머슨'(Emerson)이 쓴 「자연론」은 그에게 깊은 감명을 주었고 그리고 에머슨이라는 인물을 새롭게 알게 되었다. 이것이 그가 대학생활에서 얻은 두 개의 커다란 수확이었다고 한다.

졸업한 직후에 하버드 대학의 어느 서클에서 에머슨을 초청하여 강연을 하였는데, 이때 소로우는 졸업생이었지만 모교에 가서 에머슨의 강연을 직접 들었다. 강연이 끝난 후에 자신에게 깊은 감명을 준 에머슨을 처음으로 소개받고 인사를 나누고 대화도 하였다. 이때 에머슨은 소로우보다 14살 위인데도 그들은 단 한 번의 만남으로 서로의 마음이 통해버렸다. 에머슨은 미국의 성자(聖者)로서 당시에는 영국에 예속되어 있던 미국의 문화를 자주지으로 독립시킨 유명한 철인이고 문인이었다.

소로우는 대학을 졸업하고 고향에 있는 그의 모교 '콩코드' 중학교에서 잠시 교편을 잡았다. 그는 깊은 철학적 사고를 가진 교사였기 때문에 학생의 인권존중에 반하는 처벌을 반대하였고 엄격한 스타일의 선생님도 아니었다. 그러한 교육철학에 의해 학생의 처벌을 강력하게 반대함으로서 그는 불과 2주 만에 해고되고 말았다.

해고된 후에 아버지께서 경영하시는 조그마한 연필공장에서 아버지를 도와 드리면서 일을 하였다. 그러면서 인근의 버지니아 주, 뉴욕 주의 시골 벽지에 있는 학교들에 편지를 보내서 교직을 구하였으나 끝내 아무런 회답도 얻지 못했다.

그래서 21세 때에 (1838년) 형과 함께 고향에 조그마한 학교를 개설하였다. 요즘으로 치면 학교라기보다는 규모가 작은 학원이었다. 가정형편이 어려워서 정규학교에 진학하지 못한 소수의 어린이들을 모아놓고 가르쳤던 것이다. 이 일마저도 3년 만에 (1840년) 그만 두었다. 도무지 학교 운영비를 충당하지 못했을 뿐만 아니라 불행히도 함께하였던 형이 병석에 눕게 되었기 때문이다. 형은 결국 병을 얻은 지 2년 만에 요절하고 말았다. (1842년)

이러한 학교 경영의 실패 원인에 대하여 소로우는 후에 말하기를, 순수하게 동포를 위해 교육하려는 마음보다는 자신의 생계유지 수단으로 삼았기 때문이라고 반성하였다고 한다. 이는 오늘날 교육을 국가와 국민을 위한 사명으로 삼기보다는 하나의 단순한 직업으로 여기려 하는 교육계의 잘못된 풍토를 지적하는 교훈이 될 수도 있을 것이다.

진정한 선생님이라고 하면 사실은 월급 받고 일하는 것조차도 부끄럽게 생각하여야 한다. 그처럼 숭고한 사명감을 갖고 있어야 존경받는 스승이 될 수 있다. 다소 진부하고 시대에 뒤떨어진 말이라고 비난받을지는 모르지만, 올바른 교육자로서의 스승은 널리 사회적인 존경을 받을 수 있으나 단순히 자신이나 가족의 생계유지를 위해 월급 받고 일하는 선생님은 충분히 존경받을 자격이 없는 것이다. 특히 훌륭한 스승은 세속적인 욕망에서 자유로워야 한다. 돈과 권력을 탐하는 선생님은 참 스승이 될 수 없기 때문이다.

이어서 소로우는 또 다른 사업을 해보려고 시도했으나 곧바로 그만 두었다. 왜냐하면 사업의 성공을 위해서는 적어도 10년 이상의 세월 이 필요할 것이고 또 그로 인해 자신의 도덕적 양심은 필연적으로 타락하고 말 것이라고 생각되었기 때문이다.

그가 학교를 개설한 지 2년째 되던 해인 22살 때(1839년) 여름방학 을 이용해서 형과 함께 손수 카누를 만들어서 콩코드 강에서 매리맥 (Merimack) 강까지 일주일간을 형과 둘이서 여행을 한 적이 있었다. 그 여행 중에 보았던 아름다운 자연이 그에게 깊은 감명을 주었다. 그 때부터 그의 깊은 마음속에서는 '자연의 시인'으로 살아야겠다는 생 각이 뭉클하게 끓어오르기 시작하였다. 그가 책을 통해서 배웠던 고 대 그리스 철인들의 가르침대로 자연 속에 묻혀서 혼자 글을 쓰며 지 내야겠다고 마음먹기 시작한 것이다.

23세 때(1840년) 학교경영을 그만둔 후부터 그는 본격적으로 시와 수필을 쓰기 시작하였다. 그러면서 동시에 콩코드와 미국사회에서 일 어나는 여러 가지 부당하고 불의한 일들 때문에 깊은 번민과 고통에 시달리기도 하였다. 그러나 한편으로는 콩코드의 아름다운 자연인 울 창한 삼림과 강과 호수, 초원들로 인해 마음의 위로를 받기도 하였다.

24세 때(1841년)에 '에머슨'(Emerson 1803-1882)의 집으로 가서 26 세(1843년) 때까지 에머슨의 집에서 유숙하였다. 그에게 가르침을 받 기도 하고, 집안일도 돌보고, 1840년부터 발행되기 시작한 초월주의 클럽의 동인지인 다이얼(Dial)의 편집도 맡아보았다. '다이얼'이라는 뜻은 사회의 여러 가지 상태를 나타내는 나침판이라는 뜻이다. 이 다 이얼지에 소로우는 최초로 자신의 글을 발표하였다. 여기에 시, 수필, 그리이스와 라틴 고전들에 대한 번역문들을 발표하였다. 이러한 인연 으로 소로우는 에머슨이 진심으로 아끼는 제자가 되었고 동시에 초월주의 클럽의 동료회원이 되었다.

　에머슨은 보스톤이 고향이고 하버드 대학과 하버드 대학원을 졸업하고 목사였던 아버지의 뒤를 이어 자신도 목사의 직책을 맡게 되었는데, 전통적인 기독교의 성찬례를 반대하고 여러 가지 면에서 기성교회의 생각과 다른 생각을 갖게 되어 종내에는 아예 목사직을 떠나버린 인물이다. 그리고 새로운 종교와 철학과 문학 속으로 깊숙이 빠져들어가서 '초월주의'라는 새로운 철학적 체계를 세웠다. 이와 같은 에머슨의 초월주의에 뜻을 같이하는 이들을 '초월주의 클럽'(Transcendental club)이라고 불렀다. 이 초월주의가 소로우가 살았던 콩코드를 중심으로 이루어진 것이다.

　에머슨은 1834년에 (소로우가 하버드 대학 2학년 때) 보스톤에서 자연환경이 뛰어난 콩코드로 이사하였다. 당시에 콩코드에는 에머슨을 위시한 19세기의 미국의 저명한 문인들이 많이 살게 되었다. 에머슨은 일생을 콩코드에서 살았고 '콩코드의 성자'라는 칭호를 받을 정도로 유명해지게 되었다. 소로우에 관한 연구서를 펴낸 미국의 '찰스 앤더슨'(Charles Anderson)은 소로우는 에머슨의 제자가 아니라고 주장하였다. 소로우는 초월주의 클럽의 회원일 뿐이며 에머슨과는 아주 다른 독창적이고도 주목을 끌던 작가였다고 평가하기도 하였다.

　에머슨의 초월주의를 간단히 말하면, 물질이나 과학보다 정신이 중요하고, 의식, 율법, 교권중심의 기독교보다는 마음의 종교를 주장하면서, '칸트'(Kant) 철학에 입각한 '진리추구'를 주장하였다. 소로우는 에머슨의 집에서 2년쯤 머물다가 집으로 다시 돌아왔다. 이후 아버지의 연필제조업을 도와드리기도 하고, 여기저기로 캠핑여행을 다니기도 하고, 측량기사로서 일하기도 하고, 막노동을 하기도 하였다.

　그리고 28세 때에 (1845년) 콩코드에서 남쪽으로 1.5마일쯤 떨어진 곳에 있는 '월든' 호숫가에 손수 오두막집을 짓고 자연으로 돌아가 자연생활을 시작하였다. 1845년 여름부터 1847년 가을까지 2년 2개월 동안 월든 호숫가에서 홀로 살았다.

월든(Walden) 호수는 모양이 긴 장방형의 작은 호수다. 길이는 800m 쯤 되고, 전체의 넓이는 61평방 에이커[약 74,000평] 정도이며 수심은 가장 깊은 데가 약 30m 정도이다. 숲속의 호수로서 물은 수정처럼 맑고 차갑다. 호수에는 수초(水草)가 없고 10m 정도의 깊이까지는 바닥이 환하게 보일 정도다. 월든 호수 주변에는 여러 개의 다른 호수들이 있다. 다시 말하면 이 일대가 호수지대인 것이다. 월든 호수 옆으로는 콩코드 강이 흐른다.

소로우가 월든 호숫가에서 생활하기 시작한 것은 사회로부터 도피하기 위한 것이 아니고 자연으로 돌아가 최대한 간소한 생활을 해 보고자 한 것이다. 인간이 생존할 수 있는 최소한의 경비가 어느 정도인가를 스스로 경험해 보고 싶었던 것이다. 호수 근처의 땅을 일구어서 채소를 심고 약간의 옥수수와 감자를 심고 나서 주로 콩을 심어서 식량으로 삼고, 숲속에 있는 천연 과일을 따서 먹었다.

그는 인도철학(힌두교)과 유교철학에 크게 감명을 받았고 그것에 심취하여 집중적으로 깊이 공부하였다. 특히 힌두교의 경전인 '바가바드기타'(Bhagavad Gita)와 유교의 사서(四書, 「대학」, 「논어」, 「맹자」, 「중용」)를 좋아하였다. 이와 같은 동양종교와 철학에 대한 공부가 그로 하여금 금욕생활을 하도록 영향을 준 것이다.

그는 인도철학과 인도의 정신을 너무 좋아해서 주식을 밀가루가 아닌 쌀로 할 정도였다. 자기가 농사지은 콩을 시장에 가서 쌀로 교환하여 주식으로 삼았던 것이다. 그리고 점심으로는 옥수수 몇 개를 삶아서 약간의 소금을 가미하여 먹는 것으로 식사를 대신하였다. 그 이외의 기호식품은 단 한 가지도 섭취하지 않았다. 최대한 간편하고, 간소한 삶을 영위한 것이다. 그러면서 틈나는 대로 자연을 관찰하고 자연의 신비 속에서 생활하면서 대부분의 시간을 독서와 사색과 글을 쓰는 일로 소일하였다. 독서하고, 사색하고, 글을 쓰는 일은 월든 호숫가에서 뿐만 아니라 일생 동안 계속된 일이기도 하다.

월든 호숫가에 살면서 소로우는 22살 때에 형과 함께 콩코드강과 매리맥강을 일주일간 배를 타고 여행한 것을 한 권의 책으로 썼다. 이 여행기가 최초로 출판된 그의 책이다. 책의 이름은 「콩코드강과 매리맥강에서의 일주일」(Aweek on the Concord and Merrimack Rivers)이다.

월든 호숫가에서 생활할 때 그는 거의 돈을 쓰지 않았다. 그리고 필요한 최소한의 생활필수품들은 콩코드 시에 나가서 노동하여 번 돈으로 구입하였다. 먹고 사는 식생활에는 최소한의 시간과 최소한의 경비만 투입하고, 여타의 모든 시간은 자연 속에서 자연과 함께 보내고 진리를 추구하면서 살았던 것이다. 다시 말하면 육신생활에 바치는 시간은 극소화하고 정신생활, 자연생활에 거의 모든 인생의 시간을 바쳤던 것이다.

그의 간편생활은 정신생활, 자연생활을 위해서 필연적인 생활이었고 또한 그의 정신생활의 결과였던 것이다. 그런 의미에서 보면 간편한 생활과 정신생활은 뗄 수 없는 불가분의 관계인 것이다. 다시 말하면 소유의 욕망이 많으면 그만큼 생활이 복잡하고 정신생활이 혼미해지는 것이다. 그리하여 자신도 모르게 자연으로부터 진리로부터 멀어져 버리게 되는 것이다. 그러므로 많이 소유한 자는 끝내 행복을 누릴 수 없게 되는 것이다.

월든 호숫가에 살던 첫해 (1845년) 늦여름 어느 날 오후, 소로우는 수선을 위해서 구둣방에 맡겨두었던 헌 구두를 찾으려고 콩코드 시내로 들어갔다가 경찰관에게 체포되어 감옥에 갇히게 되었다. 이유는 6년 동안이나 주민세(인두세)를 한 푼도 납부하지 않았기 때문이다. 주민세 납부를 거부한 이유는 주(州) 의사당 앞에서 노예를 가축처럼 매

매하는 비인권적 주정부에는 결코 세금을 낼 수 없다 늘 이유에서였
다. 다시 말하면 불의하고 부당한 정부에는 세금을 납부할 수 없다는
단호한 태도였다. 그만큼 국민이 낸 세금은 정당하게 쓰여야 한다는
것이다. 민주주의나 나라의 발전은 적어도 이런 정도의 국민 의식 수
준이 갖추어져야 비로소 가능한 것이다.

그는 하룻밤 감옥에서 새우고 난 뒤에야 석방되었다. 어떤 사람이
소로우 몰래 6년간 미납된 주민세를 납부해 주었기 때문이다. 하루를
감옥에서 보냈는데도 그는 자신이 갇혀있다는 생각을 하지 못했다고
한다. 그 시간 내내 깊은 명상에 잠겨있었기 때문이었다. 정신적으로
진리를 추구하는 이는 이와 같이 감옥 마저도 따로 없는 것이다.

그는 하룻밤의 감옥에서 보낸 명상을 정리하여 후에 발표하였는데,
그 글이 유명한 「시민의 불복종」(Civil Disobedience)이다. 이 글에서
그는 "정부가 포악하고, 불의하고, 무능하면 그에 저항할 권리, 혁명
을 일으킬 권리가 모든 국민에게 있다."고 말하였다.

2년 2개월의 월든 호숫가에서의 생활을 마치고 30세 때인 1847년
9월 6일에 월든을 떠났다. 곧바로 에머슨의 집으로 다시 들어가 지내
게 되었다. 두 번째 유숙이었다. 그 이듬해(1848년)까지 에머슨의 집에
서 머물다가 32세 때인 1849년 초에 아버지 집으로 돌아왔다. 이 해
에 (1849년) 월든 호숫가에서 완성한 「콩코드강과 매리맥강에서의 일
주일」을 출판하였다. 자비로 1,000부를 출판하였는데 300권쯤 팔리
고 나머지 700여 권이 저자에게 되돌아왔다. 이 책이 되돌아온 후에
소로우는 나는 책이 900권이 있는데 그중에 700권은 내가 쓴 것이라
고 가까운 이웃에게 씁쓸한 농담을 던지기도 하였다.

그는 사회문제에 대해서 항상 민감한 반응을 보이곤 하였다. 1846
년 미국이 멕시코의 영토를 탐내어 전쟁을 일으켰다. 1846년 소로우
가 29세로서 월든 호숫가에서 살던 때이다. 이 전쟁은 1848년에 미

국의 일방적인 승리로 끝나고 멕시코는 그의 영토였던 텍사스 주, 뉴멕시코 주, 캘리포니아 주를 미국에 넘겨주고 대신 1,500만 불을 받았다. 이 전쟁에 소로우는 시종일관 적극적으로 반대하였다.

그리고 '노예제도 폐지'를 위해서 군중대회에서 연사로서 연설하기도 하였다. 그만큼 그는 부당한 현실에 대하여 강력하게 저항하는 인물이었고, 미국 근대 시민권 운동의 리더였던 것이다. 무척 조용한 성품이면서도 사회정의 측면에서는 무척 저항적이었던 것이다.

그는 철저한 개인주의자였고, 집단행동을 싫어하였고, 자주적 독립을 생명처럼 중요시 하였다. 그런고로 집에 돌아온 후에도 집에서는 별로 머물지 않고 밖에 나가 노동으로 자신의 생활비용을 충당하면서 틈틈이 자연을 찾아다녔다.

일생을 일관되고 변함없이 간편하고 간소한 생활, 자연과 함께하는 생활, 시와 철학에 몰두하는 생활, 노동으로 자력갱신 하는 생활, 세상과 타협을 거부하는 생활을 견지하였다. 그러므로 세상 사람들처럼 고정된 직업인으로 산다든가, 타인에게 의존하는 생활은 도무지 할 수 없는 인물이었다. 그는 무엇보다도 육체노동을 신성하게 여겼다. 그래서 하루 품을 파는 막노동도 마다하지 않은 것이다.

그가 일 년에 약 6주일을 노동하면 1년분의 생활비로 충분하였다. 그는 손재주가 뛰어나서 못하는 일이 별로 없었다. 집 짓는 일, 배 만드는 일, 측량하는 일에도 기술이 뛰어났다. 적어도 열 가지 이상의 다양한 일을 해낼 수 있는 상당한 수준에 도달해 있었다.

당시 육체노동자의 하루 품삯은 1불에서 60센트 사이였다. 보통의 집 한 채는 800불, 1,200평의 땅값은 8불, 독채 전세의 집세는 년 25불에서 100불 사이였다. 소로우가 1년에 6주 노동하여 버는 돈은 대략 45불, 이 돈으로 1년을 살았던 것이다. 이 돈으로 의식주를 해결하고, 여행하고, 공부하였던 것이다.

　세상 사람들은 흔히 소로우를 보고 일용직 노동자 생활로 어떻게 여러 날을 먹고 살 수 있을까를 걱정했을 테지만 막상 그에게는 크게 궁핍함을 느끼지 않을 정도였던 것이다. 그만큼 그는 언제나 자신의 생활이 만족스럽고 평화로웠다. 돈이 필요하면 언제든지, 무슨 노동이든지 해서 돈을 벌 수 있다는 자신이 있었기 때문이다. 그는 영혼의 자유를 누렸다. 그것이 진정으로 어떤 사람에게도, 어떤 직업에도 얽매여 살지 않고 오직 진리만을 추구하며 살 수 있는 이들이 모두 누릴 수 있는 행복인 것이다.

　이런 생활을 계속하면서 월든 호숫가에서의 2년 2개월 동안의 생활을 글로 써서 출판하였다. 1854년 37세 때의 일이다. 월든을 떠난 지 7년 만에 책을 완성하여 출판하였다. 책 이름은 「월든」(Walden)이라고도 하고, 「숲속의 생활」(Life in the woods)이라고도 한다. 보스톤의 유명한 출판사에서 출판하였다. 그리고 그 당시 평론가들로부터 아주 좋은 평을 받았다. 그런데도 책은 5년 동안에 겨우 2,000부 정도 팔리는 정도에 그쳤다.

　그러한 책이 이제는 그의 일생의 대표작이 되고 미국문학의 고전이 되었다. 그의 글은 독자가 아주 제한되어 있어서 글을 써서 돈을 많이 벌지는 못하였다. 생전에 두 권의 책을 출판하였고 여러 잡지에 많은 시와 수필을 발표하였지만 그로 인한 돈은 한 푼도 벌지 못하였다. 그의 글이 생전에는 별로 주의를 끌지 못하였기 때문이다. 그 당시의 유명한 에머슨이나 롱펠로우에 가리어 크게 빛을 보지 못했기 때문이었다. 그런데 아이러니하게도 20세기에 들어와서 그러한 현상이 역전된 것이다.

　「숲속의 생활」은 자연과 인생에 관한 그의 산문시로서 독창적인 문학작품이다. 작가는 그러한 작품을 통해 경제적 속박이 없는 간소한 자연생활 속에 참된 인간이 존재할 수 있다는 것을 증명하면서 빵을 얻기 위한 일은 최소한의 노동으로 그치고 나머지 시간과 노력은 고귀한 정신생활에 바쳐야 한다고 역설하였다. 그와 동시에 그 자신을 발견하면서 탐욕의 세상에서 벗어나는 그의 인생과정을 담고 있는 것이다.

그는 살면서 많은 시와 수필과 여행기를 썼다. 그리고 그는 그가 말한 대로, 글에 쓴 대로 실천적인 삶을 살았다. 일생 동안 언행이 일치하였고 글과 행동이 일치하였던 것이다. 또한 자기의 철학을 글이나 강연을 통해 사회에 널리 전개시키려고 노력하였던 것이다.

그는 자연을 너무 사랑했던 나머지 비록 자연 속에서 독신으로 일생을 살았지만 그렇다고 해서 세상을 완전히 떠난 은둔자로 살지만은 않았다. 그의 자연에 대한 사랑은 그가 공부한 자연과학과 철학을 통해 더욱 깊어졌다. 그는 알고 보면 철학자가 아니다. 다만 진리를 향한 구도자이고, 철인이고, 시인이었을 뿐이다. 끝없이 진리를 탐구하면서 탐구한 진리를 일상생활에 실천하려는 철학자 즉 철인으로 살았던 것이다.

이 세상에는 철학을 연구하는 이는 많아도 철학적 진리를 일상적으로 실천하는 철인은 찾아보기가 어렵다. 삶의 현장에 실행함이 없는 철학은 한마디로 말해서 죽은 철학이고 탁상공론에 불과하다. 그는 진정으로 일생을 통해서 지속적으로 진리를 탐구하려 하지도 않고 또 진리를 실천하려 하지 않는 이를 혐오하였다.

소로우가 생존해 있을 당시에 대부분의 콩코드 주민들은 그를 이해하기 어려운 사람으로 여기었다. 심지어는 일반인과는 다른 괴짜요. 기인으로 보기도 하였다. 그만큼 소로우의 생활은 세상 사람들의 생활과는 아주 다른 유별난 것이었고, 사회문제에 대한 대처방식에서도 당시의 일반적인 사람의 생각을 뛰어넘는 것이었기 때문이다.

그러나 다른 사람들에게서는 찾아보기 어려운 자연과 철학에 대한 박학다식, 전문가 수준의 여러 가지 손 재능, 타인의 추종을 불허하는 예리한 지성은 그를 괴짜라고만 여기는 많은 이들을 감탄케 하기도 하였다. 또한 그의 심오한 사상을 아주 인상적인 제스추어와 함께 연설할 때에는 존경과 동시에 놀라움을 나타내기도 하였다.

그의 생존 시에 그는 사회적으로 널리 알려지지도 않았고, 알아주지도 않았고, 유명한 인물도 아니었다. 출판된 2권의 책 역시도 큰 반향을 일으키지 못하였고 그저 평범하게만 보였다. 그러나 그는 죽은 후에야 비로소 새로운 인물로 부활하였다. 죽은 후에 그가 진실로 진리의 인간이었음이 알려지게 된 것이다. 살아있을 때에는 그의 행색이 너무나 초라하고 평범한 노동자의 모습으로 가려져 있어서 그의 진면목을 제대로 알지 못했던 것이다.

소로우는 1862년 5월 6일 45세로 운명하였다. 그가 언제부터 폐결핵으로 고통을 받게 되었는지는 자세히 알려지지 않았으나 그의 나이 44세 때에 이르러서는 상당히 근심스러운 정도로 병세가 악화되어서 콩코드를 떠나 기후가 따뜻한 미네소타주로 전지요양을 떠나게 되었다. 하지만 결국 병에 차도가 없어서 다시 고향으로 돌아와 운명하고 말았다.

출판되지 않은 그의 글들은 사후에 4권으로 편집되어 출판되었고, 1837년(20세)부터 1862년 임종 시까지 25년간 계속해서 쓴 일기는 1906년에 14권으로 출판되었다. 지금은 그의 모든 글은 20권의 전집으로 집대성되어 시중에 나와 있다.

에머슨은 소로우의 사후를 이렇게 회상하였다. "그는 직업도 갖지 않았고, 결혼도 하지 않았으며, 교회도 가지 않았고, 세금도 바치지 않았으며, 술 담배는 입에 대본 일도 없으며, 자연을 무척 사랑한 자연주의자였다." 참으로 행복하게 살다간 빈손 · 빈마음이었던 싶이다. 월든 호수가의 그의 오두막집 터는 현재 8개의 돌기둥을 세우고 돌더미를 쌓아 기념물로 지정되어 보존되고 있다.

V. 마하트마 간디(Mahatma Gandhi)

간디는 1869년 10월 2일에 인도의 서북부에 있는 '카티아와르' (Kathiawar)반도의 해변 소도시(小都市)인 '포르반다르'(Porbandar)에서 태어난 인도의 민족지도자이고 독립운동의 지도자이며 철인이다.

인도에는 자손 대대로 세습되는 네 가지 계급이 있는데 이것을 카스트 제도라고 한다. 카스트의 최고계급은 '브라만'(Brahman: 힌두교 성직자)이고, 다음이 '크샤트리야'(Kshatriya: 왕족과 무사), 그 다음이 '바이샤'(Vaisya: 평민), 마지막이 '수드라'(Sudra: 노예)였다.

카스트제도에서는 다른 계급으로 신분변화가 불가능하고, 서로 다른 계급끼리는 결혼도 할 수 없으며, 직업이나 관습 역시도 각기 다 차별이 있었다. 그러나 이러한 관습적 제도가 예전에는 사회 전반적으로 아주 엄격하게 적용되었지만, 서양의 근대화된 문화가 인도에 유입되면서 차츰 완화되었고, 현대에 이르러서는 더욱 완화되고 있는 실정이다. 간디의 가문은 바로 이러한 카스트 계급 중에서 바이샤(평민 상공업)에 속하는 계급이었다.

그의 조상들은 원래가 식료품상이었던 것으로 추정된다. 간디의 조부 '오타 간디'(Ota Gandhi)는 식료품상을 하다가 '포르반다르'의 최고 관리를 지내기도 했다. 그 무렵 '카티아와르' 반도에는 인도인 영주가 다스리는 세 개의 자치주(自治州)가 있었다. 그 세 개의 자치주는 포르반다르(당시 인구 72,000명), '라즈코트'(Rajkot, 인구 37,000명), '완카너'(Wankaner, 인구 30,000명)이었다. 이들은 도시 이름이면서 동시에 주(州)의 이름이기도 하다. 이때 당시에 인도는 영국의 식민지이었으므로 자치주이면서도 실질적으로는 영국인 관리가 주재하면서 모든 것을 감독하는 체제였다.

간디의 아버지 '카바 간디'(Kaba Gandhi)는 이 세 개의 자치주 중에서 최고 관리를 지냈다. 즉 영주를 보필하는 관리들 중에서 최고의 지위에 있었던 것이다. 달리 말하면 간디 가문은 원래의 소상공인이었는데 할아버지 때부터 행정관리로 전환한 것이다. 간디의 조부나 아버지는 다 같이 성실하고, 지조 있고, 용기 있고, 관대하였다. 특히 아버지는 매사에 청렴결백하고 독립심과 충성심이 뛰어나서 가문에서나 사회에서 많은 사람들의 존경을 받았다. 그러나 탐욕스럽지 못하다 보니 많은 재산을 모으지는 못했다.

간디의 어머님의 이름은 '푸틀리바이'(Putlibai)인데, 마치 성녀와도 같은 성품으로 깊은 종교심을 가지고 있었으며, 그의 풍부한 상식과 지성은 주변 사람들로부터 높은 평가를 받았다. 간디는 이들 부부의 3남 1녀 중 막내로 태어났다. 간디는 어려서부터 부모님을 무척 존경하고 따랐으며 특히 어머님을 더욱 존경하였다. 이러한 부모님의 소박하고 청렴한 성품 때문에 집안 경제상태는 그리 풍족하지 못했던 것이다.

간디의 본이름은 '모한다스 카람찬드 간디'(Mohandas Karamchand Gandhi)인데 이중 'Mahatma'는 인도의 시성(詩聖) '타고르'(Tagore)가 인도 국민을 대표해서 간디에게 준 이름으로서 '위대한 영혼'이라는 뜻이다.

간디는 7세에 '라즈코트'(Rajkot)로 이사하였다. 아버지께서 그곳 관리로 부임하였기 때문이다. 이사한 그해(1876년)에 그곳에서 초등학교에 입학하였다. 입학해서는 구구단을 외우는데 애를 먹을 정도로 평범한 어린이었다고 한다. 그처럼 지능 발달이 좀 늦었던 모양이다.

다만 한 가지 특이했던 것은 선생님이나 친구들뿐만 아니라 가족 중 그 누구에게도 단 한 차례의 거짓말을 한 적이 없었다는 점이다. 또한 남달리 수줍음이 많아서 남들과 잘 어울리지를 못했고, 오직 책만이 유일한 벗이었다고 그는 어린 시절을 회상하곤 했다. 그와 같이 진리를 향한 열의는 그의 천성적인 성품이었던 것이다.

당시의 인도의 초등학교는 5년제였다. 초등학교를 졸업하고서 곧바로 12세(1881년)가 되던 해에 '라즈코트 중학교'에 입학하였다. 중학교에 가서는 제법 공부를 잘하였다. 그래서 선생님들로부터 많은 사랑을 받았고, 특히 품행 면에서는 성적보다도 더 우수하였다. 자신의 품행에 대하여 늘 조심스럽게 처신하였고, 간혹 자신도 모르게 어떤 잘못을 저지르게 되면 혼자서 남모르는 곳에 가서 울면서 반성했다고 한다. 운동은 그다지 좋아하는 편이 아니었고 그 대신에 혼자서 산책을 하면서 명상에 잠기기를 즐겨했다고 한다.

한번은 그가 중학교 시절에 부모 몰래 고기를 먹은 적이 있었다. 개혁(改革)적인 사고가 강한 친구의 강력한 권유 때문이었다. 그런데 그러한 행위는 간디 가문에서 조상 대대로 신봉하는 힌두교에서는 육식은 절대로 먹으면 안 되는 일이었다. 그 당시 인도 사회 일각에서는 육식운동이 활발하게 일어나고 있던 때였다. 그 이유는 인도가 영국의 지배를 받게 된 원인은 채식으로 인해 체력이 허약한 인도인이 육식을 주로 하여 힘이 센 영국인에게 상대적인 약자가 되고 있다는 일부 사람들의 강한 논리 때문이었다.

이런 논리에 편승한 친구의 권유를 받아들여서 간디도 가문의 종교적 신앙을 무시하고 고기를 먹게 된 것이다. 그러나 간디는 그로 인해 오랫동안 죄책감에 시달려야만 했다. 잘못된 논리의 유혹에 빠져 부모님을 속이고 종교적 계율에서 벗어난 자신의 행동에 대해 크게 자책하지 않을 수 없게 된 것이다. 그 이후 간디는 단호히 육식의 중단을 스스로에게 맹세하고 일생 동안 그 결심을 지켜 나갔다.

이와 같이 거짓된 행동을 혐오하고 정직한 생활을 영위해 나가고자 하는 그의 결연한 의지는 어린 시절부터 철저하게 형성되어 왔던 것이다,

15세 때에는 또 이런 일화도 있었다. 형의 순금 팔찌에 붙어 있는 금 조각을 하나 떼어내서 몰래 팔아서 써버렸다. 이런 자신의 잘못된 행위로 양심의 가책을 받아 고민하다가 결국에는 자기 죄를 고백하는 글을 써서 아버지께 드리고서는 그에 따른 벌을 자청하였다. 이때 아버지는 병환으로 자리에 누워 계셨는데, 일어나 앉으시더니 묵묵히 그 글을 읽고 나서 말없이 눈물을 떨어뜨리셨다. 그리고서는 이내 다시 조용히 자리에 누우셨다. 이를 본 간디는 견딜 수 없는 부끄러움과 죄책감 때문에 그 자리에서 한없이 울었다. 간디는 그로부터 먼 훗날에 이러한 일을 회상하면서 "아버지의 자식에 대한 깊은 사랑의 눈물이 나의 양심을 정화시켰다."고 말하였다. 이 일이 있은 후로 간디는 다시는 일생 동안 타인의 것을 부당하게 소유해 본 일이 없다고 하였다.

소년 간디에게는 타고난 성품이 셋이 있었다. 즉 진리를 향한 열심, 세속을 멀리하는 기질, 거짓말하지 않고 자신의 잘못을 곧바로 회개하는 뛰어난 도덕성이 바로 그것이다. 그는 어려서부터 힌두교 사원의 화려함, 웅장함을 싫어하였다. 그 또한 그의 또 다른 타고난 성품이기도 하였다.

간디는 13세(1882년) 때인 중학교 2학년 때에 결혼하였다. 부인은 동갑 나이이고 이름은 '카스툴바이'(Kastubai)이다. 이와 같은 조혼(婚)은 당시 인도의 관습이기도 하였다. 그는 결혼하기 전에 본인도 알지

못하는 가운데 양가의 부모끼리 하는 세 번의 약혼을 거쳤다. 첫 번째 약혼자와 두 번째 약혼자는 약혼만 한 채로 결혼하기 전에 죽었다. 그래서 세 번째 약혼자와 결혼한 것이다. 부인은 학교를 다니지 않아서 아는 것이 없었고 겨우 간단한 편지를 쓸 수 있는 정도였다.

그가 16세 때에 아버지께서 세상을 떠나셨다. 수년간을 병석에 계시다가 63세의 나이로 세상을 떠나신 것이다. 병석에 계실 때 병간호는 주로 간디가 하였다. 옆에서 시중을 들고, 다리를 주물러 드리고 약을 챙겨드린 것이다. 그는 아버지의 병간호를 하면서 한 번도 소홀한 마음을 가진 일이 없었다고 하였다. 그러면서 병간호하기 좋아하는 것은 자기의 타고난 성품이라고도 하였다. 어릴 적부터 남에게 봉사하는 체질을 타고난 것이다.

17세에 이르러 중학교를 졸업하였다. 당시의 중학교는 6년제이었다. 그리고 18세(1887년)에 대학에 입학하였다. 대학입학 자격시험에 합격한 다음에 '바브나가르'(Bhavnagar)시에 있는 '사말다스'(Sanaldias) 대학에 입학하였다. 바브나가르는 라즈코트에서 남쪽으로 300km쯤 떨어진 곳에 있는 도시이다. '봄베이'(Bombay) 대학이 더 이름 있는 대학이었는데 그보다 학비가 저렴한 사말다스 대학에 입학한 것이다. 아버지께서 별세하신 후에 가세가 더욱 기울었기 때문이었다.

대학의 모든 과정은 영어로 강의하였다. 그런데 영어 실력이 능통하지 못해서 강의 내용을 다 알아들을 수가 없었다. 그래서 어렵게 한 학기를 마치고 방학 때 집에 돌아와서 그러한 고민을 말하자 친지들이 나서서 그에게 영국으로 유학을 갈 것을 권유하였다. 영국대학에 가서 단순히 학위를 얻기 위한 것이 아니라 특수 교육기관인 3년 코스의 법학원(法學院)에 유학하여 변호사가 될 것을 권고한 것이다. 간디는 원래 의학을 전공해서 의사가 되고 싶었는데, 주변 사람들이 아버지의 뒤를 잇는 관리가 되기 위해 변호사가 되기를 강력히 권유하자,

자신의 희망을 포기한 것이다.

19세(1888년)에 드디어 영국 유학길에 올랐다. 그는 집을 떠나기 전에 어머님을 위시한 가족들과 자이나교 성직자 앞에서 술, 여자, 고기에는 일체 손을 대지 않겠다는 서약을 하였다. 이 서약은 유학기간 3년뿐만 아니라 평생을 지켜 나갔다.

영국에 도착해서 곧바로 런던 법학원〔The Inns of court〕 입학시험을 치러 합격하였다. 시험과목은 라틴어, 불어, 자연과학, 로마법, 보통법이었다. 당시 런던에는 변호사 양성만을 목적으로 하는 네 개의 교육기관이 있었는데 그것을 법학원이라고 한다. 일반 대학과는 다른 개념이었다. 이때는 법학원을 졸업하고 변호사 시험에 합격하면 변호사가 될 수 있었다. 네 개의 법학원 중에서 간디가 졸업한 법학원은 '인너 템플'(The Inner temple) 법학원이다. 3년 공부를 마치고 변호사 시험에 곧바로 합격하였다. 22세 때인 1891년의 일이다.

1891년 6월 마침내 귀국길에 올랐다. 집에 도착해보니 그렇게도 뵙고 싶던 어머님은 지난해에 이미 세상을 떠나고 안 계셨다. 간디에게 소식을 알리면 너무나 애통해 할 것 같아서 일부로 가족들이 알리지 않은 것이다. 간디는 그처럼 참으로 효도하는 아들이었다. 부모에게 불효하는 자식은 제아무리 잘나고 똑똑하다고 해도 가치 없는 인생이고, 그 재주가 비록 천재라고 해도 그의 인격은 썩은 나무토막에 불과한 것이다.

집에 돌아온 뒤 조금 지나서 변호사 업무를 시작하였다. 그러나 불과 22살의 나이이고, 더구나 실무경험도 없는데 처음부터 유명한 변호사가 될 수는 없었다. 그가 결코 실력이 부족하다거나 무능한 탓이라고는 할 수 없었던 것이다.

처음 변호사 개업의 일이 뜻대로 잘되지 않아서 고민하고 있던 중에 회교도가 경영하는 포르반달에 있는 '다다 압둘라회사(Dada Abdulra

Co.)로부터 남아프리카에 있는 자기 회사의 소송을 담당해 주도록 요청해 왔다. 그래서 그는 아프리카로 갔다. 계약기간은 1년이었다. 그가 24세 때인 1893년 4월에 아프리카로 떠난 것이다.

그는 남아프리카에 도착한 직후 어느 무례한 백인으로부터 인내하기 어려운 모욕을 당하였다. 위임받은 소송사건을 처리하기 위해서 현지로 가는 도중 나탈주(Natal state) '마릿쯔부르그'(Maritzburg) 역에서 유색인종인 간디가 1등 칸에 탔다고 강제로 열차 밖으로 끌어내었던 것이다. 그리고 가지고 있는 짐을 밖으로 내동댕이 쳐버렸다. 화물차 칸으로 옮겨 가라는데 거부했다는 이유에서였다. 그 백인은 유색인종을 화물로 취급한 것이다. 그리고는 이내 열차는 떠나버렸다.

다음날 열차를 타고 목적지에 도착해서 다시 마차를 타고 현지회사로 출발하였다. 이번에는 마차에서 낯모르는 또 한 명의 백인이 아무 이유 없이 감히 유색인종이 자기 옆에 올라탔다고 해서 무조건 자신을 향해 폭행을 가해 왔다. 그때 다행히도 곁에 있었던 또 다른 백인이 만류하는 바람에 더 이상의 피해를 모면하게 되었다.

단순히 피부 색깔이 다른 유색인이라고 해서, 남의 나라 식민지 국가의 지배를 받는 국민이라고 해서, 아무런 잘못도 없이 약소민족으로서의 비통함을 뼈아프게 체험하였던 것이다. 그러함에도 그는 단 한 번도 백인들에게 비굴하게 아첨하지 않았고, 타협하지도 않았지만 그렇다고 해서 불의한 그들에게 정면으로 적대감을 갖고 맞서 싸우려 하지 않고 끝까지 자신의 모욕감을 밖으로 드러내지 않은 채, 비폭력적 방법으로 백인들을 굴종시키는 무서운 도덕심을 발휘한 것이다. 그러한 그의 노력은 죽을 때까지 일생 동안 계속되었다.

위임받은 남아프리카에서의 소송은 무사히 원만하게 잘 끝냈다. 소송은 같은 인도인 상인 간의 소송이었는데 소송비용이 워낙 커서 누가 이기든지 양쪽 다 막대한 손해가 예상되는 장기화된 소송이었다.

이것을 간디가 원만하게 중재하여 더 이상 소송을 계속하지 않고 끝낼 수 있도록 극적으로 화해시킨 것이다. 결국 양쪽 모두를 만족시키는 결과를 이룬 것이다.

간디는 그의 생애에서 가장 값진 체험을 남아프리카에 가서 1년 동안에 하게 되었다고 말하였다. 그로 인해 자신이 변호사로서 성공할 수 있다는 확신을 얻게 되었고 깊은 종교심을 갖게 되었으며 공적사업에 대한 수행능력을 인정받게 되었기 때문이다.

오랜 소송 관련의 업무를 끝내고서 인도로 되돌아갈 배편을 마련해서 귀국준비를 하고 지인들과의 마지막 송별회를 가졌다. 이때 우연히 신문보도를 통해 나탈주(州) 주 의회에서 앞으로의 선거에서 인도인은 선거권을 박탈한다는 내용의 법안이 주 의회에 상정되어 심의중이라는 사실을 알게 되었다. 간디가 깜짝 놀라서 그 사실에 대해 자신을 그곳의 변호사로 초청해준 '압둘라 세드'(Abdulra Sed)씨에게 물었더니 의외로 자기들은 그러한 내용에 대해 깊이 아는 바가 없다고 하면서 "우리는 무지한 사람들이니 세상사에 눈과 귀를 막은 채로 그저 장사나 열심히 할 뿐이지요." 하고 자포자기한 어투로 말하였다.

간디가 생각하기로는 만약 이 법안이 통과되면 남아프리카에서의 인도인들은 생존권이 위협당하는 심각한 재난이 되는 것이었다. 이런 재난상황에 대해 간디를 통해서 비로소 알게 된 인도인들은 크게 당황하고 이를 우려하게 되었다.

그래서 간디의 귀국 송별회를 위해 그 자리에 참석한 인도인들이 간디에게 이 법안의 저지를 위해서 1개월만 더 이곳에 머물러 달라고 간청하게 되었드. 그렇게만 해준다면 간디의 지휘에 따라 자기들도 합심해서 싸우겠다고 하였다. 그래서 귀국을 1개월 동안 더 연기하기로 하였다.

이때, 그 자리의 대표자격인 압둘라 세드씨가 일어서서 말하기를,

"간디 선생님은 직업이 변호사이므로 마땅히 변호사로서의 한 달분의 수입은 우리가 마련해 드려야 된다."고 하였다. 간디는 이 말을 듣고 말하기를 "나의 보수에 대해서는 신경 쓰지 마십시오. 공익적인 일에 보수가 왜 필요합니까? 나는 그냥 한 사람의 교민으로서 일할 뿐입니다."하고 거절하였다. 그리고서 그 자리에서 곧바로 '악법 저지 투쟁 위원회'를 결성하게 되었다.

이렇게 해서 남아프리카에서 간디의 일은 새롭게 시작된 것이다. 곧이어 많은 현지 인도인 자원봉사자들과 함께 그 법안을 저지하는 일을 시작하였으나 그 법안은 강행되어 통과되고 말았다. 그러나 그 과정을 통해 얻은 소득도 컸다. 간디가 주도한 이번 일로 인해서 남아프리카에서의 인도인 이민 역사상 처음으로 인도인을 하나로 뭉치게 하는 계기가 되었고, 무엇보다도 자기들의 정당한 인간적 권리를 누리기 위해서는 모두가 단결해서 함께 싸워야 한다는 결의를 다지게 되었다.

이어서 이미 통과된 법안이 부당하다는 투쟁을 벌여 나갔다. 간디는 장문의 탄원서를 작성하여 그곳에 거주하는 인도인 1만 여명의 서명을 받아 그것을 다시 1,000부를 인쇄해서 인도와 영국의 관련 정부기관과 각 언론사에 발송하였다.

이 탄원서는 영국과 인도에서 엄청난 파문을 일으키게 되었고, 런던타임즈를 비롯한 영국의 유명한 언론사와 양심적인 인사들의 대대적인 지지를 끌어 모으게 되었다. 이렇게 되자 남아프리카의 인도인 교민들이 간디를 에워싸고는 귀국하지 말고 자신들의 권익을 위해 계속 남아서 함께 싸워주기를 간청하였다. 이렇게 해서 1개월 정도 연기하기로 했던 귀국이 무산되고 영구 정착으로 계획이 바뀌게 되었다. 불과 25살 나이에 그들의 위대한 지도자가 된 것이다.

간디는 그곳에서 변호사 사무실을 개설하여 변호사 업무를 하면서

동시에 남아프리카에서의 백인들에 의한 인도인 차별대우에 대해 본
격적인 저항운동을 전개하였다. 그래서 1894년(25세)에 「나탈(Natal)
인도인 회의」라는 조직체를 결성하였다. 이 조직체가 이후인도인 인
권 투쟁의 모체가 된 것이다.

   그는 인권투쟁을 하되 항상 진리를 벗어나지 않기 위해 노력하였
다. 그래서 불의한 수단 방법을 사용한 적이 없었다. 이것이 바로 간
디를 마하트마로 만든 결정적인 요인이었다.

   그는 언제나 끊임없는 진리공부로 자기반성을 하고 진리 그대로를
실천하였다. 그래서 인권투쟁을 전개하면서도 단 한 번도 영국에 대
한 증오심을 드러내지 않았고, 영국인들에게 무례한 행동을 하지도
않았다. 오히려 영국에 대한 강한 충성심을 보였고, 그 충성을 거짓으
로 가장하려고 하지도 않았다. 그렇다고 해서 그 충성을 팔아 비굴하
게 덕을 보려고 한 일도 없었다. 그것은 통치 국가에 대한 국민의 최
소한의 의무라고 생각했기 때문이다. 그만큼 그는 영국의 훌륭한 문
화전통과 신사도를 신뢰하고 있었다. 아프리카에서의 유색인 차별은
단지 영국인 관리 개개인의 잘못된 인식 때문이라고 믿었다. 그러므
로 평화적인 인권운동을 통해 얼마든지 그들 관리들을 설득하고 개심
하게 할 수 있다고 믿었던 것이다. 그처럼 진실하고 순수한 영혼의 진
리는 반드시 언젠가는 이루어진다는 신념을 지켜나간 것이다.

   간디가 정작 중요하다고 여긴 것은 영국에 대한 단순한 물리적 저
항운동이 아니고, 자기 자신을 포함한 자기 동포들의 생활향상 노력
이었다. 그러한 노력의 일환으로 우선적으로 지적으로, 도덕적으로,
영지으로, 위생적으로 부디 향상되두록 힘을 기울일 것을 역설하였
다. 자기 자신이 무식하고, 무례하고, 정직하지 못하고, 불결하니까
영국인들이 인도인들을 싫어하고 무시한다고 스스로를 자책하고 그
점을 지적한 것이다. 그는 아울러 무슨 일이나 진심으로 하지 않을 바

에는 차라리 아무 일도 하지 않는 것이 낫다고 하였다.

　이러한 생활향상 운동을 전개하면서 또 한편으로 그는 노예처럼 일하는 인도인 계약노동자들을 돌보아 주는 일에도 힘썼다. 당시의 계약노동자는 말이 계약노동자이지 실제로는 짐승과도 같은 노예로서 백인 고용주의 재산처럼 취급되고 갖은 수난과 학대에 시달리고 있었던 것이다. 이러한 하층 계약노동자들을 진심으로 염려해 주고 그들의 법적 권익을 변호사로서 해결해 주는 노력을 기울였던 것이다. 이처럼 간디가 그들을 위해 헌신적으로 봉사하고 있다는 사실이 널리 알려지자, 간디에 대한 칭송은 전 인도인들 사이에 깊은 존경과 심금을 울리게 되었다.

　1897년(28세) 남아프리카에 온 지 3년 만에 귀국하여 가족을 데리고 아프리카로 다시 왔다. 세월이 지날수록 가정 살림은 오히려 더 간소해졌다. 가난한 이들과 고통을 함께 하겠다는 생각에서였다. 그의 변호사 업무는 비교적 순조로웠다. 그에 따라 진리에 충실하고 거짓 없이 살아도 변호사 직업만으로도 얼마든지 생활에 필요한 최소한의 수입이 가능하다는 자신감을 갖게 되었다.

　그의 사무실에는 고용직 사무원이 둘이 있었는데, 그들을 자신의 친인척처럼 여길 뿐 결코 함부로 대해도 좋은 부하 직원이라고 생각해 본 적이 없었다. 그뿐만 아니라 그가 20여 년을 아프리카에서 변호사로서 법률업무를 취급하는 동안 수백 건의 개인 간 송사를 담당했지만, 그 일을 단순한 돈벌이 수단으로 생각하기보다는 서로간의 상충되는 이해관계를 조정하고 화해시키는 데 전반적인 변호사 업무의 반 이상의 시간을 바쳤다.

　1899년(30세)에 남아프리카에서 전쟁이 일어났다. 이른바 '보어' (Boer) 전쟁으로서 영국과 보어인 사이에 일어난 쟁탈 전쟁이었다. 보어인은 네덜란드 이주민의 자손들이다. 보어인이 주로 거주하고 있던 곳에서 다이아몬드와 금광이 발견되었는데, 영국이 이것을 탐내어 먼저 전쟁을 일으킨 것이다.

이 전쟁은 무려 3년간 계속되었는데 영국군도 많은 피를 흘렸다. 이 전쟁으로 영국이 어려움에 처해 있을 때 간디는 인도인 1,400여 명의 지원자를 모아 영국군의 부상병을 치료하는 의료대를 조직하여, 총탄이 빗발치는 전선으로 가서 위험을 무릅쓰고 부상병을 운반하거나 치료하는 일에 참여하였다.

전쟁이 끝난 후에 인도인들의 헌신적인 봉사에 대하여 영국 군인들은 진심으로 감사하였다. 그로 인해 간디는 남아프리카의 영국 당국으로부터 크게 인정받게 되었다. 이와 같이 자기들의 일방적인 권리만을 주장하지 않고 인도인 스스로의 정화를 위해서 힘쓰며 간디 자신이 이의 모범을 보일 뿐만 아니라, 영국을 위해서도 진심으로 돕고 충성하려는 마음에 영국 당국조차도 감동을 받게 된 것이다.

간디는 현실적인 난관에 부딪칠 때마다 무한한 인내심을 갖고 스스로 해결해 나갈 뿐 정부 당국의 단순한 호의에 의존하려 하지 않았다. 그만큼 매사에 겸손과 친절과 사랑으로 임하였고 결코 상부에 대한 아부나 부당한 타협으로 일을 처리해 나가지 않았다.

간디는 세월이 갈수록 점점 더 깊이 조상들이 숭배하던 힌두교 신앙에 빠져들어 갔다. 힌두교의 경전인 「바가바드 기타」(Bhagavad Gita)는 그로 하여금 배움의 스승이 되었고, 행동의 지침이 되었으며, 영혼의 양식이 되었다. 그가 하는 모든 행동과 생활은, 기타(Gita)의 기르침에 따랐다. 그에 따리 그는 진정힌 성자의 길로 들어선 것이다.

기타로부터 간디가 흠숭하게 된 대표적인 정신은 무소유(Aparigraha), 비폭력(Ahimsa), 공평무사(Samabhava), 영과 육의 정화(Brahmacharya)였다. 공공의 일을 하는 사람은, 위의 네 가지 정신을 절대로 소홀히 해서는 안 된다고 하였다. 그래서 이 네 가지의 정신이 그의 생활철학이 되고, 이것을 실행하기 위해서 끝없이 노력하였다. "내 몸 자체도 소유의 대상인가? 아내와 자식마저도 소유의 대상에 포함되는 것인가? 마찬가지로 내가 가진 책 모두도 소유의 대상이 아니겠는가? 그렇다면 어떻게 하면 이 모든 것을 버릴 수 있을까?"를 끝없이 생각하게 되었다. 그 결과 이처럼 현존하는 모든 소유물을 버리지 않고는 진리에 접근할 수 없다고 그는 믿었다. 오직 진리가 바로 신이고, 진리를 탐구하는 일이 인생에서 최고의 가치이며, 최고의 선이라는 확신에 이르게 되었다.

1906년(37세)에는 나탈 주에서 아프리카 원주민인 줄루족이 반란을 일으켰다. 이것이 '줄루반란'이다. 이때도 간디는 인도인 지원자를 모아 위생대를 조직하여 전선으로 달려갔다. 영국군 부상병을 치료하기 위해서였다. 전선으로 가기 위해서 먼 길을 뜨거운 햇빛 속에 행진하고 있을 때, 간디의 머리를 스치고 지나가는 생각이 있었다. 그 생각은 "진심으로 사회봉사에 헌신하려고 한다면 자식에 대한 기대도, 재산에 대한 욕심도 다 버리고 가정의 구속으로부터 완전히 해방될 수 있어야 한다."는 것이었다. 참으로 청렴하고, 정결한 몸과 정신으로 오로지 진리만을 추구하면서 봉사해야 한다는 것이다.

줄루반란은 6주 만에 진압이 되고 간디는 집으로 다시 돌아왔다. 그런데 이후에 간디의 일생에서 중대한 전환점을 맞이하게 되었다. 집에 도착하자마자 부인과 상의 하에 일체의 성적 접촉을 끊어 버린 것이다. 그로부터 〔1906년(37세) ~ 1948년(79세)〕 세상을 떠날 때까지 난 한 번도 성생활을 하지 않고 지냈다. 부인과 동침하지 않고, 몸과 마음을 정결하게 승화시킨 성스러운 독신자〔Brahmachari〕로 다시 태어난 것이다. 그렇다고 해서 간디가 부인을 사랑하지 않은 것은 아니다. 단지 부인에 대한 사랑은 육체적인 관계를 떠나 진리에 입각한 진실한 사랑을 추구했을 뿐이었다.

간디가 부인을 향해 크게 화를 낸 것은 단 한 차례 있었는데, 그 사유는 간디 집에서 함께 기거하는 천민(변호사 사무실 직원)이 쓰는 요강을 비우고 청소하는 일을 부인이 직접 할 수 없다고 거부하여 일어난 부부싸움이었다고 한다. 그 일은 오래 전부터 간디 자신이 하던 일이었는데 부인은 그 일을 거부한데서 발단된 것이었다. 간디는 곧바로 이를 후회하고 부인에게 사과했다고 한다.

또 하나 간디의 생활에서의 중대한 전환점은 진리파지(眞理把持)운동의 시작이었다. 이 운동도 의외의 일로부터 시작되었다. 실로 우연하게 간디의 영혼 속에 날아들어 온 것이다. 어찌 보면 간디의 지금까지의 13년간이라는 긴 발걸음이 바로 이러한 "성적인 금욕생활"과 "진리파지운동"을 향해서 가고 있었던 것인지도 모른다.

'진리파지'를 고대 인도어인 산스크리트어(Snaskrit)로 'Satyagraha' (사티아그라하)라고 한다. Satya(사티아)는 '진리'라는 뜻이고, Agraha (아그라하)는 '꼭 붙잡는 것'(Grasp)이라는 뜻이다. 그래서 진리파지 운동을 보통 사티아그라하 운동이라고 하는 것이다. 이 사티아그라하 운동이야말로 간디의 일생에서 가장 중대한 의미를 갖는다고 할 수 있다.

이 운동의 기본요소는 크게 두 가지이다. 첫째는 '영원한 진리를 각자 모두가 탐구하여 자기 것으로 해서 자기를 완성하자'는 것이고, 둘째는 '우리 모두는 적대자나 상대방에게 고통을 주지 말고 그 고통을 내가 갖자'는 것이다. 이것은 바로 무한한 '자기희생'과 '사랑'으로 일하는 것을 말한다. 자기 자신을 가장 낮은 자리로 끌어내리는 것이다. 다시 말하면, 진리와 사랑의 정신을 나 스스로 먼저 갖고 사기의 적대자나 상대방에게도 그 진리와 사랑을 전해 주자는 '진리와 사랑운동'인 것이다.

이러한 운동을 본격적으로 전개하면서 그는 죽을 때까지 진리를 탐구하고, 진리를 실행하고, 진리만을 고집하면서 스스로 가장 낮은 자리에서 살기를 마다하지 않은 것이다. 그 후 사티아그라하 운동은 본격적으로 아프리카의 인도인들에게 널리 시행되었다. 그리고 아프리카에서 간디의 영국에 대한 저항운동은 내면적인 사티아그라하 운동으로 서서히 번져나간 것이다.

이런 운동을 하는 과정에서 간디는 세 번씩이나 투옥되었다. 1908년 (39세)에 2개월간 징역, 1909년(40세)에 3개월간 징역, 1913년 (44세)에 3개월간 징역을 살았다. 징역을 살면서 감방의 똥통치우는 일은 자청하였고 식사 당번도 하였으며 그 밖의 궂은일들을 도맡아 하기도 했다.

1910년(41세)에 이제부터는 정신노동을 벗어나 육체노동을 주로 하면서 살겠다는 생각으로 그가 평생 동안 해 왔던 변호사 업무를 그만두었다. 뒤늦게 육체노동의 중요성을 깨닫게 된 것이다. 그래서 요하네스버그에 '톨스토이 농장'을 새로 개설하고 그곳으로 이사를 하였다.

1915년(46세)에 아프리카에서 해 오던 모든 일들을 다른 이에게 넘겨주고 인도로 귀국하였다. 실로 22년 만에 고국으로 돌아온 것이다. 처음에는 아프리카에 한 달만 머물다 가겠다는 것이 어느덧 22년이라는 장구한 시간을 보낸 것이다.

귀국한 후에는 협조자들의 도움으로 고향에서 가까운 '아메다바드'(Amedabad)에 '사티아그라하' 아쉬람(Ashram)을 개설하고 그곳에서 거처하였다. 아쉬람은 도장(道場)이라는 뜻이다. 진리를 탐구하는 도장을 의미하는 말이다. 건물은 오두막집에 불과하고, 간디가 거처하는 방은 형무소 독방과도 같이 썰렁한 분위기였다.

처음에는 남녀 회원 25명이 입소하였고, 많을 때에는 전체 인원이 230여 명에 이르기도 하였다. 당시에는 수많은 인도인들이 오두막집에 거처하였고, 마땅한 가구 하나도 없이 갈아입을 옷 한 별도 갖추지 못하고 겨우 누더기 한 벌로 살았다. 이때 간디 역시도 그들과 똑같은 모습으로 지냈다.

아프리카에서의 20년이 넘는 저항운동으로 인해 이미 간디의 인격, 사상, 명성은 전인도에 널리 알려져 있었다. 그리하여 귀국해서도 자연스럽게 영국의 불합리한 여러 정책에 맞서 싸우는 범국민운동의 위대한 지도자가 된 것이다. 인도에 와서 중점적으로 행한 운동에는 아프리카에서의 사티아그라하 운동과 비폭력운동〔Ahimsa 운동〕이 외에 독립 자치운동〔Swaraji 운동〕, 자립 경제운동〔Swadeshi 운동〕, 불가촉천민〔Paria〕제도 폐지운동을 본격적으로 시행하였다.

불가촉천민은 노예보다 더 못한 최하층 계급으로, 신분이 자기보다 더 높은 사람과는 옷깃이라도 스치면 안 되는 천민 중의 천민이었다. 간디는 이들 불가촉천민을 '하리잔'(Harijan)이라고 불렀다. 하리잔이란 '신(神)의 아들들'이라는 뜻으로 간디가 직접 지어서 불러준 이름이다. 간디는 아쉬람에서 하리잔과 형제처럼 함께 살았다. 이처럼 그는 조국인 인도를 사랑하고 모든 인도인에게 신분을 가리지 않고 그들의 인권을 위해 평생 동안 헌신하였던 것이다.

1939년 제2차 세계대전이 일어났다. 이 전쟁으로 영국은 곤경에 처하게 되었다. 이때 함께 독립 운동하던 애국지사들이 모두 이 기회를 이용해서 인도의 자주독립 요구를 관철해야 한다고 주장하였다. 그러나 간디는 이에 반대하였다. 그들의 곤경을 이용하여 우리의 이이을 인는 기회로 삼는 것은 비겁한 행위라는 것이었다. 그 성도로 간디는 인류의 위대한 영혼이고, 성자인 것이다.

1947년 8월 인도는 드디어 영국으로부터 독립하였다. 독립 후에는 힌두교도와 회교도 사이에 치열한 내부 권력다툼이 벌어졌다. 이

들 간의 갈등을 해소하고 화합을 촉구하기 위해 1948년 1월에 간디
는 '델리'에서 79세의 몸으로 5일간 단식을 단행하였다. 단식을 마치
고 기도 장으로 들어가는 도중에 어떤 청년이 간디 앞에 나타나 인사
를 하더니 불과 1m 거리를 두고 세 발의 권총을 그를 향해 쏘았다.
이날이 1948년 1월 30일이다. 간디는 그 자리에서 서거하였다. 그
소식을 듣고 전 세계가 경악하였다. 유엔(UN) 안전보장이사회는 회의
도중 이러한 급보를 전해 듣고 회의를 중단한 채 간디에게 깊은 조의
를 표하였다.

간디를 암살한 청년은 '나투람 곤세'(Nathuram Godse)로서 나이는
35세이고 힌두교 국수주의 과격파로서 푸나(Poona)에서 발행되는 주
간지 「힌두 마하사바」(Hindu Mahasabha)의 편집인 겸 발행인이었다.
그의 계급은 브라만이었다. 그가 간디를 저격한 이유는 힌두교도인
간디가 회교도에 보내는 사랑과 아량이 부족하다는 불만을 표하기 위
해서였다.

간디가 남긴 마지막 물질적 유산은 입고 있었던 옷 한 벌, 샌들 한
켤레, 안경과 회중시계, 힌두교 경전 한 권이 전부였다. 그러나 그는
물질적 유산으로는 비교할 수 없는 위대한 정신적 유산을 온 인류에
게 남겨 주었던 것이다. 그는 진정으로 빈손 · 빈마음의 진리를 깨치
고 실천한 인류사의 위대한 영혼으로 세상을 잘 살다 간 것이다.

■ 추모의 글

알바트로스로 맺어진 인연

유 종 일 박사 (KDI국제정책대학원 원장)

"교육은 인격으로 해야 한다."

나의 학창시절 가장 강한 인상을 남기고 가장 깊은 영향을 미친 선생님은 단연 강연희 선생님이다. 서울 삼선동에 소재한 삼선중학교의 도덕교사로 나의 2학년 담임 선생님이셨다. 선생님은 학교에서 엄하기로 소문이 자자한 분이었다. 2학년 첫 날, 우리 반 학생들은 불운을 탓하면서 긴장된 마음으로 담임선생님을 맞이하였다. 첫 인상이 강렬했다. 머리카락부터 바지, 구두까지 완벽하게 날이 서고 반짝이는 모습이었다. 빈틈없는 외모가 우리를 더욱 긴장시켰다. 그리고 놀랍게도 헤어스타일과 양복 등 옷차림이 계절이 바뀌기 전에는 항상 동일했다. 선생님은 차림새부터 철저한 규율을 강조하고 있었다.

도덕 선생님으로서 또 담임선생님으로서 강연희 선생님은 우리에게 높은 잣대를 들이대셨다. 규칙을 잘 지키고 숙제를 꼬박꼬박 하고 공부를 열심히 하는 것은 물론, 정직과 배려심을 강조하셨다. 지금도 생생하게 기억나는 수업의 한 대목이 있다. '난 사람', '든 사람'이 되는 게 중요한 것이 아니라 '된 사람'이 되어야 한다는 말씀을 유난히 힘을 주어 말씀하셨다. 이 책의 제1장에서도 거듭 강조하는 점이다. 세상에 알 것은 다 아는 것 같은 중2, 게다가 항상 선생님 눈에 띠는 성적을 내던 나로서는 '난 사람'이나 '든 사람' 되기는 어렵지 않을 것 같은데, 그런 건 별로 가치 있는 게 아니고 '된 사람'을 목표로 정신 수양을 해야 한다는 말씀에 마음이 무거워졌던 기억이 있다.

　강 선생님이 엄하기는 하셨지만 당시 많은 선생님들이 당연시하던 심한 체벌을 하시는 분은 아니었다. 그럼에도 학생들이 무서워한 것은 그 분이 스스로에게 누구보다 엄격한 기준을 적용하였기 때문이다. 차림새부터 언행까지 단 한 번 단 한 점 흐트러짐이 없는 모습이었다. 요즘 유행하는 '내로남불'과는 정반대의 품행을 보여주신 분이다. 기억에 남는 일화가 있다. 어느 날 종례 시간이었다. "오늘 어떤 학부형이 교무실로 찾아와 내게 촌지를 주고 갔다. 나를 도대체 어떻게 보고 그런 몰상식한 짓을 하나? 그런 돈 있으면 진짜 도움이 필요한 사람들에게 주도록 해라. 그 돈은 내가 봉투에 넣어 해당 학생의 집으로 부쳤으니, 다시는 이런 일이 없기 바란다."는 요지의 말씀을 하시고 화가 치밀어 부르르 떠셨다. 강연희 선생님은 "교육은 인격으로 해야 한다"는 말씀을 실천한 분이었다.

　엄하다 못해 무섭기까지 한 강연희 선생님이었지만 때로는 한없이 따뜻한 미소를 지으며 어린 우리를 귀여워해 주시기도 했다. 특히 내게는 많은 정을 주셨다. 당시 소풍을 가면 반장이나 잘 사는 집 아이가 담임선생님들 위한 도시락을 챙겨드리는 관행이 있었지만 강 선생님이 그런 걸 받을 분이 아니었다. 총각 선생님이라 특히 필요했을 텐데 그날 점심을 어찌 해결했는지도 모르겠다. 그런데 소풍을 마친 후 헤어지기 전에 선생님께서 나를 따로 부르셨다. 나는 선생님 도시락을 챙기지 않은 것이 마음에 걸려 걱정이 되었다. 그런데 선생님은 당시에는 진귀한 수입 과일이었던 오렌지를 사서 말없이 내 손에 쥐어

주셨다. 당시 가세가 기울어 넉넉지 못했던 우리 집 형편을 눈치 채신 것 아닌가 싶어 부끄러우면서도 선생님께서 나를 아껴주시는 마음을 느끼며 무척 행복했다.

"정의로운 민주주의 원칙을 완수해 나가야"

내가 존경하던, 나를 사랑해 주던 강연희 선생님에게 혹독하게 매질을 당한 적이 있다. 1972년 10월 17일 박정희 정권이 10월 유신을 선포하고 일인독재와 영구집권의 길로 나섰다. 학교는 모든 학생들에게 '10월 유신'이라고 쓴 헝겊 표장을 가슴에 달도록 했다. 어린 나이부터 정치의식이 발달하고 3선개헌 이후 박정희 정권은 독재정권이라는 인식을 가졌던 나로서는 그게 정말 싫었다. 그런데 선생님께서 의례적인 검사 후 표장을 달지 않은 나를 비롯한 몇몇 아이들을 심하게 매질을 하셨다. 잘못의 크기에 비해서나 평소에 선생님의 벌칙에 비해 매우 가혹한 징벌이었고, 분명 사랑의 매가 아닌 분노의 매였다. 나는 너무 아프고 억울하기도 했지만 선생님의 분노를 짐작할 수 있었다. 선생님은 우리가 아닌 정치 현실에 분노한 것이었다.

선생님은 사실 도덕 수업 중에 가끔 정치 현실을 간접적으로 나마 비판하곤 하셨다. 고려시대의 무신정권을 비난하면서 슬쩍 "지금도 마찬가지"라는 말로 군사독재를 비판하였고, 사하로프의 소련독재에 대한 저항을 언급하며 박정희 독재를 에둘러 비판하셨다. 강연희 선생님은 "정의로운 민주주의 원칙"을 믿는 분이었다. 선생님은 인권과 민주주의가 "위대한 인류의 정신적 성장에 의해 가능케 된 인류사의 대승리"라고 해석한다. 선생님이 가장 소중하게 여기는 고귀한 정신 적 삶과는 대척점에 있던 야심가가 민주주의를 헌신짝같이 차버리고 종신독재자로 등극한 것이 10월 유신이었다. 그 때 선생님의 절망이 얼마나 깊었을까. 선생님은 유신 이후에는 정치와 관련된 언급을 일체 하지 않으셨다.

　내가 강연희 선생님과 개인적으로 얼마나 대화를 했는지 잘 기억이 나지는 않는다. 약간의 대화와 약간의 뜬소문을 통해서 나는 그가 함석헌 선생님의 제자이고 무교회주의와 퀘이커교의 영향을 받은 분이라는 정도를 파악했을 뿐이다. 아무튼 선생님은 어린 우리들이 이해하기 어려운 당신만의 심오한 정신세계를 가진 분처럼 보였다. 솔직히 친근감 보다는 경외심을 자아내는 분이었다. 하지만 나는 사회정의와 민주주의에 대한 그의 신념이 몹시 맘에 들었다. 이런 내 마음을 알아차리기라도 하신 걸까? 선생님은 학년말의 종업식을 마치고 나를 교무실로 불렀다. 두툼한 책 한 권을 선물로 주셨다. 함석헌 선생님의 〈뜻으로 본 한국역사〉였다. 현대 한국이 낳은 뛰어난 사상가이고 교육자이고 예언자인 함 선생님에 관해 관심을 가지게 된 계기였다. 함 선생님이 발행하는 〈씨알의 소리〉를 구해 보기도 하고, 그의 행적을 추적하기도 했다.

　그리고 남다른 학창시절이 이어졌다. 고등학교 1학년 때 언론자유투쟁을 지원하기 위한 광고 게재를 주도하기도 했고, 교회를 싫어했지만 민청학련 사건과 박형규 목사님에 관한 기사를 보고 불의에 맞서 싸우는 목사님에게 감동을 받아 제일교회에 제 발로 찾아가기도 했다. 유신독재의 삼엄한 분위기 속에서 때로는 전투경찰에 둘러싸인 함석헌 선생님의 강연회에 여러 번 참석하기도 했다. 대학생이 된 후에는 더욱 본격적으로 학생운동에 뛰어들었고, 투옥과 제적을 포함하여 파란만장한 학창시절을 보냈다. 내가 소위 운동권 학생이 되어 사회정의와 민주주의를 위해 싸운 것이 강연희 선생님이나 함석헌 선생님의 영향 때문만은 아니다. 나는 아주 어렸을 때부터 정의감이 강했고, 행동을 주저하지 않는 성격이었다. 초등학교 6학년 때 부패와 불공정에 찌든 담임선생님과 일 년 내내 맞서 싸웠을 정도다. 그러나 가장 감수성이 예민했던 중학교 시절 강연희 선생님이 내게 큰 영향을 미친 것은 분명한 사실이다.

"일생 동안 손에서 책을 놓지 말아야"

안타깝게도 나는 중학교를 졸업한 후 단 한 번도 강연희 선생님을 뵙지 못했다. 고등학교 시절에 머리가 좀 더 들어차니 선생님 생각이 났다. 찾아뵙기로 마음먹고 수소문을 했더니 삼선중학교를 떠나서 어느 여학교에 계신다고 하였다. 당시 분위기에 남학생이 여학교에 찾아가는 것이 쉽지 않은 일이었다. 망설임 끝에 포기하고 말았다. 대학생이 되자 이젠 정말 찾아뵈어야 하겠다는 마음이 들었다. 교편을 그만두고 가톨릭신학대학에서 수학하신다는 사실을 알아낸 후 혜화동의 캠퍼스로 찾아갔다. 학교 관계자에게 문의하니 강연희 선생님이 그 학교에 다니시는 게 사실이라고 확인해 주었다. 하지만 제자가 인사차 왔다고 말을 전해도 만날 생각이 없으니 그냥 돌아가라고 한다는 것이었다. 몹시 서운했다. 하지만 속세의 인연을 끊어버리겠다는 그의 결심을 어쩌겠는가. 이 책에도 나오듯이 강 선생님은 출가하고 구도자의 삶을 사는 것을 동경한 분이었다.

이렇게 강연희 선생님과 나의 인연은 끊어진 듯했다. 나는 파란만장한 학창시절과 군복무를 마친 후 현실을 깊이 탐구해 보겠다는 생각으로 유학을 가게 되었다. 외국에서 공부를 하고, 또 교수 노릇을 하면서 12년의 세월을 보내고 1997년 여름에 귀국하게 되었다. 외환위기의 먹구름이 다가오고 있던 때였다. 경제학자로서 제자 양성과 학문연구뿐만 아니라 여전히 미흡한 사회정의와 민주주의 그리고 경제개혁을 위해 실천가로서 바쁜 생활이 이어졌다. 강연희 선생님은 잊고 살았다. 그러던 중 선생님을 다시 떠올린 계기가 있었다. 경향신문에 '내 인생의 책'이라는 글을 2015년 정초에 5회에 걸쳐 연재하게 된 것이다. 감명 깊게 읽은 책도, 큰 깨달음을 안겨준 책도 너무 많아 5권을 선정하는 일이 간단치 않았다. '내 인생의 책'이라는 주제에 맞추어 나의 생애 단계 별로 큰 영향을 받은 책을 선정하기로 하였다. 그리하여 중학생 시절의 책으로 함석헌의 〈뜻으로 본 한국역사〉에 관해 가장 먼저 쓰게 되었다. 고등학생 시절의 책으로는 황석영의 〈객지〉, 대학생 시절의 책으로는 본회퍼의 〈옥중서간〉, 대학원 시절의 책으로는 케인스의 〈평화의 경제적 귀결〉, 그리고 마지막으로 피케티의 〈21세기 자본〉을 선정했다.

앞서 언급했듯이 〈뜻으로 본 한국역사〉는 중학교 2학년 마지막 날 강연희 선생님께서 내게 선물로 주신 책이었다. "일생 동안 손에서 책을 놓지 말아야"한다는 선생님의 마음이 담긴 선물로 인해 나는 다시 선생님과 연이 이어지게 되었다. 칼럼의 일부를 여기에 옮긴다.

중학교 2학년 때 담임이셨던 강연희 선생님은 특별한 분이셨다. 성함과는 달리 강직한 성품과 엄격한 태도 때문에 범접하기 어려운 총각 선생님이셨다. 박정희 군사독재를 은유적으로 비판하셨고, 사회정의를 열정적으로 설파하셨다.

가끔은 제자들에게 남모르게 정을 주셨다. 선생님께서는 소풍이 끝나고 집에 돌아가는 내 손에 당시 보기 어려웠던 오렌지를 쥐어 주시기도 했고, 학년을 마치고 종업식을 한 후에는 두꺼운 책을 한 권 주셨다. 함석헌 선생님의 〈뜻으로 본 한국역사〉였다. 나중에 알게 되었지만, 선생님은 함 선생님의 제자셨다.

왜 내게 이런 책을 선물해주셨을까? 선생님께서는 내가 나이에 어울리지 않게 이미 정치적으로 상당히 각성되어 있었다는 것을 알아차리신 것일까? 나는 두근거리는 마음으로 단숨에 책을 읽어 내려갔다. 책은 내게 강렬한 충격을 주었다. 역사교과서에서 배운 역사와는 딴판이었다. 우리 민족에 대한 뜨거운 사랑과 왜곡된 역사에 대한 격정적인 분노가 펄펄 넘쳤다. 한국의 역사는 고난의 역사요, "세계사의 하수구"이며, 한국 민중은 수난의 여왕이요, "갈보였던 계집"이라는 함 선생님의 통곡에 어린 나는 숙연해졌다. 이런 고난에는 반드시 '뜻'이 있음을 깨달아야 한다는 가르침을 어린 나의 마음에 담았다. 당시 대한민국은 유신독재 암흑의 시대로 접어들고 있었다. 나는 어렴풋이나마 개인적 성취보다 역사적 변화에서 의미를 찾는 삶을 예감했다.(경향신문 2015년 1월 5일자 1면 '내 인생의 책')

"알바트로스는 하늘나라의 새이고, 진리의 새이다."

경향신문 칼럼이 계기가 되어 '함석헌사상 연구회'로부터 연락을 받기도 하였고, 〈씨알의 소리〉에 논설을 게재하기도 하였다. 그리하여 젊은 날 가슴을 뛰게 했던 함석헌이라는 이름 세 글자와 다시 인연이 이어졌다. 그리고 함석헌 선생님에 관해 검색을 하던 중 뜻하지 않은 사실을 발견하고 깜짝 놀랐다. 선생님의 호가 신천옹(信天翁)이라는 사실이었다. 별난 짓 하기를 꺼려하는 나는 호를 가지고 있지는 않지만 스스로 지은 나의 별명이 하나 있다. 그것이 바로 신천옹이다. 요즘에는 누구나 호가 아니라 가상세계에서 사용하는 아이디가 필요하다. 나는 신천옹의 영어 이름인 알바트로스(Albatross)를 아이디로 만들어 사용하기도 했다. 그런데 이 회고록을 쓰기 위해 이 책을 읽으면서 알바트로스와 또 마주쳤다. 알바트로스가 그냥 언급되는 정도가 아니라 한 절의 제목으로 등장하여 6쪽에 걸쳐 소개되고 있다.

알바트로스는 날개를 편 길이가 무려 3~4미터에 이른다. 비행이 가능한 새 중에서 가장 크다. 활공(滑空)의 명수로서 지상의 모든 새 가운데서 가장 높이, 가장 멀리, 가장 긴 시간을 나는 새이다. 속칭 '바보새'라고 불리는데, 이는 지능이 낮아서가 아니라 날개가 너무 커서 땅 위에서는 날개를 질질 끌며 걸어 다니기 때문이다. 강연희 선생님의 멋진 해석을 인용하자면 "알바트로스는 하늘나라의 새이고, 진리의 새이다. 진리의 새이기 때문에 죽이는 자는 반드시 그에 상응하는 고통을 받게 되고, 하늘의 새이기 때문에 땅에 내려 와서는 제대로 적응하여 살 수가 없다. 실제로 알바트로스는 땅에 내려오면 잘 걷지를 못한다고 한다. … (중략) … 아마도 하늘나라 사람, 진리의 사람도 알바트로스와 같을 것이다. 이 땅에서는 세속적인 삶에 그다지 능숙하지 못한 것이다. 그러므로 이 세상 사람과 다른 빈손·빈마음인 것이다. 달리 말하면 빈손·빈마음만이 무한한 하늘을 날 수가 있는 것이다."

함석헌 선생님의 호가 신천옹이 된 사연과도 일맥상통하는 해석이다. 함 선생님은 자신의 호를 만든 일도 없고 또 누구에게서 지어 받은 일도 없다고 한다. 그런데 세상 사람들이 그를 존경하여 함석헌 '옹'(翁)이라 불렀고, 이 칭호에 부담을 느끼던 중 '신천옹'(信天翁)이라는 새를 떠올리게 되었다고 한다. 이 새의 별칭이 '바보새'이니 '하늘만 믿고 산 바보'라는 의미로 "어떤 때에는 호 아닌 호로 스스로 바보새, 아니면 신천옹이라고 하는 때가 있었다. 아무리 실패는 했더라도, 하나님의 발길에 채어오느니만큼 하늘을 믿었다고는 할 수 있기 때문이다."(함석헌, 『죽을 때까지 이 걸음으로』, p.308).

나는 감히 이렇게 고상한 생각을 담아 스스로 신천옹이라는 별명을 지은 것은 아니다. 알바트로스라는 새에 관해 알고 난 후 그 새의 멋진 모습에 반했다. 장대하면서도 아름다운 외양뿐만 아니라 하늘을 믿고 대양을 건너는 담대함이 마음에 들었다. 작은 일들에 신경 쓰지 않고 실패를 두려워하지 않으며 큰 목표를 향해 담대하게 나아가는 모습을 그리며 그 흉내라도 내보고 싶었다. 아무튼 이 책에서 알바트로스에 관한 대목을 접하고 나는 탄식하지 않을 수 없었다. 운명처럼 '알바트로스로 맺어진 인연'이라는 제목이 떠올랐다.

"소유와 지배의 시대를 마감하고, 인간과 진리의 시대를 열어가야"

작년 봄이었다. 비서가 조금 곤혹스러운 표정으로 어떤 분이 집요하게 전화를 바꿔달라고 하시는데 어쩌면 좋을지 물었다. 누구라고 하더냐는 물음에 비서는 "강연희 선생님의 동생 되신다고 하는데요"라고 답했다. 순간 정신이 아득했다. 당장 동생분과 통화를 하였다. 내 불길한 예감대로 선생님은 벌써 한 해 전에 돌아가셨다는 소식과 함께 유고집 〈광야로 간 사제〉 출간 소식을 알려주셨다. 출간위원회에서 나와 강연희 선생님의 인연을 알게 된 것도 앞서 언급한 경향신문 칼럼 때문이었다.

출간위원회에서 보내준 책을 읽어보았다. 평생 세속적 즐거움을 멀리 하고 출가와 구도의 삶을 추구한 선생님의 모습이 눈에 어른거렸다. 가슴이 저리었다. 각자 자신의 철학이 있고 자신의 길을 가는 것이기에 내가 슬퍼할 일도 아니지만, 일과 가정과 사회생활을 통해 세속의 즐거움을 많이 누려온 나로서는 무언가 안타깝고 안쓰러운 마음이 드는 것을 피할 길이 없었다. 선생님의 사랑을 듬뿍 받았고 선생님의 사회정의와 민주주의에 대한 신념을 공유하기는 하였지만 책 가운데 드러나는 선생님의 세계관이나 인생관에 동의하기는 어려웠다. 경제학도로서 사회개혁가로서 현실참여를 통해 세상을 바꾸어 보겠다고 분투해온 나와 '광야로 간 사제' 강연희 선생님 사이에 놓인 커다란 간극이 느껴졌다. 그래서 강헌희 선생님께서 이번에 〈빈손 빈마음〉을 재출간 하면서 내게 추천사를 부탁하셨을 때 선뜻 나서기가 어려웠다. 내가 무슨 말을 할 수 있을지 자신이 없었기 때문이었다.

그러나 내 인생의 소중한 부분인 강연희 선생님과의 인연을 외면할 수는 없었다. 그래서 회고록의 형태로 추천사를 쓰기로 마음먹고 〈빈손 빈마음〉을 읽었다. 〈광야로 간 사제〉를 읽었을 때와 비슷한 느낌이었다. 하지만 조금 더 선생님의 인간적인 모습과 고뇌를 이해할 수 있었다. 그리고 무엇보다 중요한 것은 선생님과 나의 길이 무척 다른 길이었지만 가장 근본에서, 그리고 가장 높은 곳에서 상통하는 길임을 깨닫게 되었다. 강연희 선생님이 추구한 빈손·빈마음에 관한 아래의 설명이 내 마음에 와 닿았다. "이제는 이 소유와 지배라는 부당한 가치에 저항해야 할 때다. 인간과 진리를 다시 살리기 위해서 말이다. 소유와 지배의 시대를 마감하고, 인간과 진리의 시대를 열어가야 하는 것이다. 소유와 지배의 반대 개념이 빈손·빈마음이다. 빈손·빈마음이 인간이고 진리이다.

이 글을 읽는 분들이 많지는 않을 것이다. 내가 바쁜 시간을 쪼개어 나름 정성스럽게 이 글을 쓴 이유는 누군가 읽어주기를 바래서가 아니다. 강연희 선생님에 대한 나의 소중한 추억을 잘 간직하고 싶은 마음으로 한 일이다. 고인의 명복을 빈다.

편집 후기

대표 편집인 강 헌 희

다시 읽는 「빈손 빈마음」은 저자이신 강연희 신부님께서 이미 오래 전(1993년)에 세상에 내놓으신 「빈손 빈마음」을 다시 펴낸 인생론이다.

그분은 평생을 독신의 성직자와 구도자의 삶을 살면서, 오직 '인간이란 무엇인가?', '어떻게 살아야 하는가?' 등의 철학적 질문에 대한 해답을 얻기 위해 고뇌하시다가, 어느 날 아무도 모르는 객지에서 홀연히 고독사해 가셨다.

뒤늦게 수습된 유품을 정리하던 중, 그간 나름의 깨달음과 진리수행의 방도들을 집필하여 남기신 유고가 발견되어 친족들의 성원으로 근간의 「광야로 간 사제」를 편찬하였으나, 기왕이면 그와 더불어 그분이 이미 30여 년 전에 출간하신 바 있는 「빈손 빈마음」과 그간의 사상적 변화 과정을 비교해 보는 것도 의미가 있겠다는 주변 분들의 권유를 받들어 재출간의 형식으로 다시 내놓게 되었다.

그러나 막상 일을 시작하고 보니, 워낙 오래 전에 쓰신 글들이라서, 요즘의 현대인들이 읽기에는 다소 공감력이 떨어질 수 있겠다는 염려

가 되어 출간의 당위성에 대해 여러 차례 망설이지 않을 수 없었다,

그럼에도 불구하고 하던 일을 계속 진척시킬 수 있었던 것은 무엇보다도 첨단의 기계문명에 매몰되어, 갈수록 인간의 본질적 존재에 대한 가치를 상실해 가고 있는 현대인의 의식구조에 비추어 볼 때, 아무리 시대의 상황이 현격히 변화되어 간다고 해도, 인류 탄생 이후 변함없이 살아남을 수 있었던 삶의 진리는 무엇인가를 관조해 보는, 좋은 참고서로서의 가치는 충분하겠다는 대표 편집자 나름의 소신 때문이었다.

저자는 "인간은 누구나 궁극적으로 행복하게 살고 싶어 한다. 그러면 어떻게 하면 행복하게 살 수 있는가?"에 대한 끝없는 고뇌와 구도 끝에, 그것은 진리에 합당한 삶을 살아가는 것이라는 결론에 이른 듯하다.

그러면 어떻게 사는 것이 진리에 합당한 것인가? 이 점에서 저자는 우리가 행복을 얻기 위해서는 두 가지의 길이 있다고 했다. 하나는 보다 큰 행복을 얻기 위해서 끊임없는 인간의 욕망을 채워가는 것이고, 다른 하나는 오히려 그러한 욕망을 줄여 나가는 것 즉 빈손·빈마음이 되는 것이라는 것이다. 그 중 어느 것이 우리를 더 행복하게 하는가에 대해서는, 옛 성인·성현의 삶의 행적으로 보아 후자의 진리에 따라야 한다는 것을 여러 가지 역사적 증거들을 들어 독자들을 이해시키고자 하였다.

작금의 시대적 상황은 과거 어느 때 보다도 빠른 속도로 인류의 문화가 발전해 나가고 있다. 수렵, 농경, 산업화 시대를 거쳐 전자시대, 인공지능 시대, 가상공간시대를 넘어 양자컴퓨터의 시대로 진입해 가고 있는 것이다. 그에 따라 인간의 의식구조나 삶의 가치관과 행복의 가치기준 또한 변화되고 있다.

그에 따라 많은 사람들은 행복을 얻을 수 있는 지름길은 부의 탐착이라는 강한 욕망에 사로잡히고 있다. 그 결과 상대적 부의 우위를 먼저 차지하기 위해서 목숨을 내던지는 정도의 험악한 세상이 되고 있고, 그로 인해 빈부의 격차는 갈수록 커지고 있으며 인간의 행복지수는 오히려 물질의 풍요와 반비례하는 기현상을 초래하고 있다.

저자는 그러한 기형적인 사회현상에 대해 이미 오래 전에 그 원인을 철학의 부재 또는 진리의 결여로 진단하고 있다. 또한 인간의 행복 증진을 방해하는 심각한 문제는 지배 권력의 온갖 부정, 부패, 부조리에 원인이 있다고 힐난하고 있다.

이와 같은 문제들을 해결하기 위해서는, 무엇보다도 인간의 기본적 순수와 진리의 정신을 회복하는 노력이 필요하다는 점을 저자는 힘 있게 강조하고 있다. 그러한 구체적인 방도로서 직업의 차별의식, 출세주의, 권위의식, 배금사상에서 벗어나, 차별 없는 인간의 존엄성을 존중하고, 자유와 정의와 평등이 보장되는 사회가 되어야 하며, 이를 방해하는 어떠한 지배 권력의 횡포에 대해서도 과감하게 저항할 수 있어야 한다는 저자의 강한 소신과 철학을 밝히고 있다.

끝으로 편집과정에서 너무 시대적 느낌이 현실과 동떨어진 대목이나, 진부한 문장 표현 또는 반복적 문장 기술 등은 저자의 사상적 근간에 크게 영향을 주지 않는 범위 내에서, 유족들의 양해를 받아 다소 첨삭의 결례를 자행하였음을 밝힌다.

2022. 새해 벽두에